Ren Dhark
Weg ins Weltall
Band 127

Feindliches Kreuzfeuer

Herausgegeben von
Anton Wollnik

Unitall

Lieferbare Ren Dhark-Bücher

Ren Dhark Classic-Zyklus
Die Heftserie
Paperback/Hardcover
HJB-Ausgabe/Lizenzausgabe
je 352 Seiten, € 16,90
Lieferbar: Bände 1-16

Ren Dhark Drakhon-Zyklus
Die Fortführung der Heftserie bei HJB
Buchausgabe, 352 Seiten, € 16,90
Lieferbar: Bände 1-24

Ren Dhark Bitwar-Zyklus
Buchausgabe, 352 Seiten, € 16,90
Lieferbar: Bände 1-12

Ren Dhark – Weg ins Weltall
Die aktuellen Abenteuer
Buchausgabe, 352 Seiten, € 16,90
ab Band 79: 272 Seiten, € 17,90
ab Band 102: 272 Seiten, € 18,90
ab Band 112: 272 Seiten, € 19,90
ab Band 124: 272 Seiten, € 23,90
Zuletzt erschienen:
Band 102 »Stählerne Hölle«
Band 103 »Feinde an Bord!«
Band 104 »Durchbruch nach Terra«
Band 105 »Ein besonderes Geschenk«
Band 106 »Verborgen im Eis«
Band 107 »Der Zeittorus«
Band 108 »Angriff der Supersoldaten«
Band 109 »Flucht von Dafzone«
Band 110 »Die Balduren-Ebene«
Band 111 »Zurück nach Nal«
Band 112 »Die schwarze Statue von Cyrus«
Band 113 »Der Göttliche von Strak«
Band 114 »Gefangen in Maffei 1«
Band 115 »INSTANZ in Gefahr«
Band 116 »Eine sichere Heimkehr?«
Band 117 »Der goldene Verräter«
Band 118 »Der Schwarzen Macht auf der Spur«
Band 119 »Eine unheimliche Entdeckung«
Band 120 »Der Multiversal-Transporter«
Band 121 »Im Zentrum des Universums«
Band 122 »Die letzte Schlacht«
Band 123 »Unter der schwebenden Stadt«
Band 124 »Das Geheimnis der Quaderwolke«
Band 125 »Kampf im Doppelsternsystem«
Band 126 »Rex Octavius«
Band 127 »Feindliches Kreuzfeuer«

Unitall-Reihe
Neue, abgeschlossene Einzelromane
Hardcover, 192 Seiten, lieferbar: Bände 1, 3-18, 20-38: € 11,90; ab Band 18: € 12,90
Band 15 »Welt aus dem Gestern«
Band 16 »Der Flug der JULES VERNE«
Band 17 »Kriegsgrund: Tarnit«
Band 18 »Sternenhaie«
Band 20 »Feind ohne Gnade«
Band 21 »Absturz im Eis«
Band 22 »Hundert Jahre Krieg«
Band 23 »Herrschaft des Wahnsinns«
Band 24 »Flug der SPACE QUEEN«
Band 25 »Raumschiffsfalle gelber Hyperriese«
Band 26 »Das Vermächtnis der Heriten«
Band 27 »Verborgene Erkenntnis«
Band 28 »Das Geheimnis von Iondru«
Band 29 »Das Capgras-Syndrom«
Band 30 »Ewiger Winter«
Band 31 »Das Elektrische Zeitalter«
Band 32 »Goguls Armee«
Band 33 »Iondrus Suche«
Band 34 »Willkommen im Dagmeer!«
Band 35 »Das Rätsel von Hallwa«
Band 36 »Bollwerk der Worgun«
Band 37 »Tod der Schwarzen Garde!«
Band 38 »McAustins große Stunde«

Ren Dhark Sternendschungel Galaxis
Paperback, 96 Seiten, € 6,50
Lieferbar: Bände 1-54
Band 36 »Im Zentrum Drakhons«
Band 37 »Rückkehr zu den Rags«
Band 38 »Plünderer!«
Band 39 »Jahrtausendschiff«
Band 40 »Die Erleuchteten«
Band 41 »Einschlag!«
Band 42 »Galaktische Notare«
Band 43 »Höllenfeuer«
Band 44 »Das Volk der Erwachten«
Band 45 »Die Macht der Symbionten«
Band 46 »Ein verlorener Haufen«
Band 47 »Die Flotte der Verlorenen«
Band 48 »Die Schlacht über Odour«
Band 49 »Die stille Stadt«
Band 50 »Vorstoß nach Kurnuk«
Band 51 »Unglaubliche Lösung«
Band 52 »Weltuntergangsprogramm«
Band 53 »Geheimwaffe Kurnuk«
Band 54 »Drakhon für immer?«

Feindliches Kreuzfeuer

von

Alfred Bekker
(Kapitel 1 bis 5)

Gabriel Wiemert
(Kapitel 6 bis 12)

Jan Gardemann
(Kapitel 13 bis 19)

und

Anton Wollnik
(Exposé)

1. Auflage

HJB Verlag & Shop KG
Stebacher Str. 24
56276 Großmaischeid
www.ren-dhark.de

Herausgeber: Anton Wollnik
Titelbild: Ralph Voltz
Printed in EU

Vorwort

Vor einiger Zeit habe ich einmal wieder in den alten Heftromanen geschmökert. Das mache ich gelegentlich, damit ich die Anfänge von REN DHARK sowie die Ideen nicht vergesse, die sich Kurt Brand seinerzeit ausgedacht hat. Gerade diese Ideen machen unsere Lieblingsserie aus, finde ich, also sollte Kurt Brands Geist auch bei den neuen Abenteuern immer irgendwie durchscheinen.

Auch schaue ich mir gerne die alten Titelbilder an, denn mir gefällt dieser retrofuturistische Zeichenstil wirklich gut. So hat man sich damals die Zukunft vorgestellt. Leider funktionieren diese Illustrationen heute nicht mehr, unter anderem weil sich die Formsprache dessen, was wir als modern empfinden, in den letzten Jahrzehnten zu stark geändert hat. Wahrscheinlich werden die Menschen, die in fünfzig Jahren die *Weg ins Weltall*-Bände in den Händen halten, genauso über unsere heutigen Designs denken wie wir über das, was vor fünfzig Jahren als modern galt.

Doch dieses durchaus spannende Thema ist nicht der Grund, weshalb ich dieses Vorwort schreibe. Abgesehen vom Offensichtlichen fiel mir beim Durchschauen der Heftromane nämlich noch etwas anderes auf: dass früher neben Ren Dhark einige andere Figuren den Umschlag zierten als heute. Das liegt sicherlich daran, dass sich der Fokus im Laufe der Jahre unmerklich zu anderen Figuren wie beispielsweise Chris Shanton verschoben hat. In den Anfängen der Serie spielten hingegen Manu Tschobe, Miles Congollon, Rani Atawa und weitere eine viel größere Rolle, was ich ein bisschen schade finde, aber als Herausgeber liegt es ja in meiner Hand, den »vernachlässigten« Mannschaftsmitgliedern der POINT OF wieder mehr Raum zu geben. Und so ist es schon länger mein Wunsch, endlich einmal Manu Tschobe auf dem Cover eines der neuen *Weg ins Weltall*-Bände zu sehen.

Da sich die Titelbilder jedoch immer auf konkrete Geschichten beziehen, musste ich erst ein passendes Abenteuer abwarten. Und jetzt, liebe Leser, halten Sie endlich das Ergebnis in den Händen. Ich finde, dass Ralph Voltz, der nun schon seit über zwanzig Jahren die Cover für REN DHARK illustriert, wieder einmal ganze Arbeit geleistet hat. Sein Titelbild gibt einen Vorgeschmack auf das, was Sie im vorliegenden Band erwartet. Diesmal kämpfen Ren Dhark und Manu Tschobe Seite an Seite – wie in den guten alten Zeiten. Ich hoffe, dass Ihnen die dazugehörige Geschichte ebenso gefällt wie mir.

Düsseldorf, im September 2024
Anton Wollnik

Prolog

Am 21. Mai 2051 startet die GALAXIS von Terra aus zu einer schicksalhaften Reise in den Weltraum. Durch eine Fehlfunktion des »Time«-Effekts, eines noch weitgehend unerforschten Überlichtantriebs der Terraner, springt das Raumschiff über beispiellose 4.300 Lichtjahre. Genau einen Monat später erreicht es das Col-System, wo es auf dem Planeten Hope landet. Weil ein Weg nach Hause unmöglich erscheint, beschließen die Raumfahrer, auf dem Planeten zu siedeln, und gründen die Stadt Cattan.

Rico Rocco schwingt sich zum Diktator auf und lässt sämtliche Kritiker verfolgen und auf den Inselkontinent Deluge verbannen. Dieses Schicksal trifft auch den zweiundzwanzigjährigen Ren Dhark, seinen besten Freund Dan Riker sowie eine Reihe weiterer Terraner. Doch damit endet die Geschichte nicht. In einer Höhle entdecken die Verbannten nicht nur Artefakte einer mysteriösen fremden Hochkultur, sondern auch ein unvollendetes Raumschiff, das eine prägnante Ringform aufweist.

Nachdem Rico Rocco bei einem Angriff der Amphi umgekommen ist, wird Ren Dhark zum neuen Stadtpräsidenten Cattans gewählt. Er lässt den Ringraumer reparieren, welcher später von Pjetr Wonzeff auf den Namen POINT OF INTERROGATION, kurz POINT OF, getauft wird. Im April 2052 bricht der Ringraumer unter Dharks Kommando zu seinem Jungfernflug zur Erde auf. Damit beginnt ein neues Kapitel in der terranischen Raumfahrt. Nicht zuletzt dank Dharks Forscherdrang entdecken die Menschen weitere Hinterlassenschaften der Mysterious, die es ihnen ermöglichen, neue Ringraumer zu bauen und immer weiter in die Tiefen des Weltraums vorzudringen. Die POINT OF jedoch bleibt trotz allem einzigartig, was nicht zuletzt am Checkmaster liegt, dem eigenwilligen Bordgehirn dieses Raumschiffes.

Ren Dhark bleibt der Kommandant der POINT OF und erforscht mit seiner Mannschaft in den folgenden Jahren nicht nur das Weltall, sondern rettet auch immer wieder die Menschheit und sogar ganze Galaxien.

Im Oktober 2074 entdecken Dhark und Iondru im Thunder Basin National Grassland in Wyoming mithilfe eines Balduren-Artefakts eine zweidimensionale Wand. In dieser öffnet sich ein Zugang zu einem anderen Kontinuum, in dem sich ein Tempel der Goldenen befindet. Dort entdeckt Dhark die Statue eines mysteriösen Wesens, das anscheinend stellvertretend für die Galaxis Maffei 1 steht. Eine Spur zu den Balduren?

Der Erkundung wird jäh ein Ende gesetzt, als plötzlich die Schwarze Macht im Sol-System auftaucht, die schon seit Jahrtausenden auf einen Streich ganze Sonnensysteme sowie Sternenvölker in mehreren Galaxien vernichtet. Die »Zerstörer der Schöpfung« versuchen, ihr Heimatuniversum vor dem Untergang zu bewahren, und suchen dafür ein bestimmtes Balduren-Artefakt.

Es stellt sich heraus, dass jenes Artefakt in der Steuereinheit des Checkmasters der POINT OF verbaut ist. Dhark bleibt keine andere Wahl, als der Schwarzen Macht mit seinem Ringraumer in ihr Kontinuum zu folgen, um bei der Rettung ihres Universums zu helfen. Nur so kann er das Sol-System und dessen Bewohner vor der Vernichtung bewahren. Als die POINT OF in die Milchstraße zurückkehrt, lösen sich die dortigen Einheiten der Schwarzen Macht aufgrund einer Wechselwirkung auf Quantenebene in nichts auf. Die Gefahr ist gebannt.

Wenig später fliegt Ren Dhark mit der POINT OF und neun S-Kreuzern per Koppelflug nach Maffei 1. Dort öffnet sich ein Riss im Weltraum, der sie in einen unbekannten Sektor führt. Der Weg zurück ist versperrt, denn ein gigantisches Quaderkonstrukt hat den Generator verschluckt, der einen weiteren Riss erzeugen könnte. Als der Funkkontakt zu den Cyborgs, die das Konstrukt untersuchen sollen, abbricht, begibt sich Ren Dhark mit einem weiteren Außenteam in die Höhle des Löwen ...

1.

Ein Tunnel aus grauen, wirbelnden Gebilden umgab Ren Dhark und Manu Tschobe, nachdem sie das Transmitterportal durchschritten hatten. Der erste Eindruck war überwältigend. Die mahlstromartigen Strukturen veränderten ihre Größe und verschwanden nach und nach zum größten Teil.

Zweifellos waren das Energiewirbel. Was genau sie auslöste oder warum sie dann plötzlich wieder verschwanden, darüber konnte man nur spekulieren. Die Hülle des Transmittertunnels war jetzt deutlich erkennbar. Es war eine Art Membran aus Energie. Wenn es nicht zu viele Energiewirbel auf der Fläche dieser energetischen Membran gab, dann hatte man einen freien Blick nach außerhalb.

Diese fluktuierenden Energiewirbel veränderten sich jedoch ständig. Sie entstanden scheinbar aus dem Nichts und verschwanden auch wieder.

Manchmal bildeten sie Clusterstrukturen, die sich immer mehr verdichteten und schließlich zu einer grauen Wand wurden, die sich aber genauso schnell auch wieder auflösen konnte und glasklarer Transparenz Platz machte.

Dhark sah Sterne, Raumschiffe und das gleißende, etwas bläuliche Licht des Riesensterns, in dessen unmittelbarer Umgebung sich jenes Objekt befand, das von den Terranern bislang einfach als »das Quaderkonstrukt« bezeichnet worden war.

Man machte einen Schritt und schien sich innerhalb dieses Transmittertunnels so schnell durch den Raum zu bewegen, dass das menschliche Bewusstsein davon genauso vollkommen überfordert war wie die Wahrnehmung.

Ich bin ja schon durch viele Transmitter gegangen, aber der hier ist anders, dachte Dhark.

Mit einem Transmitter wurde man normalerweise in Nullzeit von einem Ort zum anderen versetzt, wobei zwischen Ausgangspunkt und Zielpunkt unter Umständen unvorstellbar große Entfernungen liegen konnten.

Es gab verschiedene naturwissenschaftliche Prinzipien, auf denen ein Transmitter beruhen konnte, aber letztlich lief es immer darauf hinaus, dass man eine Abkürzung durch die Raumzeit nahm.

Sofort nachdem Tschobe und Dhark das Transmitterportal betreten hatten, war das offenkundig geworden. Dieser Transmitter war in jeder Hinsicht anders als alles, was Dhark und Tschobe bisher kennengelernt hatten.

Wir hätten längst am Ziel sein müssen, dachte Dhark.

Ganz sicher war ein Transmitter nicht dafür konzipiert, ewig lange in irgendeinem Zwischenraum zu verweilen. Und davon abgesehen schien sich jenes Maschinenwesen, dem die beiden Terraner in den Transmittertunnel gefolgt waren, längst aus dem Staub gemacht zu haben.

Der Hauptunterschied zu Transmitterdurchgängen, die Dhark bisher erlebt hatte, war, dass dieser Transmitter sie nicht in Nullzeit transportierte. Sie befanden sich in einer Art Energietunnel. Instinktiv erkannten sie, dass sie vorwärtsgehen mussten. Wenn sie sich nicht bewegten, würde der Transmitter sie auch nicht transportieren. Also machten die beiden Terraner die ersten Schritte.

Der Energietunnel um sie herum bildete dabei eine eindrucksvolle Kulisse. Jetzt war er fast überall durchsichtig. Sie sahen Teile des gigantischen Blauen Riesen. Das riesige Konstrukt befand sich nach wie vor genau an jenem Punkt, an dem sich die Schwerkraft des Blauen Riesen mit gut zwanzigfacher Sonnenmasse mit der seines Partnersterns aufhob. Dies war ein Neutronenstern mit gut anderthalbfacher Sonnenmasse. Das Konstrukt war also durch Gravitationskräfte fest zwischen zwei Sonnen verankert.

Auch Teile des Quaderkonstrukts konnte man sehen, insbesondere Strukturen, die aus dem eigentlichen Objekt herausragten. Für Dhark wurde dadurch die gewaltige räumliche Ausdehnung des Quaderkonstrukts bis zu einem gewissen Grad sinnlich erfahrbar.

Es ist eine Raumstation von gigantischen Ausmaßen und es muss jemanden geben, der das Ganze lenkt und koordiniert, überlegte Dhark.

Dieser Eindruck verfestigte sich in ihm. Dass so etwas Gigantisches einfach aus sich selbst heraus entstanden sein und nur durch eine nach dem Prinzip der Selbstähnlichkeit geleitete Schwarmintelligenz von einfachen, aber energiereichen kleinen Quadereinheiten aufrechterhalten werden sollte, wollte ihm nicht in den Kopf. Dahinter, so seine sich immer mehr herauskristallisierende Überzeugung, musste eine planende zentrale Intelligenz stecken.

Ob das Maschinenwesen, dem sie in den Transmitter gefolgt waren, damit etwas zu tun hatte, musste sich erst nachher herausstellen. Es war wahrscheinlich, aber nicht zwingend, denn schließlich war ja nicht ausgeschlossen, dass im Laufe der Zeit auch andere Intelligenzen an diesem Konstrukt angedockt hatten und in gewisser Weise hier gestrandet waren. Und es war außerdem gut vorstellbar, dass angesichts der Größe des Konstruktes die von Dhark angenommene zentrale Befehlsinstanz gar nicht die Möglichkeit hatte, derartige gestrandete Passagiere wirksam zu bekämpfen oder auf andere Weise wieder loszuwerden. Den Angriff einer großen Raumflotte würden die Quadereinheiten automatisch abwehren.

Aber sowohl das Eindringen der Cyborgs als auch die Mission des nachfolgenden Außenteams, das Dhark selbst leitete, bewies, dass so etwas prinzipiell möglich war.

Im nächsten Moment wurden die energetischen Verwirbelungen, durch die die beiden Terraner hindurchschritten, dermaßen dicht, dass man nicht erkennen konnte, was außerhalb geschah. Der Transmittertunnel verwandelte sich in sehr kurzer Zeit von einer nach außen durchsichtigen Röhre zu einem dämmerigen Tunnel mit grauer Ummantelung.

Die Tatsache, dass es nicht dunkel wurde, lag an dem Schimmer, der von dieser Ummantelung ausging und alles in ein sanftes, gedämpftes Licht tauchte.

Dhark fragte sich, ob irgendetwas von dem, das er und sein Mitstreiter getan hatten, diese Veränderungen ausgelöst hatte. Er konnte keinen Grund dafür erkennen. Die Abfrage der Ortungsdaten zeigte ebenfalls nichts, was ihm diese Frage beantworten konnte.

An manchen Stellen riss die graue Wand aus immer in scheinbarer Bewegung befindlichen Energiewirbeln auf. Es entstanden transparente Öffnungen, die wie Bullaugen an einem Schiff wirkten, dann langsam immer größer wurden und schließlich wieder fast die gesamte Umhüllung des Transmittertunnels bildeten, sodass man erneut den Eindruck gewann, einfach durch den Weltraum zu spazieren und dabei ungeheure Geschwindigkeiten zu erreichen.

Wenn dies nur eine Illusion sein sollte, dann ist sie von fantastischer Qualität, staunte Dhark innerlich.

Die Frage, die sich ihnen nun in erster Linie stellte, war der Verbleib des Maschinenwesens, dem sie gefolgt waren. Sie waren nun schon eine ganze Weile den flimmernden Tunnel entlanggegangen, aber von dem Wesen war nichts zu sehen.

Die Multikarabiner hielten Tschobe und Dhark immer noch im Anschlag, aber die Aufmerksamkeit beider war mehr auf ihre Umgebung gerichtet. Sie gingen in normalem Fußgängertempo voran und legten offenbar bei jedem Schritt eine viel größere Distanz zurück.

Wie groß diese Entfernung war, darüber konnte man nur spekulieren. Die Messanzeigen sowohl der W-Anzüge als auch der Multikarabiner spielten jetzt ohnehin verrückt. Die waren natürlich für eine Umgebung mit normaler Raumzeitstruktur ausgelegt.

Mit dem, was im Inneren einer Transmitterblase geschah, konnten sie nur bedingt etwas anfangen. Optische Daten waren natürlich erfassbar, aber bei allem anderen gab es zum Teil sinnlose Werte. Vermutlich war die energetische Umhüllung des Transmittertunnels dafür verantwortlich.

Weder Dhark noch Tschobe benutzten im Augenblick den Helmfunk der W-Anzüge zur Kommunikation. Das lag einfach daran, dass sie beide nicht wussten, welche Auswirkungen das in dieser Umgebung vielleicht haben könnte. Es reichte schon, wenn jemand auf ihre Signale aufmerksam wurde. Schon allein das wollten sie ja möglichst lange verhindern, um die feindlichen Ortungssysteme nicht mit vermeidbaren Daten zu füttern. Allerdings gab es für eine Kontaktaufnahme untereinander im Augenblick auch gar keinen Grund. Der Weg, den sie gehen mussten, wurde ihnen vom Verlauf des Transmittertunnels ohnehin vorgegeben.

Sie gingen weiter durch den Tunnel, der sich auf eigenartige Weise durch das All zu winden schien. Dhark und Tschobe hatten das Gefühl, durch das All zu gehen. Im ersten Moment konnte einem davon fast schwindelig werden, denn es widersprach jeder menschlichen Erfahrung. Mit jedem Schritt, den die beiden machten, legten sie vermutlich Hunderte oder vielleicht sogar Tausende von Kilometern zurück.

Ist das real, was wir sehen?, überlegte sich Dhark.

Er blieb stehen.

Energiewirbel verdeckten jetzt erneut die Sicht durch die energetische Membran des Transmittertunnels. Wie waren sie entstanden? Worauf hatten sie reagiert? Hatte irgendetwas, was er getan oder gelassen hatte, damit zu tun? Diese Wirbel bildeten nun bald einen geschlossenen, grauen, schimmernden Belag. Wie Kondensnebel auf einem Fenster behinderte dies die Sicht nach außen.

Nach und nach verteilten sie sich, und die energetische Membran des Transmittertunnels wurde innerhalb der nächsten Augenblicke gleichmäßig eingetrübt. Aber anders als beim ersten Mal, als Dhark und Tschobe diese Effekte beobachtet hatten, wurde die Tunnelwand jetzt nicht komplett undurchsichtig. Man konnte immer noch die lichtstarken Objekte der kosmischen Umgebung deutlich erkennen.

Irgendwo blitzte es.

Das Ortungssystem von Dharks W-Anzug vermutete mit einer über siebzigprozentigen Wahrscheinlichkeitsangabe die Explosion eines Raumschiffs.

Die Kämpfe zwischen Quadereinheiten und der Verteidigerflotte des von dem Quaderkonstrukt einverleibten Generators ha-

ben noch lange nicht aufgehört, dachte Dhark. *Und damit ist wohl auch in naher Zukunft nicht zu rechnen.*

Dhark drehte sich zu seinem Mitstreiter um. Auch Manu Tschobe schien ebenfalls stark unter dem Eindruck dessen zu stehen, was sich um sie herum tat.

Von dem Maschinenwesen, dem sie in den Transmitter gefolgt waren, war nach wie vor nirgends etwas zu sehen. Dieses Wesen kannte sich natürlich mit der Benutzung des hiesigen Transportsystems aus, und das war ein nicht zu unterschätzender Vorteil, den es auf seiner Seite hatte.

Waren sie in eine Falle gelockt worden?

Auch dieser Gedanke kam Dhark. Vielleicht befanden sie sich in Wahrheit gar nicht in einem Transmittertunnel, sondern in einer Art energetisch abgegrenzter Gewahrsamszelle für unliebsame Eindringlinge – oder das Maschinenwesen hatte das Transportsystem dahingehend umfunktioniert. Auf jeden Fall begann Dhark sich mehr und mehr zu wundern, dass dieser Transfer überhaupt kein Ende zu nehmen schien.

Sie hatten das Ende des Durchgangstunnels noch immer nicht erreicht und es war auch nicht absehbar, wann das geschehen würde. Das Ende des Tunnels war auch zu keinem Zeitpunkt sichtbar gewesen. Entweder man hatte das Gefühl, dass er sich endlos lang in den Raum hinein erstreckte und sich irgendwo in einem wirbelnden, grauen Nichts verlor, von dem unmöglich abzuschätzen war, wie weit es entfernt sein mochte, oder es entstand der Eindruck, nur bis zu nächsten Biegung des Tunnels sehen zu können.

Als die beiden Terraner ihren Weg fortsetzten, wurde das Äußere des Transmittertunnels plötzlich sehr klar und transparent. Mehrere Explosionen waren jetzt deutlich zu sehen. Sie waren so hell, dass die automatische Abblendfunktion der W-Anzug-Helme aktiviert wurde, um deren Träger davor zu schützen, eventuell geblendet zu werden.

Eine Flotte von Raumschiffen stand einer Wolke aus Quadereinheiten unterschiedlichster Größe gegenüber. Dort draußen im All tobte noch immer die Raumschlacht zwischen den Quadereinheiten und der Verteidigerflotte der rätselhaften Generatoranlage, die das gewaltige Quaderkonstrukt, in dessen Inneren sich Tschobe und Dhark zweifellos noch immer befanden, einfach verschluckt hatte. Verschluckt und in die eigenen Systeme restlos integriert, so schien es zumindest bisher.

Die Generatoranlage musste eine extrem große Bedeutung gehabt haben. Anders war es nicht zu erklären, dass die Verteidigerflotte den Kampf immer noch nicht aufgegeben hatte, obwohl sie eigentlich längst geschlagen war.

Aber das schien man auf der Seite der Verteidiger nicht einsehen zu wollen. Man versuchte immer noch, das Blatt zu wenden. Das gigantische Konstrukt reagierte dann mit harten Gegenmaßnahmen. In der Regel lösten sich dann Aberhunderte von Quadereinheiten unterschiedlichster Größe aus dem Konstrukt heraus und attackierten die Angreifer. Meistens hatten sie dabei auch einen großen Erfolg. Gegen die ausgesprochen koordiniert vorgehende Abwehr der Quader hatte die Gegenseite auf die Dauer kaum eine Chance.

Unter anderem deshalb hatte Dhark mit dem Phasmi Annamnam, der zu jener Verteidigerflotte gehörte, besprochen, dass die Terraner im Inneren des Quaderkonstrukts nach einer Möglichkeit suchen würden, dieses außer Gefecht zu setzen. Die Verteidiger hingegen sollten die feindlichen Einheiten währenddessen ablenken, aber nicht mehr versuchen, einen Vernichtungsschlag auszuüben. Das Konstrukt war Annamnam und dessen Verbündeten nämlich weit überlegen und würde sie auf Dauer alle vernichten. Hatten sie Dharks Vorschlag vor wenigen Stunden noch zugestimmt, schienen sie es sich jetzt anders überlegt zu haben.

Darüber konnte Dhark nur den Kopf schütteln. Gleichzeitig war ihm aber auch bewusst, dass er nicht deren Kommandant war und sie machen konnten, was sie wollten. Er trug keine Verantwortung für sie.

Die beiden Terraner sahen einige Augenblicke fasziniert zu, wie die aus dem Verbund des Konstruktes herausgelösten Quader ihrerseits zu noch kleineren Einheiten zerfielen. Sie beschleunigten dann mithilfe irgendeiner bisher noch nicht enträtselten Technik auf Werte, die sie zu einer gefährlichen Waffe machten. Sie bildeten anschließend eine Art quasi-intelligent agierenden Schwarm von quaderförmigen, sich selbst steuernden Geschossen. Für ihre zerstörerische Wirkung kamen sie ganz ohne irgendeine erkennbare Energiezufuhr von außen aus.

Wie ein kosmischer Hagelschlag prasselten sie dann auf die gegnerischen Schiffe ein. Ein Hagel todbringender winziger Geschosse, von denen auch noch jedes einzelne in der Lage zu sein schien, sich selbst zu steuern. Die Wirkung der Treffer basierte einerseits auf der Dichte und Kompaktheit des Materials, aus dem Quadereinheiten bestanden, und andererseits aus den enormen Beschleunigungswerten, zu denen diese Objekte aus dem Stand heraus in der Lage waren.

Wie sie die dafür notwendigen Energiemengen erzeugten, war nach wie vor ein Rätsel.

Manche der urplötzlich zu Geschossen mutierten Quaderobjekte wurden durch Schutzschilde abgewehrt, aber oft genug brachen diese unter den Angriffen zusammen. Auch deren Belastungsfähigkeit hatte schließlich ihre Grenzen, und die wurden in Fällen offenbar deutlich überschritten.

Es kam zu furchtbaren Explosionen, wenn die Quaderobjekte von der Größe einer menschlichen Faust durch die Außenhülle eines Raumschiffs drangen. Das plötzlich im Inneren des Schiffs auftauchende Objekt verdrängte blitzartig durch seine schiere räumliche Ausdehnung die dort vorhandene Materie, zum Beispiel die Atemluft. Das löste in der Regel eine nach außen gerichtete Schockwelle aus.

Gab es mehrere solcher Treffer, zerplatzte das getroffene Raumschiff einfach.

Es gab kein theoretisch denkbares Material im gesamten Universum, das einer solchen, sich von innen nach außen fortsetzenden Schockwelle hätte standhalten können. Die Gesetze der Physik waren da unerbittlich.

Sobald es einem derartigen Geschoss gelungen war, die Außenhülle zu durchschlagen, und es ins Schiffsinnere eingedrungen war, gab es keine Rettung mehr.

Die Zerstörung war vorprogrammiert. Je nach Größe des getroffenen Schiffs und der Anzahl der Treffer konnte das entweder länger dauern oder sehr schnell gehen. Einen Explosivstoff brauchten solche Geschosse nicht.

Zu der nach außen gerichteten Schockwelle kam eine unvermeidliche thermische Reaktion, verursacht durch die Reibung mit der innerhalb des Schiffs vorhandenen Materie, insbesondere der Atemluft.

Die Kampfweise der Quader war von barbarischer Einfachheit – und doch so hocheffektiv, wie es kaum eine moderne Raumflotte erreichte.

Dhark sah, wie ein größerer, stabförmiger Raumer der Phasmi, die unter den Verteidigern des mutmaßlichen Generators eine herausragende Rolle spielten, innerhalb von Augenblicken zu einem gewaltigen atomaren Feuerball wurde.

Er stellte allerdings fest, dass innerhalb des Transmittertunnels keinerlei thermische Auswirkungen dieses Geschehens durch das Ortungssystem seines W-Anzugs messbar waren. Dasselbe galt für die Strahlungswerte, bei denen man ebenfalls eine sprunghafte Erhöhung hätte annehmen können. Schließlich schien sich die Explosion in der unmittelbaren Nähe abgespielt zu haben – auf jeden Fall nahe genug, um von den damit verbundenen Hitze- und Strahlungsemissionen betroffen zu sein.

Der Transmittertunnel schien einen wirkungsvollen Schutz dagegen zu bieten oder es handelte sich bei dem, was die beiden Terraner in diesen Sekunden im Weltraum beobachteten, lediglich um eine Projektion auf die energetische Membran.

Überall geisterten glühende Trümmerteile explodierter Raumschiffe durch das All.

Für Dhark und Tschobe war es beinahe so, als wären sie mitten in der Schlacht und würden auf eine fantastische Art und Weise zwischen den kämpfenden Raumschiffen durch das All spazieren. Es war beeindruckend und surreal.

Aber Dhark kam zunehmend der Gedanke, dass hier irgendetwas nicht stimmen konnte.

Sein W-Anzug meldete plötzlich ein paar rätselhafte Signale.

Tschobe drehte sich mit fragendem Blick zu Dhark um.

»Sie haben es auch empfangen, nicht wahr?«, fragte dieser.

»Ja, Ren.«

»Haben Sie irgendeine Ahnung, was das sein könnte?«

»Es könnte sich um eine Art Peilsignal handeln. Aber das ist jetzt wirklich nur eine Vermutung.«

Die Zurückhaltung bei der Benutzung des Helmfunks hatten sie in diesem Moment aufgegeben. Sie war jetzt vielleicht nicht mehr sinnvoll.

»Könnte es sein, dass jemand versucht, Kontakt mit uns aufzunehmen?«, fragte Dhark.

»Ausgeschlossen ist das nicht. Die Identifizierung des Signals war bislang nicht erfolgreich. Die Funktion des Signals ist ebenfalls unklar. Die Wahrscheinlichkeit, dass es sich um ein Kommunikationssignal handelt, würde ich als hoch ansehen.«

»Sind wir die Adressaten des Signals?«, wollte Dhark wissen.

»Ich vermute nicht«, erklärte Tschobe. »Es war plötzlich einfach da, als wäre es automatisch aktiviert worden.«

»Dann könnte es sich um eine Funktion des Transmittersystems handeln«, vermutete Dhark.

»Leider lässt es sich nicht entschlüsseln«, stellte Tschobe fest. »Ich habe jetzt bereits mehrere Versuche in dieser Hinsicht gestartet. Wenn ich mich mit Artus in Verbindung setzen könnte, wäre ich vielleicht erfolgreicher. Aber unter den gegebenen Umständen ist nicht damit zu rechnen, dass es mir in absehbarer Zeit gelingen wird, es zu entschlüsseln. Ich brauche einen leistungsstärkeren Rechner dafür.«

Dhark dachte nach. Wenn es sich um eine automatisch aktivierte Funktion des hiesigen Transmittersystems handelte, dann hatte es vielleicht doch eine Kommunikationsfunktion. Vielleicht war es ein Hinweis für die Benutzer des Systems. Wenn jemand den Transmittertunnel betrat, erfolgte irgendeine wichtige Mitteilung in Form dieses Signals.

Unglücklicherweise war Dhark ebenso wenig wie Tschobe in der Lage, es zu entschlüsseln.

Ob wir nur deshalb in diesem Tunnel festsitzen, weil wir diese Botschaft nicht beachtet haben?, überlegte er und sagte per Helmfunk: »Früher oder später müssen wir mit der anderen Seite Kontakt aufnehmen. Dann können wir es auch jetzt einfach mal versuchen.«

»Sie schlagen vor, dass wir ein Antwortsignal senden?«, vergewisserte sich Tschobe.

»Ich nehme an, das dürfte kein Problem sein, oder?«, gab Dhark zurück.

»Technisch gesehen nicht. Die Frage ist, wie die andere Seite darauf reagiert.«

»Ein gewisses Risiko müssen wir da vielleicht einfach eingehen, sonst sitzen wir hier morgen noch fest.«

»Wenn wir selbst ein Signal senden, weiß die andere Seite auf jeden Fall, wo wir sind.«

»Es würde mich sehr wundern, wenn die andere Seite das nicht sowieso schon weiß, zumal nach unserer Begegnung mit dem Maschinenwesen. Sollte es mehrere davon geben, wovon ich ausgehe, dann wird es die Begegnung mit uns wohl auf keinen Fall für sich behalten.«

Das gewaltige Konstrukt, in das sie eingedrungen waren, war nach Dharks Auffassung nichts anderes als eine gigantische Raumstation, in der irgendein intelligentes Wesen – oder eine Gruppe von Wesen – das Kommando führte. Die Begegnung mit dem Maschinenwesen, das vor ihnen geflohen war, hatte diese Vermutung für ihn fast schon zur Gewissheit werden lassen.

Die Cyborgs waren in einer verzweifelten Lage. Ein Kraftfeld hielt sie gefangen, und Bram Sass war schwerverletzt und musste dringend behandelt werden, was aber im Moment nicht möglich war. Für Sass und die anderen Cyborgs gab es nur dann noch Hoffnung, wenn man mit den Herren dieser Gigantstation Kontakt aufnahm und sie dazu bewegte, das Kraftfeld abzuschalten.

Die Alternative war, die Energieversorgung des Kraftfeldes zu zerstören. Aber das konnte wiederum unkalkulierbare Folgen nach sich ziehen, die sie alle in Gefahr brachten.

Und davon abgesehen gab es ja noch einen weiteren Grund, um mit dem Kommandanten des Quaderkonstrukts in Kontakt zu kommen: jener ominöse Generator, der von dem gigantischen Konstrukt absorbiert worden war. Eine Anlage, die derzeit die einzige Hoffnung für Ren Dhark und seine Mannschaft darstellte, aus dieser unbekannten Raumregion zurück in die bekannte Galaxis Maffei 1 zu gelangen.

»Antwortsignal gesendet«, meldete Tschobe. »Dann warten wir mal ab, was passiert.«

»Fragt sich nur, ob die andere Seite unser Funksignal auch als Nachricht erkennt. Die energetischen Turbulenzen in der Tunnelmembran könnten es womöglich verzerren.«

»Unser Helmfunk erfährt keinerlei Störungen«, hielt der Bordarzt der POINT OF, der darüber hinaus auch Funkspezialist war, dagegen.

Dhark nickte und überprüfte seinen Multikarabiner. Er wusste, dass Waffen bei einer friedlichen Kontaktaufnahme eher kontraproduktiv waren, doch nach allem, was er bisher im Zusammenhang mit den Quadern erlebt hatte, kam es nicht infrage, den Multikarabiner abzulegen.

»Ich bekomme auf mein Signal keinerlei Antwort«, ließ Tschobe ihn schließlich wissen. »Ich habe es jetzt noch einmal verstärkt und den Frequenzbereich erweitert. Aber …« Er sprach nicht weiter, sondern runzelte die Stirn. Dann schüttelte er den Kopf, was Dhark durch den transparenten Helm von Tschobes W-Anzug gut sehen konnte. »Ich starte einen weiteren Versuch, diesmal mit ein paar Modifikationen«, kündigte Tschobe an.

Aber das Ergebnis war dasselbe. Das Signal, das er aufgezeichnet hatte, wurde in gleicher Weise weitergesendet. Es war jedoch nicht die geringste Reaktion auf seinen Kommunikationsversuch erkennbar.

»Was immer auch der Grund sein mag, die ignorieren uns einfach!«, stellte Tschobe fest.

»Oder es ist einfach kein Kommunikationssignal«, meinte Dhark.

»Ich werde das Signal weiterhin aufzeichnen und jede Veränderung sofort melden, sobald sie eintritt«, erwiderte Tschobe. »Möglicherweise können wir aufgrund einer breiteren Datenbasis dann eine eingehendere Analyse durchführen.«

»Manu, wir müssen dringend eine Möglichkeit finden, um Kontakt aufzunehmen«, beharrte Dhark. »Wenn das auf diese Weise nicht geht, dann muss ein anderer Weg gefunden werden. Es geht um Mister Sass' Leben. Der hält das nicht mehr lange durch.«

»Brauchen Sie mir nicht zu sagen, Ren. Ich bin Arzt und habe gesehen, in welchem furchtbaren Zustand wir ihn zurücklassen mussten. Das Problem ist, dass unser hypothetischer Kommunikationspartner anscheinend überhaupt kein Interesse an einer Kontaktaufnahme hat.« Er atmete tief durch.

»Versuchen wir es trotzdem weiter«, bestimmte Dhark. Immerhin konnte es auch sein, dass auf der anderen Seite jemand genauso über die Bedeutung der Antwortbotschaft rätselte, wie es Dhark und sein Begleiter umgekehrt mit dem plötzlich auftretenden Signal taten.

2.

Ren Dhark und Manu Tschobe setzen ihren Weg fort. Wieder schienen sie mit wenigen Schritten enorme Strecken hinter sich zu bringen. Sie folgten einer fantastischen Straße durch das Weltall.

Dhark dachte an die Siebenmeilenstiefel aus dem Märchen. Das, was sie gerade erlebten, erschien ihm wie eine Illustration dieses Begriffs, nur dass es in diesem Fall weit mehr als läppische sieben Meilen waren, die hier mit einem Schritt zurückgelegt werden konnten.

Die energetische Umhüllung des Transmittertunnels schien sich nach und nach immer mehr zu beruhigen. Zumindest war das der Eindruck, der sich anhand der Optik vermittelte. Die Energiewirbel wurden seltener und nahmen weniger Raum ein. Die Tunnelwand wurde überwiegend klar und transparent. So transparent, dass man manchmal vergessen konnte, dass da noch eine Barriere war, die sie vom Weltraum trennte.

Die letzten eingetrübten, grauen Zonen lösten sich nun auf und verschwanden schließlich. Selbst der Untergrund, auf dem die beiden Terraner gingen, wurde jetzt durchsichtig und wirkte wie ein Boden aus Glas.

Aus den Augenwinkeln heraus bemerkte Dhark etwas. »Manu! Sehen Sie! Da fliegt gerade ein Flash an uns vorbei!«

Tschobe wandte den Kopf. »… oder wir an ihm, Ren.«

»Ja, ich weiß. Alles nur eine Frage der Perspektive.«

Das Intervallum des Flash schimmerte leicht. Über die optischen erfassbaren Informationen konnten keine weiteren Ortungsdaten zu diesem Flash empfangen werden. Aber das war auch nicht zu erwarten. Schließlich befand man sich innerhalb eines Transmittertunnels, der in jedem Fall auf gewisse Weise vom

Rest des Universums abgetrennt war. Entweder war man in einer Art Zwischenkontinuum oder in einer Raumverzerrungsblase. Beides konnte sowohl normalen Funkverkehr als auch die Funktion von Sensoren stören.

»Es ist gar nicht gesagt, wer von uns schneller durch das All jagt: wir oder der Flash«, meinte Tschobe. »Ich versuche gerade, Kontakt mit unseren Leuten aufzunehmen. Eigentlich müssten wir uns in Funkreichweite befinden.«

Ein paar Augenblicke vergingen.

»Und?«, fragte Dhark.

»Kein Erfolg.«

»Versuchen Sie es noch mal!«

»Der Pilot antwortet nicht, Ren. Ich habe bereits versucht, dabei die Sendeleistung zu verdoppeln, und zwar das maximal Mögliche. Es kommt keine Antwort.«

Dhark versuchte es ebenfalls noch einmal. Und dann kam ihm ein Gedanke. »Bei allem, was wir schon erlebt haben, ist uns doch beiden klar, dass dieser Transmitter sehr ungewöhnlich funktioniert.«

»Ja, das kann man so sagen«, bestätigte Tschobe, der zwar ein ausgewiesener Funkspezialist war, aber im Moment den Eindruck machte, als wüsste er nicht so genau, worauf Dhark hinauswollte.

»Könnte es nicht sein, dass wir uns in Wahrheit gar nicht bewegen?«, fragte Dhark dann im nächsten Moment. »Wäre es nicht denkbar, dass das alles, was wir hier sehen, nichts anderes als eine sehr gute Projektion ist?«

»Theoretisch ja.«

Tschobe nickte. »Das würde einiges erklären. Wenn das nur eine Projektion ist, dann bedeutet das, wir befinden uns in Wirklichkeit ganz woanders.«

»Und deshalb können wir auch einen Flash, der quasi an uns vorbeifliegt, nicht anfunken, weil er viel zu weit weg ist.«

»Das klingt logisch, Ren.«

»Die Frage ist dann aber, *wo* wir uns tatsächlich befinden«, hielt Dhark fest.

»Normalerweise würde ich in so einem Fall vermuten, dass wir uns immer noch am Ausgangspunkt befinden.«

»Aber das kann nicht sein. Dann wären Artus und Mister Hornig hier, und womöglich würden uns doch noch ein paar Quadergeschosse um die Ohren fliegen. Der Durchgang hat sich aber hinter uns geschlossen.«

»Die andere Möglichkeit ist, dass wir uns in einem anderen Kontinuum befinden«, meinte Tschobe.

»Aber hätten wir dann eine so gute Sicht nach draußen?«

»Das ist eine gute Frage, Ren. Ich fürchte, im Moment können wir sie nicht beantworten. Tatsache ist aber, dass das Wesen, dem wir gefolgt sind, diesen Tunnel irgendwie verlassen haben muss – und wir jetzt hier gefangen sind.«

»Es könnte aber auch sein, dass wir einfach dem Tunnel nur noch nicht weit genug gefolgt sind«, hielt Dhark dagegen.

»Ich gebe zu, dass diese Transmitterpassage für unsere Verhältnisse ungewöhnlich lang dauert«, erklärte Tschobe jetzt seinen Gedankengang. »Aber wir dürfen eines nicht vergessen: Was in so einem Fall als angemessen anzusehen ist, beurteilen wir nach terranischen Maßstäben. Die Wesen, die dieses Transmittersystem benutzen, könnten da ein ganz anderes Empfinden haben. Möglicherweise sind wir nur ein Opfer unserer eigenen vorgefassten Meinung, die besagt, dass eine Transmitterpassage maximal ein paar Sekunden dauern darf.

Ich nehme mich selbst in dieser Hinsicht übrigens keineswegs aus. Aber es könnte doch sein, dass hier Wesen existieren, die in diesem Punkt schlicht ganz andere Vorstellungen haben oder sogar den Verlauf der Zeit anders empfinden, als es unserem Standard entspricht.«

»Natürlich könnte das sein, Manu«, gab Dhark zu. »Aber mein Instinkt sagt mir, dass dies nicht der Grund ist, weshalb sich eine Nullzeit-Transmitterpassage für uns im Moment so unendlich ausdehnt.«

*

Die energetische Umhüllung des Transmittertunnels war jetzt beinahe glasklar. Dhark hatte das Gefühl, direkt im Weltraum zu stehen. Es konnte einem schwindelig dabei werden, denn diese Erfahrung widersprach allem, woran der menschliche Gleichgewichtssinn gewöhnt war.

Von oben erschien eine Wolke aus mindestens zwei Dutzend großen Quadern. Das System des W-Anzugs konnte die Objekte nur visuell erfassen; weitere Ortungsdaten fehlten. Danach schätzte das System von Dharks W-Anzug die Größe der einzelnen Quader auf sechzig bis siebzig Meter. Zweifellos näherte sich dieser Quaderverband seiner Position – zumindest sah es so aus. Einzelne Einheiten zerfielen jetzt zu kleineren, wiederum quaderförmigen Elementen, deren Geschwindigkeit dann zunahm.

»Achtung, wir werden von oben angegriffen!«, meldete Manu Tschobe und nahm den Multikarabiner im Anschlag.

»Vermutung bestätigt«, sagte jetzt Dhark. »Die Formation entspricht bekannten Angriffsformationen der Quader. Ein Vergleich der optischen Daten ergibt eine achtundneunzigprozentige Übereinstimmung mit bisher aufgezeichneten Angriffsmanövern. Das meldet jedenfalls das Ortungssystem meines W-Anzugs.«

»Dann sollten wir uns wehren«, fand Tschobe. »Ich verbinde mich schon mal mit der Zielerfassung meines Multikarabiners.«

»Halt, noch nicht feuern!«, befahl Dhark. »Wir befinden uns innerhalb eines Transmittertunnels. Wir wissen nicht, was geschieht, wenn wir hier wild herumballern.«

»Aus meiner Sicht gibt es zwei wahrscheinliche Möglichkeiten«, sagte Tschobe. »Nadelstrahlen könnten entweder durch die Außenhülle des Transmittertunnels hindurchdringen oder darin diffundieren. Duststrahlen dürften sehr wahrscheinlich von der energetischen Außenhülle absorbiert werden und gar nicht nach außen dringen. Aber die waren bisher gegen die Quader ja auch nur mäßig wirksam.«

»Ja, oder wir zerstören damit unbeabsichtigt den ganzen Transmittertunnel und möglicherweise sogar durch Rückkopplungseffekte das gesamte Transportsystem.«

Es entstand eine kurze Pause des Schweigens.

»Die Möglichkeit besteht«, räumte Tschobe ein.

Dhark hob die Augenbrauen. »Der Einsatz unserer Waffen könnte einerseits wirkungslos sein und andererseits für uns selbst gefährlich werden. Sollte der Transmittertunnel seine energetische Hülle verlieren, könnte das bedeuten, dass wir, selbst wenn wir uns in einem Zwischenkontinuum befinden sollten, einfach ins All stürzen.«

Dieses Argument war nicht von der Hand zu weisen. Aufgrund der Tatsache, dass sie W-Anzüge trugen, hätte das zwar nicht unmittelbare Lebensgefahr bedeutet, aber sie wären dann mehr oder weniger manövrierunfähig gewesen – freischwebend in einem unbekannten Gebiet des Weltraums.

Zwar konnte man annehmen, dass die Entfernung zur POINT OF nicht so groß gewesen wäre, dass man sie nicht hätte überbrücken können, aber zunächst einmal wären sie im All gestrandet. Ob und wann man sie wiedergefunden hätte, wäre ungewiss. Auf jeden Fall würde für Bram Sass dann wohl jede Rettung zu spät kommen.

Erneut teilten sich die größeren Quadereinheiten in kleinere auf, und diese wiederum zerfielen noch weiter. Ein Hagelschauer von Geschossen kam da auf Dhark und Tschobe zu. Es war ein ganzer Schwarm, der sich genau so konfigurierte, wie das in zahllosen Kampfmanövern der Quadereinheiten zuvor beobachtet worden war.

An den Absichten dieses Quaderschwarms konnte eigentlich kein Zweifel bestehen.

Die Gedanken rasten nur so in Dharks Kopf. Egal, was sein Mitstreiter und er auch taten oder unterließen – ihre Lage war in jedem Fall wohl völlig verzweifelt und aussichtslos. Die Umhüllung des Transmittersystems war ganz sicher kein Intervallum, aber vielleicht doch in manchen Aspekten vergleichbar, insbesondere was die Versetzung des umschlossenen Volumens in ein anderes Kontinuum anging. Der Transmittertunnel könnte also durch den Angriff zerstört werden. Die Konsequenzen wären unabsehbar.

Möglicherweise ist die Zerstörung des Transmittertunnels sogar beabsichtigt, überlegte Dhark. *Die Kommandoinstanz des Quaderkonstrukts ist auf jeden Fall längst auf uns aufmerksam geworden. Sie wird uns als Eindringlinge und Invasoren wahrnehmen und auf jeden Fall vernichten wollen. Wenn die das Risiko eingehen.*

»Ich werde einen Probeschuss abgeben«, kündigte Dhark an. »Mit geringer Intensität.« Er feuerte und visierte eines der größeren Quaderobjekte an. Das Ortungssystem seines W-Anzugs zeigte nur die optischen Werte an. Temperaturwerte, Infrarotstrahlung, physikalische Struktur, Spektralanalyse, all das fehlte.

Der Nadelstrahl traf nicht. Er erreichte nicht einmal annähernd sein Ziel, denn die Außenhülle des Transmittertunnels hielt ihn auf und ließ ihn diffundieren. Energiewirbel entstanden und trübten auf einem größeren Areal jetzt die Sicht ein.

Dhark hatte den Eindruck, dass die Energie des Nadelstrahls von der Außenhülle des Transmittertunnels verteilt und absorbiert wurde.

»Eine Abwehr des Angriffs ist offenbar nicht möglich«, hielt Manu Tschobe fest und ließ seinen Multikarabiner sinken. »Einen Versuch war es wert.«

Die Lage schien aussichtslos. Es gab keine Deckung. Ein direkter Treffer der exponentiell beschleunigenden kleinen Quadereinheiten war angesichts der Vielzahl der Geschosse höchstwahrscheinlich. Mit der Zerstörung des Transmittertunnels musste gerechnet werden. Der Auftreffzeitpunkt auf die äußere Hülle des Transmittertunnels wurde von der Ortung der beiden W-Anzüge übereinstimmend in dreiundzwanzig Sekunden prognostiziert.

*

»Wegzulaufen dürfte jetzt wenig Sinn haben«, meinte Manu Tschobe. »Egal, in welche Richtung wir laufen würden, wir wären nicht schnell genug. Und abgesehen davon hat sich der Durchgang, den Artus offenhalten sollte, irgendwie geschlossen. Jedenfalls kann ich ihn nicht mehr sehen.«

Dhark blickte zurück. Tschobe hatte recht. Dann entdeckte er etwas anderes.

Schräg unter ihnen tauchte jetzt eine Raumflotte auf. Es waren Schiffe unterschiedlicher Größe und Bauart. Ein erheblicher Teil jedoch von ihnen glich den stabförmigen Phasmi-Schiffen.

Die Schiffe formierten sich zu Angriffsformationen.

»Sehen Sie mal dort, Manu!«, sagte Dhark.

»Ren, könnte es sein, dass wir vielleicht gar nicht das Ziel dieses Angriffs sind?«, fragte Tschobe.

»Sieht ganz so aus.«

»Ob das unsere Lage wirklich verbessert, müssen wir mal abwarten«, meinte Tschobe. »Genau zwischen zwei feindlichen Raumkampfverbänden. Ich glaube, das ist auf die Dauer kein besonders gemütlicher Aufenthaltsort!«

Die Raumflotte, die zweifellos zu den Verteidigereinheiten des Generators gehörte, die von dem gigantischen Konstrukt absorbiert worden war, nahm jetzt die Quader unter Feuer. Einige größere Quadereinheiten wurden zerstört, andere zerfielen dabei jedoch zu kleineren Einheiten, die dann mit unglaublicher Geschwindigkeit weiterrasten.

Nur wenige Teile der beschossenen Großquader verglühten im Feuer der Raumschiffe. Die meisten dieser Energieschüsse der Raumflotte gingen an dem Transmittertunnel vorbei. Doch einige schienen ihn auch zu treffen, allerdings ohne dass irgendeine unmittelbare Wirkung festzustellen war.

Das Gleiche galt für die Quaderelemente, die nun auf die Außenhülle des Tunnels prasselten. Es war ein beängstigender Anblick. Optisch hatte man den Eindruck, dass die Geschosse plötzlich stoppten, um dann auf der anderen Seite des Tunnels ihren Weg fortzusetzen.

So als wäre der Tunnel gar nicht da!, durchfuhr es Dhark. *Es handelt sich also tatsächlich nur um eine Illusion? Oder befinden wir uns in einem anderen Kontinuum und blicken mit einer Art Reizstrahl in das Einsteinuniversum?*

Eine ganze Weile dauerte dieser Hageleinschlag, der aber für den Transmittertunnel vollkommen ungefährlich zu sein schien.

»Anscheinend haben wir die Gefahr überschätzt«, erklärte Tschobe hörbar erleichtert. »Vermutlich sind wir von falschen Voraussetzungen ausgegangen. Sollten wir uns tatsächlich in einer Art Zwischenkontinuum befinden, das durch dieses Transmittersystem zum Transport genutzt wird, dann wäre das alles erklärlich.«

»Sie meinen ähnlich wie bei einem Intervallum«, erwiderte Dhark.

»Exakt«, bestätigte Tschobe, der offenbar denselben Gedanken gehabt hatte. »Wenn man mit einem Intervallfeld durch feste Materie fliegt, gibt es ja auch keinerlei Interaktion zwischen Materie und dem vom Intervallum umschlossenen Raumschiff.«

»Das wäre eine mögliche Erklärung«, glaubte Dhark.

»Haben Sie noch eine andere?«, fragte Manu Tschobe.

»Ich weiß nicht«, sagte Dhark. »Haben Sie sich mal gefragt, ob das alles hier eine Illusion sein könnte? Das wäre doch auch eine Erklärung für das, was wir gerade erlebt haben. Alles wäre dann eine Projektion. Eine Projektion, die einem zeigt, wo man hinreisen könnte.«

Tschobe schwieg einen Moment. Dann sagte er: »Das ist eine interessante Theorie. Artus könnte uns über deren Wahrscheinlichkeit vielleicht eine zuverlässige Aussage machen. Aber der ist im Moment nicht hier.« Die beiden Terraner sahen sich um. Die Raumschlacht hatte sich nun verlagert oder Dhark und Tschobe hatten sich in den letzten Minuten so weit fortbewegt, dass die Auseinandersetzungen nicht mehr in ihrer unmittelbaren Nähe tobten.

»Gehen wir weiter«, forderte Dhark seinen Mitstreiter auf. »Wenn das alles wirklich eine Projektion ist, dann hat die normalerweise auch irgendeinen Sinn.«

»Eigentlich kann dieser Sinn nur darin bestehen, jemanden von A nach B zu bringen und ihm das so leicht wie möglich zu machen«, schloss Manu Tschobe. »Wozu braucht man sonst einen Transmitter? Und dieser Tunnel, in dem wir uns befinden, muss irgendeine Art energiebasiertes Steuermodul für den Transmitter sein.«

Dhark nickte. »Genau in diese Richtung ging mein Gedanke.«

»Und wir sind zu blöd, das Ding zu bedienen, deswegen kommen wir hier nicht raus …«

»… während es für das Maschinenwesen offenbar überhaupt kein Problem ist, das Transportsystem zu betreten und wieder zu verlassen und dann an den Ort zu gelangen, wo es hinwill«, vollendete Dhark den Satz seines Freundes.

»Wir bräuchten so etwas wie eine Bedienungsanleitung«, meinte Tschobe. »Aber so etwas liegt ja hier leider nicht herum.«

»Die Frage ist, ob wir diese Bedienungsanleitung nicht einfach übersehen haben …«

»… und sie die ganze Zeit über vor unserer Nase war?«

»Manu, wenn Gebrauchshinweise zur Benutzung irgendeines Systems einen Sinn haben sollen, dann müssen sie leicht zugänglich sein.«

»Allerdings nicht für uns, sondern für die mutmaßlichen Bewohner des Konstrukts.«

»Mir fallen da wieder die eigenartigen Signale ein, die wir schon ziemlich zu Beginn unserer Wanderung bemerkt haben«, erklärte Dhark.

»Meinen Sie, die haben damit was zu tun?«

»Ich würde das nicht ausschließen.«

*

Minuten vergingen, aber das Ende des mysteriösen Transmittertunnels hatten die beiden Terraner noch immer nicht erreicht. In der Ferne des freien Alls war noch einmal kurz der Flash zu sehen, der ihnen zuvor schon einmal begegnet war.

Allerdings stellte Ren Dhark erneut fest, dass sein W-Anzug abgesehen von den optischen Daten keinerlei Ortung des Flash empfing. Das hätte aus dieser Distanz eigentlich der Fall sein müssen. Zumindest irgendeine funktechnische oder energetische Signatur hätte vorhanden sein müssen, aber davon war nichts feststellbar.

Der Flash verschwand nun endgültig aus dem Sichtbereich der beiden Terraner.

Manu Tschobe schien denselben Gedanken gehabt zu haben wie Dhark. »Ich weiß, dass es vermutlich keinen Sinn hat, den Flash nochmals anzufunken. Ich habe es trotzdem versucht, es hatte keinen Erfolg. Genauso wenig habe ich eine Antwort von diesem ominösen Signalgeber bekommen, der sich seit kurzem bemerkbar gemacht hat. Entweder man ist an Kommunikation grundsätzlich nicht interessiert oder es liegen andere Umstände vor, die das verhindern.«

»Schwebt Ihnen da irgendetwas Konkretes vor, Manu?«

»Ich bin das Ganze mal systematisch angegangen. Ich glaube, Hypothese Nummer eins, dass dieser Transmittertunnel sich in Form einer Raumverzerrungsblase durch den Raum schlängelt, können wir verwerfen.

Genauso die Hypothese Nummer zwei, dass es sich vielleicht um ein Zwischenkontinuum handeln könnte. Ich glaube inzwischen eher, dass das, was Sie vermutet haben, die richtige Antwort ist, nämlich dass all dies hier nur eine Projektion ist. Sonst hätten wir Ortungsdaten über den Flash empfangen müssen, nicht wahr?«

»Ja, zum Beispiel. Der hatte auch bei mir keine Energiesignatur, was natürlich unmöglich ist. Die Schlussfolgerung könnte doch sein, dass wir in irgendeine Art von Transportsystem hineingeraten sind, das über Ein- und Ausgänge verfügt und innerhalb dessen man sich bewegen kann«, schloss Dhark.

»Wenn das stimmt, dann geht es für uns jetzt darum, den Ausgang zu finden, nicht wahr?«, meinte Manu Tschobe.

»Ganz genau«, bestätigte Dhark. »Und vielleicht stimmt dann ja die Vermutung, dass wir längst da sind, wo wir sein wollen. Wir hätten in dem Fall den Ausgangspunkt schon erreicht und erkennen es nur nicht.«

»Ja, darüber habe ich auch schon nachgedacht. Es könnte sein, dass wir die Ausgänge aus diesem System einfach nicht erkennen können«, sagte Manu Tschobe. »Aber diese rätselhaften Signale könnten Hinweise darauf sein.«

»Aber irgendwie muss das Rätsel doch zu knacken sein«, beharrte Dhark. »Auf jeden Fall hat es jetzt wohl keinen Sinn, wenn wir einfach weiterlaufen. Dieser Tunnel wird nie enden, scheint mir.«

»Wie wäre es mit Worgun-Signalen?«, schlug Tschobe vor. »Vielleicht antworten die Herren dieses Konstrukts darauf.«

Dhark hob überrascht die Augenbrauen. »Weil Worgun eine relativ weitverbreitete Sprache im Universum ist?«

»Wir wissen, dass die Worgun vor Jahrtausenden in Maffei 1 gewesen sind, um hier Experimente durchzuführen, wie sie es auch in anderen Galaxien getan haben. Das Quaderkonstrukt ist zweifellos von einem hochtechnologisierten Sternenvolk entwickelt worden. Zumindest deutet die Existenz des Maschinenwesens darauf hin.«

Dhark nickte. »Da liegt es nahe, dass dieses Sternenvolk auf die Worgun gestoßen sein könnte. Ich spreche mal eine kurze Nachricht ein, die ich anschließend an Ihren W-Anzug sende. Strahlen Sie die dann mal auf allen Funkkanälen ab! Vielleicht antwortet ja tatsächlich jemand.«

*

Wenig später kam die ernüchternde Meldung von Tschobe, dass es leider keinerlei Reaktion gab, weder in Form einer eindeutig identifizierbaren Nachricht, noch konnte der Funkspezialist irgendwelche Änderungen in den allgegenwärtigen Signalmustern identifizieren.

»Nun«, meinte Dhark, »einen Versuch war es wert. Konzentrieren wir uns jetzt auf diejenigen Signale, die wir entdeckt haben. Die wiederholen sich, also werden sie wohl irgendeinen Zweck erfüllen.« Er blickte sich um. Zu beiden Seiten erstreckte sich der Tunnel ohne erkennbares Ende. »Ich bezweifle, dass es noch einen Sinn hat, weiterzugehen. Falls es sich tatsächlich um einen Transmittertunnel handelt, dann stellt es ein Transportsystem dar, das auf Effizienz ausgelegt ist. Wenn man hier ewig lange herumlaufen muss, um zum Ziel zu gelangen, wäre eine Art Magnettunnelbahn viel praktischer.«

»Wir müssen das Ganze aus der Perspektive der Konstrukteure betrachten«, sprach der Bordarzt der POINT OF Dharks nächsten Gedanken aus.

»Das Maschinenwesen hat den Transmitter betreten, um schnell von einem Ort zum anderen zu gelangen. Es verfügt über technische Möglichkeiten, die es sicherlich einsetzt. Und diese rätselhaften Signale sind bestimmt der Schlüssel dazu, diese Anlage wieder zu verlassen.«

»Wir sind im Augenblick in einer Situation wie jemand, der eine dieser altmodischen Aufzugskabinen aus der Prä-Weltraum-Ära von Terra benutzt hat, damit in den obersten Stock gefahren ist und jetzt den Knopf nicht findet, der die Tür aufmacht. Wenn wir so einen Knopf im übertragenen Sinne irgendwo sehen, dann sollten wir ihn einfach mal drücken.«

»Vielleicht ist er genau vor uns«, murmelte Ren Dhark nachdenklich. Dann kam ihm eine spontane Idee in den Sinn. »Könnten wir mit unseren Mitteln nicht vielleicht ein Gegensignal erzeugen?«

»Ein Gegensignal?«, fragte Tschobe.

»Eines mit genau entgegengesetzter Polarität zu den Funksignalen, die wir momentan schon die ganze Zeit über empfangen.«

Tschobe stutzte einen Moment. Er schien zu überlegen. »Ja, das geht. Das habe ich auch tatsächlich noch nicht versucht. Sie wollen darauf hinaus, dass die beiden Signale sich überlagern und aufheben?«

»Das könnte dem Druck auf den Türöffner gleichkommen, Manu. Destruktive Interferenz nennt man das.«

»Wir probieren das mal.«

Dhark ließ sich die entsprechenden Daten auf der Innenseite des transparenten Helms seines W-Anzugs anzeigen.

Manu Tschobe initiierte unterdessen die destruktive Interferenz.

»Beide Signale heben sich wie erwartet auf«, stellte der Funkspezialist fest.

»Aber ein Durchgang öffnet sich immer noch nicht.«

»Ja, aber es verändert sich was. Sehen Sie das?«

Tatsächlich wurden die Energiewirbel, die den Tunnel bildeten, dichter. Es war jetzt kaum noch möglich, ins freie All zu blicken.

»Wir sind nah dran, Ren, aber irgendeine Kleinigkeit fehlt uns noch. Ich glaube, dass wir auf der richtigen Spur sind«, meinte Tschobe. »Ich werde jetzt mal versuchen, auf mehreren Frequenzen gleichzeitig ein Gegensignal zu schicken. Und zwar so, dass es jeweils auf das Signal abgestimmt ist, das auf der jeweiligen Frequenz von dieser unbekannten Quelle gesendet wird.«

»Das könnte die Lösung sein«, sagte Dhark.

Der Erfolg ließ nicht lange auf sich warten. Zunächst trat erneut eine deutliche Verdichtung des energetischen Tunnels ein, in dem die beiden Terraner sich befanden. Dann öffnete sich ein Durchgang. Rein optisch ähnelte er dem Portal, durch das das Maschinenwesen getreten war und durch das auch Dhark und Tschobe in das Transportsystem hineingelangt waren.

»Ich schalte jetzt die Multifrequenzgegensignale wieder ab«, kündigte Tschobe an.

Die Reaktion folgte unmittelbar. Der Durchgang verschwand. Als er die Multifrequenzgegensignale erneut sendete, erschien der Durchgang wieder.

»Wir scheinen ein gutes Team zu sein«, sagte Dhark. »Das ist der Knopf, den wir gesucht haben.«

»Wir können jetzt den Durchgang passieren«, stellte Tschobe fest.

»Aber das sollten wir nicht tun«, erklärte Dhark.

»Nicht?« Tschobe wirkte überrascht. »Ich dachte, das war das Ziel der ganzen Übung!«

»Natürlich bin ich neugierig«, antwortete Dhark, »aber es könnte sein, dass wir dann nicht mehr zurückkönnen.«

Tschobe begriff sofort, worauf sein Freund hinauswollte. »Ohne Artus haben wir vielleicht keine Möglichkeit, uns mit dem System zu verbinden«, stellte er fest.

»Wir müssen also etwas vorsichtiger vorgehen.«

Manu Tschobe deutete mit ausgestrecktem Arm in Richtung des gerade geöffneten Durchgangs. »Das heißt, ich lasse diesen Durchgang jetzt wieder verschwinden?«, vergewisserte er sich anschließend.

»Ja«, bestätigte Dhark. »Und dann kehren wir um.«

»Ich hoffe, Sie haben einen guten Alternativplan, Ren. Es dürfte nämlich für Mister Sass langsam kritisch werden. Er ist quasi durch die Brust aufgespießt worden, und wenn er kein Cyborg wäre und nicht auch sonst noch ein paar besondere Umstände vorliegen würden, wäre er längst tot.«

»Das vergesse ich nicht«, versicherte Ren Dhark ihm. »Ganz gewiss nicht.«

*

Als der Durchgang verschwand, den Manu Tschobe mithilfe der Gegensignale geschaffen hatte, schien sich die Struktur des Transmittertunnels erneut zu verändern. Er wurde wieder klarer, transparenter. Das All wurde wieder sichtbar.

Allerdings war jetzt nichts mehr von irgendwelchen Kampfhandlungen zu sehen. Das musste natürlich nichts heißen. Es konnte ja sein, dass die beiden Terraner innerhalb des Transportsystems eine so weite Strecke zurückgelegt hatten – vielleicht sogar auch unwissentlich –, dass sie sich jetzt einfach in einem anderen Bereich befanden.

Aber das waren alles Spekulationen.

Für Ren Dhark kam es jetzt erst einmal darauf an, dass sein Mitstreiter und er zurück zu den anderen fanden. Die beiden gingen also ein Stück den Transmittertunnel zurück, wobei die Orientierung letztlich natürlich etwas schwierig war, denn es gab so gut wie gar keine optischen Anhaltspunkte. Oder besser gesagt: die, die es gab, waren keineswegs zuverlässig. Wenn nämlich tatsächlich das alles, was sie umgab, letztlich nichts anderes als eine Projektion war, dann ließen sich daraus auch keine Rückschlüsse auf die tatsächlich zurückgelegte Strecke ziehen.

»Ich vermute, wir sind wieder am Ausgangspunkt«, meinte Tschobe. »Wir können einfach mal ein paar Versuche starten, einen Durchgang zu öffnen. Wenn wir denjenigen gefunden haben, hinter dem sich Artus und Leutnant Hornig befinden, dann müssten wir sie ja eigentlich auch sehen können.«

Er öffnete mithilfe der Gegensignale einen ersten Durchgang. Es dauerte nur wenige Augenblicke, bis dieser sich aus einem kleinen Energiewirbel heraus gebildet hatte.

Doch dahinter war nichts zu sehen, was den beiden Terranern irgendwie bekannt vorkam. Weder Artus noch Leutnant Lap Hornig waren auszumachen. Und selbst für den Fall, dass sich die Gesuchten nicht in unmittelbarer Nähe des Durchgangs befanden, sondern sich nur in der Nähe aufgehalten haben, wären sie vermutlich anhand der Ortung der W-Anzüge registriert worden. Aber auch das war nicht der Fall.

»Hier sind wir offensichtlich falsch«, stellte Dhark fest.

»Also auf einen neuen Versuch, Ren.«

Tschobe schloss den Durchgang also wieder und versuchte es an einer anderen Stelle erneut. Wieder ohne Erfolg. Die beiden Terraner blickten durch die neue Öffnung in einen unbekannten Raum.

Dhark entdeckte dort ein paar schwebende Quadereinheiten, die eine rotierende Wolke bildeten und sich langsam zusammenschlossen, um dann innerhalb von wenigen Sekunden ein längliches, ebenfalls quaderförmiges Gebilde mit unbekanntem Zweck zu ergeben.

»Dieser Durchgang scheint in einer Art großen Hohlraum zu führen«, mutmaßte Tschobe. »Davon haben wir ja schon einige gesehen.«

»Keine Sterne, keine Raumschiffe, nur ein Schwarm tanzender Quaderobjekte, die irgendetwas erschaffen«, stellte Dhark fest.

»Wäre sicher interessant, sich dort umzusehen«, glaubte Tschobe.

»Leider haben wir dafür wohl keine Zeit«, rief ihm Dhark in Erinnerung. »Wir müssen uns auf das Wesentliche konzentrieren.«

»Ich weiß.«

»Also ein neuer Versuch!«

»Neuer Versuch kommt sofort«, kündigte Tschobe an. Er versuchte es noch zwei weitere Male.

Wieder ohne Erfolg. Aber dann entstand eine Öffnung, die vielversprechend aussah. Inzwischen hatte sich der wirbelnde Transmittertunnel um sie herum verändert. Er war so undurchdringlich grau geworden wie bei ihren ersten Versuchen, einen Durchgang zu erschaffen. Durch die jetzt entstandene Öffnung konnte man etwas Metallisches aufblitzen sehen. Dhark veränderte seinen Standpunkt, um ein paar Schritte weiter besser hindurchsehen zu können.

»Achtung!«, stieß er hervor. »Meiner Meinung nach sind wir hier richtig.«

»Dann nichts wie durch!«, forderte Manu Tschobe. »Wir wissen ja nicht, wie lange die Öffnung stabil ist. Schließlich sind wir bei der Bedienung dieses Transportsystems ja die reinsten Amateure und probieren nur herum.«

Dhark und Tschobe beeilten sich also, die Öffnung zu passieren.

Kurz darauf befanden sie sich innerhalb jener Maschinenanlage, von der aus sie aufgebrochen waren. Artus, der sich dort mit dem System des Konstrukts verbunden hatte, bemerkte sie natürlich sofort und musste wohl auch im Vorhinein schon ortungstechnische Anzeichen dafür registriert haben, dass sie zurückkehrten.

»Es freut mich, euch wiederzusehen«, sagte Artus. »Ich hatte da schon das Schlimmste befürchtet.«

Auch Leutnant Hornig hatte die Ankömmlinge bemerkt. Er stand am Ausgang des Innenbereichs der Maschine und hielt den Multikarabiner im Anschlag, um Angriffe der Quader abzuwehren. Aber besonders beschäftigt schien er im Moment nicht zu sein. Anscheinend hatte sich die Lage verhältnismäßig beruhigt.

»Willkommen zurück, Commander!«, rief Hornig über Helmfunk.

In diesem Augenblick entstand ein leuchtender Energiewirbel. Die Öffnung, die Dhark und Tschobe soeben passiert hatten, schrumpfte in sich zusammen wie ein immer kleiner werdender Mahlstrom und verschwand dann völlig.

»Es tut mir leid, Dhark«, sagte Artus. »Es war mir leider unmöglich, die Öffnung in den Transmittertunnel aufrechtzuerhalten. Er brach schon wenige Augenblicke, nachdem ihr auf die andere Seite gelangt seid, zusammen. Ich konnte leider nichts dagegen tun.«

»Halb so wild, Artus«, sagte Dhark.

Der Großserienroboter schien darüber trotzdem untröstlich zu sein, vor allen Dingen wohl deswegen, weil er keine Erklärung dafür hatte. »Wieso der Durchgang plötzlich instabil wurde, weiß ich nicht. Ich bin die vorhandenen Daten wieder und wieder durchgegangen, aber ich konnte nicht auf die Lösung kommen, um ihn wieder zu öffnen.

Womöglich habe ich ihn nur über eine Zufallsfrequenz aktiviert, die sich stetig verändert. Nun besteht für mich leider hier nicht die Möglichkeit, mich mit dem Checkmaster kurzzuschließen. Aber eigentlich müsste es mir möglich sein, so ein Phänomen durch eine gründliche Analyse der vorhandenen Informationen aufzuklären.«

»Dann sind wir vielleicht in diesem Punkt schon einen Schritt weiter«, sagte Manu Tschobe. »Wir haben nämlich herausgefunden, wie man solche Durchgänge erzeugt und wieder verschwinden lässt.«

»Dieses Transmittersystem funktioniert anders als gewohnt«, erklärte Ren Dhark. »Wenn man durch einen Durchgang, so wie den, durch den wir hineingelangt sind, in das Transportersystem hineinkommt, ist man von einer Art Simulation umgeben.«

»Zumindest vermuten wir, dass es sich um eine solche handelt«, ergänzte Tschobe. »Genau wissen wir das natürlich nicht, aber es spricht einiges dafür. Es handelt sich um eine tunnelartige Projektion, die quasi den Raum, der mit dem System zurückgelegt wird, simuliert. Man geht ein paar Schritte und hat das Gefühl, mit einem Flash ein Stück durch das All zu rasen, und sieht dabei auch Dinge, die möglicherweise außerhalb des Transportersystems sind.«

»Kann es sein, dass dies dazu dient, dass der Benutzer des Transportersystems sich das Reiseziel aussuchen kann?«, fragte Artus.

»Das ist sehr wahrscheinlich«, stimmte Dhark zu. »Leider kennen wir uns natürlich mit dem System nicht aus. Wir befinden uns also in der gleichen Lage wie ein Schimpanse, der einen Suprasensor ausprobiert und einfach mal zusieht, was passiert, wenn er hier oder dort drückt.«

»Mit dem Unterschied, dass wir zumindest einen wichtigen Knopf gefunden haben«, ergänzte Tschobe.

»Exakt«, stimmte Dhark zu. »Innerhalb des Systems werden permanent irgendwelche eigenartigen Signale gesendet, deren Funktionen wir zunächst nicht verstanden haben. Wir dachten, dass es sich um gewöhnliche Kommunikationssignale handele, aber offensichtlich hatten sie einen anderen Zweck. Sie hängen irgendwie mit der Aufrechterhaltung der Projektion zusammen, die beim Transport den Raum simuliert.

Manu hat dann versucht, Signale mit gegenläufiger Polarisierung auf verschiedenen Frequenzen zu senden. Die haben dieses

Signal dann überlagert, was dann dazu führte, dass sich ein Zugang oder ein Ausgang öffnete.«

»Das klingt interessant«, erklärte der Großserienroboter. »Ich werde diese neuen Erkenntnisse mit meinen Daten abgleichen, aber ich kann mir denken, dass ich bereits jetzt ein paar Informationen bekommen habe, die die fehlenden Puzzleteile sein könnten, die es mir bisher unmöglich gemacht haben, das Gesamtbild zu erkennen.«

»Manu und ich sind nicht durch das erzeugte Portal hindurchgegangen«, fuhr Ren Dhark dann fort. »Erstens hätten wir überhaupt nicht gewusst, was uns dort erwartet, und zweitens war ich der Ansicht, dass es nicht ratsam ist, so einen Schritt zu gehen, ohne dabei auf speziell deine Ressourcen zugreifen zu können, Artus.«

»Das klingt einleuchtend«, erklärte der intelligent gewordene Großserienroboter. »Mir ist durchaus bewusst, wie unverzichtbar die Ressourcen und Fähigkeiten sind, die ich bei einer derartigen Mission zur Verfügung stellen kann. Möglicherweise wird ein Mensch so eine Aussage als unbescheiden interpretieren. Dabei entspricht sie allerdings nur den objektiv gegebenen Tatsachen und ist auch nicht als Herabsetzung anderer misszuverstehen.«

»Auf diesen Gedanken wäre niemand von uns gekommen«, versicherte Tschobe ihm.

»Dann bin ich ja beruhigt«, erklärte Artus.

»Es waren mehrere Gründe, die im Ergebnis zu der Entscheidung geführt haben, den Durchgang nicht zu passieren«, erläuterte Dhark. »Insbesondere hätte es ja sein können, dass wir den Transmittertunnel zwar verlassen können, aber es uns unmöglich gewesen wäre, ihn erneut zu benutzen, um zurückzukehren. Zusammengefasst könnte man sagen, wir wissen jetzt, wie man einen Zugang zu diesem Transportersystem erzeugt, wir wissen, wie man es verlässt und wie man es benutzt. Die Lösung lautet, einfach ein Multifrequenzgegensignal zu senden, das das andere Signal auflöst.«

»Das Einzige, was jetzt noch das Problem ist, ist die Orientierung innerhalb des Systems«, erklärte Tschobe. »Auch bei der Rückkehr haben wir einfach nur herumprobiert und sind dann schließlich wieder bei euch gelandet. Wenn es da drin irgendeine Art von Benutzerfahrplan oder Übersichtskarte gibt, dann haben wir noch nicht verstanden, wie das funktioniert.«

»Hört sich für mich aber trotzdem so an, als wären Sie ein Stück weitergekommen«, meldete sich Leutnant Hornig zu Wort, der über den Helmfunk der W-Anzüge natürlich alles mitgehört hatte. Dhark ging zu Hornig an den Ausgang des Transmitters. Er blickte hinaus.

»Schön, dass Sie wieder da sind«, sagte Leutnant Hornig noch einmal. »Wie Sie sehen, ist es im Augenblick relativ ruhig hier.«

»Keine Angriffe der Quader mehr?«, erkundigte sich Dhark.

»Hin und wieder schon, aber sie sind sehr zurückhaltend geworden.«

»Haben Sie eine Erklärung dafür?«

»Ich denke, die wollen nicht riskieren, die ganze Maschine hier zu zerstören. Es war eine gute Idee, sich von hier aus zu verteidigen.«

»Ich möchte gleich mit Mister Tschobe und Artus noch einmal den Transmittertunnel betreten und Sie bitten, während der Zeit hierzubleiben. Wir können uns derzeit innerhalb des Transmittersystems nicht orientieren. Ich möchte aber sicherstellen, dass wir nach unserem Ausflug genau hier wieder ankommen.«

»Und das machen Sie dann so, dass Sie ein paar von diesen Löchern erzeugen, wie Sie es gerade berichtet haben?«

»Ja, das ist unser Plan«, bestätigte Dhark.

»Und sobald Sie mich sehen, wissen Sie, dass Sie richtig liegen«, erkannte Hornig.

»Sie haben es erfasst.«

»Dann wünsche ich Ihnen viel Glück für Ihren nächsten Ausflug, Commander. Wohin er Sie auch immer führen mag.«

Dhark lächelte verhalten. »Ein bisschen Glück können wir durchaus gebrauchen«, stellte er fest. »Dieses gewaltige Quaderkonstrukt, in dem wir uns befinden, ist ja unserer Vermutung nach nichts anderes als ein gewaltiges Raumschiff. Und wir müssen jetzt irgendwie die Steuerzentrale finden. Eine Alternative dazu sehe ich nicht.«

»Und was passiert, wenn Sie das geschafft haben?«

»Keine Ahnung«, gab Dhark zu. »Wir werden auf das reagieren müssen, was wir dort vorfinden. Vielleicht jemanden, mit dem wir Kontakt aufnehmen können. Oder es ergibt sich die Möglichkeit, irgendwie technisch auf diese Anlage Einfluss zu nehmen. Schließlich müssen wir den Cyborgs ja unbedingt aus ihrer Lage helfen.«

»Mister Sass war in einem furchtbaren Zustand, als wir ihn verlassen haben«, hielt Hornig fest. »Den Anblick vergesse ich nicht, wie er da durchbohrt und hilflos in dem Kraftfeld schwebt. Ich hoffe, das alles kommt nicht zu spät.«

»Wir tun unser Bestes«, versprach Dhark.

3.

Wenige Augenblicke später öffnete Manu Tschobe auf die bekannte Weise erneut einen Zugang zu dem Transmittertunnel. Aus einem kleinen rotierenden Energiewirbel entstand eine Öffnung, die groß genug war, um hindurchzugehen.

»Denken Sie, dass Leutnant Hornig hier alleine gleich zurechtkommt?«, fragte Tschobe an Dhark gewandt.

Dieser hob die Augenbrauen. »Ich habe volles Vertrauen in ihn. Und die Quader sind offenbar nicht so dumm, dass sie weiter angreifen und damit womöglich den gesamten Maschinenkomplex samt Transmitter zerstören.«

Dhark ging zuerst durch den Durchgang.

Dann folgten Artus und Tschobe. Dhark drehte sich noch einmal um. Leutnant Hornig nickte ihnen kurz zu, ehe er sich mit seinem Multikarabiner wieder den sporadisch angreifenden Quadern widmete.

Anschließend schloss sich der Durchgang.

Die drei gingen ein paar Schritte, und wieder stellte sich die Illusion ein, mit sehr hoher Geschwindigkeit vergleichsweise große Entfernungen zu überbrücken.

Artus schienen diese Eindrücke allerdings weitaus weniger stark zu irritieren als die beiden Terraner. Er schien das Ganze etwas objektiver zu sehen. »Ich verstehe durchaus, dass biologische Wesen von der Optik beeindruckt sein können, die hier erzeugt wird. Gerade die Illusion, sich so schnell durch den Weltraum zu bewegen. Mich persönlich hingegen interessiert dabei mehr der Aspekt der technischen Perfektion, mit der das umgesetzt wurde. Ich habe die erkennbaren Parameter der Projektion zumindest statistisch erfasst und versuche nun, daraus ein paar Rückschlüsse zu ziehen.«

»Ich hoffe, dass du dafür nicht zu viel von deiner Rechenleistung verbrauchst, denn unsere Priorität ist im Augenblick eigentlich eine andere«, stellte Dhark klar.

»Keine Sorge, Dhark«, gab der Großserienroboter zurück.

Tschobe deutete mit der Hand in Richtung der Energiewirbel, die sie umgaben und deren Dichte immer wieder extremen Schwankungen unterworfen war, sodass man manchmal den Eindruck hatte, sich im freien Weltraum zu befinden, und es dann wieder Momente gab, in denen man von dem wirbelnden Etwas, das den Tunnel umfasste, komplett eingehüllt war.

»Könntest du nicht das Gewirbel dort mal statistisch erfassen und vielleicht deine Rückschlüsse daraus ziehen?«, schlug Tschobe anschließend vor.

»Wie darf ich das verstehen?«, fragte Artus zurück.

»Wir haben innerhalb des Transmittersystems festgestellt, dass so gut wie keine Orientierung möglich ist«, erklärte der Funkspezialist, der in den letzten Jahren allerdings hauptsächlich als Arzt in der Medizinischen Abteilung der POINT OF gearbeitet hatte.

»Keine Orientierung?«, echote Artus.

»Wir gehen ein Stück, wissen aber nicht, wie weit das in Wirklichkeit ist und wo wir einen Durchgang erzeugen müssen, um an einer bestimmten Stelle das Transmittersystem wieder verlassen zu können.«

»Und du denkst, dass deine statistische Erfassung dieser Energiewirbel dabei helfen könnte, das Problem zu lösen?«

»Ja.«

»Es handelt sich vermutlich um rein optische Phänomene. Inwiefern sie mit tatsächlich stattfindenden physikalisch-technischen Vorgängen in einem Zusammenhang stehen, kann ich nicht beurteilen, weil mir dazu ungenügende Daten vorliegen.«

Plötzlich öffnete sich in einiger Entfernung vor ihnen ein Durchgang. Aus einem grauen, wirbelnden Mahlstrom entstand eine immer größer werdende Öffnung.

»Das war ich nicht«, erklärte Tschobe.

»Ich auch nicht«, fügte Artus hinzu.

Ein quasi-humanoides Maschinenwesen trat durch die Öffnung. Dhark erkannte sofort, dass es jenem Wesen glich, dem sie begegnet und dann in den Transmitter gefolgt waren. Das Maschinenwesen hob die Arme. An deren Enden war für Dhark etwas erkennbar, das wie die Mündungen von Waffen aussah. Ob diese Waffen in den Maschinenkörper des Wesens integriert waren oder ob sie mit mechanischen Greiforganen gehalten wurden, war auf den ersten Blick nicht erkennbar.

Die Ortung seines W-Anzugs meldete eine verdächtige Energiesignatur.

»Achtung!«, brüllte Dhark über Helmfunk.

Tschobe hatte die Lage ebenfalls sofort erfasst und reagierte bereits. Dhark und Tschobe warfen sich seitwärts zu Boden, während das Maschinenwesen mit seinen Waffen feuerte. Dort, wo die beiden Terraner gerade noch gestanden hatten, brannte sich jetzt Strahlenfeuer blitzartig seinen Weg durch den Transmittertunnel.

Artus wurde von dem Energiefeuer erfasst. Die Gestalt des Großserienroboters leuchtete glühend auf. Ein paar Sekunden konnte sein Roboterkörper so einer Belastung durchaus standhalten. Die Ortung des W-Anzugs zeigte Dhark an, dass Artus seinen Multikarabiner aktivierte.

»Nicht angreifen, Artus!«, befahl Dhark. Das galt natürlich genauso für Tschobe, der sich am Boden herumgeworfen und den Multikarabiner in Anschlag gebracht hatte.

»Sollen wir uns grillen lassen?«, rief Tschobe über den Helmfunk.

»Lenken Sie ihn ab, ich will was versuchen!«, teilte Dhark seinen beiden Mitstreitern mit.

Auf gar keinen Fall sollten Tschobe und Artus ihre Multikarabiner benutzen, denn deren Zerstörungskraft war immens. Die Folgen waren nicht absehbar. Möglicherweise wurde dann das ganze Transportsystem, das sie erforschen wollten, zerstört. Das wollte Dhark nicht riskieren.

»Hochfrequentes Breitbandstörsignal in Kombination mit Lichtimpulsen«, schlug Manu Tschobe vor. Artus reagierte sofort darauf. Es ging darum, die Orientierungsfähigkeit des Maschinenwesens zumindest für ein paar Augenblicke nachhaltig zu stören. Tschobe schaltete gleichzeitig seine Helmlampe auf volle Intensität. Ein gebündelter Lichtstrahl traf das Maschinenwesen mitten in die mutmaßlichen optischen Sensoren.

Jeder im näheren Umkreis wurde jetzt geblendet. Zumindest alle diejenigen, die über Augen oder eine andere optische Sensorik verfügten, die nicht schnell genug abgeschirmt werden konnten. Tschobe selbst betraf dies nicht, denn im Inneren seines W-Anzugs war er davor sicher. Der Helm schirmte übermäßiges Licht automatisch ab. Dasselbe galt natürlich auch für Dhark und Artus' optische Sensorik.

Dem Großserienroboter standen darüber hinaus noch andere nichtoptische Sensoren zur Orientierung offen zur Verfügung. Er war daher nicht unbedingt darauf angewiesen, etwas zu sehen. Da man dies auch bei ihrem Gegner nicht ausschließen konnte, wurden starke, überblendende Störsignale auf allen infrage kommenden Frequenzen gesendet.

Dabei deckte Artus auch die optischen Bereiche ab, die außerhalb des sichtbaren Lichts lagen und von Tschobes Helmlampe nicht abgestrahlt werden konnten: zum Beispiel Infrarotlicht und Mikrowellenstrahlung.

Egal auf welche Weise sich das Maschinenwesen auch orientieren mochte, es musste die Maßnahmen von Tschobe und Artus wie ein infernalisches Blitzlichtgewitter empfinden, das es kurzzeitig unmöglich machte, sich zu orientieren, geschweige denn gezielt zu schießen.

Denn eines wollte das Maschinenwesen ganz sicher auch nicht: die Zerstörung des Transportsystems.

Dhark war unterdessen längst wieder auf den Beinen. Er wollte an das Maschinenwesen heran. Dazu musste er versuchen, hinter es zu kommen.

Das Maschinenwesen feuerte erneut seine Waffen ab, diesmal allerdings ungezielt. Die Orientierung schien tatsächlich gelitten zu haben.

Dhark wich seitwärts aus und versuchte, um das Wesen herumzugehen.

Das Maschinenwesen feuerte nun in seine Richtung. Der Schuss ging daneben. Der Blasterstrahl streifte den W-Anzug. Dann wurde er in der energetischen Außenhülle des Tunnels versenkt und sorgte dort für zahllose kleine und größere Energiewirbel. Der Strahl diffundierte, die übertragene Energie wurde verteilt. Hier und da mäanderten sich verzweigende Blitze über die Energiehülle.

Tschobe und Artus setzten unterdessen erneut ein multifrequentes Blendfeuer in Gang. Aber das Maschinenwesen schien damit jetzt besser zurechtzukommen. Offenbar war es in der Lage, sich auf die veränderte Situation einzustellen.

Dhark feuerte nun mit Duststrahlen gezielt auf eine der Waffen des Maschinenwesens. Die Zielerfassung der Waffe war sehr zuverlässig.

Im nächsten Augenblick wurde eine der Waffen des Maschinenwesens durch die Duststrahlen pulverisiert. Die staubähnlichen Partikel, zu denen die Waffe verschmort war, schwebten in einer sich langsam verteilenden Wolke dahin.

Der Angriff aus der verbliebenen Waffe des Maschinenwesens verfehlte Dhark knapp, denn das Wesen bewegte sich. Das optische Blendfeuer, das Tschobe mit seiner Helmlampe initiiert hatte, schien keine Wirkung mehr zu haben.

Dhark hatte das Maschinenwesen nun fast erreicht.

Artus wiederum erfasste die bedrohliche Situation. Das Maschinenwesen richtete die Waffe erneut auf Dhark. Ein Blasterschuss aus nächster Nähe wäre aus dieser Distanz womöglich tödlich, und es hätte keine Möglichkeit mehr zum Ausweichen gegeben.

Es war unklar, ob die Folienhaut des W-Anzugs ihn würde schützen können. Sie bot dauerhaften Schutz gegen Temperaturen von ungefähr sechshundert Grad Celsius. Bei allem, was wesentlich darüberlag, kam es auf die genauen Umstände an.

Doch Dhark blendete diesen Gedanken aus und versuchte, einen weiteren gezielten Duststrahl auf die gegnerische Waffe abzufeuern.

Gleichzeitig ging auch Artus zum Angriff über. Er setzte dabei den widerstandsfähigen mechanischen Körper eines Großserienroboters ein und schnellte auf das Maschinenwesen zu. Noch ehe das Wesen erneut seinen Blaster einsetzen konnte, hatte Artus es mit seinen Röhrenarmen gepackt und den Waffenarm zur Seite gelenkt und fixiert. Der Schuss ging in die Energiebarriere hinein, die den Transmittertunnel umschloss, und diffundierte dort. Er löste massenweise kleine Energiewirbel aus, die den Blick ins All innerhalb von Sekunden breitflächig trübten, sodass eine Sicht nach außen im Augenblick nur noch an ganz wenigen Stellen überhaupt möglich war.

»Schieß, Dhark!«, ertönte Artus' Stimme über den Helmfunk.

Doch der Angesprochene hatte keine freie Schussbahn. Natürlich könnte er das Maschinenwesen nun mit Duststrahlen zersetzen, aber damit würde er nicht nur riskieren, Artus' Arme aufzulösen, sondern auch das Wesen zu vernichten. Das wollte er allerdings nicht, denn es stellte momentan die einzige mögliche Verbindung zu einem etwaigen Kommandanten des Quaderkonstrukts dar.

Ob sich die Steuereinheit des Maschinenwesens in dessen oberen Bereich befand oder woanders, wusste Dhark nicht, und er würde auch nicht den Fehler machen, von terranischer Technologie auf fremdartige zu schließen.

Artus hielt das Wesen in einer Art schraubstockähnlichen Klammergriff, aber diesen konnte er nicht lange aufrechterhalten. Das Maschinenwesen war überraschend stark. Es schleuderte Artus einfach von sich.

Mit dieser Energie hatte er wohl nicht gerechnet.

In einem hohen Bogen flog er durch den Raum innerhalb des Transmittertunnels und knallte dann auf den Boden. Nicht viel hätte gefehlt und ihm wären die Röhrenarme ausgerissen worden. An seinem Torso befand sich nun eine Delle. Dort hatte ihm das Maschinenwesen mit einem seiner Arme eine Art Fauststoß versetzt, dessen kinetische Energie offenbar hoch genug gewesen war, um die Außenhülle des Großserienroboters eindrücken zu können.

Das Maschinenwesen feuerte noch einmal, allerdings gezielt in Dharks Richtung. Dann drehte es sich abrupt um und lief davon. Geradezu panisch und ein wenig chaotisch wirkte diese heillose Flucht.

Die Laufbewegungen seiner Beine waren dabei ausholend und fast sprunghaft. Es war dabei sehr schnell. Nach der ersten Begegnung mit diesem Maschinenwesen hätte Dhark ihm eine derart ausgebildete Schnelligkeit und Beweglichkeit kaum zugetraut. Der erste Eindruck hatte in dieser Hinsicht offenbar getäuscht.

Dhark zögerte keinen Augenblick. Er nahm sofort die Verfolgung auf und rannte hinter dem Maschinenwesen her. Tschobe folgte ihm.

Artus kam wieder auf die Beine und folgte ebenfalls. Er schien durch den Kampf mit dem Maschinenwesen keinen größeren Schaden davongetragen zu haben. Die Delle an seinem Torso schien keine Schäden an seinem mechanischen Innenleben verursacht zu haben. Zumindest schien Artus in keiner Weise eingeschränkt zu sein.

Dann öffnete sich plötzlich ein Transmitterdurchgang. Es begann mit einem winzigen Zittern im Raum, das sich innerhalb eines Augenblicks zu einem mahlstromähnlichen Wirbel aus purer Energie vergrößerte. Eine Öffnung entstand und wurde rasch größer. Fast exakt kreisförmig war dieser Durchgang.

Das Maschinenwesen wartete nicht ab, bis diese Öffnung ihre volle Größe erreicht hatte. In geduckter Haltung passierte es diese schon vorher. Es sprang regelrecht in das entstandene Loch im Raum hinein. Nur eine Sekunde später schloss sich der Durchgang wieder. Dieser schrumpfte dabei derart schnell zusammen, dass es unmöglich für Dhark oder einen seiner Begleiter gewesen wäre, dem flüchtigen Wesen zu folgen.

»Manu, neuen Durchgang erzeugen!«, befahl Dhark über Funk.

»Schon dabei«, meldete Tschobe.

»Wir dürfen es diesmal nicht einfach so davonkommen lassen.«

»Gegensignale aktiviert. Durchgang wird erzeugt«, meldete Tschobe.

Quälend langsam vergingen zwei volle Sekunden.

In dieser speziellen Situation kam das einer halben Ewigkeit gleich.

Der Transmitterdurchgang, der sich gerade vor ihnen geschlossen hatte, entstand nun von neuem. Dhark, Artus und Tschobe folgten dem Maschinenwesen. Die zeitliche Verzögerung war minimal. Es bestand also eine gute Aussicht, dem Wesen auf den Fersen zu bleiben.

*

Dhark ging als Erster durch den Durchgang und dabei fiel er ins Bodenlose. Es schien einfach plötzlich keine Schwerkraft mehr zu geben. Und dann war da auch der schwindelerregende Blick in einen wahren Abgrund. Irgendetwas packte ihn von hinten und riss ihn zurück.

Im nächsten Augenblick landete er auf einem balustradenartigen Vorsprung aus einem transluzenten Material. Von seiner Durchsichtigkeit her erinnerte es an Glas. Durch dieses Material hindurch sah er in die Tiefe.

Dhark glaubte seinen Augen nicht zu trauen. Der Puls schlug ihm bis zum Hals. Es gab innerhalb der Anlage, die das gewaltige Quaderkonstrukt bildete, keine nennenswerte Schwerkraft. Also hätte er nicht fallen dürfen, denn Schwerkraft war letztlich nichts anderes als Fallgeschwindigkeit.

Innerhalb eines Sekundenbruchteils registrierte Dhark, was da tief unter ihm war: der Generator!

So zumindest hatte man diese Anlage in Ermangelung einer richtigen Bezeichnung bislang genannt. Das, was da tief unter ihm war, war jener Generator, der sich bis vor kurzem an Lagrange-Punkt 1 zwischen einem Blauen Riesen und einem Neutronenstern befunden hatte. Jene Anlage, die von einer gewaltigen Verteidigerflotte vergeblich vor dem Zugriff des gigantischen Quaderkonstrukts zu schützen versucht worden war.

Das gigantische Konstrukt hatte die Generatoranlage einfach in sich aufgenommen und absorbiert. Offenbar war sie jetzt im Inneren des Konstrukts verbaut und integriert. Hier war er also, der Generator, nach dem Dhark und seine Mitstreiter suchten und von dem sie annahmen, dass er der Schlüssel für eine Rückkehr nach Maffei 1 sein konnte.

Langsam ordneten sich Dharks Gedanken wieder. Er begriff nun, was geschehen war. Im letzten Moment hatte Artus Dhark mit seinen Röhrenarmen gepackt und zurückgezogen, sodass er nicht über die Kante des balustradenartigen Vorsprungs in die Tiefe gerutscht war.

»Ich hoffe, es geht dir gut, Dhark«, sagte Artus.

»Das war knapp«, stellte Manu Tschobe fest.

»Danke Artus«, murmelte Dhark, der noch ganz unter dem Eindruck des Geschehens stand. »Ich glaube aber, dass ich gar nicht gefallen wäre. Hier existiert ja keine nennenswerte Schwerkraft.«

»Das ist korrekt«, bestätigte der Großserienroboter. »Ich habe die Situation anhand deiner Körperhaltung und Reaktion falsch interpretiert.«

»Für einen winzigen Augenblick dachte ich, ich stürze ab. Ich bin wohl nicht mehr an den Weltraum gewöhnt.«

Die drei befanden sich im von der Generatoranlage aus gesehen oberen Teil eines gigantischen Hohlraums innerhalb des Quaderkonstrukts. Die Fläche, auf der sie standen, war Teil eines transluzenten Vorsprungs. Wenn man hinabsah, hatte man einen freien Blick auf den Generator.

»Ich messe eine ungewöhnlich hohe Strahlung«, meldete Tschobe.

»Ja, das ist mir auch schon aufgefallen«, sagte Dhark. »Die Ortung registriert Werte, die es wirklich in sich haben. Die POINT OF hat ähnliche Werte gemessen. Zum Glück schützen uns die W-Anzüge.«

Nun meldete sich Artus zu Wort: »Wenn sich dort unten tatsächlich der gesuchte Generator befindet, und das setze ich jetzt mal voraus, dann muss ich dazu feststellen, dass auch die CENTRAL PARK bei ihrer ersten Begegnung mit dieser Anlage hohe Strahlenwerte gemessen hat. Allerdings übersteigen die jetzt gemessenen Werte die von der CENTRAL PARK aufgezeichneten Daten um ein Vielfaches.«

»Gibt es dafür eine plausible Erklärung?«, wollte Dhark wissen.

»Eine Erklärung kann ich dafür im Moment nicht geben«, entgegnete daraufhin Artus.

Dhark näherte sich noch einmal dem Rand, über den er fast in die Tiefe gestürzt wäre, wenn Artus ihn nicht gehalten hätte. Er blickte zu der Generatoranlage und versuchte, die Entfernung abzuschätzen, doch das war unmöglich.

Der ganze Komplex machte im Augenblick den Eindruck eines brodelnden Bienenschwarms, der über seinem Bau schwebte. Abermilliarden von zum Teil sehr kleinen Einheiten umschwirrten den gesamten Komplex.

Über die Ortungsfunktionen seines W-Anzugs ließ sich Dhark eine starke Vergrößerung auf die Innenfläche seines Helms projizieren, um diese Vorgänge besser verfolgen zu können. Manche der technischen Elemente, die die Generatoranlage umschwirrten, waren quaderförmig, aber längst nicht alle. Es gab auch Mechanismen und scheinbar autonom agierende Module, die eine ganz andere Form hatten. Und das, was dort tatsächlich vorging, war Dhark bislang vollkommen unklar.

»Irgendetwas geschieht hier«, lautete der Kommentar von Manu Tschobe. »Auf den ersten Blick könnten das robotische Reparatureinheiten oder irgendetwas in der Art sein.«

»Wobei es sich bei den Quadereinheiten allerdings nicht um Roboter handelt«, gab Dhark zu bedenken. »Zumindest nicht in dem Sinn, was wir darunter verstehen.«

»Nennen wir sie autonome Mechanismen«, schlug Tschobe vor.

»Ich stelle hier und da Energieübertragungen zwischen den sich bewegenden Elementen und der Generatoranlage fest«, meldete sich nun wieder Artus zu Wort. »Allerdings kann ich im Augenblick keine Aussage darüber machen, zu welchem Zweck das alles dient.«

»Ich würde vermuten, dass der technische Integrationsprozess der Generatoranlage noch nicht abgeschlossen ist«, sagte Manu Tschobe. »Und wir sehen jetzt gerade, wie er vorangetrieben wird.«

»Die Frage ist, wo das Maschinenwesen ist, dem wir gefolgt sind«, sagte Dhark.

»Übrigens«, meinte Tschobe nun, »hier besteht überhaupt nichts aus Quadern, so wie in dem Rest des Konstruktes. Ist ihnen das auch schon aufgefallen?«

»Ja, das stimmt«, murmelte Dhark.

»Und das, obwohl doch hier genug von den Dingern herumfliegen.«

Dhark beobachtete eine Wolke aus Quaderelementen, die über dem Generator schwebte.

Die Quader verhielten sich eigentlich ganz normal, wie man es bisher von ihnen kannte. Sie gruppierten sich neu, bildeten größere Elemente, die wiederum quaderförmig aussahen, oder sie zerfielen zu kleineren Einheiten. Nachdem der ganze Quaderschwarm sich neu formiert hatte, sank er auf die Generatoranlage hinab und schien dort irgendeine Funktion zu erfüllen. Die Elemente fügten sich zu größeren Einheiten zusammen und dockten an der Generatoranlage an.

Aber im Gegensatz zu anderen Bereichen des Konstruktes gab es hier auch Elemente, die andere Formen hatten und daher rein ästhetisch wie Fremdkörper wirkten. Diese Module hatten keine bestimmte wiederkehrende Form. Manche von ihnen waren mehrere Kubikmeter groß, andere hatten nur die Ausmaße einer geballten Faust. Auf jeden Fall schienen sowohl die Quaderelemente als auch die anders geformten Einheiten hervorragend miteinander zu kooperieren.

»Die arbeiten an irgendeinem großen Projekt«, äußerte sich Tschobe.

Dhark bestätigte diesen Eindruck.

»Fragt sich nur, was das für ein Projekt sein mag«, meinte er.

»Es könnte sich einfach um die fortgesetzte Integration und Absorption der Generatoranlage handeln«, lautete Tschobes Vermutung. »Es ist ja schließlich noch nicht so lange her, dass der Generator vom Konstrukt geschluckt wurde, und ich könnte mir denken, dass die Vernetzung einer vermutlich hochkomplexen Maschine von dieser Größe keine ganz einfache Aufgabe ist.«

»Wir haben uns schon öfter gefragt, woher die enormen Energiemengen stammen, die den Quadern zur Verfügung stehen«, erwiderte Dhark. »Eine Antwort darauf könnte sein, dass dieses Konstrukt vielleicht fremde Mechanismen zur Energieerzeugung absorbiert.«

»Dann wäre das Verschlingen des Generators kein Einzelfall gewesen«, meinte Tschobe. »Wobei das noch nicht die Frage beantworten würde, durch welche technischen Errungenschaften eigentlich die Übertragung der vorhandenen Energie auf die einzelnen Quadereinheiten geschieht.«

»Und ich weise darauf hin, dass Objekte wie der Generator in kosmischen Maßstäben gemessen sehr selten sein dürften«, mischte sich Artus ein. »Ich habe – zugegebenermaßen auf einer weitgehend hypothetischen Basis – mal hochgerechnet, wie häufig eine derart fortgeschrittene Anlage zur Erzeugung vergleichbar großer Energieressourcen innerhalb einer lokalen Megastruktur des Universums vorkommen könnte, und bin zu dem Schluss gekommen, dass der Wert zu niedrig liegt, als dass sich das Konstrukt energietechnisch gesehen allein auf diese Weise ernähren könnte.«

»Vielleicht gibt sich die Kommandoeinheit des Konstrukts ja ansonsten mit kleineren Brocken zufrieden«, gab Dhark zu bedenken.

»Im Prinzip haben wir doch etwas Ähnliches mit dem Generator vor wie die Herren des Quaderkonstrukts: Wir wollen die Energie des Generators für unsere Zwecke nutzen, um nach Maffei 1 zurückzukehren. Nur leider hat uns jemand das Ding vor der Nase weggeschnappt.«

Dhark ließ den Blick weiter schweifen. Das Beeindruckendste an ihrer neuen Umgebung war zunächst einmal der Generator tief unter ihnen gewesen – und die bienenschwarmähnlichen Aktivitäten zahlloser autonomer Quadereinheiten rund um jenen herum. Jetzt wandte er seine Aufmerksamkeit der näheren Umgebung zu. Auch diese unterschied sich ganz deutlich von dem, was sie bisher innerhalb des Konstrukts vorgefunden hatten.

Der Vorsprung, auf dem Dhark, Artus und Tschobe sich im Moment befanden, war nicht quaderförmig, sondern vollkommen unregelmäßig geformt. Auch die Wände, die den Hohlraum abgrenzten, hatten nicht dieselbe Struktur, wie man das bisher innerhalb des Quaderkonstrukts gesehen hatte.

»Ich habe jetzt keine genaueren Analysen machen können«, ließ er seine Mitstreiter wissen, »aber die Wände scheinen aus einem ähnlichen Material zu bestehen wie der Maschinenkomplex mit dem Transmitter, durch den wir gekommen sind.«

»Diesen Eindruck kann ich nur bestätigen«, sagte Artus. »Die strukturelle und chemisch-physikalische Übereinstimmung ist hoch.«

»Und sind Ihnen diese durchsichtigen Brücken aufgefallen, die die Wände an manchen Stellen miteinander verbinden?«, fragte Tschobe. »Die bestehen auch aus einem komplett anderen Material als die Quader.«

»Und sie sind nicht einmal annähernd quaderförmig«, stellte Dhark fest.

»Das Prinzip der strukturellen Selbstähnlichkeit auch kleinster Teilelemente scheint in diesem Bereich nicht zu gelten«, ergänzte Artus.

Dhark blickte nach oben. »Da ist ein Schacht«, sagte er. »Der muss einen Durchmesser von annähernd dreihundert Hundert Metern haben.«

»Er ist auf den Neutronenstern ausgerichtet«, stellte Artus fest. »Zumindest legen das meine Messungen nahe.« Gleißendes Licht fiel durch diesen Schacht in den Hohlraum hinein.

»Welchem Zweck könnte dieser Schacht dienen?«, fragte Dhark. »Auf Energiezufuhr durch das Licht eines Neutronensterns ist man ja wohl nicht angewiesen, nehme ich an.«

»Vielleicht ist es umgekehrt«, meinte Tschobe.

»Sie denken, man plant, einen weiteren Impuls in Richtung des Neutronensterns zu setzen, um den in irgendeiner Weise zu beeinflussen?«

»Ich könnte mir vorstellen, dass die Energiemengen, die der Generator erzeugen kann, dazu ausreichen würden. Die müssen nämlich gewaltig sein, sonst ließe sich kein Riss in der Raumzeit erzeugen.«

»Es wäre interessant, Näheres über die Pläne zu erfahren, die die Kommandanten des hiesigen Quaderkonstrukts verfolgen«, ergänzte Artus.

»Ja, aber zunächst einmal geht es jetzt darum, Mister Sass zu retten«, stellte Dhark klar. »Er ist schwerverletzt, und wir haben nicht mehr viel Zeit. Das bedeutet, wir müssen schleunigst denjenigen finden, der in diesem gigantischen Quaderkonstruktraumschiff das Sagen hat, damit er dem ein Ende bereiten kann.«

»Nichtsdestotrotz habe ich gerade noch einmal meine Messungen überprüft und die Daten genauer analysiert«, sagte jetzt Artus. »Dieser Schacht hat mich interessiert. Und ich habe jetzt die These erhärten können, dass er tatsächlich auf den Neutronenstern ausgerichtet ist. Das Licht und die Strahlung lassen eigentlich keinen Zweifel daran. Wenn es sich demgegenüber um den Blauen Riesen handeln würde, dann hätten wir eine andere Art von Strahlungsemissionen.

Des Weiteren frage ich mich, welche Funktion dieser Schacht hat. Es handelt sich ja schließlich um einen direkten Zugang aus dem Inneren des Konstruktes in den freien Weltraum. Dafür muss es einen Grund geben. Die bisher von euch beiden vermuteten Begründungen überzeugen mich noch nicht mit einer deutlichen mathematischen Wahrscheinlichkeitsprognose. Dass der Generator von außerhalb Energie bezieht, etwa von dem Neutronenstern, kann ich bisher jedenfalls nicht feststellen.«

Dhark hörte den Spekulationen des Großserienroboters nur mit halbem Ohr zu. Ihn interessierte im Moment etwas anderes: Wo war das Maschinenwesen geblieben? Er ließ den Blick weiter schweifen. Er war überzeugt davon, dass sich das Maschinenwesen irgendwo hier aufhalten musste. Aber bislang war nichts von diesem zu sehen.

»Wo könnte sich dieses Maschinenwesen verstecken?«, fragte Dhark dann schließlich in Artus' Redefluss hinein. »Es muss hier irgendwo sein!«

»Also, ich habe hier ja nur bescheidene Mittel zur Verfügung«, stellte Tschobe fest. »Aber mit den technischen Möglichkeiten eines W-Anzugs lässt sich ja auch schon einiges anfangen. Ich habe jetzt schon die ganze Zeit sämtliche Funkfrequenzen überwacht in der Hoffnung, vielleicht auf die typischen Signaturen zu stoßen, die dieses Maschinenwesen kennzeichnen. Leider ohne Erfolg.«

»Dann bleibt uns nichts anderes übrig, als uns etwas umzusehen«, sagte Dhark.

»Wir können nicht ausschließen, dass das Maschinenwesen in das Transmittersystem zurückgekehrt und irgendwo anders hin verschwunden ist«, gab Tschobe zu bedenken.

»Artus, sind diese durchsichtigen Brücken zwischen den Außenwänden tragfähig?«, fragte Dhark.

»Sie dürften unser Gewicht problemlos tragen und auch stabil sein«, meinte Artus.

»Sie wirken so … fragil.«

»Ein Eindruck, der vielleicht durch die Transparenz des verwendeten Materials erweckt wird«, erklärte Artus. »Es handelt sich in der Tat um ein Material mit sehr interessanten chemisch-physikalischen Eigenschaften. Dazu gehört, dass diese Substanz offenbar auch in sehr dünnen Schichten einen überraschend hohen Grad an Stabilität und Härte aufweist. Die Konsistenz der Brücken dürfte sich nicht von dem Vorsprung unterscheiden, auf dem wir uns gerade befinden, obwohl die Materialschicht um den Faktor tausend niedriger ist.«

Dhark blickte noch einmal in die Tiefe.

Kein Wunder, dass ich zuerst das Gefühl hatte, zu fallen, schoss es ihm durch den Kopf. Doch den Gedanken schüttelte er schnell wieder ab. Viel zu lange standen Manu Tschobe, Artus und er hier schon herum und spekulierten. Sie mussten endlich vorankommen, sonst wäre alles vergebens.

4.

Die drei gingen ein Stück. Von dem Vorsprung aus, auf dem sie sich befanden, führte eine der transluzenten Brücken zu einer anderen Wand. Hier hatte man einen noch besseren Blick auf die Generatoranlage und die technischen Aktivitäten, die dort ganz ohne Zweifel im Gange waren.

»Das Maschinenwesen muss hier sein«, sagte Dhark.

»Wer sagt Ihnen das?«, fragte Tschobe.

»Mein Instinkt«, sagte Dhark.

»Leider wird Ihr Instinkt im Moment von den Ortungsaggregaten unserer W-Anzüge nicht unterstützt. Und wie ich eben schon sagte, könnte dieses Maschinenwesen auch wieder ins Transportsystem zurückgekehrt und verschwunden sein. Dann könnten wir hier unter Umständen lange suchen.«

»Vielleicht wäre es aussichtsreicher, nicht nach dem Maschinenwesen, sondern nach der Kommandozentrale zu suchen«, mischte sich Artus ein.

»Wenn du irgendeinen ortungstechnischen Hinweis darauf findest, dem man nachgehen kann, wäre das keine schlechte Idee«, sagte Dhark.

»Ich bin bereits intensiv auf der Suche. Bisher leider ohne Erfolg.«

»Lass uns ein bisschen schneller gehen. Wir stehen hier ziemlich auf dem Präsentierteller.«

»Dem kann ich nur zustimmen. Die Brücke ist transparent, man dürftc uns von unten optisch wahrnehmen können.«

Einige Minuten lang setzten die drei ihren Weg fort, ohne dass irgendetwas Bemerkenswertes geschah. Unten in der Tiefe bei der Generatoranlage verrichtete der Schwarm von freischwebenden technischen Modulen nach wie vor seine Arbeit. Von dem

Maschinenwesen war allerdings nach wie vor keine Spur zu finden.

»Ren, ich glaube, wir bekommen Ärger«, sagte plötzlich Manu Tschobe. Er sah nach unten durch das transluzente Material, aus dem die Brücke bestand, hindurch. Irgendetwas bewegte sich da mit großer Geschwindigkeit.

Eine Quaderwolke entstand innerhalb von Augenblicken. Sie formierte sich aus Elementen, die aus verschiedenen Richtungen und in sehr kurzer Zeit zunächst einen Cluster bildeten, der sich dann neu gruppierte und dabei beschleunigte. Aus der Entfernung war man an einen Schwarm aggressiver Insekten erinnert, der zum Angriff überging. Die wenigen größeren Einheiten teilten sich in Dutzende kleinere auf, die dann wiederum weiter zerfielen. Dann reihten sie sich in mehreren Gruppen auf, die sich in breiter Front näherten.

Das gleißende Licht des Neutronensterns, das durch den Schacht auf sie fiel, ließ sie zum Teil für einen kurzen Moment glitzern wie Diamanten.

»Meiner Analyse nach ist das eine Angriffsformation«, meldete sich Artus zu Wort. »Sie ähnelt sehr stark den Angriffsformationen, die wir bereits kennen.«

»Offenbar ist man auf uns aufmerksam geworden«, stellte Dhark fest.

Die Quader näherten sich weiter. Ihre Geschwindigkeit nahm zu. »Wir dürfen sie nicht herankommen lassen«, sagte Tschobe.

»Feuer frei!«, rief Dhark. »Halten wir sie auf Distanz. Nichts wie weg hier!«

Die drei feuerten mit den Multikarabinern auf die angreifenden Quader. Einige der feindlichen Einheiten wurden mit Duststrahlen pulverisiert, aber es war unmöglich, diese breite Angriffswelle auf diese Weise aufzuhalten.

Die anderen Quader reagierten, wie man es von ihnen kannte: Sie zerfielen zu kleineren Einheiten, zogen sich zurück und formierten sich neu.

Dhark und seine Mitstreiter rannten die Brücke entlang zurück zu jenem Ort, an dem sie aus dem Transmittersystem herausgetreten waren. Der Durchgang, durch den sie in diesen Teilbereich des Quaderkonstrukts gelangt waren, hatte sich natürlich längst wieder geschlossen und war verschwunden.

Aber Tschobe wusste ja, wie man so einen neuen Zugang öffnen konnte, und hatte bereits alles vorbereitet. Sobald die Gegensignale abgestrahlt wurden, würde sich der Eingang innerhalb von Augenblicken vor ihnen öffnen. Zu früh durfte das nicht sein, denn die angreifenden Quader sollten ihnen auf keinen Fall in den Transmittertunnel folgen.

Dhark, Tschobe und Artus hatten die vor ihnen aufragende, vollkommen undurchdringlich erscheinende Wand fast erreicht. Sie schossen noch einmal in Richtung der angreifenden Quaderelemente.

Da öffnete sich plötzlich ein Zugang zum Transmittersystem, ohne dass Manu Tschobe bereits die entsprechenden Signale gesendet hatte. Ein Maschinenwesen trat durch die Öffnung.

Sofort hob es die Arme und richtete die Mündungen seiner Waffen auf Dhark, Tschobe und Artus. Vermutlich handelte es sich nicht um dasselbe Maschinenwesen wie eben, denn jenes hatte ja einen Waffenarm durch Duststrahlen verloren.

Die Ortungssysteme der W-Anzüge zeigten sofort die typische Energiesignatur an, die darauf hinwies, dass ihr Gegenüber vermutlich jeden Augenblick das Feuer eröffnen würde. Die Distanz war so gering, dass es praktisch ausgeschlossen war, dass die drei nicht von dem Blasterfeuer getroffen wurden. Artus reagierte in dieser Situation am schnellsten.

Doch anstatt das Maschinenwesen mit dem Multikarabiner zu vernichten, tat er etwas anderes: Er sprang aus dem Stand. Die hochentwickelte Technik des Bewegungsapparats eines Großserienroboters machte das möglich.

Artus setzte alles auf eine Karte.

Mit gestrecktem Bein sprang er dem Wesen gegen die Brust beziehungsweise den Teil dieser quasi-humanoiden, unbekannten Lebensform, der von Form und Lage her einem menschlichen Brustkorb optisch ähnelte.

Das Maschinenwesen taumelte zurück und ruderte dabei hilflos mit den Armen. Die Blasterschüsse, die es abfeuerte, gingen ins Leere – zurück durch die Öffnung in das Transportersystem hinein. Die Wucht des eigenen Sprungs beförderte Artus ebenfalls dorthin.

Dhark und Tschobe folgten sofort und passierten nur den Bruchteil eines Augenblicks später die entstandene Öffnung. Diese Öffnung war bereits wieder im Begriff, sich zu schließen.

Dhark riss den Multikarabiner herum und sah sich um. Neben sich sah er Tschobe.

Artus rollte sich mit einer Behändigkeit über den Boden, die man einem Großserienroboter auf den ersten Blick kaum zutraute, und stand im nächsten Moment schon wieder auf den Beinen. Auch er hielt den Multikarabiner schussbereit im Anschlag.

Die Überraschung war allerdings groß, als die drei feststellten, dass sie keineswegs wieder in das Transportersystem zurückgelangt waren. Stattdessen waren sie an einen anderen Ort gelangt.

Dhark ließ den Blick schweifen, den Multikarabiner mit beiden Händen gefasst. Seine Mitstreiter und er waren in einem seltsamen Raum gelandet.

Das Maschinenwesen flüchtete vor ihnen. Es bewegte sich dabei sehr schnell und war ein paar Augenblicke später nicht mehr zu sehen.

*

»Wo sind wir hier?«, fragte Tschobe.

»Jedenfalls nicht da, wo wir hergekommen sind«, stellte Dhark fest.

Der Raum war mit Gegenständen unterschiedlichster Form und Größe angefüllt. Auf den ersten Blick handelte es sich um technische Gerätschaft und containerartige Behälter. Bei vielen dieser Gegenstände konnte über die Funktion nur gemutmaßt werden. Auf jeden Fall waren sie groß genug, sodass das flüchtige Maschinenwesen dort Deckung finden konnte. In diesem Labyrinth konnte es sich lange verstecken, ohne gefunden zu werden. Aber da ihm ja problemlos der Zugang zum Transportersystem offenstand, musste man damit rechnen, dass es auf diese Weise verschwunden war und sich vielleicht gar nicht mehr hier aufhielt.

Einhundertprozentige Sicherheit gab es in dieser Hinsicht natürlich nicht.

Eine Anzeige des Ortungssystems ploppte auf der Innenseite von Dharks Helm auf.

Die Daten zeigten ihm, dass in diesem eigenartigen Raum eine dünne Atmosphäre herrschte. Die Zusammensetzung war unspektakulär. Der Sauerstoffanteil war hoch genug, um prinzipiell eine Atmung durch organische Wesen möglich erscheinen zulassen, aber für einen Menschen viel zu niedrig. Es gab keine toxischen Bestandteile. Ansonsten dominierten Stickstoff und Kohlendioxid, dazu kamen ein paar Spuren von Edelgasen.

Für Terraner oder vergleichbare humanoide Lebensformen war diese Atmosphäre allerdings aufgrund des sehr geringen Drucks auf gar keinen Fall atembar.

»Ich stelle fest, dass es hier nicht nur eine dünne Atmosphäre gibt, sondern auch Schwerkraft«, meldete jetzt Artus, »mutmaßlich durch Antigravaggregate erzeugt, die sich unterhalb des Bodens befinden. Bei der dünnen Atmosphäre habe ich zunächst überlegt, ob es sich vielleicht um die Ausgasung irgendwelcher technischer Module handelt, aber dagegen spricht die gleichmäßige Verteilung.«

»Das sieht nach einem Lebenserhaltungssystem aus«, stellte Dhark fest. »Das Habitat eines organischen Wesens oder eines zumindest teilweise organischen Wesens, das Atmosphäre und Schwerkraft braucht, so wie wir.«

Artus meldete sich zu Wort: »Was mich wundert, ist die Tatsache, dass wir nicht einfach fortgeschleudert wurden. Die Atmosphäre ist zwar sehr dünn, aber verglichen mit dem Vakuum, das außerhalb dieser Räumlichkeiten herrscht, ist der Druckunterschied enorm.«

»Worauf willst du hinaus?«, fragte Tschobe.

»In dem Moment, in dem sich der Durchgang geöffnet hat, hätte uns ein Sturmwind entgegenblasen und uns fortschleudern müssen. Auf dem Mars ist die Atmosphäre auch sehr dünn, und trotzdem gibt es dort Stürme mit bis zu vierhundert Kilometern pro Stunde, die buchstäblich alles mit sich reißen. In dem Moment, als sich der Zugang öffnete, hätte das eigentlich eine Wirkung haben müssen wie bei einem Luftballon, aus dem man die Luft rauslässt. Was mich irritiert, ist, dass das nicht geschehen ist.«

»Die Erklärung liegt doch auf der Hand«, behauptete Manu Tschobe.

»Sollte ich da etwas übersehen haben?«, fragte Artus. »Für Hinweise, die zur Korrektur meiner Hypothesen führen, bin ich immer dankbar. Zumal in Augenblicken wie diesen, in denen ich auf den kritischen Austausch mit dem Checkmaster verzichten muss.«

»Die Antwort lautet ›hochentwickelte Technik‹«, sagte Tschobe. »Die Erbauer des Transportsystems haben für das Problem offenbar eine Lösung gefunden. Vermutlich verhindert irgendeine Art energetischer Barriere automatisch das Entweichen von Atmosphäre, wenn sich ein Transmitterdurchgang öffnet. Das ist in der POINT OF und anderen Raumschiffen doch genauso.«

»Das leuchtet ein«, sagte Artus. »Allerdings habe ich keinen energiebasierten Mechanismus entdecken können, der damit in Zusammenhang stehen könnte.«

»Wahrscheinlich wissen wir noch nicht mal, wo wir suchen müssten. Aber Tatsache ist, dass es funktioniert. Wenn es nämlich anders wäre, dann wären die Räume mit Atmosphäre an Bord dieses Riesenraumschiffs – oder um was es sich bei dem Quaderkonstrukt auch immer handeln mag – über das Transmittersystem nicht zugänglich, weil sich im schlimmsten Fall jedes Mal eine Explosion ereignen würde, wenn ein Zugang dorthin geöffnet würde.«

»Vorausgesetzt, dass hier jemand lebt, ergibt das durchaus Sinn, was du sagst, Tschobe«, erwiderte Artus.

»Ich glaube, dass wir den Herren dieses Konstruktes jetzt sehr nahe sind«, meinte Tschobe. »Vielleicht ist das hier ihr Habitat.« Er wandte sich an Dhark. »Ihre Vermutung, dass das Quaderkonstrukt letztlich von einer Art Intelligenzwesen kontrolliert wird, scheint sich mehr und mehr zu bestätigen.«

Dhark nickte. »Was mich allerdings etwas irritiert, ist, dass dieser Raum so vernachlässigt wirkt. So als wäre er lange nicht gebraucht worden.«

»Worauf genau gründet diese Vermutung?«, meldete sich Artus zu Wort. »Ich kann dafür ehrlich gesagt keine objektiven Anzeichen erkennen. Es gibt nicht einmal Staub.«

»Es ist nur so ein Eindruck«, sagte Dhark. »Wäre es denn ausgeschlossen, dass sich die dünne Atmosphäre einfach nur durch irgendwelche chemischen Zersetzungsprozesse gebildet hat und uns die Habitat-Theorie in die Irre führt?«

»Theoretisch könnte die dünne Atmosphäre natürlich auch durch chemische Prozesse entstanden sein, die über lange Zeit hinweg gewirkt haben. Aktuelle Ausgasungen als Ursache halte ich zwar für unwahrscheinlich, weil dann die Verteilung der Atmosphärenbestandteile nicht so gleichmäßig wäre, aber über eine lange Zeit gesehen … Was ich damit sagen wollte, ist eigentlich nur, dass die Annahme, dass dies ein Habitat ist, nicht zwingend richtig sein muss, auch wenn vieles dafür spricht. Eine mathematisch fundierte Wahrscheinlichkeitsabschätzung wäre im Moment deutlich verfrüht. Dazu fehlen noch zu viele Fakten.«

»Ich hoffe, dass sich das Rätsel bald lösen lässt«, sagte Dhark. »Lasst uns weitergehen. Multikarabiner im Anschlag, aber nicht schießen. Außer im äußersten Notfall natürlich. Wir brauchen die Kooperation der Herren des Konstrukts und müssen jeden Eindruck feindlicher Absichten vermeiden.«

Artus schien darüber irritiert zu sein. »Bitte definiere: Was ist ein ›äußerster Notfall‹?« Aus irgendeinem Grund schien er in diesem Punkt eine Klarstellung zu wünschen.

Tschobe meldete sich daraufhin zu Wort: »Artus, wir waren so lange und so oft gemeinsam auf gefährlichen Missionen. Ich denke, jeder von uns kann das in dem Moment geistesgegenwärtig richtig beurteilen. Meinst du nicht auch?«

»Gut, ich werde also nach Möglichkeit nur auf expliziten Befehl hin schießen«, erklärte der Großserienroboter und ließ seinen gesicherten Multikarabiner an der Seite baumeln. Dann öffnete er sein Werkzeugfach und holte einen Hammer hervor.

Dhark sah ihn daraufhin etwas verwundert an. »Du willst doch jetzt nichts reparieren, oder?«, fragte er.

»Nein, aber es könnte hilfreich sein, eine Waffe zur Hand zu haben, die alternativ zur außerordentlich großen Zerstörungskraft eines Multikarabiners eingesetzt werden könnte«, erklärte der Großserienroboter und setzte dann noch hinzu: »Es könnte ja auch halbe Notfälle geben. Und dann wäre eine größere Varianz an Handlungsoptionen vielleicht hilfreich.«

Darauf gingen zunächst weder Dhark noch Tschobe weiter ein.

»Ich gehe voran und ihr folgt mit etwas Abstand«, sagte Dhark. »Wir müssen das Risiko minimieren.«

*

Mit den Multikarabinern im Anschlag gingen die beiden Terraner voran.

Aufmerksam ließ Ren Dhark den Blick schweifen. Dass das Maschinenwesen, das vor ihnen geflohen war, hier zwischen den ganzen Modulen, Aggregaten und Containern zu finden war, glaubte er nicht. Er vermutete, dass das Wesen längst verschwunden war und sich über das Transportsystem davongemacht hatte.

Ohne Zweifel wusste es, wo sich Dhark, Tschobe und Artus befanden. Aus Sicht dieses Wesens waren sie Eindringlinge. Nichts anderes als Störenfriede mit unklaren Absichten, die eine potenzielle Gefahr darstellten.

Dhark wandte sich über den Helmfunk seines W-Anzugs an Artus. Er wollte etwas klarstellen. »Ich gehe davon aus, dass du dich auch bei halben Notfällen nur verteidigst.«

»Du spielst auf die potenzielle Anwendung meines Werkzeugs an«, antwortete der Angesprochene.

»Ein Hammer kann schließlich auch eine Angriffswaffe sein. Zumal wenn er von jemandem geschleudert wird, der die Kraft eines Großserienroboters hat.«

»Mir ist durchaus klar, dass die Befreiung der im Energiefeld gefangenen Cyborgs und die Rettung des verletzten Sass absolute Priorität genießen«, erklärte Artus. »Und mir ist auch klar, dass beides nur durch Kooperation mit jenen Wesen erreichbar ist, die dieses Konstrukt beherrschen. Deine Besorgnis ist also unbegründet, Dhark.«

»Na, dann bin ich ja beruhigt«, sagte der Angesprochene.

Die drei setzten ihren Weg vorsichtig fort.

Auf jeden Fall konnte man in diesem Bereich vielleicht endlich mehr über jene Wesen erfahren, die das gigantische Quaderkonstrukt kontrollierten.

Dhark sah sich einen der mutmaßlichen Maschinenblöcke näher an. Der Block maß sechs Meter Länge und war bis zu drei Meter hoch. Die Form war sehr unregelmäßig, und es gab zahlreiche röhrenartige Teile mit unklarer Funktion, die aus dem Block herausragten. Der Energiestatus lag bei null. Es war nicht einmal eine elektrische Grundspannung vorhanden. Was Dhark auffiel, war die Beschichtung mit einem transparenten, folienähnlichen Material.

Um das alles genauer zu erforschen, war leider keine Zeit. Aber Dhark hatte das Gefühl, dass seine Gefährten und er auf der richtigen Spur waren und ganz dicht davorstanden, einen entscheidenden Schritt weiterzukommen.

Wenn dies tatsächlich ein Habitat ist, dachte er, *dann ist vielleicht auch die Kommandozentrale der Herren des Konstrukts gar nicht so weit entfernt ...*

*

»Was mich wundert, ist das völlige Fehlen von Biosignaturen«, stellte Artus dann plötzlich fest.

»Ich sagte doch, dass ich vermute, dass das Maschinenwesen längst über alle Berge ist beziehungsweise durch alle Transmittertunnel«, meinte Dhark.

»Ich meinte nicht Biozeichen von im Augenblick hier befindlichen Lebensformen, sondern solche Biozeichen, die dafür sprechen würden, dass sich in letzter Zeit hier biologische Organismen über längere Zeit hinweg aufgehalten haben könnten«, stellte Artus klar.

»Du meinst so etwas wie Staub?«

»Zum Beispiel«, bestätigte Artus, »organische Lebensformen verlieren zum Beispiel Hautschuppen. Sie atmen durch ihren Stoffwechsel Gase wie zum Beispiel Kohlendioxid aus, was dazu führen kann, dass sich der Anteil eines solchen spezifischen Gases signifikant erhöhen kann. Sie emittieren Tröpfchen, die über

Stunden oder Tage in der Luft schweben können und Viren, Bakterien oder andere Mikroorganismen enthalten, die dann eigentlich nachweisbar sein müssten. Es gibt zahllose Indikatoren für die Anwesenheit biologischer Organismen. Sicher fehlt mir die Zeit, um das mit der nötigen Gründlichkeit untersuchen zu können, aber es wundert mich schon, dass ich bislang nicht auf so etwas gestoßen bin. Zumindest, wenn man von der Voraussetzung ausgeht, dass es sich bei diesen Räumen tatsächlich um ein Habitat handelt.«

»Es ist wahrscheinlich lange niemand hier gewesen«, wiederholte Dhark seine Vermutung.

Der eine brauchte genaue Analysen, dem anderen reichte der Instinkt, um eine Situation zu erfassen. Am Ende kam man dann unter Umständen zum selben Schluss.

»Über die Wesen, die hier leben oder vielleicht mal gelebt haben, wissen wir so gut wie nichts«, gab Tschobe zu bedenken. »Wir kennen ihren Stoffwechsel nicht. Im Grunde können wir deshalb auch gar keine Aussagen darüber machen, was wir hier vorfinden müssten.«

»Da gebe ich Ihnen recht, Manu. Letztendlich ist das alles nur Spekulation, und ich sehe gerade nicht, wie uns das alles weiterhelfen könnte, die Kommandozentrale zu finden. Gehen wir weiter!«

Die drei setzten ihren Weg fort. Sie kamen durch eine enge Gasse zwischen mehreren blockartigen Komplexen. Ob es sich dabei um Maschinen oder um Aufbewahrungsbehälter für irgendwelche Güter oder Materialien handelte, konnte man nicht ermitteln.

»Keinerlei Energiesignatur feststellbar«, meldete der Großserienroboter. »Wenn das Maschinen sind, dann sind sie abgeschaltet.«

»Könnte es sein, dass wir in einer Art extraterrestrischen Abstellkammer gelandet sind?«, fragte Tschobe. »Eigentlich suchen wir doch das Hauptquartier oder die Zentrale.«

Für ein paar Augenblicke kam in Dhark der Gedanke auf, dass man sie vielleicht in eine Falle gelockt hatte. Auf jeden Fall würden sie wachsam bleiben müssen. Die vollautomatische Zielerfassung des Multikarabiners war nach wie vor als Projektion auf der Innenseite des Helms zu sehen.

Wenn wir mehr Zeit hätten, dachte Ren Dhark, *dann könnten wir diese Objekte, die hier herumliegen, näher untersuchen und vielleicht wichtige Rückschlüsse daraus ziehen. Aber das ist angesichts der Lage, in der sich die Cyborgs befinden, nicht möglich.*

Sie mussten einen schnelleren Weg finden.

»Ich habe übrigens einen Abgleich durchgeführt und in meiner Datenbank nachgeforscht, welche bekannten intelligenten Spezies es gibt, die mit einer derart dünnen Atmosphäre auskommen würden«, meldete Artus über den Helmfunk.

»Und wie lautet die Antwort?«, fragte Dhark.

»Keine einzige. Ich habe jetzt einfach nur mal die Frage des atmosphärischen Drucks berücksichtigt, den ich hier messen kann. Und mich noch nicht mit der Frage beschäftigt, ob es überhaupt möglich wäre, dass die Zusammensetzung, die wir hier vorfinden, einen Stoffwechsel in Gang halten könnte. Der Sauerstoffanteil ist dafür zwar ausreichend, aber nur, wenn man von Lebensformen ausgeht, die ein wesentlich kleineres Körpervolumen haben als die Maschinenwesen, denen wir begegnet sind. Nicht nur absolut, sondern auch prozentual.«

»Wir haben schon viele Lebensformen kennengelernt, von denen wir zuvor nie angenommen hätten, dass es sie geben könnte«, gab Dhark zu bedenken. »Und davon abgesehen: Maschinenwesen, die nur teilweise biologisch sind, brauchen vielleicht weniger Sauerstoff.«

»Das mag sein«, sagte Artus. »Aber es gibt physikalische Gesetze, an denen man nicht vorbeikommt. Ganz grundsätzlich halte ich die Entwicklung einer humanoiden Lebensform mit der Körpergröße von Menschen unter atmosphärischen Bedingungen, wie sie hier herrschen, für vollkommen ausgeschlossen. Jedenfalls spricht die Statistik dagegen.«

»Du meinst, wenn das hier eine Atmosphäre ist, dann dürfte sie der Ursprungsatmosphäre der Heimatwelt dieser Spezies entsprechen, richtig?«, fragte Tschobe.

»Ja, das würde ich auch sagen«, meinte Dhark.

Genau da setzten Artus' Einwände an. »Unter so geringem atmosphärischen Druck ist es unmöglich, dass Wasser flüssig bleibt. Und das wiederum ist eine Voraussetzung für die Entstehung von Leben und insbesondere komplexeren organischen Lebensformen. Allerdings könnte es sein, dass dieses Maschinenwesen, mit dem wir es zu tun hatten, nur einige wenige organische Komponenten hat und überwiegend aus mechanischen Elementen besteht. Das würde einen reduzierten Bedarf an Atemluft erklären«, gab Artus zu. »Über diese Möglichkeit müsste ich nachdenken und gegebenenfalls abwarten, bis sich eine bessere Datenlage ergibt. Aber es gibt einen weiteren Widerspruch.«

»Und der wäre?«, fragte Tschobe.

»Die Schwerkraft, die hier herrscht, liegt etwas niedriger als auf Terra. Planeten mit einer derartigen Schwerkraft haben normalerweise Atmosphären mit einem fünfhundert- bis tausendfach höheren Luftdruck verglichen mit dem, was wir hier vorfinden – zumindest, wenn sie habitabel sind. Sonderfälle wie die Venus, deren Luftdruck den Druckverhältnissen in der terranischen Tiefsee entspricht und damit in einer ganz anderen Liga spielt, will ich hier mal außen vor lassen. Mit anderen Worten: Es fällt mir schwer, mir einen Planeten vorzustellen, auf dem humanoide Lebensformen beheimatet sind und der gleichzeitig genau die Kombination aus Schwerkraft und atmosphärischem Druck aufweist, die in diesem angeblichen Habitat vorherrschen.«

»Und wenn wir es mit einer Lebensform zu tun haben, die sich gar nicht auf einem Planeten entwickelt hat?«, wandte Dhark ein. »Wesen, die außerdem zu einem erheblichen Teil mechanisch sind und vielleicht sogar an irgendeinem anderen Ort im Universum künstlich aus verschiedenartigen Bestandteilen kombiniert wurden?«

»Das wäre eine Hypothese, die zumindest einige Widersprüche erklären könnte«, gab Artus zu.

*

Dhark und seine Begleiter erreichten nun einen Bereich, der sich in mancher Hinsicht deutlich von dem unterschied, was sie bisher gesehen hatten. Hatten sie zunächst den Eindruck gehabt, in eine Art extraterrestrische Abstellkammer geraten zu sein, so gelangten sie nun in einen Bereich, der tatsächlich so aussah, als hätte hier vielleicht tatsächlich einmal jemand gewohnt.

»Könnten das da vorne Sitzmöbel sein?«, fragte Manu Tschobe. »Sieht aus wie eine Couch oder ein breiter Sessel.«

»Ja, bei der Anlage, die davor steht, mit der großen transparenten Scheibe könnte es sich um ein holografisches Projektionsaggregat handeln«, vermutete Artus. »Wahlweise als Rechnerkonsole oder Unterhaltungsmedium nutzbar.«

»Gibt es irgendwelche organischen Rückstände?«, fragte Dhark.

»Nur minimale Spuren«, meldete Artus. »Und die sind auch nicht ganz eindeutig identifizierbar. Vermutlich ist es schon sehr lange her, dass hier jemand gelebt hat. Es könnte sich mit dreiundsiebzigprozentiger Wahrscheinlichkeit tatsächlich um zersetzte Nahrungsreste oder andere Absonderungen organischer Lebensformen handeln. Sicher ist das nicht. Und auf noch etwas möchte ich aufmerksam machen: die technischen Geräte, die hier stehen und von denen wir teilweise vermutet haben, es könnte sich um Unterhaltungsmedien handeln. Es gibt nicht die geringste elektrische Spannung. Normalerweise würde man erwarten, dass irgendeine Art von Energiezelle dafür sorgt, dass eine Mindestspannung aufrechterhalten wird. Selbst im abgeschalteten Zustand.«

»Was wiederum dafür spricht, dass diese Räumlichkeiten hier schon sehr lange nicht mehr benutzt wurden«, schloss Tschobe.

»Leider werden wir hier keine archäologischen Studien anstellen können«, sagte Dhark. »Wir müssen endlich mit den Kommandanten des Konstrukts in Kontakt kommen.«

»Ich könnte mir denken, dass die früher oder später mit uns in Kontakt kommen werden«, meinte Tschobe. »Und das vielleicht auf die unangenehme Weise. Jedenfalls kann ich mir nicht vorstellen, dass das Maschinenwesen, dem wir hierher gefolgt sind, das alles so auf sich beruhen lässt, was geschehen ist. Sofern es den Waffenarm nicht ersetzt hat, können wir davon ausgehen, dass wir es mit mindestens zwei verschiedenen Wesen zu tun haben. Die wissen, dass es Eindringlinge gibt. Die wissen, dass wir irgendetwas vorhaben. Und die werden etwas gegen uns unternehmen.«

»Darüber denke ich auch schon die ganze Zeit nach«, bekannte Dhark. »Dass sie uns bisher nicht wieder angegriffen oder uns zumindest ihre Quadereinheiten auf den Hals gehetzt haben, kommt mir verdächtig vor.«

Tschobe nickte. »Ein paar Dutzend der Maschinenwesen würden ausreichen, um uns drei auszuschalten. Die kennen sich mit Sicherheit besser in ihren Räumen aus als wir. Und so schnell können wir mit unseren Multikarabinern nicht schießen, um jeden Gegner mit Dust- oder Nadelstrahlen auszuschalten.«

»Die Wahrscheinlichkeit, von Blasterstrahlen erwischt zu werden«, sagte Artus, »steigt exponentiell mit jedem Gegner ab zehn Gegnern.«

»Zehn? Wieso nicht neun?«

»Ich ziele deutlich schneller als ihr Menschen. Während ihr vielleicht jeweils zwei feindliche Einheiten erwischt, treffe ich in der Zeit sechs.«

»Du Angeber!«

»Es ist keine Angeberei, wenn die Einschätzung auf Statistik statt auf Wunschdenken basiert.«

»Ich fürchte, die Bedeutung des Wortes musst du noch einmal im Hyperfunknetz recherchieren«, hielt Manu Tschobe mit einem dünnen Lächeln dagegen.

Dhark ließ währenddessen den Blick schweifen. Die Gedanken rasten durch seinen Kopf. Er begann sich zu fragen, ob sie hier überhaupt weiterkamen oder vielleicht nicht doch in einer Art Sackgasse gelandet waren.

Die drei verteilten sich etwas und drangen vorsichtig weiter vor. Dhark und seine beiden Begleiter hatten einen Bereich betreten, in dem es weder abgestellte technische Geräte noch containerartige Behälter gab. Stattdessen dominierten mit geometrischer Präzision aufgestellte, regalähnliche Gestelle.

»Ich habe hier gerade etwas entdeckt«, meldete Manu Tschobe über Helmfunk. »Sieht aus wie Etagenbetten, auch von den Ausmaßen her. Immer vier Betten übereinander, mit einem leiterähnlichen Aufstieg. Ich weiß zwar nicht, ob man so etwas noch in irgendeiner Klinik auf Terra oder Babylon anbieten könnte, aber möglicherweise haben wir hier entweder die Schlafkabine oder die Krankenstation der ehemaligen Bewohner gefunden.«

»Vielleicht auch nur die Ausrüstung dafür«, schränkte Dhark ein. »Was hier sonst so herumsteht, scheint ja auch irgendwie abgestellt worden zu sein. Mutmaßliche technische Geräte, die zurzeit nicht in Gebrauch sind und so etwas.«

»Das wäre natürlich auch möglich.«

Artus kam jetzt herbei. »Die Unterlage der einzelnen Bett-Etagen besteht aus einem schaumstoffähnlichen Material, das durchaus für Wesen aller Art geeignet wäre, um sich hinzulegen.«

»An der mutmaßlichen Kopfseite gibt es ein paar Anschlüsse«, stellte Tschobe fest.

»Entweder zur Energiezufuhr oder Nahrungsaufnahme?«, fragte Dhark.

Der Arzt nickte. »Falls die Bewohner überwiegend organisch waren, ja.«

»Es gibt keinerlei Rückstände, die auf eine Benutzung in der von Tschobe vermuteten Weise hindeuten würden«, erklärte Artus dann. »Aber ich kann hier mal eine Oberflächenanalyse der vermuteten Liegefläche anfertigen. Das benötigt keinen größeren Aufwand an Ressourcen meinerseits.« Es dauerte zwei Sekunden, dann schickte Artus die gewonnenen Daten per Funk an Dharks und Tschobes W-Anzüge. Eine Projektion im Inneren des Helms machte das Ergebnis sichtbar. »An den markierten Stellen ist über längere Zeit Druck ausgeübt worden. Das Material hat darauf an den betreffenden Stellen mit einer minimalen Verdichtung reagiert.«

»Mit anderen Worten: Es gibt Vertiefungen, die sind mit bloßem Auge so nicht sichtbar«, stellte Tschobe fest. »Und die haben zufällig den Umriss einer humanoiden Gestalt. Ganz grob gesehen zumindest.«

»Das heißt, Sie könnten mit Ihrer Vermutung recht haben, Manu«, sagte Dhark. »Wobei die Frage noch nicht beantwortet ist, ob es sich nun um eine Krankenstation, einen Schlafsaal oder ein Lager für abgestellte Betten handelt.«

»Die Art und Weise, wie die Betten hingestellt wurden, lässt mich Letzteres vermuten. Zwar ist genügend Platz, dass ein Wesen der Größe, die da auf diesen Betten gelegen haben, Zugang zu diesen Betten hätte. Demgegenüber fehlen aber weitere Geräte und Anlagen, die ich in einer Krankenstation vermuten würde. Und ob das hier ein Schlafsaal war?«

»Mich darf man da nicht fragen«, sagte Artus. »Im hypothetischen Fall der Fälle wäre ich da auch nicht empfindlich.«

»Der Raum sah ja vielleicht nicht immer so aus und diente als Abstellkammer«, meinte Dhark. »Und abgesehen davon könnte es ja sein, dass die ehemaligen Bewohner ganz andere Bedürfnisse hatten, als das bei uns der Fall wäre.«

»Was mich irritiert, ist Folgendes«, sagte Tschobe. »Wir sind ja hier auf Maschinenwesen getroffen. Ehrlich gesagt würde ich bei so einem Wesen nicht annehmen, dass es ein sonderlich hohes Schlafbedürfnis hat.«

»Schlaf dient in erster Linie der Erholung des Gehirns bei organischen Lebensformen«, erwiderte Artus. »Selbst wenn diese Lebensformen rechnerbasiert wären, müssten sie irgendwelche Regenerationsroutinen haben. Diese Regeneration ist nicht nur für den energetischen Status notwendig, sondern auch zur Verarbeitung und Neuordnung von Informationen. Ob das in einem menschlichen Gehirn passiert oder in einem anderen Speichermedium, ist letztlich nur ein technisch-physikalischer Unterschied, aber nicht ein prinzipieller. Ich selber habe ebenfalls Regenerationsroutinen für mich entwickelt. Des Weiteren kann die Zeit auch für eine umfassende Systemanalyse genutzt werden, die nun einmal am besten funktioniert, wenn alle Systeme möglichst ruhen. Ihr kennt das von der POINT OF, wo der Checkmaster beispielsweise eine Systemanalyse nach einer Raumschlacht oder Reihentransition durchführt. Der Ringraumer wird auch eher in einem Hangar gewartet, und …«

»Was du uns sagen willst, ist: Selbst Maschinenwesen und Roboter brauchen Schlaf«, fasste Dhark die Ausführungen des intelligent gewordenen Großserienroboters zusammen.

Artus bestätigte das. »Insbesondere dann, wenn ein hinreichender Grad an Komplexität oder sogar ein Bewusstsein vorliegt. Und das ist bei dem Wesen, dem wir begegneten, zumindest zu vermuten. Was die Abmessungen angeht, würde ein Körper wie der des Maschinenwesens, dem wir begegnet sind, ziemlich exakt mit den Druckstellen auf der Unterlage dieser Betten übereinstimmen. Der Energiestatus liegt übrigens bei null. Es gibt nicht cinmal cinc Rcstspcichcrcncrgic odcr irgendeine Energiezelle, die eine Mindestspannung aufrechterhält.«

»So wie bei den anderen Maschinen auch«, stellte Dhark fest.

»Was wiederum die Theorie vom Bettenlager unterstützt«, meinte Tschobe.

»Wie alles andere hier sind diese Betten wohl schon lange nicht mehr in Gebrauch gewesen. Und nun lasst uns weitergehen.«

Dann entdeckten die drei einen Durchgang, der offenbar in einen weiteren Bereich dieses ehemaligen Habitats führte. Der Durchgang glich einer großen Tür und war etwa drei Meter hoch und zwei Meter breit. Was sich dahinter befand, war nur teilweise zu sehen. Auf den ersten Blick schienen in diesem Bereich wieder abgestellte technische Geräte zu dominieren.

»Ich gehe zuerst«, bestimmte Dhark. »Sie folgen mit etwas Abstand.« Mit dem Multikarabiner im Anschlag ging er voran.

5.

Ein, zwei Schritte hatte Ren Dhark in diesem fremden Raum hinter sich gebracht. Da schloss sich plötzlich der Durchgang – und zwar so schnell, dass der Terraner nicht mehr zurückkonnte. Das ging blitzschnell. Dort, wo gerade noch ein frei passierbarer Zugang gewesen war, befand sich jetzt nur noch eine Wand.

Beinahe gleichzeitig spürte Dhark nun, wie er plötzlich den Halt unter den Füßen verlor. Es war, als hätte ihm jemand einfach die Beine weggezogen, und das mit erheblicher Kraft, wie ein Angriff aus dem Nichts. Die Ortung seines W-Anzuges meldete ein Kraftfeld. Der Antigravgürtel konnte nicht mehr rechtzeitig gegensteuern. Offenbar kannte der Gegner dessen Funktion und wusste, wie man den verbauten Antigravgenerator überlasten konnte.

Einen Atemzug lang schwebte Dhark hilflos im Raum – genau wie die Cyborgs und Jimmy. Doch im nächsten Moment hatte er die Lage begriffen.

Unwillkürlich ließ er seinen Blick schweifen und entdeckte kurz darauf, wonach er gesucht hatte. Mehrere gezielte Schüsse mit Duststrahlen ließen die Projektoren des ominösen Kraftfeldes der Reihe nach zu Staub zerbröseln.

Nun gab es kein Kraftfeld mehr, das ihn beeinträchtigen konnte. Es hatte die Funktionen seines Antigravgürtels gestört, sodass er den Halt verloren hatte. Aber das war nun erst einmal vorbei. Der Antigravgürtel funktionierte wieder.

Dhark kam wieder auf die Beine.

Zwei der Maschinenwesen griffen jetzt in das Geschehen ein. Sie tauchten urplötzlich hinter den technischen Aggregaten, die hier zu finden waren, auf und richteten ihre Waffenarme auf Dhark. Mit ihrem Angriff zögerten sie keine Sekunde.

Sie nahmen Dhark sofort unter Blasterfeuer. Jeder von ihnen war mit zwei Waffen ausgerüstet. Dhark hatte den Hinterhalt vorausgesehen und ging hinter einem containerähnlichen Behälter in Deckung.

Die Blasterschüsse peitschten dicht an ihm vorbei und streiften seinen W-Anzug. Nur sehr knapp entging er einem Treffer.

Das Ortungssystem seines W-Anzugs informierte ihn darüber, wo sich seine Gegner befanden. Sie verteilten sich und wollten ihn offenbar einkreisen.

Dhark war bewusst, dass ihm nur eine kurze Verschnaufpause bleiben würde.

Jetzt begann ein Katz-und-Maus-Spiel im Labyrinth aus zahlreichen Gegenständen unterschiedlichster Größe, die in dieser kosmischen Abstellkammer aufbewahrt wurden und über deren Funktion man zum Teil nur spekulieren konnte. Zumindest gab es hier aber Deckung genug.

Allerdings konnte Ren Dhark diesen Bereich nicht verlassen. Er war in die Falle getappt, die offenbar für ihn aufgestellt worden war. Diese Erkenntnis setzte sich nun immer mehr bei ihm durch. Und jetzt wollten die Jäger ihn in aller Ruhe zur Strecke bringen!

So weit wollte Dhark es natürlich nicht kommen lassen. Aber er durfte auch nicht rücksichtslos von seinem Multikarabiner Gebrauch machen und alles um sich herum in Schutt und Asche legen. Auf gar keinen Fall! Denn das wäre nun wirklich die denkbar schlechteste Basis gewesen, um mit den Kommandanten des Quaderkonstrukts in Kontakt zu kommen, auf deren Wohlwollen er ja schließlich angewiesen war, wenn er Bram Sass retten wollte.

Dhark entschied sich dafür, in die Offensive zu gehen. Und zwar in eine kommunikative Offensive, nicht eine mit Waffengewalt. Er sendete Funksignale. Darauf bekam er allerdings keine Antwort. Möglicherweise kommunizierten die Maschinenwesen auf andere Weise oder die Funksignale waren für sie einfach nicht unmittelbar zu entschlüsseln.

Also ergriff Dhark eine weitere Maßnahme. Während er mit dem Senden von Funksignalen weiter fortfuhr, rief er gleichzeitig den Maschinenwesen in verschiedenen Sprachen etwas zu, darunter Angloter und Worgun. Der W-Anzug schirmte Geräusche nicht ab.

Eigentlich mussten die Wesen hören, was er sagte, immer vorausgesetzt, sie besaßen überhaupt einen Gehörsinn oder akustische Sensoren. Die Atmosphäre, die hier herrschte, mochte dünn sein. Aber auch in einer dünnen Atmosphäre wurden Schallwellen übertragen. Aufgrund der dünnen Atmosphäre klang Dharks Stimme leiser, dumpfer und tiefer als unter irdischen Bedingungen.

Der Terraner musste laut schreien, um die durch die dünne Atmosphäre bedingte Dämpfung der Lautstärke auszugleichen. Seine Worte klangen dabei so tief wie eine verlangsamt abgespielte Tonaufnahme und waren vermutlich selbst für jemanden, der die entsprechende Sprache beherrschte, nur schwer verständlich. Aber darauf kam es auch gar nicht an.

Für ihn ging es darum, zunächst mal deutlich zu machen, dass Dhark überhaupt kommunizieren wollte.

»Lasst uns reden, anstatt zu schießen!«, rief er in der Sprache der legendären Worgun. »Ich bin nicht euer Feind! Ich will niemandem schaden!«

Ein Waffenstillstand, das war es, worauf er hinauswollte. Eine Feuerpause, die es ihm ermöglichte, sein Anliegen vorzutragen und deutlich zu machen, dass er keineswegs in feindlicher Absicht in das Konstrukt eingedrungen war.

Davon abgesehen ging Dhark davon aus, dass eine technologisch einigermaßen fortschrittliche Zivilisation über Translatorsysteme verfügte, die leistungsfähig genug waren, um auch fremde Sprachen relativ schnell analysieren und verstehen zu können. Er unternahm alles, um seine Kommunikationsbereitschaft deutlich zu machen, aber er bekam keine Antwort.

Dhark schlich zwischen zwei hochaufragenden Maschinen. Diese waren alle mit einer durchsichtigen Membran abgedeckt, so als ob sie eingemottet worden wären, weil sie auf absehbare Zeit nicht benutzt werden würden.

Offenbar wollte man sie trotzdem aufbewahren und in einem guten Zustand erhalten.

Da hörte er auf einmal ein sehr dumpfes, tiefes Geräusch. Sämtliche Höhen schienen bei diesem Geräusch abgeschnitten worden zu sein. Das war der typische Klang, den man in einer so dünnen Atmosphäre erwarten konnte.

Im ersten Moment dachte Dhark, dass dies möglicherweise eine Antwort auf seine vielfältigen Signale war.

Dass sein Translator eine Fehlermeldung anzeigte, war nicht verwunderlich. Wenn es sich um eine unbekannte Sprache handelte, dann musste auch ein solches Translatorsystem erst einmal genügend Sprachmaterial aufnehmen, um eine Analyse durchführen zu können.

Aber schon wenige Sekunden später wurde Dharks Hoffnung enttäuscht.

Die beiden Maschinenwesen schwebten über ihm. Sie hatten Jetpacks, mit denen sie fliegen und dabei frei manövrieren konnten. Diese hatten offenbar auch das dumpfe, tiefe Geräusch erzeugt.

Ein Blasterschuss bohrte sich dicht neben Dhark in eine der Maschinen hinein. Die transparente Schutzmembran schmolz dabei. Sie schien aus irgendeinem hochwertigen Kunststoff zu bestehen, der allerdings wohl nicht dazu geschaffen war, Blasterschüssen standzuhalten.

Im wirklich letzten Moment war Dhark dem Schuss ausgewichen. Ein weiterer Blasterschuss ging knapp an ihm vorbei. Dhark war quasi wie auf dem Präsentierteller für seine Gegner.

Die Tatsache, dass sie von oben angreifen konnten, ließ ihm keine Chance. Der Terraner erkannte, dass er nun keine andere Wahl mehr hatte, als sich massiv zu verteidigen. Nachdem er vergeblich Deckung zu finden versucht hatte, schaltete er den Multikarabiner von Dust- auf Nadelstrahlen um.

Eines der Maschinenwesen nahm Ren Dhark von oben unter Beschuss. Es feuerte mit beiden Blastern gleichzeitig. Dhark warf sich blitzschnell zur Seite.

Dort, wo er gerade noch gestanden hatte, brannten sich die Blasterstrahlen in den Boden. Das Ortungssystem des W-Anzugs zeigte einen erhöhten Anteil von chemischen Verbindungen an, die bei Verbrennungsreaktionen entstanden, und blendete automatisch eine entsprechende Alarmmeldung wegen deren Toxizität seitlich in den Helm ein.

Dhark riss die Multikarabiner herum und feuerte augenblicklich zurück. Das Zielerfassungssystem hatte das linke Bein des Maschinenwesens ins Visier genommen.

Der Schuss traf.

Die Nadelstrahlen wandelten Materie sofort in Energie um. Dadurch entstand eine Explosion. Das Bein wurde zerfetzt. Das Maschinenwesen wurde durch die Energie der Explosion zur Seite gerissen. Die Blasterschüsse, die es in dem Moment abgab, trafen daher nicht Dhark, sondern gingen daneben. Sie brannten sich in eines der hiesigen technischen Elemente. Die transparente Membran, die dieses Element einhüllte, schmolz vollständig. Dunkle Dämpfe stiegen auf. Das Ortungssystem von Dharks W-Anzug meldete daraufhin das Vorhandensein toxischer Verbindungen in einer Konzentration, die für Menschen gesundheitsschädlich sein konnte.

Das Maschinenwesen, dessen Bein explodiert war, flog durch den Rückstoß der Explosion weiter taumelnd durch die Luft. Nur einen Sekundenbruchteil danach gab es dann wohl eine zweite Explosion. Der Tank des Jetpacks, den das Maschinenwesen auf dem Rücken hatte, detonierte mit unerwarteter Heftigkeit. Die Explosion war so heftig, dass das Maschinenwesen vollkommen zerfetzt wurde.

Die dadurch entstandene Druckwelle war trotz der dünnen Atmosphäre stark genug, dass Dhark sie spüren konnte. Er wurde gegen die Maschine hinter ihm gepresst. Die damit einhergehende Hitzewelle hätte Dhark normalerweise augenblicklich am ganzen Körper verbrannt, wenn er keinen W-Anzug getragen hätte. So wurde nur eine momentane Temperaturspitze angezeigt.

*

Das zweite Maschinenwesen schien durch die Geschehnisse vollkommen konsterniert zu sein. Darüber hinaus war es ebenfalls von der Druckwelle erfasst worden und glitt taumelnd durch die Höhe. Ein schlecht gezielter Blasterschuss brannte sich dicht neben Dhark in den Boden. Das Wesen schien von Panik erfüllt zu sein.

Es sank auf ein niedrigeres, nur etwa anderthalb Meter hohes technisches Aggregat nieder und landete dort. Dann warf es das Jetpack ab, das dann über die Oberfläche des Aggregats rutschte, drehte sich halb taumelnd, halb laufend noch einmal um und schoss in Dharks Richtung, ohne zu treffen. Der war nämlich inzwischen hinter der Ecke eines anderen Moduls in Deckung gegangen.

Das Maschinenwesen schoss wild um sich, feuerte mit beiden Blastern in Dharks Richtung, während es gleichzeitig mit ausholenden Beinbewegungen über das Aggregat unter seinen Füßen rannte. Die transparente, folienartige Schutzmembran wurde dabei teilweise aufgerissen.

Dann hatte das Maschinenwesen mit fast sprungartigen Schritten das Ende des Moduls erreicht, sprang in die Tiefe und ging dahinter in Deckung.

Über das Ortungssystem seines W-Anzugs konnte Dhark erfassen, dass sein Gegner regungslos verharrte. Der Energiestatus der Blaster verriet jedoch, dass es wohl weiterhin kampfbereit war.

Für ein paar Augenblicke geschah nichts. Es war tatsächlich ruhig im Raum. Ren Dhark ging davon aus, dass sein Gegner ihn genauso orten konnte wie umgekehrt er ihn.

Beide hatten sich in ihrer Deckung verschanzt, und es war davon auszugehen, dass jeder von ihnen einen Angriff des jeweils anderen frühzeitig erkennen konnte. In gewisser Weise herrschte also gerade ein Patt.

Vielleicht nicht der schlechteste Augenblick, um es noch einmal mit Verhandlungen zu versuchen, dachte Dhark.

»Ich komme nicht in feindlicher Absicht«, rief Dhark zu dem Maschinenwesen hinüber. Aufgrund der dünnen Atmosphäre musste er dazu seine ganze Stimmgewalt einsetzen. Und er sprach erneut auf Worgun, weil sein Instinkt ihm sagte, dass das einfach erfolgversprechender war.

Niemand wusste genau, wo überall im Universum die legendären Gestaltwandler schon gewesen waren. Es war zwar nicht sehr wahrscheinlich, aber doch nicht ausgeschlossen, dass diese Maschinenwesen irgendwann einmal Kontakt mit den Worgun hatten. Auf jeden Fall konnte man davon ausgehen, dass Worgun im gesamten Universum eine wesentlich weiter verbreitete Sprache war als Angloter oder irgendeine andere, die Dhark kannte. Darum versuchte er es damit. Und viele andere Optionen gab es ja jetzt im Moment auch nicht.

»Hörst du mich?«, rief er noch einmal hinterher. »Wir können auch funken, dann müsste ich nicht so schreien. Auf jeden Fall würde ich es bevorzugen, wenn wir miteinander reden würden. Ich bin kein Feind. Ich wollte deinen Freund nicht umbringen«, erklärte Dhark dann. Er wartete ab, ob eine Reaktion erfolgte, aber sein Gegner blieb stumm. Dhark dachte nicht daran, aufzugeben. »Hast du gehört? Ich wollte niemanden umbringen! Aber ich musste mich verteidigen. Ich hatte keine andere Wahl. Es wäre gut, wenn du mir jetzt eine andere Wahl lassen würdest. Aber wenn du mich angreifst, muss ich mich verteidigen! Versuche nicht, mich zu töten, dann können wir reden!«

Dhark wartete ab. Es erfolgte weiterhin keinerlei Reaktion. Quälend lange Augenblicke vergingen. Dann war nur ein Geräusch zu hören. Oder ein Wort. Das war schwer zu entscheiden.

Es klang im ersten Moment in Dharks Ohren fast so wie eine verzerrte Version des worgunschen Worts für »Mörder«. Aber er war sich nicht sicher. Vielleicht war es auch einfach nur ein Geräusch. Auch die Analyse durch Dharks Translatorsystem ergab in dieser Hinsicht kein eindeutiges Ergebnis. Es konnte beides sein: ein Geräusch oder ein Wort.

Worgun-Sprache …

Dhark musste sich eingestehen, dass seine Wahrnehmung vielleicht in diesem Augenblick etwas tendenziös war, da er sich ja sehr wünschte, mit seinem Gegenüber in Kontakt treten zu können. Dann hörte man vielleicht auch in irgendein dumpfes Geräusch, das eigentlich auf ganz andere Weise entstanden war, etwas hinein.

Dhark versuchte es noch einmal. »Ich wollte nicht, dass dein Freund explodiert. Das war nicht meine Absicht«, erklärte er abermals auf Worgun.

Eine Antwort gab es nicht. Eine akustische oder funktechnische Botschaft blieb aus, aber wenigstens wurde auch nicht in Gestalt eines gezielten Blasterschusses geantwortet. Sein Gegenüber hatte zwar keine Antwort gegeben, aber Dhark hatte das Gefühl, dass seine ständig wiederholte Botschaft doch vielleicht zumindest teilweise verstanden worden war. Es reichte ja schon, wenn das Maschinenwesen begriff, dass Dhark mit ihm reden wollte. Eine Kommunikationsbasis würde sich dann schon finden.

Dhark wartete ab.

Er wollte seine Friedensbotschaft gerade noch einmal wiederholen, da stellte er plötzlich etwas sehr Interessantes fest. Das Ortungssystem seines W-Anzugs zeigte an, dass zumindest eine der beiden Blasterwaffen des Maschinenwesens deaktiviert worden war. Das Energieniveau dieser Waffe war so weit heruntergestuft, dass man auch ohne genaue Kenntnis dieses Waffensystems vermuten konnte, dass sich der Blaster nun in einer Art Ruhezustand befand.

Man konnte darin eine Art Friedensangebot oder zumindest einen temporären Waffenstillstand sehen. Vielleicht hatte das Maschinenwesen die Worte auf Worgun doch besser verstanden, als es zunächst den Anschein gehabt hatte.

Ein erster Schritt aufeinander zu, dachte Dhark.

Er entschied sich daher nun dazu, auch ein Kooperationssignal zu senden, aber zuerst wollte er den Bereitschaftsstatus seines Multikarabiners deaktivieren. Ein gewisses Risiko war dabei, aber diese Schaltung ließ sich notfalls innerhalb einer Sekunde wieder rückgängig machen. Allerdings war er sich ziemlich sicher, dass sein Gegenüber das registrieren und richtig interpretieren würde.

Doch Dhark kam nicht mehr dazu, seine Absicht in die Tat umzusetzen. In diesem Augenblick ereignete sich nämlich eine weitere Explosion. In jener Wand, durch deren Zugang Dhark hierher gelangt war, klaffte nun ein großes Loch.

Artus vollführte einen gewaltigen Sprung. Tschobe folgte ihm. Artus' Sprung ließ ihn auf einem der technischen Module landen, das ungefähr zwei Meter hoch war. Dort stand er nun und drehte sich herum, den Multikarabiner im Anschlag. Ein strategisch guter Ausgangspunkt für eine überfallartige Kommandoaktion, die zu Dharks Rettung führen sollte.

Allerdings kam diese Rettungsaktion zu einem äußerst ungünstigen Zeitpunkt. Das Maschinenwesen feuerte und aktivierte auch wieder den zweiten Blaster. Artus feuerte ebenfalls, aber das Maschinenwesen war hinter seiner Deckung verschwunden. Es lief in geduckter Haltung zwischen den Modulen davon. Dhark konnte es mithilfe des Ortungssystems seines W-Anzugs verfolgen.

Das Maschinenwesen bewegte sich dabei mit beeindruckender Schnelligkeit. Nur Augenblicke später war es dann verschwunden – wohin auch immer.

Ob es das Transportsystem geöffnet hatte oder einfach nur durch einen Zugang in einen der anderen Räume entkommen war, blieb erst einmal unbeantwortet. Das Ortungssystem von Dharks W-Anzug registrierte es jedenfalls nicht mehr.

*

»Ren, alles in Ordnung?«, meldete sich Tschobes Stimme über Helmfunk.

»Es hätte schlimmer kommen können«, sagte Dhark.

Tschobe tauchte jetzt hinter einem der Module auf. Er hielt den Multikarabiner noch im Anschlag. »Ich glaube, das Wesen ist weg«, stellte er fest.

»Ja, das ist auch mein Eindruck«, bestätigte Dhark.

Artus sprang von dem technischen Modul herunter und hatte die beiden Terraner dann auch wenig später erreicht. »Es scheint, dass wir gerade noch rechtzeitig gekommen sind«, sagte der Großserienroboter.

»Gerade noch rechtzeitig, um meinen ersten Kommunikationsversuch mit diesem Wesen zu stören«, gab Dhark zurück. Der Ärger, den er deswegen empfand, war nicht zu überhören.

»Ich bin etwas irritiert«, sagte Artus.

»Ich dachte eigentlich, ich hätte gesagt, dass nicht geschossen werden soll, Artus.«

Das irritierte Artus anscheinend noch mehr. »Möchtest du dich über deine Rettung beklagen?«

»Nein, natürlich nicht. Die Situation war tatsächlich ziemlich brenzlig, aber ich war gerade dabei, einen wesentlichen Fortschritt zu machen. Und eigentlich sollte nur in einem absoluten Notfall geschossen werden.«

»Das plötzliche Verschwinden des Kommandanten im feindlichen Gebiet würde ich in jedem Fall als Notfall bezeichnen. Noch dazu dein Verschwinden, bei dem es sich mutmaßlich um eine Gefangennahme handelte. Oder zumindest der Versuch.«

Aber da war Dhark anderer Ansicht. »Artus, du kanntest meinen genauen Aufenthaltsort nicht. Ich hätte vor der Wand stehen können, die sich hinter mir geschlossen hatte«, gab er zu bedenken. »Dann wäre das jetzt ein ziemlich explosiver Belastungstest für meinen W-Anzug geworden. Und die Tatsache, dass mit Mister Tschobe ein Arzt in der Nähe gewesen wäre, hätte mich dann wahrscheinlich auch nicht getröstet, weil ich vermutlich nicht mehr einsatzfähig gewesen wäre.«

»Ich hatte diese Möglichkeit durchaus berücksichtigt«, hielt Artus dem entgegen. »Allerdings habe ich eine andere Risikoabwägung vorgenommen, als du sie jetzt getroffen hast, und in der Tat den Umstand miteinbezogen, dass Tschobe Arzt ist.«

»Ja, aber ich hätte dir abgeraten, Artus«, stellte Tschobe klar. »Zumindest, wenn ich die Gelegenheit dazu gehabt hätte. Aber du hast ja sofort reagiert. Und abgesehen davon muss ich Ren zustimmen. Das Risiko war eigentlich ein bisschen zu hoch. Wir haben Glück gehabt, dass nichts passiert ist.«

»Ich rechne schnell und musste schnell entscheiden«, erklärte Artus. »Ich könnte jetzt eine statistische Aufstellung mach…«

»Nein, lassen wir das«, entgegnete Dhark. »Wir haben jetzt keine Zeit, uns mit gegenseitigen Vorwürfen und Rechtfertigungen aufzuhalten. So oder so werden wir jetzt von vorne anfangen müssen.«

»Von vorne?«, fragte Artus, der nicht gleich zu begreifen schien, worauf Dhark hinauswollte.

»Von vorne dabei, das Vertrauen dieser Maschinenwesen zu gewinnen«, erklärte Dhark. »Ich habe auf akustischem Weg versucht, eine Unterhaltung mit einem von ihnen anzufangen. Und zwar auf Worgun.«

»Worgun?«, stieß Tschobe erstaunt hervor. »Sie meinen, diese Maschinenwesen verstehen tatsächlich Worgun?«

»Ich bin mir nicht sicher, aber es gibt ein paar Indizien dafür. Ich habe diesem Wesen erklärt, dass wir keine Feinde seien und dass kein Grund dafür bestünde, aufeinander zu schießen. Eines dieser Wesen habe ich unabsichtlich getötet, als ich mich verteidigen musste. Auch das habe ich versucht zu erklären. Der Tank seines Jetpacks ist explodiert und hat das Wesen komplett zerrissen. Ich habe auf Worgun klargestellt, dass das nicht meine Absicht gewesen sei und ich auch niemanden angreifen wolle – es sei denn, ich müsse mein eigenes Leben retten.«

»Und wie genau war die Reaktion dieses Wesens?«, fragte Tschobe.

»Es hat einen seiner Blaster deaktiviert.«

Tschobe wirkte überrascht. »Das könnte tatsächlich eine Art Verständigungssignal gewesen sein.«

»Ganz genau«, sagte Dhark mit Blick auf Artus, dessen metallisches Gesicht keinerlei Mimik zeigte. Er hätte ja zu gern gewusst, ob der Großserienroboter wenigstens ein schlechtes Gewissen hatte.

Doch Artus schien den kritischen Blick des Terraners entweder nicht deuten zu können oder ignorierte diesen absichtlich, denn er wechselte abrupt das Thema: »Wir sollten uns ansehen, was von diesem Maschinenwesen übriggeblieben ist.«

»Gute Idee«, sagte Dhark und meinte es auch so.

*

Die Einzelteile des Maschinenwesens waren überall im gesamten Raum verteilt. Die Explosion des Jetpacktanks hatte das Wesen wirklich komplett in Stücke gerissen. Aber was Dhark, Tschobe und Artus fanden, waren durchweg mechanische Teile. Es gab zunächst einmal keinerlei Anzeichen dafür, dass es sich um ein biologisches oder zumindest teilweise biologisches Wesen gehandelt hatte.

»Sieht tatsächlich so aus, als hätten wir es mit Robotern zu tun«, meinte Tschobe. »Mal abgesehen davon, dass in dem Fall ein Arzt wohl sowieso zu spät gekommen wäre.«

Auch die nächsten abgesprengten Teile waren durch und durch mechanisch, aber dann fanden sie ein etwas größeres, zusammenhängendes Stück vom Torso des Maschinenwesens. Das Außenmaterial war metallisch und sehr stabil. Es bot zwar sicherlich nicht den Schutz eines Unitallpanzers, kam dem aber nahe. Artus nahm diesen Teiltorso mit seinen Greifhänden und hob ihn an.

»Ich kann eine biologische Komponente orten«, erklärte er dann.

Er hatte schon bei der ersten Begegnung mit einem der Maschinenwesen die Auffassung vertreten, dass es sich nicht um reine Roboter handelte. Nun stellte sich heraus, dass er zumindest insofern recht behielt, als es eine zumindest teilweise organische Steuereinheit in den ansonsten robotischen Körpern dieser Maschinenwesen gab. Und diese Steuereinheit war genau dort untergebracht, wo sie wohl am besten gegen irgendwelche Gefahren von außen geschützt war.

»Dieses Objekt sollten wir näher untersuchen«, sagte Artus.

»Das ist also das Herz des Maschinenwesens?«, fragte Tschobe.

»Ich würde sagen, eher das Hirn, auch wenn es an einer anderen Stelle sitzt, als man dies von der menschlichen Physiologie her gewohnt ist. Meinen bisherigen Analysen nach gibt es hier eine Recheneinheit, die teilweise biologische Komponenten zu haben scheint.«

»Kann man diese Recheneinheit retten?«, fragte Dhark.

Artus gab zunächst keine Antwort. Er nahm ein paar weitere Messungen vor und legte den Teil des Torsos dann auf einem technischen Modul ab, das ungefähr eine geeignete Arbeitshöhe aufwies. Anschließend öffnete er seinen Werkzeugkasten.

»Ein Arzt für Maschinenwesen bei der Arbeit«, stellte Tschobe fest. »Es ist doch immer wieder interessant, einem Kollegen zuzusehen.«

Ob Artus diese Bemerkung verstanden hatte, würde vermutlich ewig ein Geheimnis bleiben. Jedenfalls reagierte der Großserienroboter nicht darauf. Er schien vollkommen auf seine Arbeit konzentriert zu sein. Mithilfe feinmechanischer Werkzeuge gelang es ihm dann, die Recheneinheit mit biologischer Komponente zu extrahieren. Ein Verbleib der Recheneinheit in dem zerstörten Maschinenkörper hätte vermutlich keinerlei Vorteile für das Maschinenwesen gebracht.

»Also, meiner Analyse nach«, begann Artus dann, »handelte es sich bei diesem Maschinenwesen nicht um eine ursprünglich organische Lebensform, die es vorgezogen hat, die Unvollkommenheit ihrer biologischen Existenz durch mechanische Zusätze und Erweiterungen zu ergänzen.«

»Also kein Cyborg«, meinte Manu Tschobe.

Ren Dhark trat einen Schritt näher, wobei er natürlich nicht vergaß, die Umgebung im Auge zu behalten. »Für mich stellt sich das so dar, dass diese Maschinenwesen offenbar von jemandem gebaut wurden, der sie mit einer biologischen Komponente ausstattete. Damit haben die Worgun bekannterweise auch experimentiert.«

»Zumindest diese Parallele ist durchaus gegeben«, gab Artus zu. »Allerdings habe ich bisher noch keinerlei Spuren von Unitall entdeckt, auch nicht bei der Rechnereinheit. Davon abgesehen habe ich jedoch noch etwas anderes festgestellt.«

»Wir sind ganz Ohr«, meinte Manu Tschobe. »Im Übrigen: Mich als Arzt würden vor allem die Biosignaturen interessieren. Warum sind sie so unregelmäßig? Das erscheint mir recht eigenartig.«

»Darauf wollte ich gerade zu sprechen kommen«, erklärte Artus. »Die Biosignaturen der organischen Bestandteile sind immer dann messbar, wenn die Recheneinheit einen Impuls sendet. Sonst nicht. Daher die von dir angesprochene scheinbare Unregelmäßigkeit, Tschobe. Erstaunlicherweise funktioniert das innerhalb der Recheneinheit noch, obwohl der Rest des Maschinenkörpers nahezu vollständig zerstört ist. In jedem Fall ist es so, dass die Recheneinheit ihre Impulse offenbar an die organischen Bestandteile abgibt, die dann elektrophysikalisch reagieren.«

»Erinnert mich an das, was ich über Nervenbahnen weiß«, sagte Tschobe.

»Möglicherweise erfüllen die organischen Bestandteile genau die Funktion von Nervenbahnen«, mutmaßte Artus. »Es sind letztlich biologische Leiterbahnen anstatt von Kupferdrähten, Halbleitern, Supraleitern, Glasfasern oder was man sonst dafür nehmen könnte. Organische, nervenähnliche Leiterbahnen haben gegenüber künstlichen Alternativen durchaus ein paar Vorteile.«

»Ein interessantes Konzept«, meinte Tschobe, und in seinen Worten klang durchaus die professionelle Bewunderung eines Arztes und Funkspezialisten mit.

»Ich weise jedoch darauf hin, dass manches von dem, was ich gesagt habe, nur eine begründete Hypothese ist«, erklärte der Großserienroboter. »Leider dürfte der Großteil der biologischen Bestandteile bei der mit der Explosion einhergehenden Hitzeentwicklung verschmort sein. Allerdings könnte ich versuchen, mich an die vorhandenen Leiterbahnen anzudocken und elektrische Impulse zu senden.«

»Lassen sich auf diese Weise Daten übertragen?«, fragte Dhark.

»Das müsste eigentlich funktionieren«, sagte Tschobe. »Möglicherweise sogar drahtlos.«

»Ich würde für den Anfang einfach ein mathematisches Datenpaket senden, damit wir sehen können, ob überhaupt eine Verarbeitung möglich ist«, schlug Artus vor. »Mathematik ist eine universelle Sprache.«

»Das klingt sinnvoll«, stimmte Dhark zu.

*

Einige Augenblicke des Wartens vergingen, nachdem Artus sich an den Mechanismus angedockt und das mathematische Datenpaket versendet hatte. Aber irgendetwas schien da nicht so zu laufen, wie es sein sollte.

»Ich bekomme keine Reaktion«, stellte Artus schließlich fest. »Ehrlich gesagt wundert mich das. Mit einfacher Logik müsste eigentlich jede Recheneinheit etwas anzufangen wissen. Und es müsste eigentlich auch klar sein, dass es sich um einen Kommunikationstest handelt.«

»Könnte es sein, dass die Recheneinheit doch stärker beschädigt wurde, als wir glauben?«, fragte Tschobe.

»Das ist schwer zu beurteilen«, sagte Artus.

»Ich meine, diese biologischen Komponenten haben doch offensichtlich eine wichtige Funktion«, fuhr Tschobe fort. »Und wenn jetzt ein großer Teil davon tatsächlich weggeschmort wurde, könnte es doch sein, dass die Recheneinheit dadurch vor erhebliche Probleme gestellt wird.«

»Nein, das glaube ich nicht«, widersprach Artus. »Die Übertragung der Impulse funktioniert ja. Und letztlich kommt es bei der Datenübertragung nur darauf an.«

Artus wirkte etwas ratlos, aber Tschobe hatte eine Idee.

»Dann versuche es doch mal mit einer Sprachnachricht. Und zwar auf Worgun«, schlug Tschobe dann vor. Er wandte sich an Dhark. »Sie vermuten doch, dass sie Worgun verstehen.«

»Wir könnten es mit einer kurzen Nachricht als Friedensbotschaft auf Worgun versuchen«, meinte Dhark.

Artus meldete sich daraufhin zu Wort. »Ich würde sie vom Datenvolumen her sparsam halten, damit unerwartete Verarbeitungsfehler ausgeschlossen werden können.«

»Ich denke, das ist eine gute Idee«, sagte Dhark.

Artus sendete also über die Leiterbahn eine kurze Sprachnachricht auf Worgun in Form von elektrischen Impulsen. »Sollte eine Antwort kommen, dann werde ich sie auf euren Helmfunk übertragen«, erklärte Artus. Die Antwort ließ diesmal erstaunlicherweise nicht lange auf sich warten.

Die Erwiderung, die aus der Recheneinheit des zerstörten Maschinenwesens kam, war ziemlich unfreundlich. »Mörder, Eindringlinge, Invasoren, Zerstörer!«, übersetzte Artus die Signale und sendete sie per Funk an Dhark und Tschobe. »Worgun, ihr seid der Abschaum! Der Abschaum des Universums! Wenn ihr mit euren Ringraumern und Kela angreifen wollt, dann werdet ihr schon sehen, was ihr davon habt. Wir werden euch zerschmettern, wir werden euch vernichten. Ihr Worgun seid die schlimmste Pest des Universums.«

Dann verstummte das Wesen.

Kela. Das war die worgunsche Bezeichnung für Flash.

»Dhark, wenn du darauf antworten möchtest, kannst du das gerne tun«, erklärte Artus ungerührt. »Die Übertragung müsste einwandfrei funktionieren. Sende mir die Funksignale. Ich werde sie nahezu verzögerungsfrei in elektrische Impulse übersetzen und an das Rechnermodul übertragen.«

»Verstehst du mich, unbekanntes Maschinenwesen?«, fragte Ren Dhark. »Ich möchte Kontakt aufnehmen. Wir kommen in Frieden.«

»Worgun kommen niemals in Frieden«, entgegnete Artus beziehungsweise das Maschinenwesen.

»Wir sind keine Worgun.«

»Kontakt mit Bestien aufnehmen?«, kam es aufgebracht zurück. »Soll man Kontakt mit einem gierigen schwarzen Loch aufnehmen, das seine Galaxis verschlingt? Ergibt das irgendeinen Sinn? So seid ihr Worgun! Gierige, amöbenförmige schwarze Löcher, die alles verschlingen und die andere über ihre wahre Gestalt zu täuschen versuchen. Verfluchte Amöbenbrut! Ihr seid die Zerstörer des Kosmos. Schlammige Organklumpen, die über den Boden rutschen und ihren Schleim hinterlassen, wenn sie nicht in betrügerischer, falscher Gestalt auftreten. Betrüger des Universums! Mörderamöben!«

»Wir sind keine Worgun«, erklärte Dhark noch einmal, obwohl er nicht den Eindruck hatte, dass sein Gesprächspartner diesen Einwand überhaupt zur Kenntnis genommen hatte. Für das Maschinenwesen schien die Identität von Dhark und seinen Begleitern längst festzustehen. Sie waren für ihn Worgun, und auf die richtete sich anscheinend der ganze, geballte Hass dieses Wesens – aus welchem Grund auch immer.

»Betrüger durch und durch seid ihr«, kam es zurück. »Ihr zeigt nicht eure wahre Gestalt und ihr verbergt auch sonst die Wahrheit. Man kann euch nicht trauen. Niemals! Wer sollte schon einer Kreatur trauen, die ihre Gestalt so sehr verändern kann, dass sie vollkommen unkenntlich wird?«

»Wir sind wirklich keine Worgun, und wir kommen in friedlicher Absicht«, beharrte Dhark. Ihm war bewusst, dass er Geduld haben musste. »Wir sind Terraner«, fuhr er fort. »Unsere Heimat ist der Planet Terra in einer weit entfernten Galaxis. Wir können unsere Gestalt nicht verändern, sondern sehen tatsächlich so aus, wie wir hier vor dir stehen. Im Moment verfügst du zwar vermutlich nicht über optischen Sensoren, aber du hast mich vorhin doch bestimmt gesehen.«

»Lügner! Amöbe und Lügner! Ich habe dich gesehen, Worgun. Ein Worgun in einem Anzug, wie ihn Worgun tragen. Ihr kommt mit Ringraumern hierher. Ihr benutzt Kela. Und ich soll dir glauben, dass ihr keine Worgun seid? Ihr wagt es, so frech zu lügen, obwohl jeder die Wahrheit sehen kann? Offenbar willst du mich verhöhnen!«

»Wir Terraner haben die Technik der Worgun übernommen, und wir haben sie zum Teil etwas weiterentwickelt. Wir benutzen Raumschiffe, W-Anzüge und andere Technik, die auf der Worgun-Technologie basieren, aber wir sind keine Worgun. Es gibt viele intelligente Lebensformen, die die Technologie der Worgun benutzen. Da sind wir nicht die einzigen.«

»Ich glaube dir nicht ein Wort«, kam es zurück.

»Ich habe dir gesagt, wer wir sind. Ich bin Ren Dhark, der Kommandant des Raumschiffs POINT OF. Wir sind in einer Forschungsmission unterwegs, und es ist nicht unsere Absicht, irgendjemanden zu erobern oder irgendetwas zu zerstören. Ganz bestimmt nicht. Die Heimat der meisten von uns ist der Planet Terra. Aber es gibt auch Besatzungsmitglieder, die von anderswo herkommen.«

Dhark machte eine Pause. Die Antwort des Maschinenwesens ließ zunächst auf sich warten. Vielleicht war das ein gutes Zeichen. Vielleicht bedeutete es, dass die Recheneinheit des Maschinenwesens zumindest darüber nachdachte, ob die Behauptungen der anderen Seite nicht vielleicht doch wahr sein konnten.

Als dann die Phase des Schweigens allzu lang wurde, ergriff Dhark noch einmal das Wort. »Gestattest du, dass ich dir eine Frage stelle?«, wollte er schließlich wissen, da keine Erwiderung mehr kam und er sich nicht ganz darüber im Klaren war, was die Ursache dafür sein mochte.

Das Wesen reagierte nicht. Hatte das Maschinenwesen jetzt vollkommen den Kontakt abgebrochen oder dachte es vielleicht doch noch darüber nach, was ihm gerade gesagt worden war?

»Bist du ein Intelligenzwesen?«, fragte Dhark dann.

»Natürlich bin ich ein Intelligenzwesen!«, kam die empörte Antwort. »Das ist die typische Arroganz der Worgun. Und falls ihr tatsächlich keine Worgun seid, dann habt ihr nicht nur ihre Technik übernommen, sondern auch diese Seite an ihnen. Selbstverständlich bin ich ein Intelligenzwesen. Und das wäre vielleicht etwas leichter für dich zu erkennen, wenn du nicht meinen Körper zerstört hättest!«

»Ich habe mich verteidigt«, entgegnete Dhark geduldig. »Ich habe nicht mehr getan, als gerade notwendig war, um mein eigenes Leben zu retten, denn ich wurde angegriffen, obwohl ich versucht habe, mit euch zu kommunizieren. Und es war auch keineswegs meine Absicht, deinen Körper zu zerstören. Schließlich konnte ich nicht wissen, dass der Treibstoff im Tank eures Jetpacks offenbar dermaßen explosiv ist.«

»Ausreden eines aggressiven Worgun-Lügners! Worthülsen einer Mörderamöbe!«

»Wenn mir das bewusst gewesen wäre, dass die Hälfte deines Körpers explodieren wird, dann hätte ich es riskiert, nicht zu schießen.«

Es kam keine Antwort.

Ein Intelligenzwesen in einem mechanischen Körper mit biologischen Komponenten, überlegte Ren Dhark. *Damit haben wir es also hier zu tun. Seine Ausdrucksweise legt nahe, dass es Gefühle und Emotionen verspürt.*

Die grundlegendste Emotion überhaupt war die Furcht. Die Angst um die eigene Existenz hatte normalerweise die wichtige Funktion, alles zu vermeiden, was zur Gefährdung der eigenen Existenz beitragen könnte. Und wenn dies ein Intelligenzwesen war und nicht einfach nur eine sehr komplexe Recheneinheit, dann war diesem Intelligenzwesen auch bewusst, dass es sich in einer schlimmen Lage befand.

Dhark dachte allerdings keineswegs daran, sein Gegenüber jetzt einzuschüchtern oder eine Drohung auszusprechen. Dieses Wesen war jetzt hilflos und letztlich in seiner Hand. Er musste es auf andere Weise ansprechen und ihm seinen guten Willen zeigen.

»Hör zu«, sagte Ren Dhark schließlich. »Wir könnten dir helfen. Dein Körper ist zwar zerstört, aber sowohl deine Recheneinheit als auch auch dein Bewusstsein sind erhalten geblieben. Wir könnten dir helfen zu überleben, aber dafür verlange ich eine Gegenleistung.«

Das Wesen schwieg dazu.

Deshalb fuhr Ren Dhark einfach fort: »Es geht um unsere Freunde, die sich innerhalb eures Raumschiffs in einer schlimmen Lage befinden. Einer von ihnen ist schwerverletzt. Er und ein paar andere sind in einem Energiefeld gefangen. Solange dieses Energiefeld aufrechterhalten wird, kann der Verletzte nicht behandelt werden. Wir wollen, dass dieses Energiefeld deaktiviert wird. Dann nämlich können wir unseren Freund retten. Im Gegenzug würden wir dich retten. Ich denke, das ist ein fairer Handel.«

Dhark gab dem Wesen etwas Zeit, um darüber nachzudenken. Die Tatsache, dass nicht gleich irgendeine ablehnende Beschimpfung folgte, hielt er für ein gutes Zeichen.

»Wie genau könntet ihr mir denn helfen?«, fragte das Wesen schließlich.

Dhark hatte den Eindruck, dass es jetzt etwas milder gestimmt war. Eigentlich wollte er sofort darauf antworten und dem Wesen erklären, was man in seinem Fall tun konnte.

Aber dann geschah etwas, das ihn davon abhielt: Der ganze Komplex, in dem sie sich befanden, begann jetzt heftig zu beben. Mindestens der gesamte Bereich, von dem die Terraner glaubten, dass es sich um ein ehemaliges Habitat handelte, schien davon betroffen zu sein, vielleicht aber auch das ganze, gigantische Quaderkonstrukt. Das Beben wurde immer heftiger.

Was geht da vor sich?, durchfuhr es Dhark.

6.

In dem Forschungslabor, welches die Forianer für Lek eingerichtet hatten, herrschte reges Treiben. Die forianischen Wissenschaftler schwebten elegant durch die Luft. Einige hatten glockenförmige breite Körperformen mit schmalen Oberkörpern, während andere genau das Gegenteil aufwiesen. Ihre Extremitäten endeten in vielen feinen, fingerartigen Wülsten, die bewegliche, filigrane Tentakel bildeten. Die haarlose Haut war von diversen Farbmustern überzogen, die sich je nach Stimmung änderten. Sie kommunizierten in einer Sprache aus unterschiedlichen Lauten – aus metallischen, knurrenden oder klirrenden Geräuschen, die für Lek anfangs ungewohnt geklungen hatten, aber allmählich vertrauter wurden.

Im Auftrag des Rates der Jüngsten, dem höchsten Gremium der Forianer, bestehend aus den Vertretern der Jüngsten jeder Nation, war Lek mit zwei Forschungsprojekten betraut worden.

Das erste konzentrierte sich auf die Weiterentwicklung des fortschrittlichen Raumschiffsantriebs, der die bisherigen Technologien übertreffen sollte und auf Leks Ideen basierte. So zumindest hatte er es den Forianern gegenüber behauptet.

Dass er sich die Pläne für den Prototypen aus dem galaktischen Hyperfunknetz von Maffei 1 besorgt hatte, ging diese schwebenden Farbwechsler hingegen nichts an. Sollten sie ruhig glauben, dass er sich alles selbst ausgedacht hatte. Immerhin versprach dieser Antrieb eine erhebliche Steigerung der Geschwindigkeit sowie vermehrte Effizienz und Zuverlässigkeit der forianischen Raumfahrtflotte.

Das primäre Ziel der Forianer bestand darin, den interstellaren Raum erforschen zu können in der Hoffnung, mehr über die Erbauer ihrer unterirdischen Tempelanlagen zu erfahren.

Leks primäres Ziel hingegen war es, von diesem Planeten zu verschwinden. Bestenfalls mit ein paar weiteren Balduren-Artefakten.

Das zweite Projekt war ebenso bedeutsam und fand unter strengen Laborbedingungen statt. Hierbei ging es um die Entwicklung einer Konstruktion, die in der Lage war, enorme Mengen an Energie für den Raumschiffsantrieb bereitzustellen.

Lek plante, diese Energie aus den goldenen Maschinen zu gewinnen, einer womöglich unerschöpflichen Energiequelle, die ihren Ursprung in den tiefen Tempelanlagen der Forianer hatte. Aufgrund ihrer spirituellen und kulturellen Bedeutung achteten die Forianer genauestens darauf, dass diese Maschine, die sich momentan in Leks Besitz befand, mit äußerster Vorsicht behandelt wurde, um jegliches Risiko für dieses »Gottesgeschenk« zu vermeiden. Daher zeigte sich der Rat noch zimperlich gegenüber Leks Vorschlag.

Pah, als ob er etwas tun würde, was seiner goldenen Maschine gefährlich werden könnte! Er ließ sie ja nicht einmal aus seinen Händen. Er schnaubte und umfasste sie unwillkürlich fester.

Das von den Forianern als »Gottesgeschenk« bezeichnete Artefakt, das er in den Händen hielt, bestand größtenteils aus goldschimmerndem Metall und maß etwa vierzig Zentimeter an der längsten Seite.

Für Lek war es nicht nur ein Gerät zur Energieerzeugung, sondern ein Schlüssel zur Freiheit und möglicherweise die Lösung für eine unerschöpfliche Energiequelle. Es diente zudem auch als effektives Druckmittel gegen die Forianer, die es unbedingt zurückhaben wollten. Sollten diese schwebenden Farbwechsler nur weiterhin darauf bestehen, dass diese goldene Maschine ihnen gehörte! *Lek* hatte sie gefunden, und er würde sie behalten. Sie war zu so viel mehr imstande, als nur einen Raumschiffsantrieb mit Energie zu versorgen. Er war überzeugt davon, dass diese Maschine ein Artefakt der Balduren war. Und die Forianer besaßen zwölf weitere davon …

Diese Artefakte ermöglichten es ihnen, Materie aus Energie zu erschaffen. So war es ihnen ein Leichtes gewesen, für Lek ein gewaltiges Labor einzurichten, ausgestattet mit allem, was er sich nur wünschen konnte. Produktionsmaschinen, die binnen Sekunden Materie aus Energie formten, standen ihm zur Verfügung. Ein wahr gewordener Traum für jeden Wissenschaftler.

Es gab nur einen Nachteil: Alles, was die Forianer für Lek erschaffen hatten, konnten sie ihm ebenso schnell wieder wegnehmen.

Während die Entwicklung des Antriebssystems auf praktische Anwendungen und Tests in der realen Welt abzielte, wurde die Arbeit mit der goldenen Balduren-Maschine hauptsächlich auf Simulationen und kontrollierte Experimente im Labor beschränkt.

Da Energiequellen Leks Spezialgebiet waren, legte er die wichtigsten Parameter fest und konnte die Überwachung und die Auswertung zum Teil den forianischen Forschern überlassen.

Im Augenblick saß Lek an seinem Arbeitsplatz im Labor und betrachtete die komplexen Entwürfe der Raumschiffsantriebe vor sich.

Dabei versuchte er die Anwesenheit der Forianer auszublenden, die ihn von einer Aussichtsplattform aus beobachteten, die sich über dem Labor erstreckte. Sie waren ihm ein ständiger Dorn im Auge, auch wenn Hori'zia nicht müde wurde zu betonen, dass es sich dabei ausschließlich um angesehene Vertreter aller forianischen Nationen sowie des Zerol-Gürtels handelte. Ausgesuchte Wissenschaftler und Würdenträger, die sich brennend für Leks Fortschritte bei dem Raumschiffsantrieb interessierten, der überlichtschnelles Reisen möglich machen sollte. Lek würde allerdings seine Tolle verwetten, dass Vertreter der Nordnation, der Hori'zia angehörte, in der Überzahl waren.

Seine Gedanken wanderten zurück zu den Ereignissen, die ihn und seinen Assistenten Kol Kolum bis hierher geführt hatten. Es war noch nicht lange her, dass sie auf dem Planeten Juru'uk gestrandet waren. Die Forianer hatten sie gefangen genommen und wie Tiere in einem Gehege gehalten. Lek erinnerte sich an die Wut, die er damals gespürt hatte. Aber er hatte nie aufgegeben. Mit List und Geschick war es ihm gelungen, die Forianer davon zu überzeugen, dass er und Kol Kolum ihnen nützlich sein konnten.

Nun gut, eventuell hatte Kol Kolum ein winziges bisschen dazu beigetragen. Leks Assistent schien einen Draht zu den Forianern zu haben und hatte einige ganz brauchbare Reden geschrieben, die Lek gehalten hatte. Immerhin konnte Kol Kolum die Forianer zwar verstehen, aber nicht selbst mit ihnen sprechen. Dafür hatte Lek gesorgt, um die volle Kontrolle zu behalten.

Und nicht nur das. Lek hatte auch überzeugend dargelegt, dass er die Fähigkeit besaß, einen Raumschiffsantrieb zu entwickeln, mit dem die Forianer weitere Sternensysteme erkunden könnten, um mehr über die Erbauer ihrer Tempelkraftwerke zu erfahren.

Lek richtete seinen Blick wieder auf die Entwürfe vor sich. Sie waren gut – zumindest gut genug für die Forianer. Aber er wusste, dass sie noch besser werden konnten.

Denn er hatte auch seine eigenen Pläne.

Parallel zu den Raumschiffsantrieben, die er den Forianern präsentierte, entwickelte er heimlich mit Kol Kolum zusammen weitere Antriebe, die den offiziellen weit überlegen waren. Basierend auf den Aufzeichnungen des Keilschiffes der Schwarzen Macht, die Kol Kolum getätigt hatte, lange bevor sie in einer Umlaufbahn von Juru'uk in Gewahrsam genommen worden waren.

Die Technologie der Schwarzen Macht, die sie durch die Aufzeichnungen entdeckt hatten, war bahnbrechend. Sie bot Möglichkeiten, von denen Lek zuvor nur hatte träumen können.

Wenn es ihm gelang, diese Technologie zu perfektionieren, würde er unvorstellbare Macht erlangen.

Die »Gottesgeschenke« der Forianer würden ihm dabei mehr als nützlich sein. Es wäre also dumm, diesen potenziellen Vorteil aus der Hand zu geben, weshalb Lek die Aufzeichnungen vor den Forianern geheim hielt.

Doch es gab noch einen weiteren Grund, warum er nichts über diese Pläne verriet. Sollten die Forianer von der wahren Macht des Balduren-Artefakts erfahren, würden sie alles tun, um es ihm wieder abzunehmen. Sie hielten es bereits jetzt immer noch für ihr rechtmäßiges Eigentum, und Lek befürchtete, dass sie nicht zögern würden, Gewalt anzuwenden, um es zurückzubekommen, wenn sie erst einmal alles darüber wussten.

»Diese naiven Farbwechsler«, murmelte er und ballte unwillkürlich die Fäuste. »Sie haben keine Ahnung, was sie in ihren Händen halten.«

Demnach war sich Lek sicher, seine Pläne verwirklichen zu können – sobald er herausgefunden hatte, was Hori'zia im Schilde führte.

Daran, dass der Forianer, der stets um ihn herumscharwenzelte, etwas plante, bestand für Lek kein Zweifel. Es hatte ein wenig gedauert, da er die Körpersprache der Forianer nicht deuten konnte, aber nach und nach war Lek aufgefallen, dass die anderen Forianer Hori'zias Anweisungen befolgten. Daher glaubte Lek nicht, dass ein so hochrangiger Forianer dazu abgestellt sein sollte, ein Auge auf das Balduren-Artefakt zu haben, welches Lek in die Hände gefallen war.

Sicher waren den Forianern ihre Gottesgeschenke heilig, aber das in Leks Besitz befindliche hatte der Ostnation gehört, während Hori'zia der Nordnation angehörte. Warum also das auffällige Interesse dieses Forianers?

Soweit Lek es mitbekommen hatte, besaß die Nordnation die meisten Kolonien auf Poru'uk, verfügte aber nur über ein einziges Tempelkraftwerk. Die Ostnation hingegen besaß fünf davon, ebenso wie die Südnation, die Westnation zwei. Vermutlich hatte der Norden deshalb eine äußerst starke Luftwaffe, sodass die anderen Nationen – Ost, Süd und West – sich hätten zusammentun müssen, um ihnen ihr Gottesgeschenk zu nehmen. Da die einzelnen Nationen untereinander ständig in Konflikte verwickelt waren, bezweifelte Lek, dass es je dazu kommen würde.

Die Zwistigkeiten zeigten sich bereits daran, wie genau darauf geachtet wurde, welcher Nation die Forscher angehörten, die Lek hin und wieder einmal kleine Handgriffe erledigen ließ.

Es war fast so, als würden die schwebenden Farbwechsel Belobigungssternchen verteilen. Eines für eine Konfiguration. Zwei dafür, dass der geschätzte blaue Bodenläufer das Wort an sie gerichtet hatte, drei für ein Lob von ihm.

Nicht, dass Lek ein solches leichtfertig verteilen würde. Meist beschränkte er sich bei der Anerkennung der forianischen Leistungen auf ein knappes »gutgemacht«. Allerdings achtete er sehr genau darauf, wem er ein solches Häppchen der Bestätigung zukommen ließ.

Den Norden auf seine Seite zu ziehen, schien ihm eine recht gute Option zu sein.

Lediglich die Zerol-Fraktion, deren Sitz sich auf irgendeinem Asteroiden-Gürtel befand, hatte keinen Wissenschaftler direkt ins Labor gesandt. Dafür befanden sie sich ununterbrochen auf der Beobachtungsplattform.

Sollte das wirklich nur daran liegen, dass die Zerol-Fraktion sich scheinbar häufig aus allem heraushielt?

Lek war sich da noch nicht sicher, aber das würde er schon noch herausfinden.

Oh ja, es lohnte sich zuzuhören, was die forianischen Forscher, die unbedingt im Labor an Leks Forschungen mitwirken wollten, untereinander so besprachen.

In erster Linie waren die Konflikte untereinander der Grund gewesen, warum Lek es den forianischen Wissenschaftlern letztendlich doch gestattet hatte, ihn bei seiner Forschung zu unterstützen. Für ihn waren sie vor allem Mittel zum Zweck.

Allerdings musste er inzwischen zugeben – wenn auch widerwillig –, dass die Forianer in ihren jeweiligen Bereichen tatsächlich sehr kompetent waren. Nicht, dass er das je laut gesagt hätte. Denn selbstverständlich war der Intellekt der Forianer dem seinen haushoch unterlegen.

Dennoch, sie arbeiteten unermüdlich daran, Leks Visionen zu verwirklichen, stellten keine Fragen und erfüllten jeden seiner Wünsche. Dabei gingen sie mit einer Effizienz vor, die beeindruckend war.

Mit der tatkräftigen Unterstützung von Kol Kolum und einigen der talentiertesten forianischen Wissenschaftler begann Lek schließlich mit der eigentlichen Arbeit an den Prototypen der Raumschiffsantriebe.

Der erste Schritt war die Analyse der Daten, die Ker Kermag im Hyperfunk von Maffei 1 gefunden hatte. Diese Aufzeichnungen nutzte Lek als Grundlage für die Entwicklung der neuen Antriebe, indem er sie und das Wissen der Forianer kombinierte, um die Theorien und Konzepte weiterzuentwickeln.

Im Grunde war das nicht allzu schwer, doch die Forianer zeigten sich beeindruckt von der Komplexität und dem Potenzial dieser Technologie, obwohl Lek nach wie vor die meisten Details für sich behielt, um seinen Vorteil zu wahren.

Mira'zan, ein Experte für Energiekonversion, arbeitete eng mit ihm zusammen, um die Energiezufuhr der Antriebe zu optimieren.

»Gre Grema, wir haben eine neue Idee für die Energieverteilung«, sagte der Forianer nun. »Wenn wir die Energiematrix umstrukturieren, könnten wir die Effizienz um weitere zehn Prozent steigern.«

Lek nickte, während er die Vorschläge überprüfte. Dabei fiel ihm auf, dass der Tarnname, unter dem ihn hier alle kannten, immer vertrauter wurde. »Das könnte funktionieren. Lass uns das in den nächsten Prototypen einbauen.«

Fala'nor, bekannt für ihre präzise Datenanalyse, überwachte die Testläufe der neuen Komponenten. Ihre schnellen Analysen halfen dem Team, potenzielle Fehlerquellen frühzeitig zu identifizieren und zu beheben. »Die Modifikationen funktionieren einwandfrei. Wir sollten in der Lage sein, die Leistung des Antriebs um mindestens zwanzig Prozent zu erhöhen«, sagte sie, als sie die Ergebnisse auswertete.

»Tozu'faa, was ist deine Meinung dazu?«, fragte Lek den Forianer, der als der Älteste im Labor galt.

Vermutlich war es lediglich seinem Sohn Faata'kov zu verdanken, dass Tozu'faa überhaupt noch mitarbeiten durfte. Denn bei den Forianern herrschten die Jungen über die Alten. Eine Hierarchie, die nicht als Unterdrückung angesehen wurde. Im Gegenteil wurden die jungen Forianer für ihre Weisheit ebenso geschätzt wie für ihre Fähigkeit, der Krankheit zu widerstehen, die vor einigen Jahrhunderten die Alten hatte verdummen lassen. Ein weiterer Umstand, den Lek sich zunutze machen wollte. Deshalb ließ er Tozu'faas Arbeit stets ein wenig mehr Wertschätzung zuteilwerden als der der anderen und fragte ihn oftmals nach seiner Meinung.

»Ich stimme dem zu«, erwiderte Tozu'faa in der ihm eigenen Bescheidenheit.

Etwas, das Lek nie verstehen würde, selbst wenn er noch ein Jahrzehnt in dieser Welt verweilen würde. Nicht, dass er dies beabsichtigte.

Während Lek nun die Forianer bei ihrer Arbeit beobachtete, spürte er ein Gefühl der Zufriedenheit in sich aufsteigen. Er war derjenige, der die Fäden zog, derjenige, der die Zukunft von Maffei 1 gestalten würde. Und die Forianer waren nur ein weiteres Werkzeug in seinem Arsenal, um dorthin zu gelangen.

Das hier, dachte Lek und betrachtete das pulsierende, gelbe Leuchten der forianischen Maschinen, *das ist die Zukunft. Und ich werde derjenige sein, der sie beherrscht.*

*

Wie üblich drängten sich einige Forianer um Lek herum, während er an dem neuen Prototyp arbeitete, und bewunderten seine Fertigkeiten. Er fühlte sich zwar geschmeichelt von der Bewunderung, die ihm entgegengebracht wurde, aber zugleich nervte ihn die Aufdringlichkeit auch. Er konnte kaum einen Schritt tun, ohne dass ihm ein Forianer Fragen stellte oder ihm Komplimente machte.

Auch jetzt schwebte wieder einer der Forianer an seine Seite. »Blauer Bodenläufer, ich wollte persönlich meine Dankbarkeit aussprechen hinsichtlich deiner bahnbrechenden Ideen und unermüdlichen Arbeit.«

Wärt ihr imstande, Hyperfunk zu empfangen, so wie ich es inzwischen hier kann, hättet ihr womöglich festgestellt, dass ich zwar über einen überragenden Intellekt verfüge, aber die Ideen, die ich euch hier präsentiere, nicht wirklich bahnbrechend sind.

Bei den Plänen für den Antrieb, die Lek in seinem privaten Labor gesichert hatte, sah das allerdings anders aus. Für diese war »bahnbrechend« lediglich ein Wort, welches der Realität halbwegs nahekam.

Mira'zan, der Lek zur Hand ging, fügte hinzu: »Wir sind gesegnet, dich bei uns zu haben.«

»Deine Fähigkeiten sind wirklich bemerkenswert, blauer Bodenläufer«, sagte Riku'maa, einer der jungen Forianer, und drängte Mira'zan beiseite. »Deine Erfindungen werden uns helfen, so viel mehr über das Universum zu lernen.«

»Danke«, antwortete Lek in der Hoffnung, ihn abwimmeln zu können, wenn er kurz angebunden blieb.

Sein Blick wanderte sehnsüchtig zu den Produktionsmaschinen, die am anderen Ende des Labors standen.

Er wollte endlich weiter an den geheimen Prototypen arbeiten, die er und Kol Kolum entwickelten. Aber die ständigen Unterbrechungen machten es ihm schwer, sich genügend Zeit dafür zu nehmen.

Doch Riku'maa ließ nicht locker. »Es ist so faszinierend, dir zuzusehen«, behauptete er.

Lek unterdrückte einen frustrierten Seufzer und versuchte höflich zu bleiben, bevor Kol Kolum sich wieder veranlasst sah, ihm einen lästigen Monolog darüber zu halten, wie wichtig Freundlichkeit war. Waren die wandelnden Lichtspender das etwa, wenn sie Lek so bedrängten?

»Es ist alles eine Frage der Präzision und des Geschicks«, erwiderte er daher. »Aber es gibt noch viel zu tun, und ich brauche Raum und Ruhe, um weiterzukommen.«

Einige der Forianer schienen die Andeutung zu verstehen und schwebten respektvoll zurück.

Riku'maa aber blieb an Ort und Stelle, die Farbmuster auf seiner Haut leuchtend vor Begeisterung. »Kann ich dir helfen, Bodenläufer? Vielleicht eine Schaltung überprüfen? Wenn du mich stärker an deinen Projekten arbeiten lässt, könnten wir gemeinsam große Fortschritte erzielen.«

»Das bezweifle ich«, entgegnete Lek. »Im Moment brauche ich Ruhe und Konzentration.«

Riku'maa zog sich ein wenig zurück, doch die Farbmuster auf seiner Haut verblassten nicht. Er hatte die Hoffnung also noch nicht aufgegeben.

Dafür drängte sich Faata'kov, ein angesehener junger Forscher der Ostnation, vor. Seine bläulich grüne Haut pulsierte vor Eifer. »Gre Grema, mein Vater und ich haben einige neue Methoden zur Energieverteilung entwickelt. Wir könnten deine Arbeit erheblich beschleunigen, wenn du uns beide einbeziehst.«

»Das klingt interessant, Faata'kov. Aber im Moment arbeite ich an sehr spezifischen Parametern, die ich alleine festlegen muss. Ein einziger Fehler könnte alles zunichtemachen«, antwortete Lek, wobei er spürte, wie seine Geduld langsam zu schwinden begann.

Beinahe hätte er aufgestöhnt, als er bemerkte, dass nun auch Hori'zia heranglitt.

»Gre Grema, ich sehe, dass unsere Begeisterung dich manchmal stört.«

Wann hat der Forianer gelernt, meine Körpersprache zu lesen?, fragte sich Lek alarmiert. *Und wer von ihnen kann das noch?*

»Du musst verstehen, dass sie deine Arbeit zutiefst bewundern«, fuhr Hori'zia fort. »Erinnere dich daran, dass wir alle sehr an deinen Fortschritten interessiert sind.«

In diesem Moment schwebte Lira'tan heran, eine ältere Forianerin aus der Nordnation, welche die akademische Arbeit vergötterte. Die Farbmuster auf ihrer Haut leuchteten in warnenden gelben Mustern.

»Genug!«, rief sie. »Wir sollten dem blauen Bodenläufer mehr Respekt entgegenbringen. Er hat viel für unsere Gemeinschaft getan und verdient unsere Anerkennung. Also lasst ihn in Ruhe arbeiten. Er weiß, was er tut, und braucht eure ständigen Unterbrechungen nicht.«

Die jüngeren Wissenschaftler verstummten abrupt und wandten sich Lira'tan zu, offensichtlich überrascht über die ungewöhnliche Intervention einer Älteren.

Lek, der die Szene mit einem schmalen Lächeln verfolgte, spürte eine leichte Zufriedenheit in sich aufsteigen. Diese kleine Einmischung könnte ein Hinweis darauf sein, was er seit einiger Zeit vermutete. Offenbar waren nicht alle Älteren damit einverstanden, dass ihr Wissen und ihre Meinung so bedeutungslos sein sollten, wie alle vorgaben.

»Vielen Dank für deine Unterstützung, Lira'tan«, sagte Lek mit einem Anflug von falscher Dankbarkeit in der Stimme. »Ich bin sicher, dass gerade die Jüngeren in all ihrer Weisheit die Wahrheit in deinen Worten erkennen werden.«

Eine Wellenbewegung lief durch Lira'tans Körper, während sich Faata'kov und die anderen Wissenschaftler widerwillig zurückzogen.

Lek wusste, dass er ihre Eifersucht und ihren Ehrgeiz zu seinem Vorteil nutzen konnte. Er war fest entschlossen, seine Pläne zu verwirklichen und die Balduren-Artefakte in seinen Besitz zu bringen. Alle dreizehn, wenn möglich.

7.

Im Ratssaal der Jüngsten saßen die Mitglieder des forianischen Rates in einer halbkreisförmigen Formation. Der Raum war in gedämpftes Licht getaucht, das von den Wänden reflektierte und die gespannte Atmosphäre verstärkte.

Auf den hochaufragenden Sitzrängen thronten die jüngeren Forianer, während einige etwas ältere Mitglieder ihren Platz weiter unten innehatten.

Auf dem Podest in der Mitte des Saales zeigten holografische Projektionen das Thema ihrer Sorge.

Eines der jüngsten Ratsmitglieder, Tash'raa, ergriff mit bedächtiger Stimme das Wort. Ihr Farbmuster verwirbelte, was ihre innere Unruhe zeigte: »Meine Geschwister im Rat, ich möchte ein Thema zur Diskussion stellen, das einige von uns möglicherweise unbequem finden werden. Wir sind hier, um über die etwaigen Risiken zu diskutieren, die durch die Anwesenheit und die Ideen der beiden blauen Bodenläufer entstehen könnten. Sie bringen neue Technologien mit sich, aber auch andere Denkweisen, die unsere Gesellschaft destabilisieren könnten. Ich möchte meine Sorge bezüglich des Fremden Gre Grema zum Ausdruck bringen.«

Ein Knarzen ging durch die Reihen der Ratsmitglieder, während die Forianer sich unruhig bewegten und die wechselnden Farbmuster auf ihrer Haut ihr Unbehagen zum Ausdruck brachten. Die Atmosphäre war gespannt. Jeder war sich bewusst, dass das Thema heikel war.

Eliu'deh, ein respektierter Jüngster der Ostnation, meldete sich als Erster zu Wort: »Ich möchte alle Anwesenden an die Lektionen unserer Geschichte erinnern. Die Seuche vor vierhundert Jahren hat uns gezeigt, wie verletzlich wir sind.«

Tash'raa erzeugte einen zustimmenden Farbwirbel auf ihrer Haut. »Ja, die Seuche hat uns tief gezeichnet und zu einem Wendepunkt in unserer Gesellschaft geführt. Die Idee, dass die Jüngeren die Führung übernehmen sollten, um Stabilität zu gewährleisten, hat uns Sicherheit gebracht.« Sie machte eine kurze Pause, während die Ratsmitglieder ihre Gedanken sammelten. »Und nun stehen wir vor dem Risiko, dass unsere Stabilität durch neue Ideen infrage gestellt wird«, fuhr sie dann fort, ihre Worte wohlüberlegt. »Die blauen Bodenläufer stellen die Hierarchie in Zweifel und argumentieren, dass Lebenserfahrung mehr zähle als jugendliche Energie.«

Vori'nan aus dem Westen ergriff das Wort. »Es besteht kein Zweifel, dass die beiden blauen Bodenläufer uns große Fortschritte in der Technologie gebracht haben, insbesondere mit der Idee der neuen Raumschiffsantriebe. Doch ihre Theorien über die Bedeutung von Erfahrung und Alter stehen im Widerspruch zu unseren Überzeugungen und könnten Unzufriedenheit schüren.«

Ein anderer Ratsherr kräuselte seine Tentakel. »Ich teile diese Bedenken. Insbesondere die Kritik des blauen Bodenläufers Gre Grema an der Jugend erregte bereits Anstoß.«

Ein jüngeres Ratsmitglied, Gerv'aas, dessen Farbmuster ein Ausdruck der Unzufriedenheit zeichnete, knarzte zustimmend. »Ja, der blaue Bodenläufer wagt es, junge Forianer öffentlich zu kritisieren. So als wären sie unwissend und unerfahren. Das ist respektlos.«

»Genau das ist es, Gerv'aas«, erwiderte Tash'raa. »Wir haben eine Gesellschaft aufgebaut, in der die Jungen die Verantwortung tragen, weil sie widerstandsfähiger sind und neue Ideen mitbringen. Aber was, wenn die Gedanken der blauen Bodenläufer in unserer Bevölkerung Wurzeln schlagen? Könnte das zu einer Spaltung zwischen Jung und Alt führen?«

Lari'kuv aus dem Zerol-Gürtel wackelte mit seinen Tentakeln. Sofort wandten die anderen ihm ihre Aufmerksamkeit zu, denn es kam selten vor, dass sich diese Fraktion äußerte. »Vielleicht sollten wir versuchen, den blauen Bodenläufer zu verstehen. Seine Überzeugungen über die Bedeutung der Erfahrung könnten uns helfen, die Balance zwischen Tradition und Innovation zu finden.

Diese blauen Bodenläufer könnten unser Wissen erweitern, anstatt es zu bedrohen.«

Tash'raas Körper krümmte sich. »Natürlich, Lari'kuv. Doch bedenke, wie sie die Alten bereits jetzt unterstützen. Dieser Gre Grema bevorzugt sie sogar. Damit könnte er den Glauben an die Autorität und Weisheit der Jungen untergraben und wirkliche Unruhe stiften.«

»Ich denke, wir sollten sie genau beobachten«, antwortete Lari'kuv. »Die Ideen der Bodenläufer könnten neue Perspektiven eröffnen.«

»Aber wir dürfen nicht zulassen, dass sie unsere gesellschaftliche Ordnung destabilisieren.«

»Dem stimme ich zu«, sagte Lari'kuv. »Aber was, wenn eine ähnliche Seuche kommt wie die vor vierhundert Jahren? Nur, dass sie diesmal die Jüngsten befällt?«

Die Stille, die folgte, war greifbar. Allein die Vorstellung war schockierend und beängstigend.

Schließlich ergriff der Jüngste persönlich das Wort: »Das ist eine berechtigte Frage. Unsere Gesellschaft basiert auf dem Prinzip, dass die Jungen die Führung übernehmen, aber wir müssen auch auf mögliche Gefahren vorbereitet sein.«

Lari'kuv zögerte einen Moment, bevor er antwortete: »Vielleicht sollten wir nicht alles auf eine Karte setzen. Wir müssen ein System entwickeln, das flexible Führungsstrukturen erlaubt. Eine Notfalldoktrin, welche im äußersten Fall durch ein Gleichgewicht zwischen jungen und erfahrenen Mitgliedern mehr Stabilität bietet.«

Ein lebhafter Austausch folgte, der die gespaltene Meinung widerspiegelte, die unter den Forianern herrschte. Einige waren besorgt über Gre Gremas Kritik an den Jungen, während andere versuchten, seine Perspektive zu verstehen.

Doch die Mehrheit empörte sich über Lari'kuvs gewagten Vorschlag.

Erneut war es der Jüngste, der Ruhe in die Debatte brachte. »Es wäre klug, zuerst unsere medizinischen Forschungskapazitäten zu erweitern und präventive Maßnahmen gegen zukünftige Epidemien zu entwickeln. Die Möglichkeiten, die sich uns durch die neuen Raumschiffsantriebe bieten, sollten dafür eingesetzt werden. Gibt es Vorschläge dahingehend?«

Die Diskussion zog sich über Stunden hin, während die Mitglieder des Rates der Jüngsten verschiedene Szenarien und mögliche Maßnahmen besprachen. Die Verbreitung der Ideen der blauen Bodenläufer nahm dabei nicht die höchste Priorität ein. Zu besorgniserregend war der Gedanke an eine neue Pandemie.

Als Lari'kuv schließlich die Versammlung verließ, bemerkte er Hori'zia im Gang vor dem Ratssaal. Die Farbmuster des Angehörigen der Nordnation signalisierten Zustimmung und zeigten Lari'kuv, dass er alles getan hatte, um dem Zerol-Gürtel eine Chance im Wettstreit hinsichtlich der neuen Raumschiffe zu verschaffen.

*

»Gre Grema, wir haben die neuesten Datenanalysen für dich vorbereitet«, riss Lira'tan Lek aus seiner Arbeit und schwebte auf ihn zu. Ihre Tentakel bewegten sich in elegant erscheinenden Wellen, als sie ihm den Speicherkristall überreichte. Nach ihrer Belehrung eines Jüngeren, wie die Forianer es bezeichneten, war ihr der weitere Zutritt zum Labor verweigert worden. Lek hatte sie daraufhin explizit angefordert, obwohl ihre Fähigkeiten nicht überragend waren.

Doch darum ging es ja auch nicht. Er besaß genug Intellekt, den Antrieb allein zu bauen, sollte es notwendig sein.

Nun schenkte er ihr ein ermutigendes Nicken, während er den Speicherkristall an sich nahm. »Ich werde die Daten in Ruhe durchsehen, bin mir aber sicher, du hast gute Arbeit geleistet, Lira'tan. Deine Unterstützung ist für meine Forschungen von großem Wert.«

»Übertreib es nicht«, mischte sich Kol Kolum über den internen Helmfunk ein.

Lek würdigte seinen Assistenten nicht einmal einer Antwort.

Da auf Juru'uk eine für Utaren kaum atembare Atmosphäre herrschte, waren er und Lek gezwungen, ihre Raumanzüge dauerhaft zu tragen. Ein Vorteil dessen bestand darin, dass sie miteinander sprechen konnten, ohne dass die Forianer es mitbekamen. Zudem mussten sie sich um den Luftvorrat keine Sorgen machen, da es in ihrer Wohneinheit eine Vorrichtung gab, an der die beiden Utaren diesen auf ihre Bedürfnisse abgestimmt auffüllen konnten.

Hori'zia hatte sogar angeboten, in ihrem Wohnbereich einen Raum zu erschaffen, der mit für sie atembarer Luft geflutet werden konnte, aber Lek hatte das abgelehnt. Nicht einmal ein glatzköpfiger Utare wäre so dumm, sich dort hineinzubegeben, denn es würde nur einen Knopfdruck benötigen, um aus so einem Raum eine tödliche Falle zu machen.

»Ich habe mich bemüht, deine Anweisungen genau zu befolgen«, sagte Lira'tan nun, wobei ihr Körper förmlich vor Stolz strahlte. Für sie war jede kleine Anerkennung von Lek ein Grund zur Freude und ein Beweis dafür, dass sie noch nützlich sein konnte. Obwohl sie ihm nach wie vor oft auf die Nerven ging, zeigte sich Lek geduldig.

»Wir würden alles für dich tun, großer Bodenläufer«, bekräftigte Lira'tan nochmals. »Sag einfach, was du brauchst.«

»Tatsächlich benötige ich dich für die Schaffung eines Bauteils. Ich brauche ein Energiekonversionsmodul, das in der Lage ist, die Energieausgabe in eine stabile, kontinuierliche Leistungsabgabe für den Antrieb zu transformieren. Es muss eine Miniaturversion sein, um in den Prototyp zu passen. Verstehst du, was ich meine?«

Lira'tan gab ein Summen von sich, bevor sie antwortete: »Ja, großer Bodenläufer, die Präzision ist entscheidend. Wir müssen sicherstellen, dass das Modul einen Wirkungsgrad von mindestens achtundneunzig Prozent erreicht, um die Energieverluste zu minimieren und die thermische Belastung zu kontrollieren.«

»Genau«, erwiderte Lek. »Wir sollten die neuesten Methoden zur Quantenkohärenz und den Multiphasenfluss nutzen, um die Effizienz zu maximieren. Beginne mit der Matrixmanipulation und stelle sicher, dass die Quantenverschränkung stabil bleibt, während du das Modul formst.«

Lira'tan aktivierte das schlanke, multifunktionale Gerät, das sie wie fast alle Forianer an einem ihrer Tentakel trug. Es stellte das Herzstück der forianischen Technologie dar, die ihnen erlaubte, Energie in Materie umzuwandeln. Die Oberfläche bestand aus einem glatten, transparenten Material, das bei Aktivierung in verschiedenen Farben leuchtete und holografische Projektionen erzeugte.

Eine Reihe von Holo-Schnittstellen erschien vor Lira'tan, die eine detaillierte Simulation des Energiekonversionsmoduls anzeigten. Die virtuellen Schaltkreise und Energieströme leuchteten in verschiedenen Farben, als die Forianerin die Parameter justierte.

»Die Energiedichte muss optimal verteilt werden«, murmelte sie dabei. »Wir müssen sicherstellen, dass die Konversionsmatrix mit den Feldemissionen synchronisiert ist.«

Lek beobachtete die Fortschritte mit Argusaugen. Es juckte ihn in den Fingern, eines dieser Armbänder in die Hand zu bekommen, es zu untersuchen und letztendlich selbst Materie aus Energie zu erschaffen.

Doch diesen Bestandteil ihrer Technologie hüteten die Forianer wie ein Utare seine Tolle.

Egal, was Lek bisher versucht hatte, ihm war nicht gestattet worden, diesen Prozess selbst durchzuführen, sodass er wegen jeder Kleinigkeit nachfragen musste.

Manche mochten es berechnend nennen, dass er sich dafür bewusst nur an die älteren Forianer wandte. Lek nannte es ausgleichende Gerechtigkeit. Er sah nicht ein, weshalb er bei derartigen Einschränkungen auch noch das aufgeblasene Ego der jüngeren Forianer streicheln sollte.

»Vergiss nicht die supraleitenden Verbindungen«, mahnte er nun. »Wir können keine Widerstandsverluste riskieren.«

Nachdem Lira'tan die finalen Anpassungen vorgenommen hatte, startete sie den Materialisationsprozess. Ein schimmernder Energiestrahl formte sich in der Mitte des Labors und materialisierte das Energiekonversionsmodul Stück für Stück. Die umgebende Luft schien leicht zu wabern, als die Energiefelder sich verdichteten und das Modul langsam Gestalt annahm.

Bereits nach einigen Minuten war es vollständig materialisiert und schwebte leicht über der Arbeitsfläche.

»Perfekt«, sagte Lek, als er das Modul vorsichtig aufnahm und seine Oberfläche mit den Sensoren seines Anzugs analysierte. »Die Quantenkohärenz scheint stabil zu sein, und die Effizienzwerte sind innerhalb der gewünschten Parameter. Gute Arbeit, Lira'tan.«

»Danke, großer Bodenläufer«, antwortete sie, hörbar erfreut über Leks Lob. »Wir sind stets bereit, alles zu tun, was du von uns verlangst.«

Lek unterdrückte ein Grinsen. *Nun, vielleicht noch nicht alles, aber das wird schon noch.*

Mit einem letzten Nicken wandte er sich endgültig ab, um zu seinem Arbeitsbereich zu gehen. Dabei erblickte er Tozu'faa, der geduldig etwas abseits stand und darauf wartete, von den anderen Forschern mit einem Laufburschendienst beauftragt zu werden.

Der ältere Forianer richtete sich ein wenig auf, als er Lek auf sich zukommen sah. »Darf ich dir in irgendeiner Weise behilflich sein, Gre Grema?«, fragte er.

Lek musterte ihn. »Tozu'faa, dein Angebot kommt zur rechten Zeit«, antwortete er dann, wohlwissend, dass ein wenig Aufmerksamkeit Wunder wirken konnte. »Ich benötige Unterstützung bei der Kalibrierung des Energieflusses für die neuen Raumschiffsantriebsprototypen. Es ist eine heikle Aufgabe, und ich brauche jemanden mit deiner Erfahrung.«

Ein Zittern lief durch Tozu'faas Körper, seine Tentakel fächerten sich aus. »Es ist mir eine Ehre, dir behilflich zu sein, Gre Grema«, erklärte er stolz, seine fingerartigen Wülste vibrierten vor Aufregung. »Aber ich werde anschließend deine Weisheit benötigen, um sicherzustellen, dass alles korrekt ist.«

»Selbstverständlich werde ich es überprüfen.«

Während Tozu'faa umgehend begann, die Einstellungen vorzunehmen, näherte sich Faata'kov. Dessen Oberkörper pulsierte in einem leuchtenden Gelb, was seine Unruhe verriet.

»Vater«, sagte Faata'kov, seine Stimme klirrend. »Warum verschwendest du die Zeit des blauen Bodenläufers? Er hat wichtigere Dinge zu tun.«

Tozu'faa hielt inne und wandte sich seinem Sohn zu. Das Blau seiner Farbwirbel verlor dabei sein Leuchten und wurde blass.

Lek konnte die Spannungen spüren, die zwischen den Generationen der Forianer herrschten, und trat zu ihnen. Dies war eine Gelegenheit, die er nutzen konnte.

»Ich habe Tozu'faa selbst beauftragt, Faata'kov«, sagte Lek in autoritärem Ton. »Die Arbeit deines Vaters wird uns voranbringen. Deine Skepsis ist unbegründet. Vielleicht könntest du uns helfen und dabei selbst sehen, wie bedeutend seine Entwicklungen sind.«

Faata'kov zögerte, seine Tentakel zogen sich in unruhigen Bewegungen zusammen. Doch die Gelegenheit, aktiv an Leks Forschung mitwirken zu können, ließ keinen Widerspruch zu. »Natürlich, blauer Bodenläufer«, antwortete er schließlich, wenn auch widerwillig.

Lek spürte einen Anflug von Triumph. Während Tozu'faa und Faata'kov gemeinsam an der Kalibrierung arbeiteten, nutzte er die Gelegenheit, weiter über die gesellschaftlichen Strukturen der Forianer nachzudenken. Wenn er diese Dynamik geschickt ausspielte, konnte er die ältere Generation gegen die Jüngeren aufbringen und dadurch seine eigene Position stärken.

»Tozu'faa, deine Hilfe ist unverzichtbar«, wandte sich Lek daher an den Älteren, nachdem die Kalibrierung abgeschlossen war. »Ich hoffe, du wirst mir auch in Zukunft zur Seite stehen.«

Tozu'faa leuchtete vor Stolz und Zufriedenheit, während Faata'kov neben ihm schwebte und die Tentakel aufgebracht umherschwang.

»Ihr alle leistet großartige Arbeit« fügte Lek hinzu, wobei er absichtlich weiterhin Tozu'faa ansah. »Eure Unterstützung ist unverzichtbar für den Erfolg unseres Projekts.«

»Gre, du musst vorsichtiger sein«, ertönte erneut die enervierende Stimme von Kol Kolum über den Helmfunk. »Die jüngeren Forianer fühlen sich womöglich langsam weniger wertgeschätzt. Das könnte zu Problemen führen, die wir uns nicht leisten können.«

Lek schnaubte unwillig. »Ein bisschen Wettbewerb schadet nie und hält alle auf Trab.«

»Aber das könnte nach hinten losgehen. Wir brauchen sie alle, um unser Ziel zu erreichen.«

»Unser Ziel?« Lek lachte leise auf. »Es ist *mein* Ziel, Kol. Und wenn ein paar Spannungen entstehen, ist das ein akzeptabler Preis. Die Alten wissen, wie man Dinge erledigt, und die Jungen müssen lernen, auch einmal zurückzustehen.«

Er hörte, wie sein Assistent tief durchatmete. »Gre, bitte überdenke das. Wenn die Forianer zerstritten sind, könnten sie gegen uns arbeiten anstatt mit uns.«

Lek winkte ab. »Lass es gut sein, Kol. Ich weiß genau, was ich tue. Konzentriere du dich lieber auf deine Aufgaben.«

Selbstverständlich wusste er, dass er vorsichtig sein musste. Die Forianer beobachteten ihn genau, und obwohl die Älteren ihn unterstützten, war ihre Loyalität eine zweischneidige Angelegenheit. Er musste ihre Begeisterung nutzen, ohne ihre Aufmerksamkeit zu sehr auf sich zu ziehen. Doch er benötigte deswegen keine Ermahnungen seines Assistenten, den er eigentlich nur bei sich behalten hatte, weil er die Einsamke… er Respekt vor den Problemen hatte, auf die er stoßen könnte, und dann wäre er allein damit. Allerdings musste er zugeben, dass Kol Kolum auf Ju-ru'uk tatsächlich nützlich war. Sein Assistent besaß ein rhetorisches Geschick, mit dem er den Forianern ordentlich Frisurenkleber in die nicht vorhandene Tolle schmieren konnte.

Ein Talent, das sich auch weiterhin als äußerst nützlich erweisen könnte. Denn Lek war sich sehr bewusst, dass die älteren Forianer immer wieder bewundernde Blicke auf ihn warfen. Sie sahen in ihm eine Hoffnung, eine Möglichkeit, sich gegen die jüngeren, dominanteren Forianer zu behaupten.

Lek erkannte das Potenzial dieser Dynamik. Wenn er die älteren Forianer für sich gewinnen konnte, würde er eine treue Gefolgschaft haben, die bereit war, alles für ihn zu tun, selbst gegen die herrschende Ordnung. Er dachte an die Möglichkeiten, die sich ihm dadurch eröffnen würden, und lächelte. Jeder Konflikt zwischen den Generationen war eine Gelegenheit, seine Position zu stärken und seine Macht zu festigen, bis er das Spiel endgültig zu seinen Gunsten würde wenden können.

*

Lek saß an seinem Arbeitstisch, die goldene Maschine stand dicht neben ihm. Er wollte gerade den Datenkristall durchsehen, als Hori'zia, dessen Körper in verschiedenen Grüntönen schimmerte, heranschwebte.

Obwohl sich die sechs dunklen Punkte, welche bei den Forianern Augen – und vermutlich auch Ohren – darstellten, seitlich an ihren Köpfen befanden, glaubte Lek zu spüren, wie Hori'zia das Balduren-Artefakt betrachtete. Das bestätigten auch dessen Worte.

»Es ist beruhigend zu sehen, dass du das Gottesgeschenk stets so sorgsam bewachst, Bodenläufer«, sagte Hori'zia leise. »Ein so wertvolles Objekt verdient besondere Aufmerksamkeit.«

»Natürlich«, antwortete Lek knapp. »Ich weiß um seinen Wert.«

Hori'zias Tentakel strichen durch die Luft. »Die Hingabe der älteren Forianer zu dir ist ebenfalls bemerkenswert. Sie scheinen dir fast mit Verehrung zu folgen.«

»Sie schätzen meine Arbeit und möchten helfen. Das ist alles«, antwortete Lek ausweichend.

»Vielleicht mehr, als du glaubst, Gre Grema.« Hori'zias Körper zog sich ein wenig zusammen. »Diese älteren Forianer sind bekannt für ihre Hingabe und Loyalität.«

»Das müssen sie wohl sein, wo sie doch stets alles aufgeben müssen, was sie erreicht hatten.«

»Ihre Erfahrung und ihr Wissen sind dennoch wertvoll«, antwortete Hori'zia ruhig. »Sie leisten manchmal mehr als erwartet, auch wenn sie nicht mehr die gleiche geistige Klarheit wie die Jüngeren besitzen.«

Lek nickte. »Ich werde das im Hinterkopf behalten.«

»Das ist gut, Bodenläufer«, flüsterte Hori'zia, als ob er ein Geheimnis preisgäbe. »Denn in diesen älteren Forianern könnte mehr Potenzial stecken, als es auf den ersten Blick scheint.«

Lek runzelte die Stirn und betrachtete Hori'zia prüfend. »Was willst du damit sagen?«

»Es gibt eine Weisheit in ihren alten Augen, die oft verkannt wird. Vielleicht solltest du ihnen noch mehr Verantwortung übertragen.«

Lek hob eine Augenbraue. »Mehr Verantwortung? Ihr glaubt doch, dass die meisten von ihnen … na ja, nicht gerade auf dem neuesten Stand der Technik sind.«

»Unterschätze sie nicht. Manche von ihnen haben eine Art von Wissen, das wir Jungen vielleicht übersehen haben. Eine gewisse … Tiefe.«

»Im Augenblick sind ihre Aufgaben klar definiert.«

Hori'zia zog sich zurück, seine Tentakel bewegten sich geschmeidig in der Luft. »Natürlich, natürlich. Es ist nur ein Gedanke. Ich bin sicher, du weißt am besten, wie du ihre Fähigkeiten nutzen kannst.«

Was sollte das werden? Ein Versuch, ihn zu manipulieren? Lek legte eine Hand auf seine goldene Maschine. »Warum bist du plötzlich so interessiert an den Älteren?«

»Manchmal«, antwortete Hori'zia, »sind die scheinbar schwächsten Glieder die nützlichsten. Besonders, wenn sie so bereitwillig dienen.«

Lek kniff die Augen zusammen. »Ich werde sie weiterhin genau beobachten und ihre Fähigkeiten entsprechend einsetzen.«

Hori'zias Farben wechselten zu einem beruhigenden Blau. »Das ist alles, was wir tun können. Und vergiss nicht, Gre Grema, dass das Gottesgeschenk in deinen Händen nicht nur ein Artefakt ist, sondern auch eine große Verantwortung.«

Lek rückte dichter an die Maschine neben sich. »Das weiß ich. Und ich werde sicherstellen, dass es nicht in falsche Hände gerät.«

Hori'zias Körper zog sich ein wenig in die Höhe. »Natürlich. Ich habe volles Vertrauen in dich.«

Lek spürte, wie sich eine Spannung zwischen seinen Schultern aufbaute. Er wusste, dass Hori'zia nicht bloß aus Neugier hier war oder um ihm die Tolle zu schmieren. »Warum war das Gottesgeschenk, das ich in der Hohlkugel gefunden habe, unbewacht?«, fragte er, seinen Blick fest auf Hori'zia gerichtet. »Die übrigen zwölf sind es doch mit Sicherheit nicht.«

Hori'zia zögerte einen Moment, bevor er antwortete. »Nein, natürlich nicht. Die Sicherheit der Gottesgeschenke ist von höchster Priorität für die Forianer. Dein Fund war eine seltene

Ausnahme. Die anderen Tempelanlagen sind gut gesichert. Die Sicherheit der Gottesgeschenke ist von größter Bedeutung für uns alle, Bodenläufer. Sie sind nicht nur Quellen unermesslicher Energie, sondern auch historische Artefakte von unschätzbarem Wert für uns. Nur wenige Forianer haben Zugang zu ihnen, denn ihre Macht sollte nur denjenigen zugänglich sein, die sie verantwortungsvoll nutzen können.«

Lek lächelte leicht und legte einen Anflug von Ironie in seine Stimme. »Und wer entscheidet, wer dafür qualifiziert ist? Der Rat der Jüngsten?«

Die Farbmuster auf Hori'zias Haut bewegten sich für einen winzigen Augenblick sehr langsam. »Der Rat der Jüngsten hat über die Jahrhunderte bewiesen, dass er kluge Entscheidungen trifft. Sie haben die Forianer durch Krisen geführt und unsere Technologie vorangetrieben.«

Lek nickte bedächtig. »Die Technologie ist mächtig, das bestreite ich nicht. Aber unter der Kontrolle eines einzigen, starken Verstandes könnte sie viel mehr sein. Sie könnte Welten verändern.«

Hori'zia schwieg einen Moment lang, als würde er Leks Worte abwägen. »Und was würdest du mit dieser Macht tun, Bodenläufer? Was würdest du erschaffen?«

»Ich würde nicht nur erschaffen, Hori'zia. Ich würde entdecken. Ich würde verstehen. Ich würde den Forianern eine Zukunft sichern, die sie verdienen.« Lek warf einen langen Blick auf die golden schimmernde Maschine neben sich. »Stellst du dir niemals vor, was jemand wie du mit Zugriff auf die Tempelanlagen vollbringen könnte, Hori'zia?«, begann er langsam, »Nicht eingeschränkt von den Ratsbeschlüssen der Jüngsten, die oft nur bis zu ihrem eigenen Horizont blicken.«

»Die Vorstellung ist faszinierend, Gre Grema. Aber die Macht, die diese Artefakte in den falschen Händen haben könnten …«

»In den richtigen Händen könnten sie jedoch Wunder vollbringen«, unterbrach Lek ihn. »Fortschritte, welche die gesamte forianische Zivilisation in neue Höhen heben könnten.«

Hori'zia gab ein zischendes Geräusch von sich. »Das klingt nach einem edlen Ziel, Gre Grema. Aber sei vorsichtig. Die Gottesgeschenke sind nicht nur Werkzeuge. Sie sind auch Versuchungen. Sie haben die Macht, zu verführen.«

Wie nervig es doch war, dass Hori'zia um eine klare Antwort herumtänzelte!

»Ihr denkt, ich würde versuchen, die restlichen zwölf Gottesgeschenke zu stehlen, richtig?«, fragte Lek herausfordernd, obwohl er die Antwort ahnte.

Und ja, sein Herz klopfte schneller bei der Vorstellung, alle dreizehn Balduren-Artefakte in seinen Besitz zu bringen. Dazu die Tempelkraftwerke. Bereits ein einziges würde ihm Zugriff zu fast unbegrenzter Energie liefern. Sie würden ihm gehören! Das würde so sicher geschehen, wie die Forianer Tentakel hatten. Sollte das bedeuten, die Gesellschaftsordnung der Forianer zu destabilisieren, dann war das nun einmal so.

Hori'zia hob die Tentakel. »Es ist nicht ungewöhnlich, dass jemand mit deinen Ambitionen und Fähigkeiten solche Gedanken hegt. Zumal du es ja bereits einmal getan hast.« Er schwebte erneut näher. »Du hast eine bemerkenswerte Vorstellungskraft, Gre Grema. Aber sei vorsichtig, dass deine Ambitionen nicht zu deinem Untergang werden.«

Ein Einschüchterungsversuch? Lek lächelte dünn. Das hatten in der Vergangenheit schon ganz andere versucht. »Ich bin bereit, meinen Teil beizutragen, Hori'zia. Auch wenn es bedeutet, dass ich mich den Gefahren stellen muss, die mit dieser Verantwortung einhergehen.«

Eine Welle lief durch Hori'zias Körper, doch sein Farbmuster behielt sein leuchtendes Blau. »Dann lass uns hoffen, dass unsere Entscheidungen weise sind, Gre Grema. Denn die Zukunft der Forianer hängt davon ab, wie wir mit unserem Erbe umgehen.«

8.

Zwei Tage später stand Lek wie üblich in dem forianischen Labor, umgeben von übereifrigen Wissenschaftlern und einem Hologramm, das den Fortschritt ihrer neuesten Entwicklung zeigte. Die pulsierenden Lichtstrahlen tauchten die Arbeitsfläche in ein kaleidoskopisches Farbenspiel, während verschiedene Datenströme in der Luft schwebten.

Lek war vertieft in die Feinabstimmung eines Energieflussmodulators, als er das bekannte metallische Klirren von Hori'zias Stimme hörte.

Er hob den Blick und sah, wie mehrere Roboter in den Raum schwebten. Einige waren eher glockenförmig, mit schmalen Verbindungsstäben und flexiblen Tentakeln, die sich geschmeidig bewegten. Andere waren mit zylindrischen Körpern mit mehreren beweglichen Armen und Tentakeln ausgestattet. Bei beiden Versionen endeten diese Tentakel in mehreren filigranen Greifern.

Die Roboter bewegten sich mit eleganter Leichtigkeit, ihre Oberflächen waren mit wechselnden Mustern und Farben versehen, die sie an die jeweilige Umgebung anpassten.

Hori'zia schwebte näher; sein Körper funkelte in einem lebhaften Türkis. »Blaue Bodenläufer, ich habe eine weitere Unterstützung für euch organisiert«, verkündete er, wobei seine Tentakel sanft umherschwangen. »Die Roboter der Nordnation werden euch zur Seite stehen. Sie werden in der Lage sein, eure Effizienz zu steigern und neue Erkenntnisse zu gewinnen, die uns allen zugutekommen werden. Wir hoffen, dass diese Unterstützung euch dabei helfen wird, den nächsten Schritt in der Entwicklung des neuen Antriebs zu machen.«

Für einen Moment herrschte Stille im Labor, während die Bedeutung dieser Ankündigung auf sie alle wirkte.

Lek beobachtete skeptisch, wie die Roboter sich in seinem Forschungslabor verteilten. Er konnte den Eindruck nicht abschütteln, dass sie mehr als nur Werkzeuge waren. Zwar schienen sie auf den ersten Blick speziell konzipiert zu sein, um einfache Aufgaben zu erfüllen, aber möglicherweise konnten sie auch Daten sammeln oder Informationen weitergeben. An wen auch immer.

»Dies ist ein Zeichen unserer Wertschätzung und Anerkennung für deine Arbeit«, fuhr Hori'zia fort. »Die Nordnation ist sehr daran interessiert, dass deine Forschungen erfolgreich sind, und glaubt fest an dein Potenzial, unsere Technologie auf eine neue Ebene zu heben.«

Lek war sich bewusst, dass Hori'zia in diesem Augenblick mehr denn je als Vertreter einer der mächtigsten Nationen der Forianer sprach. »Verstehe. Ich werde sicherstellen, dass sie effektiv eingesetzt werden.«

»Habe keine Sorge, Gre Grema. Die Roboter sind auf deine Befehle programmiert, um deine Anforderungen zu erfüllen«, erklärte Hori'zia. »Aber vergiss nicht, dass sie auch unsere Interessen vertreten.«

Lek nickte wieder. Mit anderen Worten hieß das: »Nutze sie, aber sei dir gewiss, wir beobachten dich.« Er fühlte die glatte Oberfläche seiner goldenen Maschine unter seinen Fingern, was ihm half, sich zusammenzureißen. »Natürlich, Hori'zia. Das ist eine großartige Unterstützung. Ich danke der Nordnation.«

Es schien Lek, als würde Hori'zia ihn mustern, bevor er antwortete. »Es war meine Empfehlung, diese speziellen Roboter zu dir zu schicken.«

Lek runzelte die Stirn und konnte nicht umhin, sich zu fragen, ob hinter der Entscheidung noch mehr steckte. Hatte Hori'zia wirklich Einfluss auf die Zuteilung dieser Roboter gehabt? Und hatte dies etwas mit ihrem Gespräch zu tun?

»Bedank dich«, erklang Kol Kolums Stimme über den Helmfunk und brachte Lek dazu, sich ein Lächeln abzuringen.

Er trat vor. »Umso mehr danke ich dir, Hori'zia.«

Lek wandte sich an seinen Assistenten und tauschte einen kurzen Blick mit ihm. »Kol, wir müssen sicherstellen, dass diese Unterstützung der Nordnation nicht ungenutzt bleibt. Lass uns die neuen Möglichkeiten ausloten.«

Hori'zias Tentakel zogen sich in einer Geste der Zufriedenheit zusammen. »Es ist uns eine Freude, mit dir zu arbeiten, Gre Grema. Ich bin mir sicher, die Zukunft hängt von dieser Zusammenarbeit ab.«

Oh, und wie sie das tut, dachte Lek. *Wenn auch anders, als du glaubst.*

Während die Stille im Labor nach und nach von den gedämpften Gesprächen der Forscher durchbrochen wurde, die begannen, die möglichen Auswirkungen dieser neuen Entwicklung zu diskutieren, konnte Lek den Gedanken nicht abschütteln, dass hinter dieser großzügigen Geste der Nordnation mehr steckte als nur wissenschaftliche Solidarität.

*

Tagsüber, während die meisten Forianer schliefen, betrieb Lek zusammen mit Kol Kolum alias Ker Kermag, den Lek noch immer für seinen treuen Assistenten hielt, weitere Forschungen in dem privaten Labor, das sich in der Wohneinheit der beiden Utaren befand.

Hier, fernab von jeglicher Aussichtsplattform und somit auch von den neugierigen Blicken der Forianer, arbeiteten sie an Leks geheimem Projekt: einem verbesserten Raumschiffsantrieb, basierend auf Ker Kermags detaillierten Aufzeichnungen des Keilschiffes der Schwarzen Macht. Aufzeichnungen, die er eigentlich dazu verwenden wollte, Lek das Handwerk zu legen.

Als Investigativjournalist sah Ker es als seine Pflicht an, die Verbrechen Leks zu dokumentieren, um sie später der Öffentlichkeit zugänglich zu machen und zugleich ausreichend Beweise parat zu haben, damit sich die Schande der utarischen Wissenschaft nicht wieder herauswinden und somit einer Verurteilung entgehen konnte. Denn obwohl Lek zu den meistgesuchten Personen der Milchstraße gehörte und bereits des Öfteren nicht nur verhaftet, sondern auch verurteilt worden war, hatte er es bisher stets geschafft, einen Gönner zu finden, der ihm half zu entkommen.

Sobald Ker seine Reportage allerdings veröffentlicht haben würde, würde damit Schluss sein, dessen war er sich sicher. Kein potenzieller Förderer, ganz gleich mit welchem Hintergrund, würde Lek noch unterstützen wollen, nachdem bekannt geworden war, mit welcher Skrupellosigkeit der utarische Wissenschaftler auch über die Leichen seiner Geldgeber ging.

Ker Kermag bedauerte nur, dass er hier auf Juru'uk so selten Gelegenheit hatte, weitere Aufzeichnungen zu machen. Die Forianer behielten sie zu gut im Blick. Daher arbeiteten Lek und Ker oft bis in den Nachmittag hinein im Geheimen in Leks privatem Labor, um ihre Fortschritte zu sichern.

Aber Schlaf wurde eh überbewertet, wie Lek immer wieder verkündete.

Ker Kermag sah das eindeutig anders und unterdrückte ein Gähnen. Aus müden Augen blickte er sich um – bemüht, so viele Details wie möglich in seinem Gedächtnis zu behalten. Allerdings war es schwierig, zu entscheiden, wo er anfangen sollte.

Das Labor war vollgestopft mit einigen wenigen utarischen Werkzeugen, die Lek im Keilschiff deponiert hatte, sowie etlichen forianischen Materialien, die in einem Durcheinander von Schaltkreisen, metallischen Komponenten und handschriftlichen Notizen lagen.

Über allem thronte das Herzstück ihrer Arbeit: die dreidimensionale holografische Darstellung des Prototyps ihres modifizierten Raumschiffsantriebs.

Er war kleiner und leistungsfähiger als die offizielle Version. Seine Oberfläche war mit einer speziellen Legierung überzogen, die Energie nicht nur leitete, sondern auch verstärkte. Die Steuermechanismen waren noch präziser, die Sensoren noch empfindlicher.

»Kol, wir müssen die Plasmastabilisierungseinheit noch einmal überprüfen«, sagte Lek, während er über eine komplexe Schaltung gebeugt war. »Ich glaube, wir könnten hier noch mehr Leistung herausholen.«

Ker wandte sich ihm zu. »Ich habe die Energieflussdaten des letzten Tests analysiert. Wir müssen die Modulationsfrequenz erhöhen, um die Stabilität zu verbessern. Aber alles in allem kommen wir gut voran, Gre. Die Verbesserungen, die wir basierend auf den Daten des Keilschiffs vorgenommen haben, könnten tatsächlich den Durchbruch bringen.«

Lek nickte, doch seine Miene blieb ernst. »Wenn es mir gelingt, diese Technologie zu perfektionieren, werde ich eine Macht in den Händen halten, die alles übertrifft, was die Forianer je gesehen haben. Dieser Antrieb wird uns die Kontrolle über die Raumfahrt geben. Die Forianer werden nicht wissen, was sie verpasst haben.«

Während er sprach, strich Lek über die glatte Oberfläche der goldenen Maschine, die er stets in Reichweite behielt. Seine Furcht, ihm könnte das Balduren-Artefakt entwendet werden – ganz so, wie er selbst es gestohlen hatte –, war allgegenwärtig.

Innerlich schüttelte Ker Kermag den Kopf und tat so, als betrachtete er die holografische Darstellung des Antriebs und die umgebenden Diagramme. »Diese Energiemeiler sind wirklich eindrucksvoll«, begann er. »Aber was ist mit dem Gottesgeschenk? Du willst es wirklich in den Antrieb integrieren? Jede Änderung in diesem Bereich ist potenziell riskant.«

»Noch geht es lediglich um den Fortschritt in der Antriebstechnologie. Diese Energiemeiler sind robust und sicher, sie werden unseren Raumschiffen ungeahnte Möglichkeiten eröffnen. Anschließen?«, Lek zuckte mit der Schulter. »Wir werden sehen.«

Ker beobachtete ihn eine Weile schweigend, bevor er schließlich seine Bedenken äußerte: »Ich persönlich vertraue dir, Gre«, behauptete er. »Deine Expertise hinsichtlich Energiequellen ist unbestreitbar. Doch die Forianer sind besorgt.«

Lek vollführte eine ungeduldige Geste. »Dann werden wir eben besonders vorsichtig sein. Unsere Zukunft liegt in diesen Antrieben. Denkst du Hohlfrucht wirklich, ich würde nicht alles tun und alle Sicherheitsstandards einhalten, um meine goldene Maschine in keiner Weise zu gefährden?«

Ker seufzte und trat näher an Lek heran. »Du darfst nicht aus den Augen verlieren, dass es für die Forianer so viel mehr ist als nur Technologie. Das Gottesgeschenk ist ein Vermächtnis ihrer Vorfahren.«

Als Lek dieses Mal zu ihm herübersah, blitzte Zorn in seinen Augen auf. »Hör auf, mich an Tatsachen zu erinnern, die mir längst bewusst sind, und mach dich an die Arbeit! Sollte ich mir Vorbehalte anhören wollen, würde ich mit dem Rat der Kindsköpfe sprechen. Die Energiequellen müssen stabil sein, selbst ...«

Ein lautes Piepen unterbrach ihn.

»Was ist das?«, entfuhr es Ker, während Lek bereits herumfuhr und zu einem Kontrollpult eilte.

»Ein Alarm aus der Energiespeicherkammer«, murmelte er. »Es könnte ein Überhitzungsproblem sein. Inkrafttreten der Sicherheitsprotokolle!«

Auf seinen akustischen Befehl hin begann das rechnergesteuerte Notfallsystem umgehend mit der Arbeit und leitete die notwendigen Maßnahmen zur Kühlung der Energiequelle ein.

Wenig später war die Situation unter Kontrolle und Lek analysierte die Daten. »Scheint so, als hätte ich früh genug eingegriffen, bevor es zu Schäden kam.«

»Und was, wenn du beim nächsten Mal nicht hier bist?«

»Ich habe das Sicherheitsprotokoll so eingerichtet, dass es automatisch greift, sobald es auch nur zu der kleinsten Abweichung der zu erwartenden Norm kommt. Verwechsle mich nicht mit einem idiotischen Anfänger, Kol.« Lek wies auf die neuen Energiemeiler, die im Miniaturformat auf einer Arbeitsplatte lagen. »Denkst du, ein anderer könnte eine derartige Perfektion erschaffen? Eine so durch und durch leistungsfähige Arbeit?«

Mit aller Ernsthaftigkeit, die er aufbringen konnte, schüttelte Ker den Kopf. Dabei hatte Lek gar nicht so unrecht. Dieser hatte in kurzer Zeit bereits einiges bei der Entwicklung des neuen Antriebes erreicht. Erst gerade eben hatte er zudem bewiesen, wie effizient er sein konnte.

Ker erinnerte sich an die vielen Probleme auf Esmaladan und Danlechraa – Probleme, deren Lösung das Leben unzähliger Utaren verbessern könnte: Hungersnöte, Krankheiten, soziale Ungerechtigkeit. All das schrie nach einem brillanten Verstand wie dem von Lek.

»Manchmal frage ich mich, ob du dir bewusst bist, wie viel Gutes du tun könntest, wenn du deine Talente für die Verbesserung des Lebens auf unseren Welten einsetzen würdest«, entfuhr es Ker. Verflixt, hatte er seine Gedanken wirklich laut ausgesprochen? Die Müdigkeit musste stärker sein als gedacht. Nichtsdestotrotz fuhr er fort, tatsächlich ehrlich interessiert an Leks Antwort: »Denk nur an all die Technologie, die du entwickelt hast, all die Probleme, die du würdest lösen können.«

Sichtlich überrascht von der ungewohnten Direktheit, hielt Lek einen Moment inne. Seine Augenbrauen waren zusammengezogen, die Stirn umwölkt, als er zu Ker herübersah. »Was meinst du genau?«

»Ich meine …« Ker pausierte einen Moment, seine Gedanken sammelnd. »Du erlebst hier gerade, wie die Forianer dich sehen. Wie sie dich behandeln, nun, wo sie sicher sind, dass du ihr Leben verbessern kannst. Stell dir nur einmal vor, wie auch unser Volk dich sehen könnte, wenn sie wüssten, was alles in dir steckt. Wozu du imstande bist.«

Leks Augen verengten sich weiter. »Glaubst du, meine Arbeit hier ist nicht wichtig? Diese Technologie könnte die Grenzen unserer Existenz erweitern.«

Ker nickte langsam. »Das ist wahr. Aber denk doch nur einmal an all diejenigen, die jetzt leiden. Du könntest so viel bewirken. Krankheiten heilen, Wissen vermitteln, eine Unzahl an Problemen lösen.«

Lek schnaubte verächtlich. »Diese Probleme sind trivial im Vergleich zu dem, was wir hier erreichen können. Du denkst zu klein, Kol!«

Ker reckte das Kinn. »Vielleicht. Oder vielleicht denke ich einfach nur an das Wohl unserer Leute. Es ist bedauerlich, dass du deine Brillanz ständig für Zwecke einsetzt, die nur dir selbst nützen. Es gibt eine Welt voller Herausforderungen da draußen, die jemanden wie dich dringend braucht. Du könntest ein Held für sie sein – jemand, der ihre Probleme löst und ihre Zukunft gestaltet.«

Es schien Ker, als dächte Lek wirklich über seine Worte nach, denn dieser antwortete nicht sofort. Wie sollte er auch? Die Idee, ein Held zu sein, war ihm sicherlich ebenso fremd, wie sie Ker gerade noch gewesen war.

»Ein Held …«, murmelte Lek, der nun in die Ferne blickte, als sähe er sich bereits in der Zukunft. »Vielleicht ist das wirklich der nächste Schritt für mich.«

Ja klar …

Es gelang Ker, sein Grinsen in ein sanftes Lächeln zu verwandeln. »Du hast das Potenzial dazu, Gre. Du könntest so viel mehr sein als nur ein Wissenschaftler. Du könntest ein Pionier sein, ein Visionär, der die Zukunft von Esmaladan und Danlechraa mitgestaltet.«

Lek nickte langsam, ein Funken von Entschlossenheit in seinen Augen. »Vielleicht ist es an der Zeit, dass ich solche Dinge angehe. Sobald ich mit Juru'uk und den Forianern fertig bin. Denn ja, es ist wirklich an der Zeit, dass ich etwas Bedeutenderes erreiche. Erst Juru'uk, dann Maffei 1 und anschließend Esmaladan, Danlechraa und die gesamte Milchstraße.«

Etwas an der Art, wie Lek dies sagte, verursachte Magendrücken bei Ker.

»Du hast das Potenzial dazu, Lek. Du könntest ein Held sein, nicht nur für die Utaren, sondern für viele in unserer Heimatgalaxis«, bekräftigte er dennoch, wenn auch womöglich nur, um das flaue Gefühl zu verdrängen.

»Das werde ich«, erwiderte Lek entschlossen. »Ich werde ihr aller Leben verbessern und ihre Zukunft sichern. Sobald sie mich als ihren Herrscher anerkannt haben.«

*

Unwillkürlich umfasste Lek seine goldene Maschine fester. Das Potenzial dieses Geräts war enorm, und er wusste, dass es ihm einen entscheidenden Vorteil verschaffen würde. Es musste ihm nur noch gelingen, alle Geheimnisse zu entschlüsseln.

Der Gedanke an die Möglichkeiten und die Macht, die ihm dieser Antrieb bringen würde, ließ ihn vor Vorfreude schaudern. Wenn es ihm gelang, diese überlegene Technologie zu kontrollieren, würde er eine Machtposition einnehmen, die niemand in der Galaxis infrage stellen könnte. Genau so, wie Kol Kolum es gerade in Aussicht gestellt hatte.

Doch trotz dieser erquicklichen Zukunftsaussichten verspürte Lek ein nagendes Gefühl der Unruhe. Da war noch etwas, das ihn nicht losließ.

Er drehte sich zu Kol um. »Ich habe das Gefühl, Hori'zia ist nicht so zufrieden, wie er es vorgibt«, platzte es aus ihm heraus. »Mehr noch: Ich glaube, dass er etwas im Schilde führt.«

Etwas, das nicht zu meinen Plänen passt, zu denen sich der Forianer zumindest im Ansatz offen gezeigt hat, fügte er in Gedanken hinzu.

Kol sah von seinen Notizen auf und musterte Lek aufmerksam. »Was genau meinst du? Hat er etwas gesagt oder getan, das dich das glauben lässt?«

Lek schüttelte den Kopf. »Es sind eher subtile Dinge. Ein fragender Blick hier, ein scheinbar belangloser Kommentar dort. Er spricht nie direkt darüber, aber ich habe das Gefühl, dass er uns testet.« Er verspürte das Bedürfnis, sich die Tolle zu raufen, und verfluchte den Umstand, dass er das wegen des Helmes seines Raumanzugs nicht tun konnte. »Ich kann es nicht genau erklären, aber er verhält sich anders. Beobachtet uns mehr, stellt mehr Fragen. Es ist, als würde er auf etwas warten, als hätte er Pläne, von denen wir nichts wissen.«

Lek zögerte, haderte mit sich, ob er aussprechen sollte, was gegen seine Natur ging. Aber es war Kol Kolum, mit dem er sprach. Wenn nicht seinem Assistenten, wem sonst sollte er seine Gedanken mitteilen? Also fügte er hinzu: »Mein Instinkt sagt mir, dass wir vorsichtig sein müssen.«

»Ein Intrigant erkennt den anderen, meinst du?«

Nur mühsam widerstand Lek der Versuchung, das nächstbeste Werkzeug nach Kol zu werfen. Er hatte dessen Helm erst kürzlich repariert und verspürte nicht den Wunsch, sich so bald erneut mit einer ähnlich nebensächlichen Aufgabe beschäftigen zu müssen. »Dein Versuch, witzig zu sein, ist so erbärmlich wie immer«, fauchte er daher.

Kol seufzte und lehnte sich gegen die Arbeitsplatte. »Ich habe es auch bemerkt, Gre«, gestand er. »Es könnte sein, dass er misstrauisch wird oder es bereits ist. Deshalb müssen wir umso vorsichtiger sein.«

Lek nickte nachdenklich. »Dafür sprechen auch diese Roboter, die plötzlich geschickt wurden, angeblich, um uns zu unterstützen.«

»Du meinst, Hori'zia könnte mehr über unsere Arbeit wissen, als wir dachten?«

»Vielleicht«, antwortete Lek, ohne einen Gedanken daran zu verschwenden, zu erwähnen, dass er dem Forianer möglicherweise eine Idee in das Hirn gepflanzt hatte. »Oder er verfolgt eigene Pläne. Ich traue ihm einfach nicht.«

Kol lächelte schwach. »Du bist ein brillanter Wissenschaftler, Gre, aber manchmal bist du zu direkt. Wir müssen diplomatischer vorgehen, die Forianer in Sicherheit wiegen, während wir im Hintergrund an unserem Plan arbeiten.«

Lek schnaubte. »Diplomatie gehört möglicherweise zu einer meiner wenigen Schwächen«, gab er zu. »Aber ich werde es versuchen.«

»Wir sollten vielleicht über Ablenkungsmanöver nachdenken«, erwiderte Kol Kolum nachdenklich. »Etwas, das seine Aufmerksamkeit von uns ablenkt, während wir hier weiterarbeiten.«

»Damit könnten wir erst recht unerwünschte Aufmerksamkeit auf uns lenken, Kol. Die Forianer dürfen auf keinen Fall von unserem Projekt erfahren. Wenn sie herausfinden, dass wir an etwas arbeiten, was die Grenzen ihrer Kontrolle sprengen könnte ...« Er schüttelte den Kopf. »Am besten ist es, du behältst Hori'zia unauffällig im Auge.«

»Warum denn ich? Es ist deine Nähe, die er immer sucht«, begehrte Leks Assistent auf.

»Genau darum, du Hohlfrucht. Wollen wir Hori'zia beschatten, müssen wir es geschickt anstellen. Sein Augenmerk, ebenso wie das der meisten Forianer, liegt auf mir. Dich sehen sie kaum an. Daher bist du bestens geeignet, Hori'zia zu beschatten. Aber bevor du dir in den Raumanzug machst, ich arbeite bereits an einer anderen Lösung. Bis dahin aber erwarte ich den gebührenden Einsatzwillen von dir. Immerhin möchtest auch du nicht länger hierbleiben als unbedingt nötig, nicht wahr?«

9.

Hori'zia im Auge zu behalten, erwies sich als überraschend einfach. Glücklicherweise hielt sich der Forianer tatsächlich die meiste Zeit in Leks Nähe auf, sodass Ker seine Aufgabe unauffällig erfüllen konnte. Denn in diesem Fall gab er Lek recht. Irgendetwas stimmte mit diesem Forianer nicht.

Da Ker ihn aber nicht außerhalb des Labors verfolgen konnte, ohne aufzufallen, kam er nicht recht weiter. Bei den seltenen Gelegenheiten, wo Ker Hori'zia tatsächlich hatte folgen können, hatte dieser sich lediglich mit einigen anderen Forianern getroffen. Mal bei sich zu Hause, mal bei den anderen, aber nie in der Öffentlichkeit.

Lek hatte diesen Umstand lediglich als interessant bezeichnet, sich aber darüber ausgeschwiegen, was bei Besuchen unter Freunden interessant sein sollte. Des Weiteren hatte Lek Kers Erklärung, dass es zu auffällig sei, dem Forianer zu folgen, als Ausrede bezeichnet. Wenn Ker das schon nicht hinbekam, erwartete Lek zumindest, dass sein Assistent tagsüber weiterhin für die Analyse von Daten, die Feinabstimmung der Prototypen sowie die Überwachung der Testläufe in dem privaten Labor zur Verfügung stand.

Sosehr Ker auch Leks Motivation verabscheute und dessen Ziele ebenso verurteilte wie die Wege, die dieser einschlug, um sie zu erreichen, sosehr faszinierte ihn nach wie vor Leks Effizienz. Mittlerweile war dieser dazu übergegangen, Mikrotechnik zu nutzen, um die geheimen Prototypen seines Antriebes in Miniaturraumschiffen testen zu können.

Die Raumschiffe waren zunächst sehr klein – maximal ein bis zwei Meter an der längsten Stelle –, um sicherzustellen, dass die Forianer nicht misstrauisch wurden. Aber in ihnen verbarg sich eine erstaunliche Leistungsfähigkeit. Selbstverständlich waren sie mit derselben Präzision und Sorgfalt gebaut worden wie die Antriebe selbst.

Dabei hatte Lek oft auf die utarischen Werkzeuge und Instrumente zurückgegriffen. Eines der wichtigsten Werkzeuge war das Rasterkraftmikroskop, das es ihnen ermöglichte, die Oberflächenstruktur und die Zusammensetzung der Materialien auf atomarer Ebene zu analysieren. Dies war entscheidend, um sicherzustellen, dass die Bauteile der Antriebe die nötige Festigkeit und Leistungsfähigkeit aufwiesen.

Ein weiteres unverzichtbares Instrument war der Elektronenstrahllithograf, mit dem sie extrem feine Strukturen und Schaltkreise in die Halbleitermaterialien einprägen konnten. Diese Schaltkreise bildeten das Herzstück der Steuerungssysteme der Antriebe und mussten daher mit höchster Präzision gefertigt werden.

Die Antriebe selbst bestanden aus speziellen Legierungen, die eine hohe thermische und mechanische Belastbarkeit aufwiesen. Diese Legierungen wurden durch eine Kombination aus chemischer Dampfabscheidung und Molekularstrahlepitaxie hergestellt, um die Kristallstruktur auf atomarer Ebene zu kontrollieren.

Obwohl in der Milchstraße zum Standard gehörend, war Lek besonders stolz auf die integrierte Stabilisierungseinheit, die durch fortschrittliche Gyroskope und Beschleunigungssensoren gesteuert wurde. Diese Einheit gewährleistete, dass die Antriebe auch unter extremen Bedingungen stabil blieben und präzise Manöver ausführten.

Die Ergebnisse waren vielversprechend: Die kleinen Antriebe zeigten eine Effizienz und Leistung, die weit über der von den offiziellen Modellen lag.

»Kol, überprüfe die Energieflüsse«, ordnete Lek an, während er die Angaben auf seinem Datensichtgerät analysierte. »Wir müssen sicherstellen, dass alles stabil ist, bevor wir den Start wagen.«

Ker Kermag nickte und wandte sich dem Kontrollpult zu. »Energieflüsse sind im grünen Bereich, Gre. Wir können loslegen.«

Lek atmete tief durch und aktivierte die Startsequenz. Mit einem Aufleuchten aktivierte sich der Miniaturantrieb. Das kleine Raumschiff hob sich leicht von der provisorisch errichteten Startbahn innerhalb des Labors und begann darüber zu schweben.

Lek und Kol beobachteten gebannt, wie das Raumschiff langsam an Höhe gewann. Doch plötzlich begann es unkontrolliert zu vibrieren, und innerhalb von Sekunden explodierte es und verwandelte sich in eine Wolke aus Rauch und Funken.

»Verdammt!«, fluchte Lek, während er den Rauch mit einer Handbewegung verscheuchte. »Das war es dann wohl für Prototyp sieben.«

Ker überprüfte die Systeme. »Es scheint ein Problem mit der Energieumwandlung gegeben zu haben. Der Reaktor war überlastet.«

»Finde heraus, wie wir das beheben können!«, erwiderte Lek. »Wir haben noch andere Prototypen, die wir testen können.«

Ker machte sich sofort daran, die Anpassungen vorzunehmen. Prototyp acht wurde vorsichtiger kalibriert. Als sie ihn starteten, schien zunächst alles gut zu laufen. Das Miniaturraumschiff hob ab, beschleunigte und – verschwand plötzlich.

Lek starrte auf den Bildschirm, wo die Telemetriedaten abrupt endeten. »Was beim großen Utar…«

»Das Schiff ist einfach weg«, sagte Ker fassungslos. »Keine Rückmeldung, keine Signale. Es ist, als ob es nie existiert hätte.«

»Eine erfolgreiche Transition durch den Hyperraum?«, überlegte Lek laut. »Steckt es dort fest? Oder ist es irgendwo anders herausgekommen?«

»Vielleicht ist das ein gutes Zeichen«, sagte Ker. »Möglicherweise haben wir eine erfolgreiche Transition durch den Hyperraum geschafft, und das Raumschiff ist einfach zu weit weg, um Kontakt aufzunehmen.«

»Oder es ist in einem unbekannten Raum gestrandet«, ergänzte Lek nachdenklich. »›Vielleicht‹ und ›möglicherweise‹ sind nicht zielführend. Wir brauchen mehr Daten.«

Die nächsten Prototypen zeigten ähnliche unvorhersehbare Ergebnisse. Einige explodierten noch vor dem Start, andere verschwanden spurlos nach wenigen Sekunden Flugzeit.

Prototyp zwölf wurde bei einer besonders heftigen Explosion zerstört. Rauch füllte den Raum, und Funkenregen sprühte über die Arbeitsflächen.

»Wir müssen besser werden«, knurrte Lek, während Gas ausströmte, welches die Flammen erstickte. »Dieses Scheitern ist inakzeptabel.« Er atmete tief durch. »Lass uns die Daten analysieren. Wir müssen verstehen, was mit den Raumschiffen passiert. Haben wir erst Anhaltspunkte, können wir die Signale verstärken oder eine andere Möglichkeit finden, ihre Position zu lokalisieren und ihre Flugbahn zu verfolgen.«

»Und was ist, wenn sie wirklich in einem anderen Universum oder im Hyperraum festsitzen?«, fragte Ker.

»Dann müssen wir einen Weg finden, sie zurückzuholen«, antwortete Lek. »Wir dürfen nicht aufgeben. Jede Explosion liefert eine neue Erkenntnis; jeder Rückschlag bringt uns näher an die Lösung.«

Die nächsten Stunden waren geprägt von weiteren Tests und zahlreichen Explosionen. Die Frustration wuchs, doch Lek gab nicht auf. Unbeirrt setzte er die Arbeit fort, nahm Anpassungen vor und schickte die nächsten Prototypen in den Testflug. Der geheime Prototyp wurde weiter optimiert, die Energiezufuhr stabilisiert und die Berechnungen wurden verfeinert.

»Start Prototyp dreiundzwanzig«, sagte Lek schließlich, wobei seine Stimme vor Anspannung schwankte.

Das Miniaturraumschiff hob ab, schwebte ruhig in der Luft und beschleunigte dann. Sekunden später verschwand es aus dem Sichtfeld, doch diesmal sendete es weiterhin Signale.

Ker beobachtete ebenso wie Lek, wie die Daten auf den Bildschirmen erschienen.

»Der Bordrechner meldet keine Störung«, sagte Lek, als er die Daten analysierte. »Es scheint eine erfolgreiche Transition durch den Hyperraum zu sein.«

Ker nickte, während er die Monitore weiterhin im Auge behielt. »Aber wo ist das Schiff jetzt? Können wir es zurückrufen?«

Lek versuchte, das Signal des Bordrechners zu orten, jedoch ohne Erfolg. »Das werden wir herausfinden müssen. Aber für den Moment haben wir einen Durchbruch erzielt.«

Ker nickte, während er die Überreste eines weiteren gescheiterten Tests untersuchte. »Vielleicht sollten wir die Energiemuster im Hyperraum genauer untersuchen. Das könnte Hinweise darauf geben, wo die Schiffe landen.«

»Tun wir das. Wir sind nah dran, Kol«, erwiderte Lek. »Sehr nah dran.«

Ker nickte erneut und warf einen Blick auf die restlichen Miniaturraumschiffe. Er konnte nicht leugnen, dass Leks Genialität trotz seiner Überheblichkeit beeindruckend war. Diese kleine Flotte war ein weiteres Zeugnis dessen. Obwohl er um Leks Ziele wusste, ihm dessen Unbeherrschtheit, mangelnde Impulskontrolle und Größenwahn bekannt waren, konnte er sich der Faszination von Leks Arbeit nicht entziehen.

»Es ist erstaunlich, wie du diese Technologie miniaturisiert hast«, murmelte er, während er einen der Prototypen ausgiebig betrachtete. »Dein Verstand ist wirklich außergewöhnlich, Gre.«

»Ja, das weiß ich.«

Ker konnte ein Seufzen nicht unterdrücken. Lek war unbestreitbar ein Genie, doch die Art und Weise, wie dieser seine Talente einsetzte … Dennoch verspürte Ker den starken Drang, eines der kleinen Schiffe selbst fliegen zu lassen. Er wandte sich an Lek, der konzentriert an einem der Steuerungspulte arbeitete.

Doch bevor Ker auch nur den Mund aufmachen konnte, vollführte Lek energisch eine abwehrende Geste. »Frag gar nicht erst!«, sagte er mit ernster Miene. »Denkst du, ich habe deinen Blick nicht bemerkt? Du wirst deine ungeschickten Pranken nicht an meine Prototypen legen. Mit der Auswertung der Daten bist du hinreichend beschäftigt.«

Enttäuscht wandte Ker seinen Blick ab. »Aber ich kann mehr tun, Gre. Ich würde sie wirklich nur testen wollen, um zu verstehen, wie sie funktionieren.«

»Diese Technologie ist noch nicht ausgereift. Sie sind instabil, wie du selbst erlebt hast.«

»Aber du startest sie doch auch.«

»Ja, aber ich kenne ihre Eigenheiten. Willst du das ganze Projekt gefährden, nur weil du neugierig auf etwas bist, das du sowieso nicht verstehst?«

Ker spürte eine Welle der Frustration in sich aufsteigen. Er konnte nicht glauben, dass Lek ihn immer noch ausschloss, obwohl er sich seit langem als fähig erwiesen hatte. »Ich bin mir sicher, ich kann mit deinen Spielzeugen umgehen.«

Lek schnaubte und sagte bestimmt: »Die Risiken sind zu hoch. Allein diese Prototypen als Spielzeuge zu bezeichnen, beweist, dass du nicht die nötige Reife hast, sie zu starten.«

Ker atmete tief durch und versuchte, seine Enttäuschung sowie seinen Ärger zu verbergen. »Verstanden, Gre«, sagte er schließlich. »Aber versprich mir, dass ich der Erste sein werde, der sie fliegen darf, wenn sie bereit sind.«

Lek nickte. »Das verspreche ich dir, Kol.«

Da war sie wieder, Leks Fähigkeit zu lügen, ohne zu zögern. Genau das, was Ker gebraucht hatte, damit die Faszination für dessen Arbeit zwar nicht gänzlich schwand, aber ein ganzes Stück in den Hintergrund trat.

*

Wie zu erwarten, wurde der Prototyp des offiziellen Raumschiffsantriebs zuerst fertiggestellt. Dank der Roboter und der fortschrittlichen Produktionsmaschinen der Forianer dauerte es nur wenige Tage, bis Lek ihn der Öffentlichkeit präsentieren konnte. Längst hatte er beschlossen, die praktische Seite an der Fertigstellung der offiziellen Version zu würdigen. Sicherlich würde er aus der Testphase dieser Antriebe Erkenntnisse für seine verbesserte Version gewinnen können.

Als Lek den Antrieb präsentierte, herrschte in dem weitläufigen Forschungslabor eine Atmosphäre gespannter Erwartung. Immerhin war bereits diese Version des Raumschiffsantriebs beeindruckend: ein kompakter, zylindrischer Kern, der eine fortschrittliche Form von Plasmafusion nutzte. Die Oberfläche war glatt und glänzend, gespickt mit zahlreichen Sensoren und Steuermechanismen, die in einer komplizierten Anordnung platziert waren. Er konnte den Energiefluss unglaublich effizient umwandeln und erzeugte so einen kraftvollen Schub, der weit über die aktuellen Standards hinausging.

Die Energiespeichersysteme waren so konzipiert, dass sie eine kontinuierliche und zuverlässige Energieversorgung für die Antriebe gewährleisteten.

»Schaut her!«, rief Lek, eine wohldosierte Mischung aus Stolz und Kalkül in der Stimme. »Dieser Antrieb wird eure Raumfahrt revolutionieren.«

Die Forianer, überwiegend jung und einflussreich, drängten sich um den Prototyp, ihre Tentakel neugierig ausgestreckt. Die leuchtenden Muster auf ihren Körpern wechselten in synchronisierter Bewunderung und Spannung. Der Raum war erfüllt mit den metallisch und klirrend wirkenden Stimmen der begeisterten Forianer.

»Ein Wunderwerk, blauer Bodenläufer!«, rief ein jüngerer Forscher, dessen Haut von blauen Farbmustern überzogen war.

Der blaue Farbton war ein Zeichen der Ehrerbietung, wie Lek inzwischen wusste. Unwillkürlich strich er mit den Fingern über seine goldene Maschine, die er selbst bei diesem offiziellen Anlass dicht neben sich stehen hatte. Das sanfte Pulsieren in ihrem Inneren erschien ihm wie ein Zeichen der Zustimmung.

»Das ist nur der Anfang«, antwortete Lek bemüht bescheiden, obwohl er die Begeisterung genoss.

Auch Hori'zia lobte die Arbeit des Teams. »Gre Grema, dein Antrieb ist in der Tat bemerkenswert. Mit deiner Hilfe werden wir neue Sternensysteme erkunden und die Geheimnisse der Erbauer unserer Tempelkraftwerke weiter entschlüsseln.«

Lek nahm das Lob mit einem selbstbewussten Lächeln entgegen. »Mit diesen Antrieben werden wir Dinge erreichen, die wir uns bisher nicht einmal vorstellen konnten, Hori'zia«, erwiderte er.

»Dein Talent und dein Wissen haben uns wirklich weitergebracht, Gre Grema«, ergriff Hori'zia wieder das Wort. »Aber nun werden sie beweisen müssen, wozu sie in der Praxis imstande sind.«

»Ich bin zuversichtlich, dass es ein erfolgreicher Test werden wird«, erwiderte Lek. »Allerdings möchte ich betonen, dass wir diesen Erfolg lediglich als Team erreicht haben. Jeder der beteiligten Forscher hat einen wesentlichen Beitrag geleistet.«

Es fiel Lek nicht schwer, die Teamarbeit hervorzuheben. Solange es noch keinen erfolgreichen Praxistest gab, schadete es schließlich nicht, sich für den Fall eines Misserfolges bereits im Vorfeld abzusichern und einen anderen Sündenbock bei der Hand zu haben.

Im Falle eines Erfolges hingegen würde er schon dafür sorgen, dass es ausschließlich sein Name war, der lobend genannt wurde.

Obwohl … warum eigentlich die Mühe? Er beabsichtigte nicht, sich anschließend noch lange auf Juru'uk aufzuhalten. Und jemanden, der ihre Gottesgeschenke in seinen Besitz gebracht hatte, würden die Forianer vermutlich nicht unbedingt lobend erwähnen.

*

In einem stillen Korridor der forianischen Forschungsanlage, abseits der belebten Gänge und der hektischen Feierlichkeit, hatten sich einige ältere Forianer in einer kleinen Nische versammelt. Ihre Körper schimmerten sanft im Wechsel ihrer Farben, während sie in leise Gespräche vertieft waren.

Unter ihnen war auch Lira'tan. »Es ist seltsam, nicht wahr?«, begann sie und sah die anderen an. »Jahrhundertelang haben wir die Vorstellung verteidigt, dass nur die Jungen innovative Ideen haben, dass nur sie die Zukunft gestalten können. Und nun kommen diese blauen Bodenläufer daher und respektieren uns Ältere wegen unserer Erfahrung.«

Uloo'sha, ein erfahrener Ingenieur, der aufgrund seines Alters keine eigenständigen Arbeiten mehr ausführen durfte, kräuselte bedächtig seine Tentakel. Seine Stimme war gedämpft, als er antwortete: »Es ist schon erstaunlich, wie sich die Dinge geändert haben. Nach all den Jahren, in denen ich nicht einmal als Bewahrer des Wissens galt, fühle ich mich plötzlich wieder nützlich.«

Tozu'faa fügte hinzu: »Es ist ungewohnt, aber es fühlt sich gut an, dass die blauen Bodenläufer in uns nicht nur alte Relikte sehen, die schon lange ausgedient haben. Sie hören auf unsere Ratschläge und respektieren unsere Meinungen. Das ist eine angenehme Veränderung.«

»Eigentlich ganz erfrischend«, murmelte Lira'tan und zwirbelte ihre Tentakel umeinander, »dass jemand zuhört und unsere Meinungen nicht einfach abschmettert, nur weil sie von einem Älteren kommen.«

Ein Hauch von Erleichterung und Freude lag in den Farbmustern ihrer Haut, was sich verstärkte, als der blaue Bodenläufer Gre Grema zusammen mit Hori'zia den Korridor betrat.

Die älteren Forianer verharrten einen Moment in respektvollem Schweigen.

»Lira'tan, Uloo'sha, Tozu'faa«, begrüßte Gre Grema sie mit einem Nicken. »Wie läuft es mit den neuen Entwicklungen?«

Lira'tan schwebte auf ihn zu und antwortete voller Stolz: »Sehr gut, großer Bodenläufer. Deine Ideen haben uns enorm geholfen, besonders bei den Verbesserungen für den Energiespeicher im neuen Antrieb.«

Gre Grema tat etwas Merkwürdiges mit seiner Öffnung für die Nahrungsaufnahme, was Lächeln genannt wurde, wie Lira'tan inzwischen wusste.

»Es freut mich zu hören, dass unsere Zusammenarbeit Früchte trägt«, sagte er.

Obwohl Lira'tan nicht verstand, was Früchte mit ihrer Arbeit zu tun hatten, geschweige denn, was dieses Obst tragen sollte, signalisierte sie Freude mit ihren Farbmustern. Vor allem, als der große Bodenläufer hinzufügte: »Eure langjährige Erfahrung ist für uns von unschätzbarem Wert.«

Auch Uloo'sha und Tozu'faa wechselten ihre Farbmuster nun in schneller Geschwindigkeit.

Ersterer schwebte sogar neben Lira'tan und sagte: »Es ist eine Bereicherung unseres Lebens, dass unsere Meinungen und Einsichten anerkannt werden.«

»Die Zusammenarbeit aller ist ein wichtiger Schritt für unsere gemeinsame Zukunft.« Es war Hori'zia, der geantwortet hatte, was Lira'tan nicht wunderte. Der Abgeordnete der Nordnation näherte sich dem Ende seiner Jugend. Man sah einiges anders als zuvor, hatte man diesen Punkt erst einmal erreicht. So drehte er nur seinen Körper und erwiderte: »Vielleicht können wir voneinander lernen.«

Dieses Mal war es Lek, der antwortete: »Selbstverständlich könnt ihr von mir lernen. Da bin ich mir absolut sicher.«

*

Lek beschloss, die Feierlichkeiten nicht ungenutzt verstreichen zu lassen und stattdessen die Gunst der Stunde zu nutzen, um eine seiner Theorien auszutesten. Er wartete, bis sich der Trubel ein wenig gelegt hatte, dann passte er Hori'zia in einer etwas abgelegenen Ecke des Laborkomplexes ab. »Auf ein Wort, Hori'zia.«

»Natürlich, Gre Grema. Was kann ich für dich tun?«

»Trotz aller Erfolge sollten wir noch einmal über den Einbau des Antriebs sprechen. Es gibt eine wichtige technische Entscheidung, die getroffen werden muss«, erklärte Lek leise.

Aus dem Augenwinkel bemerkte er, wie Kol Kolum ihn erstaunt ansah. Er konnte das Warum-ausgerechnet-jetzt, welches in Kols Augen stand, regelrecht hören. Aber Lek hatte aktuell keine Muse, der mangelnden Auffassungsgabe seines Assistenten auf die Sprünge zu helfen.

Hori'zias Reaktionen waren um ein Vielfaches wichtiger. »Selbstverständlich, wovon genau sprichst du?«, wollte der Forianer wissen.

Lek sah keinen Sinn darin, seine Worte zu beschönigen. »Wie du weißt, erwäge ich, die Gottesgeschenke in die neuen Antriebe einzubauen.«

Hori'zias Tentakel schossen vor, fast, als wollte er Lek die goldene Maschine entreißen. Unwillkürlich wich dieser einen Schritt zurück und presste das Balduren-Artefakt fest an sich.

»Du bist ein Narr, wenn du das Gottesgeschenk, das du so gut beschützt, derart verschwenden willst, Bodenläufer. Es hat mehr Fähigkeiten, als du ahnst.«

Endlich kamen sie dem Kern von Leks Wünschen näher. »Ich kenne die Grundlagen dieser Funktion und kann garantieren, dass das Gottesgeschenk keinen Schaden erleidet, wenn es in den Antrieb eingebaut wird. Aber die allumfassenden Details haben sich mir noch nicht erschlossen. Dafür benötige ich Zugang zu den Tempelkraftanlagen.«

Ein Zucken durchlief Hori'zias Körper. »Manche Informationen sind nicht für jeden bestimmt, Bodenläufer. Das ist Wissen, das weiterzugeben nur den Jüngsten zusteht. Du bist nicht bereit dafür.«

Lek biss die Zähne zusammen. »Du verstehst nicht, Hori'zia. Ich brauche mehr Wissen, um den Antrieb zu perfektionieren. Und du wirst mir helfen, dies dem Rat der Jüngsten klarzumachen.«

Hori'zia zog sich ein Stück zurück. »Ich soll öffentlich Partei ergreifen? Du weißt nicht, was du da verlangst!«, knarzte er.

»Oh, ich weiß eine ganze Menge. Nur eben nicht alles. Dabei bin ich aktuell eure größte Chance, das Universum zu erkunden und neue Welten zu erschließen.«

»Dessen bin ich mir bewusst.«

»Dann wird dir auch klar sein, dass ohne den Antrieb kein Neuanfang möglich ist«, zischte Lek. »Es sei denn, du erklärst mir in allen Details, wie die Maschine genau funktioniert und wozu die Tempelkraftwerke imstande sind.«

Hori'zia zögerte, seine Tentakel zuckten unruhig. »Sollte ich zustimmen, wirst du das Gottesgeschenk nur für das verwenden, was ich dir sage. Ich kann nicht zulassen, dass du es unkontrolliert einsetzt.«

Lek fühlte eine Welle von Ärger in sich aufsteigen, unterdrückte sie aber. Er konnte sich noch keinen offenen Konflikt leisten. »Warum? Hast du etwas zu verbergen?«, entfuhr es ihm dennoch.

»Nichts, was dich betrifft, Bodenläufer«, erwiderte Hori'zia bestimmt. »Es ist lediglich eine Vorsichtsmaßnahme.«

»Vorsichtsmaßnahme? Du glaubst, ich würde die Maschine gegen euch einsetzen.«

»Ich glaube, du bist sehr ehrgeizig, und bin mir noch nicht sicher, wie deine Ambition zu handhaben sind.«

»Du könntest einfach fragen.«

»Das werde ich. Zu gegebener Zeit.«

Lek bemühte sich, nicht die Augen zu verdrehen. *Verdammter Wichtigtuer.* »Wirst du mir also Zugang zu den Geheimnissen der Gottesgeschenke gewähren? Zu den Tempelkraftwerken?«

»Das zu entscheiden, steht mir nicht zu. Aber ich werde Fürsprache vor dem Rat halten. Mögen die Jüngsten entscheiden. Bis dahin genieße den Moment, Bodenläufer. Aber vergiss nicht, wer die Kontrolle hat. Auch, wenn unser beider Interessen einige Gemeinsamkeiten aufweisen.« Hori'zias Tentakel bewegten sich langsamer. »Nun aber lass uns die Feierlichkeiten genießen, bevor sich jemand fragt, warum wir uns zurückgezogen haben, und gar Probleme erahnt, die es nicht gibt.«

Lek biss die Zähne zusammen. »Es tut gut zu wissen, dass wir uns verstehen.«

»Das tun wir, blauer Bodenläufer.« Hori'zia wandte den Kopf zur Seite, wobei es Lek so vorkam, als würde der Forianer das Artefakt in seinen Händen ansehen. »Das tun wir.«

Lek blickte auf die goldene Maschine in seinen Händen. Er wusste, dass er vorsichtig sein musste. Die Forianer waren fasziniert von seiner Arbeit, aber ihre Begeisterung konnte leicht in Misstrauen umschlagen. Und Hori'zia spielte ein eigenes Spiel. Lek musste herausfinden, was der Forianer wirklich wollte, und dafür sorgen, dass er stets einen Schritt voraus war.

Dennoch legte er ein Lächeln auf seine Lippen. Er hatte ein Haar seiner Tolle auf dem Kopf des anderen. Ein erster Schritt, der es ihm ermöglichen würde, einen Weg zu finden, die Kontrolle über die goldene Maschine zu erlangen – ohne Hori'zias Einmischung.

10.

Hori'zia hielt Wort, und so stand Lek wenige Stunden später vor dem Rat der Jüngsten. Dieser tagte in einem weitläufigen runden Saal mit zahlreichen Sitzen, die sich höher werdend an den Wänden entlangzogen. Wie auch beim letzten Mal, als Lek hierher gebracht worden war, befanden sich mindestens einhundert Forianer auf diesen Rängen.

Lek selbst stand neben Hori'zia auf der Plattform in der Mitte des Saales. Auf forianische Wachen war heute verzichtet worden. Vielleicht hielten sie sich auch unauffällig im Hintergrund. Oder die Forianer glaubten, dass das leicht schimmernde Schutzfeld, welches die Plattform vom Rest des Raumes trennte, sei ausreichend.

Auch hatte ihn heute niemand dazu aufgefordert, das goldene Artefakt auf den Boden zu stellen, sodass Lek es fest mit beiden Armen umschlungen hielt.

Vielleicht hatten die geringeren Sicherheitsmaßnahmen auch etwas mit Hori'zia zu tun?

Der Forianer war zwar noch kein direkter Verbündeter, doch seine Anwesenheit auf der Plattform signalisierte zumindest eine gewisse Zusammengehörigkeit, was Lek fürs Erste genügte.

»Ich grüße dich, blauer Bodenläufer«, sagte eine Stimme, die ihren Ursprung in den höheren Rängen hatte und dennoch im gesamten Saal klar zu verstehen war. »Ich bin heute der Jüngste Sprecher. Somit gelte ich während der heutigen Sitzung nicht als Individuum und habe kein Stimmrecht, damit die Anzahl der Stimmberechtigten ungerade ist. Meine Stimme ist heute nicht die meine, sondern die des Rates.«

Ja, ja, das kannte Lek bereits, dennoch hielt er sich an die Vorlage, die Kol Kolum für ihn in aller Eile verfasst hatte, nachdem

Lek zu diesem Treffen einberufen worden war. »Und ich grüße euch, werte Ratsmitglieder.«

»Werte«? Lek schauderte, wer benutzte denn solche Worte? Nun, zumindest schienen die Ratsmitglieder sich nicht daran zu stören, denn die Farbmuster ihrer Haut änderten sich nicht.

»Du hast um eine Audienz bitten lassen, Bodenläufer. Bitte erläutere uns persönlich, woraus genau dein Anliegen besteht«, fuhr der Jüngste fort.

Lek atmete tief durch und begann von der Projektion in seinem Helm abzulesen: »Ich danke euch, verehrte Mitglieder des Rates, dass ihr mir Gehör schenkt. Das Gottesgeschenk, welches ich hier bei mir habe, ist zweifelsohne ein beeindruckendes Artefakt.

Doch ich möchte betonen, dass es lediglich eine Quelle anzapft, nicht die Quelle selbst ist. Denn es scheint nicht gänzlich unabhängig zu fungieren, sondern seine Energie aus den unterirdischen Kammern auf Juru'uk zu beziehen. Genauer gesagt aus den Tempelanlagen der Forianer.«

Ein junger Ratsherr meldete sich zu Wort: »Was genau willst du damit sagen?«

»Ich ersuche um eure Zustimmung, meine Forschung auf die goldenen Hohlkammern auszuweiten«, erklärte Lek mit fester Stimme.

Daraufhin lief ein durchdringendes Knarzen durch die Ränge. Zu durcheinander, als dass sein Translator es übersetzen konnte, doch Lek konnte sich die Unruhe, die seine Worte ausgelöst hatten, auch so vorstellen.

»Diese Kammern scheinen eine unglaubliche Energiequelle anzuzapfen«, fuhr Lek fort, bevor aus dem Geknarze Einwände entstehen konnten. »Mein Bestreben ist es, diese Energiequelle zu verstehen und zu nutzen. Nicht nur für unsere derzeitigen Bedürfnisse, sondern auch für die Zukunft der Forianer, der Galaxis Maffei 1 und darüber hinaus.«

»Wir verstehen deine Ambitionen, blauer Bodenläufer«, erwiderte der Jüngste Sprecher. »Aber du musst auch verstehen, dass diese Tempelanlagen weit mehr sind als nur technologische Anlagen. Sie sind ein Teil unserer Geschichte, unserer Identität.«

Lek bemühte sich um ein respektvolles Nicken in der Hoffnung, dass die Forianer die Geste in seinem Sinne interpretierten. »Ich verstehe das, Jüngster Sprecher. Doch glaubt mir, ich habe nicht vor, eure Geschichte zu zerstören. Im Gegenteil, ich möchte sie besser verstehen und meine Erkenntnisse nutzen, euch zielführender bei der Suche nach den Erbauern eurer Tempelkraftwerke zu unterstützen.«

»Was ist, wenn du die Kammern beschädigst?«, warf ein weiteres Ratsmitglied ein. »Diese Technologie ist seit Jahrhunderten stabil. Wir können nicht riskieren, dass sie durch deine Experimente gefährdet wird.«

Zu Leks Erstaunen schwebte Hori'zia ein wenig nach vorne. »Gre Gremas Forschung könnte uns allen tatsächlich einen Nutzen bringen, wenn sie richtig geleitet wird.«

Der Jüngste Sprecher gab ein klirrendes Geräusch von sich. »Wir können keine Risiken eingehen, Hori'zia. Das weißt du. Die Kammern und die Gottesgeschenke darin sind nicht nur Quellen unserer Energie, sondern auch Wächter unserer Sicherheit und Stabilität.«

Lek atmete erneut tief durch, um sich nicht zu einer Aussage hinreißen zu lassen, die er später bereuen würde. *Macht die Augen auf, ihr Narren, und seht, was für ein Potenzial ihr verschwendet!,* wäre vermutlich nicht zielführend.

Stattdessen senkte Lek respektvoll den Kopf. »Ich verstehe eure Sorge, werter Rat. Doch ich bitte euch inständig, mir die Möglichkeit zu geben, mein Forschungsvorhaben voranzutreiben. Ich werde äußerste Vorsicht walten lassen und jede mögliche Sicherheitsvorkehrung treffen.«

Hori'zia ergriff wieder das Wort. »Vielleicht kann Gre Grema seine Forschung unter strenger Überwachung durchführen? So könnten wir die potenziellen Vorteile und Risiken besser abwägen.«

Erneut setzte das Geknarze ein. Die Diskussion war offenbar noch nicht beendet, doch Lek spürte eine vorsichtige Bereitschaft, seinen Vorschlag zumindest zu überdenken. Die Nordnation war zahlreich vertreten im Rat. Zudem hatte er eine ziemlich konkrete Vorstellung, wer es wohl sein könnte, der die potenziellen Vorteile und Risiken seiner Forschung würde abwägen wollen. Aus dem Augenwinkel betrachtete Lek Hori'zia.

»Wir werden über deine Bitte beraten, blauer Bodenläufer«, verkündete der Jüngste schließlich. »Aber verstehe, dass wir um die Sicherheit und Integrität unserer Technologie besorgt sind. Wir müssen sicherstellen, dass keine Risiken eingegangen werden.«

Lek verbeugte sich. »Ich danke euch für eure Zeit und für euer Verständnis, Hoher Rat.«

*

Vielleicht hätte Lek sich geschmeichelt fühlen sollen, als bereits am nächsten Tag der Jüngste Sprecher persönlich in seinem Labor erschien. Zwar lediglich als holografische Projektion einer Direktübertragung, doch das schien die anwesenden Forianer nicht zu stören. Sie umringten die majestätisch mitten im Raum schwebende Abbildung und knickten respektvoll ihre Körper ein. Offenbar empfanden sie es als Ehre, dass der angesehenste Forianer das Labor überhaupt besuchte. Ganz gleich in welcher Form.

Lek betrachtete es eher als Vorzeichen schlechter Neuigkeiten. Eine Erlaubnis seiner Bitte hätte Absprachen erfordert, von denen er sicher war, dass sie nicht öffentlich ausgetragen werden würden.

So war Lek weit entfernt davon, sich geschmeichelt zu fühlen oder auch nur den Kopf senken zu wollen. Daher blickte er lediglich finster auf den Jüngsten Sprecher, der nun vor ihm schwebte und zu sprechen begann.

»Blaue Bodenläufer, der Rat der Jüngsten ist sich bewusst über das, was ihr für die Nationen der Forianer erreicht habt und noch zu erreichen gedenkt«, verkündete er mit klarer Stimme, die den Raum durchdrang. »Dennoch hat der Rat entschieden, dein Ansinnen abzulehnen, Gre Grema. Dein Vorhaben wurde als zu riskant eingestuft.«

Lek konnte seine Frustration nicht verbergen. »Diese Kammern könnten der Schlüssel zu einer unendlichen Energiequelle sein!«, fauchte er. »Ihr könntet endlich verstehen, wie eure Tempelkraftwerke funktionieren und wie sie vollumfänglich zu nutzen sind.«

Die anderen Forianer um Lek herum wichen zurück. Obwohl sie kein Rückgrat hatten – in mehr als nur einer Hinsicht –, schien es, als würden sie zusammenschrumpfen, nur weil Lek es gewagt hatte, die Entscheidung dieses Rates der Kindsköpfe infrage zu stellen.

Hori'zia schwebte zu ihm. »Bodenläufer, ich verstehe deine Ambitionen, aber wir wissen nicht, wie die Tempelanlagen reagieren könnten, wenn wir sie stören. Wir müssen uns dem Entschluss des Rats beugen.«

Fest umklammerte Lek die golden schimmernde Maschine. Was faselte diese wandelnde Lichtillustration von einem »wir«? Es gab kein »wir«, es sei denn, es bezog sich auf Lek selbst und sein Balduren-Artefakt!

Zu gern wollte er jetzt wenigstens erforschen, was wohl passieren würde, wenn er sie gegen einen dieser wandelnden Lichtspender warf? Hori'zia erschien Lek als absolut geeigneter Kandidat für einen solchen Test.

Zum Glück des Forianers war das Balduren-Artefakt zu wertvoll, um auf diese Weise missbraucht zu werden.

Aber vielleicht ein Impulsschraubendreher? Ob dieses Werkzeug wohl in der Haut des Speichelleckers stecken bleiben würde?

Kol Kolum schien Leks Anspannung zu bemerken, denn er stellte sich neben ihn. »Bitte versuch ruhig zu bleiben, Gre«, sagte sein Assistent über den internen Helmfunk.

Lek schnaubte verärgert und ignorierte Kol Kolum. Stattdessen wandte er sich an Hori'zia. »Uns beugen? Wieso sollte ich das?« Er richtete seinen Blick wieder auf den Jüngsten Sprecher. »Riskant?«, spottete er. »Was ihr als Risiko seht, sehe ich als Fortschritt. Ihr könnt nicht einmal verstehen, was möglich ist, wenn man nur den Mut hätte, den Stillstand zu überwinden und weiterzugehen.«

»Wir verstehen sehr wohl, Bodenläufer«, antwortete der Jüngste Sprecher ruhig, aber mit Nachdruck. »Allerdings musst du die Folgen deiner Experimente bedenken. Genügt dir eine zerstörte Stadt nicht? Unsere Technologie ist nicht für deine Spielereien gedacht.«

Lek ballte die Fäuste.

So wie er es mitbekommen hatte, könnte es bereits nächste Woche einen anderen Jüngsten Sprecher geben. Oder in drei Tagen. Vielleicht sogar schon morgen.

Sollte doch dieses verzogene Balg den Ruhm genießen, solange es diesen noch besaß!

»Aber wir könnten so viel lernen! So viel erreichen!«, versuchte Lek es dennoch ein weiteres Mal.

Der Jüngste blieb unnachgiebig. »Die Entscheidung des Rates steht fest. Wir können keine Experimente erlauben.«

Kol Kolum legte Lek eine Hand auf den Arm. Die Berührung war durch den Raumanzug kaum zu spüren, dennoch hatte Lek das Bedürfnis, sie abzuschütteln. Vor allem, als sein Assistent sagte: »Vielleicht sollten wir die Diskussion vorerst ruhen lassen, Gre. Denk daran, was wir bereits erreicht haben und was wir noch planen. Möglicherweise gibt es andere Wege, die wir erkunden können.«

Warum musste dieser Utare, dessen Tolle noch immer wirkte wie von einem Wüstennutz angefressen, immer so nachgiebig gegenüber den Wünschen anderer sein?

Lek biss sich auf die Unterlippe und verschluckte die Worte, die ihm auf der Zunge lagen. Ohne Kol Kolum hätte er sich vermutlich tatsächlich zu weiteren unbedachten Äußerungen hinreißen lassen. Aber, bei der großen Tolle, er war Wissenschaftler, kein Politiker!

Lek atmete tief durch und beglückwünschte sich – nicht zum ersten Mal in den letzten Tagen – dazu, Kol Kolum bei sich behalten, anstatt ihn irgendwo auf dem gemeinsamen Weg zurückgelassen zu haben.

»So sei es dann«, meinte Lek daher lediglich.

Die Farbmuster auf der Haut des Jüngsten Sprechers wechselten daraufhin von dem intensiven Gelb zu einem beruhigenden Blauton. »Deine Einsicht ehrt dich, Bodenläufer. So werde ich es nicht bereuen, den Antrag der Ostnation auf Herausgabe des Gottesgeschenkes, welches ihnen gehört, das du aber noch immer für dich behältst, abgelehnt zu haben. Ich wünsche dir einen raschen Erfolg bei dem Einbau des neuen Antriebs. Ein entsprechendes Raumschiff steht dir im Haupthangar zur Verfügung.«

Sobald sich Lek – nach einem Rippenknuff von Kol Kolum – bedankt hatte, beendete der Jüngste die Verbindung.

Auch Lek wandte sich ab, unzufrieden und voller Unruhe. Ihm war bewusst, dass der Jüngste Sprecher den Hinweis auf die Ostnation aus reinem Kalkül gegeben hatte.

Das Schlimme daran war, dass das tatsächlich dazu führte, dass sich Lek in die Enge getrieben fühlte. Die ständigen Diskussionen mit den Forianern gingen ihm nicht nur auf die Nerven, sondern drohten seine gesamten lebenslangen Forschungen zu gefährden!

Allein, dass die Erwägung einer Rückgabe seiner goldenen Maschine immer wieder aufkam, sagte bereits genug. Es war lediglich eine Frage der Zeit, bis darüber eine endgültige Entscheidung getroffen werden würde.

Lek wusste, dass er Juru'uk verlassen musste, um seine Forschungen in Ruhe fortsetzen zu können. Maffei 1 bot unendlich viele Möglichkeiten, doch hier, umgeben von den neugierigen und misstrauischen Blicken der Forianer, konnte Lek seine Visionen nicht verwirklichen.

Er seufzte schwer und umfasste automatisch das Balduren-Artefakt fester. Die Hohlkammern auf Juru'uk lieferten zwar eine nahezu unerschöpfliche Energiequelle, doch Lek war überzeugt, dass diese nur angezapft werden konnte und nicht selbst die wahre Quelle darstellte, die er suchte. Er wollte nicht nur von den Erfindungen der Forianer abhängig sein, sondern selbst die Technologie entwickeln, um diese Energie anzuzapfen und für seine eigenen Zwecke nutzen.

Während er sich in seinem Labor umschaute, das immer mehr wie ein goldenes Gefängnis wirkte, wurde ihm bewusst, dass er handeln musste. Denn solange er hier festsaß und dazu gezwungen war, sich den restriktiven Regeln der Forianer zu unterwerfen, waren seine Ziele unerreichbar. Er durfte die Tempelanlagen auf Juru'uk also nicht erforschen? Nun, dann würde er es eben woanders tun müssen.

*

Am Abend darauf stand Lek vor einer Konsole im Hauptlabor und verfolgte konzentriert die komplexen Diagramme auf dem Bildschirm. Neben ihm arbeitete Kol Kolum schweigend, seine Hände bewegten sich routiniert über die Steuerflächen.

»Achtung, Energiefluss wird erhöht«, verkündete Lek.

Sofort reagierten die Roboter, justierten ihre Positionen und verstärkten die Strukturen um den Antrieb herum.

»Sicherheitsprotokoll aktiviert!«, bestätigte Mira'zan.

Leks Augen ruhten auf einem besonders komplexen Diagramm, als ein ohrenbetäubendes Krachen den Raum erfüllte. Funken flogen, als ein Roboter in der Nähe explodierte und eine Welle von Metallfragmenten und Energie durch den Raum jagte.

Ein Techniker schrie auf und sank zu Boden, getroffen von einem glühenden Metallstück. Panik breitete sich unter den Forianern aus, während sie versuchten, sich in Sicherheit zu bringen, anstatt den Schaden zu begrenzen und den Verletzten zu helfen.

»Fehlfunktion bei der Zufuhr des Energiestroms!«, rief Mira'zan.

Einige der Roboter wurden buchstäblich in Rauch aufgelöst, während andere implodierten. Gerätschaften und Inventar flogen umher, verteilten sich in alle Richtungen.

Ein Forscher, der zu nahe an der Versuchsanordnung stand, wurde von einem herumfliegenden Metallstück getroffen und blieb reglos am Boden liegen.

Lek suchte hastig nach einer sicheren Deckung. Sein Herz raste, während er den Kopf gesenkt hielt, um sich vor herumfliegenden Trümmern zu schützen. Die Wucht der Explosionen ließ den Boden erzittern und trieb Leks Puls auf Höchstwerte.

Er spürte die Hitze der Energieentladungen, während das Chaos um ihn herum tobte und er sich hinter einem Arbeitstisch zusammenrollte.

Die Schreie der umherirrenden Forianer drangen nur noch gedämpft an seine Ohren, als ein durchdringendes Alarmsignal ertönte, das von einer mechanischen Stimme begleitet wurde:

»Sensorenanomalie erkannt! Temperaturanstieg über Grenzwert! Sicherheitsprotokoll aktiviert!« Ein grelles, giftgrünes Licht blinkte hektisch. »Notabschaltung eingeleitet!«

Sämtliche Maschinen im Labor schalteten sich ab. Der plötzliche Verlust der Energieversorgung ließ die Monitore dunkel werden. Bewegliche Teile der Apparaturen verriegelten sich, um weitere Schäden zu verhindern. Neutralisationsmittel wurden freigesetzt, um gefährliche Chemikalien zu neutralisieren, und aus den Decken strömten spezielle Gase, um einen möglichen Brand schnell zu ersticken, ohne die empfindliche Ausrüstung zu beschädigen.

Leuchtende Markierungen am Boden und an den Wänden wiesen den Weg zu den Notausgängen, während Dekontaminationsschleusen aktiviert wurden.

Kol Kolum tauchte neben Lek auf und riss ihn auf die Füße. »Wir müssen hier raus!«

Von dem plötzlichen Erscheinen seines Assistenten überrascht, ließ Lek sich von Kol mitziehen. Seine Gedanken wirbelten durcheinander, während er die Zerstörung um sich herum aufnahm. Die Hitze trieb sie voran und Adrenalin durchströmte Leks Körper, als sie die Stufen hinunter in den unteren Bereich der Anlage stürmten.

*

Endlich erreichten sie die gesicherte Zone. Ein Teil der Wand vor ihnen flackerte, dann löste sich ein etwa anderthalb Meter breites und ebenso hohes Stück davon auf, sodass sie hindurchlaufen konnten. Kaum war das geschehen, schloss sich die Lücke wieder.

Lek lehnte sich schweratmend gegen die Wand, versuchte, die Ereignisse zu verarbeiten.

»Es scheint, als hätten wir ein Sicherheitsproblem mit dem neuen Antrieb. Die Energiekammer muss instabil geworden sein«, stellte er dann sachlich fest.

»Ach, scheint das so?«, erwiderte Kol Kolum mit gepresster Stimme. »Das war das dritte Mal diese Woche, Gre. Wir können das nicht weiter ignorieren. Die Verluste unter den Robotern sind enorm. Nicht mehr lange und die Nordnation wird es als Affront ansehen.«

Lek nickte, ohne den Blick von den Diagrammen zu nehmen, die an den Wänden erschienen. »Ich weiß, Kol. Aber wir sind nah dran. Die Energiefluktuationen sind das letzte Hindernis. Wenn wir das stabilisieren können, haben wir es geschafft.«

»Und was ist mit den Verletzten?« Kol sah ihn eindringlich an. »Die Forianer verlieren das Vertrauen. Sie beginnen, an unserer Mission zu zweifeln.«

Lek hob den Kopf. »Für die Wissenschaft müssen Opfer gebracht werden, Kol. Wir wissen beide, dass der Fortschritt niemals ohne Risiken kommt. Wir stehen kurz vor einem Durchbruch, der die Grenzen dieser Welt sprengen wird. Das müssen die Forianer verstehen.«

In diesem Moment öffnete sich die Lücke in der Wand erneut und Hori'zia schwebte hindurch.

»Die Plattform musste evakuiert werden«, verkündete der Forianer. »Sehr zum Missfallen der Würdenträger. Solche Situationen werden zunehmend schwieriger zu rechtfertigen.«

Lek wandte sich ihm zu. »Ein Durchbruch bei solch einer komplexen Erfindung erfordert immer Opfer. Der Weg zur Erkenntnis kann nun einmal nicht ohne Verluste beschritten werden.«

Hori'zia verharrte einen Augenblick lang fast reglos. Lediglich die kleinen Fortsätze an seinen Tentakeln zitterten. »Ich werde den Rat beschwichtigen. Aber sei dir bewusst, dass die Geduld der Forianer begrenzt ist. Wir brauchen mehr als nur Worte, Bodenläufer. Wir brauchen Ergebnisse.«

Lek nickte. »Die werde ich ihnen liefern.«

Erst jetzt wurde sich Lek der anderen Forscher um sich herum bewusst, die sich auffällig weit von ihm entfernt hielten. Selbst die älteren Forianer blieben auf größerem Abstand als üblich.

»Tu was, Kol!«, verlangte Lek über den internen Helmfunk. »Ich muss ihnen irgendetwas geben, um ihr Vertrauen nicht zu verlieren.« Es gefiel ihm ganz und gar nicht, sich einzugestehen, dass er die Fähigkeiten seines Assistenten erneut brauchte.

»Einfach so aus dem Stegreif?«, erwiderte Kol mit einem Anflug von Frustration in der Stimme. »Eine solche Ansprache erfordert sorgfältige Überlegung.«

»Dann überleg halt, aber mach schnell! Wir müssen genau erklären, was passiert ist und wie wir vorgehen werden, um die Sicherheitsprobleme zu lösen. Ich könnte ihnen ja mitteilen, dass sie mir fähigere Mitarbeiter schicken sollen anstatt diese Stümper. Aber dann würdest du mir nur wieder einen Vortrag über Höflichkeit halten.«

»Alleine diese Aussage …«, murrte sein Assistent.

Gleich darauf erschien allerdings ein kurzer Text auf der Innenseite von Leks Helm.

»Freunde, Kollegen, wir stehen an der Schwelle zu einer neuen Ära«, las Lek ab. »Unser letzter Probelauf war nicht erfolgreich, das gebe ich zu. Doch lasst uns diesen Rückschlag nicht als Niederlage sehen, sondern als Sprungbrett für unseren endgültigen Erfolg.« Er machte eine kurze Pause und blickte in die Menge. »Ja, es gab Rückschläge, und ja, wir haben Verluste erlitten. Aber die Wissenschaft verlangt Opfer, und wir müssen bereit sein, sie zu bringen. Jede große Entdeckung in der Geschichte war mit Risiken verbunden.

Doch ohne Mut, ohne den Willen, Grenzen zu überschreiten, werden wir niemals das Unbekannte ergründen. Wir haben die Chance, etwas Großes zu erreichen. Lassen wir uns nicht von unseren Ängsten leiten, sondern von unserer Neugier und unserem Streben nach Wissen.«

Lira'tan schwebte ein Stück auf ihn zu, gefolgt von Tozu'faa. »Wir stehen hinter dir, großer Bodenläufer«, versicherte sie ihm.

Lek nickte scheinbar wohlwollend, während er auf eine weitere Textnachricht von Kol Kolum wartete. Als sie kam, musste er sich bemühen, nicht die Augen zu verdrehen. »Ich weiß. Allein schon wegen eurer Unterstützung ist es mir ein dringenderes Anliegen als je zuvor, diesen Antrieb zum Laufen zu bringen«, las er ab. »Für die Wissenschaft und für unser aller Zukunft.«

Zu seiner Überraschung wirkten diese überpathetischen Worte. Zumindest vorübergehend. Die Forscher kehrten in das Labor zurück und begannen mit der Schadensbeseitigung.

Lek wusste, dass die kommenden Stunden von Nachforschungen und Analysen geprägt sein würden, um herauszufinden, was schiefgegangen war. Ein solcher Zwischenfall durfte sich auf keinen Fall bei dem Antrieb wiederholen, den er im Geheimen entwickelte. Die Forschung musste weitergehen, auch wenn sie Opfer forderte. Es war der Preis, den er bereit war zu zahlen, um seiner Vision näherzukommen. Sein Blick glitt über die Zerstörungen im Labor. Wie gut, dass er ausreichend Testmaterial zur Verfügung hatte.

11.

Gänzlich unerwartet suchte Hori'zia Lek in der Wohneinheit auf, die dieser sich mit Kol Kolum teilte. Dieser Umstand war bereits ungewöhnlich genug, respektierten die Forianer doch normalerweise die Privatsphäre ihrer neu ernannten Lieblingsforscher. Doch es waren Hori'zias Worte, die Lek hellhörig werden ließen.

»Ich verstehe deinen Wunsch nach Freiheit und eigenen Erkenntnissen«, gestand der.

Es war seltsam, Hori'zia so verständnisvoll sprechen zu hören, besonders, da Kol Kolum sich noch in dem offiziellen Labor befand, sodass Lek mit Hori'zia allein war. Es gab also niemanden, den der Forianer mit vorgetäuschtem Mitgefühl in die Irre leiten konnte. Außer Lek selbst natürlich.

Aber darauf würde er nicht hereinfallen. Aktuell war Lek nur froh, dass er zu frustriert gewesen war, um sich sofort in sein privates Labor zu begeben, sodass ihn Hori'zia zumindest dort nicht hatte aufsuchen können. Was aufgrund des utarischen biometrischen Identifikationsgeräts, welches sich dank der Forianer wieder in Leks Besitz befand, sowieso nicht möglich gewesen wäre. Da die Forianer andere Sicherheitsprotokolle nutzten, stellte das biometrische Identifikationsgerät sicher, dass nur von Lek autorisierte Personen Zugang zu bestimmten Bereichen und Informationen hatten. Diese Personen waren momentan rein utarischer Natur, was die Sicherheit von Leks geheimer Arbeit signifikant erhöhte. Dennoch hätte Hori'zia Fragen gestellt, die Lek ihm nicht beantworten wollte.

»Ich weiß, dass du die Energiequellen lediglich verstehen willst, um sie für Fortschritte zu nutzen, die über das hinausgehen, was wir bisher erreicht haben«, fuhr der Forianer fort, seine Worte offenbar wohlbedacht gewählt.

Lek verengte die Augen. Zustimmung von Hori'zia? In einer so heiklen Angelegenheit? »Der Rat der Jüngsten war sehr deutlich in seiner Ablehnung.«

»Das ist wahr«, stimmte Hori'zia ihm zu. »Die Ressourcen, die wir hier haben, sind von unschätzbarem Wert. Doch die Vision eines jeden Forschers sollte es sein, über das Bekannte hinauszustreben. Eine unendliche Energiequelle … das wäre ein Durchbruch ungeahnten Ausmaßes.«

Lek war nicht wirklich überrascht über diese Worte. Er hatte immer geglaubt, dass Hori'zia nicht nur die offizielle Linie der Forianer vertrat.

»Ich verstehe deine Frustration, Gre Grema«, fuhr Hori'zia fort. »Die Forianer sind vorsichtig geworden seit der großen Epidemie vor vierhundert Jahren. Wir wollen unsere Errungenschaften schützen und sicherstellen, dass wir nicht wieder alles verlieren, was wir aufgebaut haben. Aber du hast recht, das bedeutet nicht, dass wir nicht auch weiterhin vorwärtsstreben sollten.«

Lek nickte langsam. »Danke, Hori'zia. Ich werde weiterhin nach Antworten suchen. Auch wenn der Rat versucht, mir Steine in den Weg zu legen, sodass ich nach anderen Lösungswegen Ausschau halten muss.«

»Warum glaubst du, dass ausgerechnet du die Antworten finden kannst, die unsere Forscher seit Jahrhunderten suchen?«

Lek hob die Schultern, erstaunt über so viel Ignoranz. Konnte der Forianer wirklich nicht sehen, welch überragendem Intellekt er gegenübersaß? Nun, so viel Unwissenheit hinsichtlich Leks Genialität traf zwar einen wunden Punkt, doch in dem Fall war zumindest die Frage legitim.

»Hori'zia«, begann Lek daher bemüht ruhig, »es ist nicht Arroganz, die mich antreibt. Es ist die Überzeugung, die Dinge aus einem anderen Blickwinkel betrachten zu müssen. Eure Forscher haben ganz nette Arbeit geleistet, aber sie sind durch Traditionen und Vorschriften gebunden. Ich komme von außen, mit neuen Ideen und einem frischen Ansatz.«

Hori'zias Tentakel kräuselten sich. »Ein frischer Ansatz mag nützlich sein, aber was macht dich so sicher, dass du Erfolg haben wirst, wo so viele gescheitert sind?«

Lek trat einen Schritt näher und senkte die Stimme, als wolle er ein Geheimnis teilen. »Es ist nicht nur der Ansatz, Hori'zia. Es ist meine Bereitschaft, Risiken einzugehen, die andere scheuen. Ich bin bereit, Grenzen zu überschreiten und unkonventionelle Methoden zu nutzen. Manchmal muss man alte Pfade verlassen, um neue Horizonte zu entdecken.«

Fast schien es, als würde der Körper des Forianers in sich zusammenschrumpfen. »Was genau planst du?«

Lek nahm einen tiefen Atemzug. »Das sagte ich bereits. Ihr habt die Tempelkraftwerke als unerschöpfliche Energiequelle genutzt, aber niemand hat wirklich hinterfragt, woher diese Energie stammt. Ich bin überzeugt, dass die Tempel nur eine Art Vermittler sind. Sie haben einen Teil ihrer Energie an die Gottesgeschenke weitergegeben, aber ich will die wahre Quelle dieser Energie finden und sie direkt anzapfen. Stell dir vor, welche Möglichkeiten uns das eröffnen könnte!«

»Der Rat hat das bereits abgelehnt. Aber angenommen, er hätte zugestimmt. Wie willst du das anstellen, ohne eine weitere Stadt zu zerstören?«

Hori'zias Stimme hatte einen scharfen Unterton, sodass Lek für einen Moment befürchtete, zu weit gegangen zu sein. Dennoch zwang er Zuversicht in seine nächsten Worte. »Genau das ist der Punkt. Der Rat ist zu vorsichtig. Sie fürchten den Verlust mehr, als sie den Gewinn sehen. Räumt eine der Städte für eine Weile. Sollte etwas schiefgehen, könnt ihr sie mit Leichtigkeit neu erschaffen.«

»Nicht, wenn deine Forschungen die Tempelkraftwerke beschädigen.«

»Eines, Hori'zia. Nur eines, denn ich habe nicht vor, an allen dreizehn gleichzeitig zu forschen.«

Hori'zia schwieg eine Weile, offenbar in Gedanken versunken. Schließlich gab er einen knirschenden Laut von sich. »Dein Enthusiasmus ist bewundernswert, Bodenläufer.« Wieder folgte eine kurze Pause und es schien Lek, als wählte Hori'zia seine nächsten Worte mit Bedacht. »Die Zusammenarbeit mit dir ist mir sehr wichtig. Sie ist eine einmalige Gelegenheit, etwas Bedeutendes zu schaffen, bevor … sich Dinge ändern.«

Lek runzelte die Stirn. »Wieso klingt das so endgültig?«

Hori'zia zögerte einen Moment. »Nun, es gibt gewisse Erwartungen … zum Beispiel die eines Jüngeren, der schon bereitsteht, mehr Verantwortung zu übernehmen. Doch ich spüre, dass ich noch nicht alles erreicht habe, was ich erreichen könnte.«

»Der Rat will dich von deinem Posten abziehen?«

Hori'zia drehte sich langsam, die Farbmuster auf seiner Haut pulsierten im raschen Wechsel. »Ich nähere mich dem Ende meiner Jugend. Im Rat werden Stimmen laut, die Veränderungen fordern. Neue Ideen können nur von neuen Köpfen kommen.«

»Bisher dachte ich, die älteren Forianer räumen freiwillig das Feld und überlassen den Jüngeren ihre Positionen.«

»Das tun sie auch meistens. Aber ich fühle, dass ich noch viel beizutragen habe. Deine Forschung, dieses Projekt … es könnte mein Vermächtnis sein. Ich will nicht einfach verschwinden, ohne dass ich alles versucht habe, was möglich ist. Die Zusammenarbeit mit dir ist für mich eine letzte Chance, noch einmal etwas Großes zu erreichen, sodass mein Name in den Annalen der Forschung nicht verlorengehen wird.«

Lek nickte langsam, während seine Gedanken rasten. Er spürte, dass Hori'zia vorsichtig mit seinen Worten war, als ob er nicht sicher wüsste, wie weit er Lek trauen konnte. Doch der Ehrgeiz des Forianers schimmerte hindurch. Möglicherweise sogar mehr als das.

Lek entschied sich, die Gelegenheit zu nutzen. »Hori'zia, ich verstehe deine Situation. Umso wichtiger ist es, meine Arbeit voranzutreiben. Die Entwicklung des Transitionsantriebs, das Geheimnis der unendlichen Energiequelle … all das kann die Zukunft deines Volkes verändern.«

»Der Rat ist nicht bereit, solche Risik…«

»Manchmal muss man Risiken eingehen, um Großes zu erreichen.« Lek sah die Chance, einen Verbündeten zu gewinnen, und er würde sie sich nicht entgehen lassen. »Verzeih meine Direktheit, aber würden die älteren Forianer nicht auch davon profitieren?« Er senkte die Stimme, um sicherzustellen, dass Hori'zia ihm zuhören musste. »In dir ist so viel Wissen und Erfahrung, Hori'zia. Dies sollte geschätzt werden. Und ich glaube, wir können uns gegenseitig helfen. Du willst ein Vermächtnis hinterlassen, und ich möchte die Geheimnisse der Tempelanlagen und der Gottesgeschenke erforschen. Wir müssen zusammenarbeiten, um unsere Ziele zu erreichen. Die Artefakte sind nicht nur ein Erbe vergangener Zivilisationen, sondern auch eine Chance, unsere eigene Geschichte neu zu schreiben. Deine Erfahrung und mein Wissen! Stell dir vor, was wir entdecken könnten! Gemeinsam! Aber wir müssen uns gegenseitig vertrauen.«

»Vertrauen muss wachsen, Bodenläufer. Jeder Schritt muss wohlüberlegt sein. Jeder Fehler könnte katastrophale Folgen haben. Nicht jeder im Rat ist dir wohlgesonnen.«

Lek grinste. »Das habe ich schon bemerkt. Aber das hat mich noch nie aufgehalten.«

Hori'zia gab ein tiefes Brummen von sich. »Ich kann nicht versprechen, dass der Rat der Jüngsten seine Politik ändern wird, Bodenläufer. Aber ich kann dir versichern, dass ich deine Ambitionen und Ziele respektiere.«

Lek lächelte dankbar. »Das ist alles, was ich verlange. Eine Chance.«

»Eine Chance. Aber sei gewarnt: Ich werde alles genau beobachten. Ein Fehltritt, und ich werde dich nicht verschonen. Ich kann mir keinen offenen Widerstand leisten, aber ich kann subtile Wege finden, unsere Arbeit voranzutreiben.«

*

Leks Überzeugung, dass für die Forschung Opfer gebracht werden mussten, bewahrheitete sich bereits drei Tage später. Das Raumschiff, in dem der vielversprechendste Prototyp verbaut worden war, stand kurz vor dem Start. Der provisorische Startplatz der Forianer war stets ein geschäftiger Ort, besonders aber an diesem historischen Tag. Der Hauptkontrollraum – ein Labyrinth aus blinkenden Monitoren und Schalttafeln – bildete das Herzstück der Vorbereitungen. Die Aufregung in der Startbasis war förmlich greifbar, während die letzten Vorbereitungen getroffen wurden. Überall auf Juru'uk waren riesige Bildschirme errichtet worden, auf denen die Forianer den Start des Raumschiffes und seine glorreiche Reise über die Grenze der Lichtstraße hinaus in Echtzeit verfolgen konnten.

Kol Kolum hatte wie immer etwas einzuwenden gehabt. Er fand, das wäre zu riskant. Ihm wäre es lieber gewesen, wenn die Öffentlichkeit erst zusehen würde, nachdem alle Ergebnisse des Jungfernfluges vorlagen und ausgewertet worden waren.

Lek hätte am liebsten allein bei dem Gedanken daran die Augen verdreht, beherrschte sich aber, denn er wollte kein Detail der Startvorbereitung verpassen. Sollten diese ewigen Bedenken und Einwände nicht langsam mal aufhören, würde Lek sich überlegen müssen, diesem Jammerutaren die Tolle zu rasieren.

Zum Glück hatte auch Hori'zia das anders gesehen. Laut ihm hatte die Bevölkerung das Recht, bei allem dabei zu sein, denn Forianer teilten ihr Wissen. Somit war Lek eine Debatte mit seinem störrischen Assistenten erspart geblieben. Denn auch Lek selbst hatte nichts gegen die öffentliche Anerkennung einzuwenden. Wenn es Utabeeren zu ernten gab, würde er es sein, der sie einheimste. Je mehr Aufmerksamkeit, umso besser.

Behutsam strich Lek über die Oberfläche der goldenen Maschine, die er neben sich abgestellt hatte, und richtete seine Aufmerksamkeit auf das Ergebnis der Mühen der vergangenen Tage.

Das Raumschiff, das den Prototyp des neuartigen Raumschiffsantriebs beherbergte, war eher klein, thronte aber nichtsdestotrotz in majestätischer Erhabenheit auf der Startplattform des Weltraumbahnhofs, der speziell für diesen Start konstruiert worden war. Er lag in einem abgelegenen Bereich auf dem Festland, fernab der bewohnten Gebiete, um die Sicherheit der Zivilbevölkerung zu gewährleisten.

Die Startplattform war so konzipiert, dass sie den enormen Kräften standhalten konnte, die beim Start eines Raumschiffs freigesetzt werden würden. Um sie herum gab es Sicherheitszonen, die während des Starts verwaist sein würden, in denen nun jedoch noch Techniker und Ingenieure geschäftig umherschwebten, während sie die letzten Vorbereitungen für den Start des Raumschiffs trafen.

Weitere Techniker arbeiteten im Kontrollzentrum in der Nähe der Startplattform. Sie überwachten und steuerten die Vorbereitungen, überprüften sorgfältig nochmals alle Systeme des Raumschiffs, um sicherzustellen, dass alles reibungslos vonstattengehen würde.

Lek stand am Kontrollpult und beobachtete das Treiben um ihn herum. Sein Blick streifte immer wieder das Raumschiff. Der Rumpf war langgestreckt und schlank, was für minimale Luft- und Raumwiderstände sorgte. Die äußere Hülle bestand aus einer glatten, violett schimmernden Oberfläche, deren Material sowohl hochfest als auch ultraleicht war. Zwei große, geschwungene Flügel, die nicht nur für die Stabilität während des Fluges verantwortlich waren, sondern auch zahlreiche Sensoren und Kommunikationsgeräte beherbergten, erstreckten sich seitlich vom Hauptkörper des Raumschiffs.

Die Antriebseinheiten befanden sich am Heck und waren in einem spiralförmigen Muster angeordnet, um die Energie der Maschine optimal zu nutzen. Die Kanzel hingegen befand sich mittig und bot einen Panoramablick auf den Weltraum.

Kol Kolum stand neben Lek und folgte dessen Blick zum Raumschiff. Lek glaubte die nervösen Schwingungen, die vom Körper seines Assistenten ausgingen, selbst spüren zu können.

»Es ist unglaublich, Gre«, murmelte Kol Kolum. »Dieser Tag wird in die Geschichte der Forianer eingehen.«

Lek nickte knapp und musste zugeben, dass auch er selbst spürte, wie ein wenig Spannung in ihm aufstieg, während die Startanzeige auf dem Bildschirm herunterzählte. In wenigen Minuten würde sich zeigen, inwieweit er Fortschritte gemacht hatte.

In diesem Moment schwebte Hori'zia in den Kontrollraum. »Der Moment der Wahrheit naht, Bodenläufer«, sagte er mit ernster Stimme, nachdem er sich zu Lek und Kol Kolum gestellt hatte. »Eure Forschungen und Überzeugungen haben uns an diesen Punkt geführt.« Er kräuselte die Tentakel. »Möge die Wissenschaft eurem Mut und eurem Streben nach Erkenntnis beistehen. Die Augen der Forianer sind auf euch gerichtet.«

»Die Berechnungen sehen vielversprechend aus. Wenn alles gut läuft, werden die Forianer sehen, welche Geschwindigkeiten möglich sind. Sie gehen weit über die hinaus, die sie je erreicht haben.«

Als die letzten Minuten herunterzählten, spürte Lek, wie sich die Aufmerksamkeit aller im Raum auf ihn richtete.

»Sag etwas!«, drängte Kol Kolum über die interne Funkverbindung ihrer Helme.

Lek räusperte sich. »Ich möchte allen hier versichern, dass ohne meine …«

»Nichts über deine Genialität«, fiel ihm sein nerviger Assistent ins Wort. »Etwas Aufbauendes!«

»Was sollte es geben, das mehr aufbauen könnte als das Wissen, dass ich diese Antriebe entwi…«

»Warte, ich schicke dir etwas. Lies es einfach ab.«

»Wer bin ich? Dein Kommunikationsroboter?«

Kol antwortete nicht, dafür erschien ein Text auf Leks Helmbildschirm.

Lek hob die Hand, aktivierte den Außenlautsprecher wieder und las mit ruhiger Stimme: »Wir haben viel dafür geopfert, um hierherzukommen. Aber jetzt ist die Zeit gekommen, unser Wissen zu erweitern, die Grenzen des Bekannten zu überschreiten.« Wann hatte Kol einen Kurs in Gesülze belegt? Trotz seiner Bedenken las Lek weiter: »Lasst uns zeigen, was wir gemeinsam erreichen können!«

Alle Forianer in der Kommandozentrale, die sich in einem Gebäude am Rand des großen Platzes mit der Plattform befand, wechselten ihre Farbmuster in ein tiefes Blau, welches exakt Leks Hautfarbe entsprach. Er spürte eine Mischung aus Stolz und Euphorie, während er in der Anerkennung förmlich badete. Dies war einer der Momente, auf die er gewartet hatte.

In der Zentrale wurde es still, als das Kommando zur Startsequenz gegeben wurde. Die Triebwerke des Raumschiffs erwachten zum Leben. Langsam hob das Raumschiff von der Plattform ab und schwebte in der Luft. Dann beschleunigte es. Mit einer Geschwindigkeit, die für Forianer neu war, verschwand das Raumschiff am Horizont.

Lek lächelte, während er die Reaktionen der Forianer um ihn herum registrierte. Die Energie, die in dem Raum pulsierte, war eine Mischung aus Stolz und Vorfreude auf das Unbekannte, das vor ihnen lag.

»Wir haben den ersten Schritt gemacht«, hörte er Hori'zia sagen. »Jetzt beginnt das wahre Abenteuer.«

Lek brummte zustimmend, die Augen fest auf die Anzeigen vor sich gerichtet. Das ungewohnte Kribbeln der Aufregung verstärkte sich, während das Raumschiff sich von Juru'uk entfernte.

Lek hielt den Atem an, als er die Geschwindigkeitsanzeige sah, die sich exponentiell erhöhte.

»Raumkontrolle, alles im grünen Bereich für den Hypersprung?«, fragte Zizi'vua, der Kapitän des Raumschiffs, über die Kommunikationseinrichtung.

»Bestätigt, Kapitän«, antwortete Mira'zan, der ein weiteres Anzeigenmodul beobachtete, mit ruhiger Stimme. »Antriebssysteme operieren innerhalb der erwarteten Parameter.«

»Hypersprung in 3 … 2 …1 … jetzt!«, verkündete Zizi'vua.

Die Bodenmannschaft jubelte, als die Hypersprungmanöver erfolgreich abgeschlossen wurden. Lek meinte die Erleichterung und die Begeisterung in den Stimmen der Forianer heraushören zu können. Er hatte etwas Außergewöhnliches erreicht.

Die Stimme des Kommandanten durchbrach die Stille der Kontrollzentrale: »Raumschiff Alpha-1 hat das Sonnensystem verlassen. Kurs stabilisiert auf den interstellaren Raum. Aufzeichnung und Analyse der Daten beginnen.«

Lek atmete tief durch. Er hatte es geschafft. Und das war nur der Anfang.

*

Lek verließ seinen Platz im Kontrollraum nicht einen Moment lang. Gebannt beobachtete er die Monitore, die das Raumschiff und seine Systeme überwachten. Der Prototyp des neuen Antriebs hatte bisher alle Erwartungen übertroffen. Das Raumschiff hatte erfolgreich das Sonnensystem verlassen und flog nun mit unglaublicher Geschwindigkeit durch den interstellaren Raum, was bestätigte, dass Leks Theorien und Berechnungen richtig waren.

»Wir sind auf Kurs für den Wiedereintritt in das Sonnensystem«, meldete sich Zizi'vua über die Kommunikationsanlage. »Alle Systeme funktionieren einwandfrei.«

Lek nickte, obwohl Zizi'vua ihn nicht sehen konnte. »Gut«, erwiderte er. »Sehr gut.«

Dann bemerkte er eine Abweichung in den Anzeigen des Maschinenraums. Er runzelte die Stirn und vergrößerte den entsprechenden Abschnitt auf dem Bildschirm.

»Was ist das? Ein Überlastungsanzeichen?« Kol, der noch immer bei Lek stand, starrte ebenso gespannt auf die Monitore.

Leks Herz begann schneller zu schlagen, während er die Diagramme und Daten analysierte.

»Ein Aggregat im Maschinenraum zeigt eine kritische Überlastung an«, meldete er tonlos.

Das könnte eine unkontrollierbare Kettenreaktion verursachen!

Hori'zia zischte, seine Farbmuster wechselten im irrsinnigen Rhythmus. »Könnt ihr das stabilisieren? Ihr müsst sicherstellen, dass das Raumschiff zusammen mit der Mannschaft sicher zurückkommt.«

»Wir tun, was wir können«, murmelte Lek halblaut, während er die Befehle zur Stabilisierung der Systeme eintippte. Doch plötzlich erschien eine grellgelbe Warnmeldung auf dem Bildschirm vor ihm, und Alarmsignale heulten auf. »Ingenieure!«, rief Lek. »Was ist da los?«

Ein junger Techniker wandte seine Tentakel um sich. »Die Energie wird nicht mehr richtig verteilt. Ich verstehe nicht, was passiert ist. Wir haben doch alle Sicherheitsprotokolle beachtet!«

Lek fluchte. »Warum habt ihr das nicht vorhergesehen?«

»Vielleicht war es ein Fehler in der Konstruktionsphase«, mutmaßte ein anderer Techniker besorgt. »Die Überlastung begann an einem der experimentellen Energieaggregate. Es scheint, als hätte ein Systemversagen eine Kettenreaktion ausgelöst.«

Lek schüttelte den Kopf. »Wir haben alles doppelt und dreifach geprüft.«

»Es tut uns leid, großer Bodenläufer. Es scheint ein strukturelles Problem zu sein, das wir nicht rechtzeitig erkannt haben.«

»Zizi'vua, was ist bei euch los?«, schrie Hori'zia in das Mikrofon. »Die Temperatur des Hauptaggregats steigt unkontrolliert.«

Zizi'vua antwortete mit besorgter Stimme. »Wir versuchen, die Energiezufuhr zu reduzieren, aber die Kühlmittelpumpe scheint ausgefallen zu sein. Wir haben ein ernstes Problem.«

Lek spürte, wie sein Puls schneller wurde. »Nein, das kann nicht sein«, murmelte er.

Nichtsdestotrotz stieg die Temperatur weiter an, und neue Warnungen erschienen auf den Monitoren.

»Das Aggregat wird jeden Moment überlasten«, rief Zizi'vua durch das auf Hyperfunktechnologie basierende Kommunikationssystem.

»Es reagiert nicht auf den Fernzugriff«, meldete Kol Kolum. »Wir verlieren die Kontrolle über die Systeme.«

Lek starrte auf die Bildschirme und spürte, wie sich eine Kältewelle in seinem Magen ausbreitete. Die Techniker arbeiteten fieberhaft, um die Situation zu stabilisieren, aber die Kettenreaktion war nicht mehr aufzuhalten, wenn die Energiesysteme außer Kontrolle gerieten.

»Schaltet das Aggregat manuell ab! Sofort!«, befahl Lek Zizi'vua, aber er wusste, dass es bereits zu spät war.

»Verdammt, wir verlieren sie«, flüsterte Kol Kolum.

Lek nickte. »Und alles, woran wir gearbeitet haben …«

Ohne weitere Vorwarnung kam es zur Explosion. Ein dumpfer Laut erklang über die Verbindung. Die Anzeigen sprangen auf Grellgelb.

»Nein, nein, nein!«, rief Kol Kolum und hämmerte auf das Kontrollfeld im Versuch, weitere Schäden einzudämmen.

Über die Kommunikationskanäle konnten sie die Panik und Verzweiflung der Besatzung hören. Weitere Systeme begannen zu versagen; die Energie entwich unkontrolliert. Die Explosionen breiteten sich aus, und das Raumschiff zerbrach Stück für Stück.

Auf dem Hauptbildschirm konnte Lek beobachten, wie sich die Struktur des Raumschiffs verformte und Teile abrissen. Die forianischen Raumschiffe, die sich bereithielten, um den Prototypen und dessen Mannschaft in Empfang zu nehmen, zeichneten jedes noch so kleine Detail auf, das sich am Rand des Sonnensystems abspielte. Lek fühlte sich wie betäubt, als er zusah, wie Trümmerteile in alle Richtungen geschleudert wurden.

Im Kontrollraum war es inzwischen so still, als wären die anwesenden Forianer mit der Mannschaft im Weltraum gestorben.

Langsam ließ Lek die Hände sinken. »So nah«, flüsterte er. »Wir waren so nah dran.«

Sein Verstand arbeitete fieberhaft. Was war schiefgelaufen? Was hatten die forianischen Möchtegernwissenschaftler übersehen?

Er richtete sich auf, entschlossen, das herauszufinden. »Es ist ein Rückschlag, aber wir werden weitermachen. Wir werden lernen und besser werden. Die Wissenschaft lässt sich nicht durch einen Misserfolg aufhalten.«

12.

Lek lehnte sich zurück und schloss die Augen, seine goldene Maschine fest umklammert. Er wusste, dass er Antworten liefern musste. Ebenso, wie ihm bewusst war, dass seine Genialität ihn durch diese Krise führen würde.

Er würde nicht aufgeben und sicherstellen, dass der Glaube der Forianer an die Raumfahrt und die Technologie unerschütterlich blieb, trotz dieses Fehlschlags.

»Kol«, sagte er über die Funkverbindung seines Helmes. »Wir müssen diesen Rückschlag als Ansporn nutzen. Bereite ein paar Ansprachen vor. Ich bin mir sicher, der Rat wird seine neugierigen Tentakel bald in unsere Angelegenheit stecken, und ich will vorbereitet sein.«

»Wie soll ich denn …«

»Wie du es machst, ist mir egal!«, fauchte Lek. »Tue es einfach und benutze das Ding auf deinem Hals endlich für etwas anderes, als nur deine Tolle darauf umherzutragen.

»Bevor du dich mit dem Rat der Jüngsten beschäftigst, solltest du hier ein paar Worte sagen«, sagte Kol Kolum.

»Warum sollte ich mich mit dem unteren Ende der wissenschaftlichen Nahrungskette beschäftigen?«, fragte Lek spitz. »Es gilt, die Unterstützung und Förderungen nicht zu verlieren. Denkst du, einer von denen«, er deutete auf die Techniker und Wissenschaftler, »kann das bewerkstelligen?«

Erst jetzt bemerkte Lek, dass sich alle Forianer im Kontrollraum ihm zugewandt hatten.

Einige hatten die Tentakel zusammengerollt, andere krümmten ihre Körper oder schwebten reglos auf der Stelle. Sämtliche Farbmuster flackerten grell leuchtend in raschem Wechsel über ihre Haut.

Rasch überprüfte Lek, ob er versehentlich den Außenfunk aktiviert hatte, während er mit seinem Assistenten gesprochen hatte, stellte aber fest, dass dem nicht so war, und zuckte die Schultern.

Die Bewegung schien Hori'zia aus der Starre zu reißen, denn er kreiselte einmal um sich selbst, bevor er zu sprechen begann: »Ihr solltet besser eine sehr gute Erklärung haben, Bodenläufer. Die Explosion des Prototyps ist eine Katastrophe, welche mein Volk tief getroffen hat.«

»Das ist nicht meine Schuld, Hori'zia!«, fauchte Lek. »Der Prototyp war einwandfrei, alle Systeme funktionierten perfekt. Es muss etwas anderes passiert sein. Etwas, das außerhalb meiner Kontrolle lag.«

Hori'zias Farbmuster wechselten von einem blassen Violett in ein leuchtendes Gelb. »Die Nachricht von der Explosion wird sich schneller verbreiten, als du ›Raumschiffsantrieb‹ buchstabieren kannst, Bodenläufer! Wir haben große Hoffnung in dieses Projekt gesetzt. Viele Forianer werden enttäuscht sein und sich betrogen fühlen. Was denkst du wohl, wie lange es dauert, bis die ersten Rufe nach einem Schuldigen lautwerden – und wer das aller Voraussicht nach sein wird?«

»Es ist nicht meine Schuld«, wiederholte Lek und knallte die Faust auf die Konsole vor sich. »Jemand muss die Systeme sabotiert haben. Oder es gab einen externen Einfluss, den wir nicht bedacht haben. Aber ich habe alles nach Vorschrift gemacht. Der Antrieb war perfekt!«

Hori'zias Tentakel streckten sich in Leks Richtung. »Sabotage? Ein Einfluss, den wir nicht bedacht haben?« Seine Stimme glich einem metallischen Zischen. »Es gibt kein ›uns‹, Bodenläufer. Es war *deine* Aufgabe, und *du* hast versagt.«

Lek trat einen Schritt vor, bebend vor Zorn. »Du wagst es, mich zu beschuldigen? Ohne mich hättet ihr nicht einmal einen Bruchteil dieses Fortschritts gemacht!«

Hori'zia spreizte die Tentakel, was ihn mit einem Mal doppelt so groß erscheinen ließ. »Glaubst du wirklich, dass wir ohne dich nichts zustande gebracht hätten? Du hast dir eines unserer Gottesgeschenke angeeignet. Das hat es dir ermöglicht, deine Visionen zu verwirklichen.«

»Zumindest habe ich Visionen! Wenn hier jemand versagt hat, dann …«

»Genug!«, mischte sich Kol Kolum mit fester, aber ruhiger Stimme über den Helmfunk ein. »Gre, dies ist nicht die Zeit für Beschimpfungen oder Schuldzuweisungen. Ich verstehe deine Frustration, aber du musst deinen Zorn zügeln. Wir dürfen das Vertrauen der Forianer nicht verlieren, also schluck deinen Ärger hinunter. Wir können uns jetzt nicht von Emotionen leiten lassen, sondern müssen klar und rational handeln. Dies ist ein Rückschlag, aber kein endgültiges Scheitern. Wir werden den Fehler finden und beheben. Ich werde die Rede für den Rat vorbereiten, aber ich bitte dich inständig, zu kooperieren und sie nicht noch mehr gegen uns aufzubringen. Sonst kommen wir hier niemals weg.«

Lek knirschte mit den Zähnen. Sosehr sein Assistent auch an seinen Nerven zerrte, hatte Kol Kolum möglicherweise recht. Lek benötigte noch ein paar Bauteile für seinen geheimen Antrieb. Doch nicht nur dafür brauchte er die Unterstützung der Forianer. Auch die Tempelkraftwerke und die zwölf übrigen Balduren-Artefakte warteten auf ihn. Aber vielleicht war der Absturz ja auch eine Chance?

Lek unterdrückte ein Grinsen, als ihm eine Idee durch das Gehirn schoss. Rasch senkte er den Kopf. »Ich werde die Daten analysieren und herausfinden, wie es zu dieser Tragödie kommen konnte, Hori'zia. Und selbstverständlich werde ich dem Rat der Jüngsten Rede und Antwort stehen.«

Der Forianer schwieg lange, bevor er einen knarzenden Laut von sich gab. »Dabei solltest du dich zügeln, Bodenläufer. Gefährde nicht unsere Zusammenarbeit. Die Stimmung ist angespannt. Jedes falsche Wort könnte katastrophale Folgen haben.«

*

Tatsächlich hatte es keine halbe Nacht gedauert, bis der Rat der Jüngsten eine Delegation schickte, um Lek und Kol Kolum zu einer Anhörung abzuholen. Die Zeit bis dahin hatten sie genutzt, um mithilfe der forianischen Wissenschaftler und Ingenieure die gesammelten Daten zu analysieren, die von dem Raumschiff übertragen worden waren. Zudem hatten sie Simulationen durchgeführt, um die genaue Ursache der Explosion zu ermitteln.

Im Ratssaal stand Lek wie üblich neben seinem Assistenten auf dem Podest in der Mitte des Raumes. Dieses Mal umgeben von vier Wachen, die von einem grünen Energieschild umgeben waren.

Der große Versammlungssaal war erfüllt von den aufgeregten Stimmen der Forianer. Die Anspannung war spürbar, als die Mitglieder des Rates ihre Plätze einnahmen. Die Unzufriedenheit der Ratsmitglieder lag so deutlich in der Luft, dass Lek meinte, nur die Hand ausstrecken zu müssen, um sie einsammeln zu können. Er konnte förmlich spüren, wie sich alle Augen im Saal auf ihn und Kol Kolum richteten.

Hori'zia war ebenfalls anwesend, seine Farben blass, die Tentakel ungewohnt ruhig. Er schwebte reglos vor den unteren Rängen, ein Stück hinter dem leichten Schimmern des Schutzschirmes, welcher das Podest umgab.

»Und da wären wir wieder«, knurrte Lek. »Von geschätzten Gästen und geehrten Wissenschaftlern erneut degradiert zu simplen Gefangenen.«

»Wir müssen ruhig bleiben, Gre.« Kols Stimme klang ekelhaft beruhigend. »Halte dich einfach an die Antworten, die ich dir senden werde.«

Lek schnaubte.

Doch bevor er etwas erwidern konnte, ergriff der Jüngste Sprecher das Wort. Es schien tatsächlich ein anderer zu sein als noch vor wenigen Tagen. Dessen Stimme hallte allerdings auf ähnliche Weise durch den Saal. »Bodenläufer, ihr steht hier, um euch für die Ereignisse der letzten Nacht zu verantworten. Die Explosion des Prototyps hat große Besorgnis unter den Nationen ausgelöst. Für unser Volk ist dieser Misserfolg eine Katastrophe und hat nicht nur unser Vertrauen erschüttert, sondern das gesamte Projekt infrage gestellt. Was habt ihr dazu zu sagen?«

Lek atmete tief durch. Er war ein brillanter Wissenschaftler, der mit komplexen Technologien umgehen konnte, aber seine Fähigkeiten in Rhetorik und Diplomatie waren begrenzt.

Als Kol Kolum ihm die ersten Worte auf den kleinen Helmbildschirm sendete, spürte Lek ein seltsames Gefühl in der Brust. Irgendwie warm und klebrig. Er schüttelte sich leicht. Fühlte sich so Dankbarkeit an? Widerlich.

Dennoch musste sich Lek eingestehen, dass er seinen nervigen, oftmals besserwisserischen Assistenten tatsächlich brauchte. Ohne Kol Kolums diplomatische Fähigkeiten und dessen Geschick, mit Worten umzugehen, wäre es schwierig bis unmöglich gewesen, die Unterstützung und die Zusammenarbeit zu mobilisieren, die sie bisher erhalten hatten. Ganz zu schweigen davon, sie nach dem kleinen Rückschlag dieser Nacht nicht zu verlieren.

»Hoher Rat der Jüngsten, ich verstehe eure Besorgnis und teile euren Schmerz über den Verlust«, begann Lek, seine Stimme etwas unsicher, sodass er sich räusperte. »Der Vorfall war ein schwerer Rückschlag, doch er hat auch wichtige Erkenntnisse geliefert, die für unsere zukünftigen Erfolge entscheidend sind.«

Ein Knarzen ging durch die Reihen der Ratsmitglieder, die ihre Unzufriedenheit zum Ausdruck brachten.

Der Jüngste Sprecher hob die Tentakel und brachte den Saal zum Schweigen. »Fahre fort, Bodenläufer.«

»Die Tragödie hat uns alle tief erschüttert. Der Verlust unseres Raumschiffs und der Mut derjenigen, die ihr Leben bei der Forschung riskiert haben, wird für immer in unseren Gedanken bleiben«, las Lek und hatte Mühe, nicht die Augen zu verdrehen. Wie viel von dem Blabla kam denn noch? Trotzdem las er weiter: »Aber wir dürfen uns nicht entmutigen lassen. Diese Katastrophe zeigt uns nur, wie wichtig es ist, voranzuschreiten, selbst wenn die Gefahr groß ist. Wir dürfen nicht aufgeben!«

Lek trat einen Schritt vor und hob das Kinn. »Wir haben die Daten analysiert und Simulationen durchgeführt. Es gab einen Defekt in der Energiezufuhr. Unsere Berechnungen waren korrekt, aber es gab eine unvorhergesehene Belastung, die zur Explosion führte. Wir haben keinen Fehler gemacht, sondern wurden Opfer eines unglücklichen Zufalls.«

Ein erneutes Knarzen, das diesmal klang, als risse Metall entzwei, ging durch den Saal. Einige Ratsmitglieder schwangen ihre Tentakel.

»Wie ist deine Expertise dazu, Hori'zia?«, fragte der Jüngste Sprecher.

Fast hätte Lek dieses Kind darauf hingewiesen, dass er der Experte war, nicht Hori'zia, aber er schluckte den Einwand im letzten Moment herunter.

Hori'zia schwebte vor. Eine Art Welle lief durch seinen Körper und seine Farbmuster intensivierten sich. »Die Analyse bestätigt die Aussage des blauen Bodenläufers«, gab er bekannt. »Wir haben alles nach bestem Wissen und Gewissen geprüft. Die Ursache der Explosion war ein Fehler in der Konstruktion der Energiewandlung, den wir nun beheben können.«

»Genau genommen«, unterbrach Lek den Forianer und wich damit auch von Kol Kolums Vorgaben ab, »war die Explosion des Raumschiffs das Ergebnis einer Instabilität im verwendeten Material. Das aus Energie erschaffene Material konnte den extremen physikalischen Belastungen nicht standhalten, die während des Übergangs in den Hyperraum auftraten. Die quantenmechanischen Fluktuationen innerhalb des Energieflusses führten zu einer Destabilisierung und letztlich zu einer Kettenreaktion, die das Schiff zerstörte.«

»Du behauptest, dass das Material schuld war?«, vergewisserte sich der Jüngste Sprecher. »Ein Argument, welches beinahe zu einfach anmutet. Wie sicher können wir sein, dass dies tatsächlich der Fall ist? Hast du Beweise, die deine Behauptungen untermauern?«

»Ja, Jüngster Sprecher«, antwortete Lek und rief eine holografische Darstellung des Transitionstriebwerks auf. »Das Transitionstriebwerk basiert auf komplexen Prinzipien der Raumzeitkrümmung und den Theorien der Quantenmechanik. Die grundlegende Idee des Transitionstriebwerks ist es, ein Raumschiff kurzzeitig in eine andere Dimension, den sogenannten Hyperraum, zu versetzen. Dies ermöglicht Reisen in Nullzeit, indem wir die Einschränkungen unserer bekannten Raumzeit umgehen. Masse und Energie krümmen die Raumzeit. Indem wir diese Krümmung manipulieren, können wir eine Art Abkürzung schaffen.« Er hielt einen Moment inne, um die Informationen sacken zu lassen, bevor er fortfuhr: »Der Antrieb erfordert dafür die Nutzung von exotischer Materie, die negative Energie besitzt. Diese negative Energie könnte theoretisch stabile Wurmlöcher oder Raumzeitverzerrungen erzeugen, die ebenfalls überlichtschnelles Reisen ermöglichen. Dieses Prinzip erfordert eine extreme Stabilität und Integrität des Materials, aus dem der Antrieb besteht. Echtes Material, insbesondere bestimmte Legierungen, bietet die notwendige Festigkeit und thermische Widerstandsfähigkeit, die für die extremen Bedingungen des Raumfluges unerlässlich sind.

Im Gegensatz dazu haben Materialien, die aus Energie erschaffen wurden, eine inhärente Instabilität. Diese Instabilität entsteht durch die quantenmechanischen Fluktuationen innerhalb der Materie, die letztlich das Material bilden. Unter den extremen physikalischen Belastungen während eines Übergangs in den Hyperraum können diese Fluktuationen zu einer Destabilisierung und letztlich zu einem Versagen des gesamten Antriebssystems führen.«

Erneut schien Metall zu reißen, als die Ratsmitglieder diese Informationen verarbeiteten. »Wir befinden uns an der Grenze unseres wissenschaftlichen Verständnisses«, fuhr Lek fort. »Die Explosion des Prototyps war eine Katastrophe, ja. Aber sie ist auch ein wertvoller Lernprozess. Wir haben durch die gesammelten Daten und Analysen bereits viel über die Schwachstellen und Risiken unseres Antriebs gelernt. Diese Erkenntnisse werden uns helfen, zukünftige Fehler zu vermeiden und unsere Technologie zu verbessern.« Lek sah direkt zu dem Jüngsten Sprecher. »Es ist kein Versagen gewesen, sondern ein Schritt auf dem Weg zu einer neuen Ära in der Geschichte der forianischen Raumfahrt. Ich bitte euch um Geduld und Vertrauen in die Wissenschaft und unsere Bemühungen.«

Der Jüngste Sprecher beugte den Körper, seine Tentakel hoben sich leicht. »Kannst du uns ein konkretes Beispiel geben, Bodenläufer?«

»Natürlich«, antwortete Lek und rief eine weitere holografische Projektion auf, welche die technischen Daten des letzten fehlgeschlagenen Testflugs zeigte. »Beim letzten Einsatz des Prototyps, der aus energetisch erzeugtem Material bestand, kam es zu einem katastrophalen Versagen des Aggregats. Die thermische

Belastung, kombiniert mit der strukturellen Instabilität des Materials, führte zu einer Überlastung und schließlich zu einer Kettenreaktion, die das Schiff am Rande des Sonnensystems zur Explosion brachte.«

Er machte eine kurze Pause, um sich die Aufmerksamkeit der Ratsmitglieder zu sichern, dann fuhr er fort: »Wenn wir echtes Material verwenden, reduzieren wir das Risiko solcher Ausfälle erheblich. Die physikalischen Eigenschaften von echtem Material wie beispielsweise seine Dichte, seine thermische Leitfähigkeit und seine Struktur sind konstant und zuverlässig. Sie gewährleisten die notwendige strukturelle Integrität, um den extremen Bedingungen standzuhalten, die beim Übergang in den Hyperraum auftreten.«

Hori'zia meldete sich zu Wort. »Du behauptest also, dass das echte Material diese Vorteile bietet. Ich nehme an, auch dafür kannst du Nachweise vorlegen?«

Lek nickte. »Ja, Hori'zia. Unsere bisherigen Tests mit kleinen Prototypen, die aus echtem Material gefertigt wurden, haben eine signifikant höhere Erfolgsrate gezeigt. Die thermischen Analysen und Belastungstests bestätigen, dass echtes Material die Stabilität und Sicherheit bietet, die wir benötigen.«

Der Jüngste Sprecher sagte daraufhin: »Bodenläufer, kannst du garantieren, dass mit echtem Material solche Zwischenfälle nicht mehr vorkommen werden?«

Lek verneigte sich respektvoll. »Es kann keine absolute Gewissheit geben, aber die Wahrscheinlichkeit eines erneuten Versagens ist weitaus geringer.«

Ein weiteres Ratsmitglied ergriff das Wort: »Bodenläufer, du bist ein Fremder auf unserem Planeten. Warum sollten wir dir glauben? Was bringt uns ein Raumschiff aus altertümlichen Materialien?«

Lek ballte die Fäuste.

»Lass dich nicht provozieren«, mahnte Kol Kolum über den internen Helmfunk. »Kommst du ihnen jetzt mit Unverschämtheiten, könnten sie das persönlich nehmen.«

»Ich soll mir so eine Behandlung also einfach gefallen lassen?«, knurrte Lek.

»Nur, wenn du diesen Planeten bald verlassen willst. Warte, ich schicke dir noch etwas. Lies das vor.«

Sosehr es Lek auch widerstrebte, tat er letztendlich genau das. Er reckte das Kinn und sah den Forianer, der ihn kritisiert hatte, direkt an. »Ich mag ein Fremder sein, aber ich habe gesehen, wie andere Zivilisationen ihre Technologie entwickelt haben. Diese Technologie basiert auf bewährten Methoden. Diese Art der Stabilität hat besagten Zivilisationen geholfen, weiterzukommen. Wollen die Forianer wirklich hinter diesem Fortschritt zurückbleiben, nur weil es ein wenig mühsamer ist, echte Materialien heranzuschaffen?«

Hori'zia schwebte nun vor Lek und sprach mit ruhiger, aber eindringlicher Stimme: »Der blaue Bodenläufer hat recht. Wir müssen einen neuen Weg einschlagen, einen, der auf Sicherheit und Beständigkeit basiert. Lasst ihn uns weiterhin unterstützen. Es ist an der Zeit, neue Horizonte zu erkunden, ohne Angst vor erneuten Katastrophen.«

Lek spürte einen Moment der Erleichterung, als Hori'zia seine Unterstützung ausdrückte. Er war sich nicht ganz sicher gewesen, ob Hori'zia das wirklich tun würde. Immerhin wagte der Forianer viel, indem er sich öffentlich zu ihm bekannte. Aber sie würden ja gemeinsam mit den neuen Raumschiffen ins All starten.

Lek verbiss sich ein Grinsen. *Aber sicher doch.*

Falls alles gutging, würde zumindest Lek zusammen mit Kol Kolum nicht in einem Raumschiff sitzen, dessen Materie von den Forianern aus Energie erschaffen worden war und somit unter der Kontrolle der schwebenden Farbwechsler stand. Die Forianer könnten die Materie jederzeit auflösen oder verändern. Falls es Lek gelingen sollte, mit seinem Raumschiff zu fliehen, wäre es also äußerst unpraktisch, wenn sich Dinge plötzlich auflösen würden.

Ein anderer Forianer, dessen Farbmuster in violetten Tönen wirbelte, fragte: »Wie lange wird es dauern, ein solches Raumschiff zu bauen, Hori'zia?«

»Wir haben das Wissen und die Fähigkeiten, die notwendigen Ressourcen zu beschaffen. Es wird Zeit kosten, aber es ist machbar.«

Lek biss die Zähne zusammen. *Er* war der Leiter der Forschung, nicht Hori'zia. Aber er wusste, dass er mit Hori'zias Hilfe eine weitaus größere Chance hatte, den Rat der Jüngsten zu überzeugen. Also schwieg er.

Der Jüngste Sprecher ergriff wieder das Wort. »Wir werden deine Argumente prüfen, blauer Bodenläufer. Doch sei dir bewusst, dass wir keine unnötigen Risiken mehr eingehen können. Deine Forschungen sind wichtig, aber die Sicherheit unseres Volkes hat oberste Priorität.«

»Das ist mir bewusst. Ich beteuere, dass ich alles tun werde, um die Sicherheit zu gewährleisten und gleichzeitig unsere wissenschaftlichen Ziele zu erreichen.« Lek atmete tief durch. »Sicherheit ist von größter Bedeutung. Wir müssen aus dieser Tragödie lernen und unsere Technologien verbessern. Aber wir dürfen auch nicht unseren Mut verlieren. Die Erforschung des Transitionsantriebs ist ein Ziel, das uns weit über die Grenzen dieses Sonnensystems hinausführen kann. Ja, wir haben einen Rückschlag erlitten«, wiederholte er nochmals und legte dann eine Spur Leidenschaft in seine Stimme, »aber das bedeutet nicht das Ende unserer Reise. Es bedeutet, dass wir stärker werden müssen. Dass wir uns der Herausforderung stellen müssen, neue Technologien zu erforschen und zu entwickeln, die uns über unsere Grenzen hinausführen.

Wir sind Pioniere, Forscher, Entdecker. Unsere Zukunft liegt nicht nur in der Verbesserung dessen, das wir bereits kennen, sondern in der Eroberung dessen, das wir noch nicht verstehen. Lasst uns gemeinsam die Sterne erreichen und die Geheimnisse des Universums enthüllen!«

Als Lek geendet hatte, begannen einige Forianer miteinander zu diskutieren. Nach wie vor spürte er einige kritische Blicke. Doch er ahnte, dass er einen entscheidenden Schritt vorwärtsgemacht hatte.

Der Jüngste Sprecher beendete allerdings die Sitzung, ohne Lek über das weitere Vorgehen des Rates zu informieren.

*

Hori'zia begleitete die beiden Utaren zurück zum Labor. »Das war gut gemacht, Gre Grema«, sagte er, als sie außer Hörweite der anderen Forianer waren. »Ich bin mir sicher, der Rat wird deinen Vorschlag gutheißen.«

Lek nickte und wies Kol Kolum über Helmfunk an, vorauszugehen. Erst als sein Assistent ebenfalls außer Hörweite war – zumindest würde Hori'zia das glauben –, richtete Lek das Wort an den Forianer.

»Ich bedanke mich für deine Unterstützung. Es erscheint mir so ungerecht, dass dein Einfluss lediglich aufgrund deines Alters schwinden könnte«, begann er mit einem nachdenklichen Tonfall. »Auf meinem Heimatplaneten werden Ältere als weise und wissend geschätzt. Sie sind Träger von Erfahrung und Wissen und werden respektiert.«

Hori'zia streckte die Tentakel. »Das ist eine interessante Perspektive, von der ich bereits gehört habe. Aber unsere Gesellschaft ist anders strukturiert. Die Jüngeren regieren, und die Älteren verlieren ihren Einfluss.«

Lek nickte bedächtig. »Veränderung ist wichtig, zweifellos.« Er trat einen Schritt näher und senkte seine Stimme, um sicherzustellen, dass nur Hori'zia ihn hören konnte. »Möglicherweise könnten wir zeigen, dass die älteren Forianer noch viel beitragen können. Vielleicht sollten wir erwägen, die goldenen Hohlkammern zu nutzen, um andere Planeten bewohnbar zu machen.«

Ein Zittern durchlief Hori'zias Körper. »Die Tempelkraftwerke? Das ist undenkbar.«

Lek zuckte mit den Schultern. »Nur so ein Gedanke …«

Der Forianer gab ein Knarzen von sich. »Das wäre ein drastischer Schritt, Bodenläufer.«

»Ich verstehe deine Sorge, Hori'zia. Doch denk daran, was passieren könnte, wenn wir mehr über die Kraft der Tempelanlagen erfahren würden. Vielleicht könnten wir etwas entdecken, das auch den älteren Generationen zugutekommt!«

»Es ist nicht nur die Frage des Wissens, Gre Grema. Es geht auch um Macht und Einfluss der Jüngeren.«

»Und du hast sowohl Einfluss bei den Jüngeren als auch die Sympathie der Älteren auf deiner Seite.«

»Das mag sein. Aber warum erzählst du das mir?«

»Vielleicht müssen wir nur einen Weg finden, um die Brücke zwischen den Generationen zu schlagen. Dir würden viele Ältere folgen, wenn du eine neue Welt nach ihren Vorstellungen erschaffst.«

Hori'zia überlegte einen Moment lang. »Ein neuer Anfang also. Und welche Rolle siehst du für dich in diesem Plan?«

Lek lächelte leicht. »Ich würde dafür sorgen, dass die nötigen Raumschiffe und Technologien bereitstehen, um diese Vision Realität werden zu lassen und andere Planeten zu kolonisieren.«

Hori'zias Farbmuster pulsierte. »Es ist eine kühne Idee. Ich werde darüber nachdenken, ob es sinnvoll ist, die Kluft zwischen den Generationen zu überbrücken und unsere Zukunft gemeinsam zu gestalten.«

Lek grinste leicht. Er wusste, dass er einen Samen in Hori'zia gepflanzt hatte, der den Anfang eines größeren Wandels markierte. Sein Weg zu den Hohlkammern würde nun ein Stück weniger steinig sein. »Die Zukunft«, sagte er, »gehört denen, die bereit sind, sie zu formen.«

Und Lek war fest entschlossen, diese Zukunft zu beherrschen.

*

Als Lek zu dem Raumschiff kam, in dem die Forianer die Wohneinheit für ihn und Kol Kolum errichtet hatten, wartete sein Assistent bereits auf ihn.

»Ich habe nachgedacht, Gre«, sagte er, kaum dass Lek die kleine Küche betreten hatte.

»Ach? Das ist ja mal etwas ganz Neues.«

Entgegen seiner sonstigen Gewohnheit verdrehte Kol Kolum daraufhin lediglich die Augen und fuhr fort: »Wir sollten über die nächste Phase unseres Vorhabens sprechen. Wenn wir Juru'uk verlassen wollen, brauchen wir eine Mannschaft.«

»Was du nicht sagst.«

»Ich weiß, du spielst mit dem Gedanken, einige der älteren Forianer zu überzeugen. Aber ich denke, eine Mannschaft, auf die wir uns voll und ganz verlassen können, wäre sicherer.«

Das klang überraschend sinnvoll. »Ja, wir brauchen eine Gruppe, die nicht nur technisch versiert ist, sondern auch unsere Vision teilt«, bestätigte Lek.

Kol Kolum gab einen zustimmenden Laut von sich. »Was hältst du von der Idee, eine Mannschaft aus Robotern zusammenzustellen? Sie sind effizient, gehorsam und können so programmiert werden, dass sie die komplexesten Aufgaben übernehmen können.«

Lek sah ihn überrascht an. »Es scheint, dass nach all der Zeit an meiner Seite endlich etwas von meinem Intellekt auf dich abgefärbt ist.«

Kol zeigte ein breites Grinsen, das Lek ihm jedoch gleich wieder nahm. »Es war deine Idee, also kümmere dich um die Umsetzung.«

»Das wird schwierig, wenn ich nicht mit ihnen kommunizieren kann«, meinte sein Assistent.

Lek dachte kurz nach. »Stimmt. Ich werde die Nordnation beziehungsweise Hori'zia selbst bitten, uns mehr Roboter zu schicken.«

*

Bereits eine Nacht später standen Lek und Kol in der kleinen Lagerhalle, die zu dem offiziellen Laborkomplex gehörte. Perplex starrten sie auf die dreißig Roboter, welche von der Nordnation geliefert worden waren und wie Utaren aussahen. Sie glichen zwar weder Lek noch seinem Assistenten so wirklich, aber ihre blauen Oberflächen und die nachgebildeten Details waren unheimlich präzise, fast *zu* perfekt.

Kol stand neben Lek und runzelte die Stirn, offensichtlich besorgt über die unerwartete Wahl der Nordnation.

Auch Lek betrachtete die Roboter skeptisch. »Warum schicken sie uns ausgerechnet solche Modelle? Das ist doch unheimlich.«

»Die Nordnation versucht vielleicht, ihre Verbundenheit mit uns zu zeigen.«

»Oder sie wollen uns testen, Kol. Vielleicht wollen sie sehen, wie wir darauf reagieren.«

Kol nickte. »Ich traue der Sache nicht. Es fühlt sich an, als ob sie uns überwachen würden.«

Lek grinste. *Ach, Hori'zia, ich habe dir mehr zugetraut.*

Laut sagte er: »Vielleicht ist das tatsächlich ihr Vorhaben. Aber wir können uns nicht leisten, diese Roboter abzuweisen. Und im Grunde ist es für unser Vorhaben egal, wie sie aussehen. Lass uns das Beste aus der Situation machen.«

Kol umkreiste einen der Roboter. »Ich bin mir nicht sicher, wie die anderen Forianer darauf reagieren werden.«

»Das sollte uns nicht interessieren«, erwiderte Lek und nahm die nogksche Konsole aus seinem Rucksack.

Diese Konsole war für ihn und Kol zu einem unentbehrlichen Werkzeug geworden, besonders nach den Erfahrungen mit dem Nogk-Raumschiff und dem Keilschiff. Genauer gesagt mit dem Roboter der Schwarzen Macht, der letzteren Raumer gesteuert hatte. Auch eine Robotermannschaft brauchte ein eigenes Programm, das Lek würde einspielen müssen.

Er setzte die nogksche Konsole auf einem Tisch neben den Robotern ab und konstruierte einen Adapter, sodass er die Schnittstelle der Roboter mit seiner Konsole mittels Kabeln verbinden konnte. Seine Finger flogen über die Eingabesensoren, während er das spezielle Programm startete, das er einst entwickelt hatte, um die Kontrolle über den Roboter der Schwarzen Macht zu übernehmen. Genial wie er war, brauchte er nur an einigen Parametern zu drehen und hier und dort Änderungen vorzunehmen, und schon konnte es mit den Systemen der forianischen Roboter kommunizieren.

Die Oberfläche der Konsole leuchtete sanft auf, als Lek die ersten Befehle eintippte.

Kol Kolum beobachtete ihn dabei. »Was genau willst du machen?«

»Sicherstellen, dass wir diese Roboter kontrollieren können und sie uns weder verraten noch sich gegen uns wenden können«, erklärte Lek.

»Das wird doch auffallen.«

»Eine solche Manipulation ist für mich nicht mehr als eine Aufwärmübung. Sollte uns die Nordnation wirklich bespitzeln wollen, hätte sie das klüger anstellen müssen. Ich werde das Programm so gestalten, dass es die bestehenden Subroutinen der Roboter erweitert und überwacht.«

Er konzentrierte sich darauf, die Subroutinen der Roboter zu kontrollieren und zu erweitern. Geschickt manipulierte er den internen Logikfluss, um sicherzustellen, dass die Roboter in Zukunft seinen Anweisungen gehorchten, ohne dabei Anlass zum Misstrauen zu geben.

»Das klingt nach einem Plan«, meldete sich Kol Kolum erneut zu Wort. »Aber wie sicher können wir sein, dass er nicht entdeckt wird?«

Lek nickte selbstsicher. »Das Programm wird schlafen, bis ich es aktiviere. In dieser Zeit hinterlässt es keine Spuren in den Protokollen der Roboter. Solange wir unauffällig bleiben und keine verdächtigen Datenströme verursachen, wird die Nordnation nichts bemerken.«

Sein Assistent gab einen zustimmenden Laut von sich. »Die Nordnation wird die Roboter wahrscheinlich nicht gründlich genug überprüfen, um diese Manipulation zu entdecken.«

»Genau das ist der Hintergedanke.« Mit einem letzten Tastendruck auf der Konsole bestätigte Lek, dass das Programm erfolgreich in die Systeme der Roboter übertragen worden war. Er zog die Kabel heraus und packte die Konsole wieder in seinen Rucksack.

»Darf ich vorstellen, Kol? Unsere Mannschaft. Und zugleich unsere eigene kleine Einheit Kampfroboter.«

13.

Vor einigen Monaten in der Milchstraße

Stuart Grapes zuckte unmerklich zusammen, als seine Mutter, ohne anzuklopfen, in sein Zimmer kam. Allerdings hatte er für einen solchen Fall inzwischen vorgesorgt. Im Sichtfeld der 3-D-Simulation schien ein roter Punkt auf, wenn der Sensor, den er an seiner Zimmertür angebracht hatte, ausgelöst wurde. Diesen winzigen Schalter hatte Stuart vor drei Monaten von den Credits gekauft, die er zu seinem achtzehnten Geburtstag von seinem Onkel heimlich zugesteckt bekommen hatte. Eines Nachts hatte er den Sensor dann eigenhändig installiert. Seitdem traute er sich immer öfter, die Spielhandschuhe überzustreifen, den Visor aufzusetzen und den Kopfhörer überzustülpen, um in die von ihm so geliebten Spielwelten abzutauchen.

Bevor es diese »Alarmvorrichtung« gegeben hatte, war Stuart jedes Mal wie unter einem Stromstoß hochgefahren, wenn Isa ihn mitten in einer Kampfszene plötzlich an die Schulter gefasst und unwirsch durchgeschüttelt hatte. Jetzt empfand er ihr Eindringen in seinen Privatbereich nur noch wie einen kurzen Nadelstich. Das rote Signallicht überstrahlte sogar die visuellen Effekte der Explosionen und der Kampfstrahlen um ihn herum.

Hastig fasste Stuart nach dem Visor und riss ihn sich samt Kopfhörer herunter. Die qualmenden Ruinen, die ihn eben noch umgeben hatten, wurden durch die tristen Wände seines Zimmers ersetzt. Dort, wo eben noch der Gegner hinter einem umgestürzten Gleiter gelauert und ihn aufs Korn genommen hatte, war jetzt sein Schreibtisch zu sehen.

Stuart drehte sich blitzschnell zu der sich öffnenden Tür um und ließ den Visor mit einer fließenden Bewegung hinter seinem

Rücken verschwinden. Es ärgerte ihn ungemein, dass ihm der Multikarabiner in seinem Spiel aus den Händen geglitten war, als er sich abrupt an den Kopf gegriffen hatte. Der Gulp, ein grobschlächtiges Wesen mit rosafarbener Haut, auf der grüne Borsten wuchsen, würde die Gelegenheit sicherlich nutzen, hinter seiner Deckung hervorzukommen, um ihm mit einer seiner gefürchteten Wurfgranaten den Garaus zu machen. Einmal mehr musste Stuart diese Szene beim Wiedereintrittspunkt von Neuem beginnen!

»Warum klopfst du nie an?«, beschwerte er sich ungehalten bei seiner Mutter.

Isa, die mit ihrer resoluten Erscheinung fast den gesamten Türrahmen ausfüllte, stemmte die Hände in die Hüften. »Nicht in diesem Ton, mein Lieber!«, tadelte sie ihn mit strenger Miene. Staub bedeckte ihr dunkles Haar und ihren Overall. An ihren Stiefeln klebte die schwarze, fruchtbare Erde, für die der Planet Dominik auf sämtlichen Unabhängigen Siedlerwelten inzwischen hinreichend bekannt war. Längst produzierten die Landwirte auf ihren Feldern und Äckern nicht mehr bloß für den Eigenbedarf; Dominik hatte sich in den letzten Jahren zu einem wichtigen Exporteur von Feldfrüchten gemausert.

Lauernd musterte Isa ihren Sohn. »Verplemperst du etwa schon wieder deine Zeit mit diesen unsäglichen Kriegsspielen?«

»Strategiespiele«, verbesserte Stuart sie. »Es sind Strategiespiele.«

Isa schnaufte verächtlich. »Wenn du wenigstens Erntesimulatoren durchspielen würdest … Aber nein, es müssen diese sinnlosen Ballerspiele sein!«

Stuart presste die Lippen aufeinander und schwieg. Es hatte keinen Sinn, seiner Mutter zu erklären, was ihn an diesen 3-D-Welten faszinierte. Ihr ging das Verständnis dafür vollkommen ab.

Gereizt deutete Isa zum Fenster hinüber. Die Jalousie war heruntergelassen, sodass der darauf abgebildete Ringraumer, die POINT OF, zu sehen war. Mit eingeschaltetem Brennkreis düste das berühmte Raumschiff durch den sternendurchwirkten Weltraum. »Weißt du überhaupt, was da draußen gerade los ist?«, fragte Isa ihren Sohn herausfordernd.

Stuart wusste, dass seine Mutter nicht das All meinte, auf das sie gerade zeigte, sondern die Welt, die hinter der Jalousie lag: schier endlos erscheinende Ackerflächen, die sich um das Dorf herum in alle Himmelsrichtungen erstreckten. Der niedrigwachsende Weizen auf den Feldern war den Wetterbedingungen des Planeten genetisch angepasst worden und gedieh prächtig. Drohnen überflogen die Monokulturen und registrierten jede Abweichung im Wachstumsverhalten. Eine solche Abweichung war Isa heute Morgen wahrscheinlich gemeldet worden, so wie sie aussah.

Da sie noch immer auf die Jalousie und den darauf abgebildeten Ringraumer deutete und auf eine Antwort ihres Sohnes wartete, sagte Stuart: »Ren Dhark und seine Gefährten an Bord der POINT OF werden die Schwarze Macht schon aus unserer Galaxis vertreiben.« Er ärgerte sich ein wenig, weil seine Stimme leicht bebte. Seiner Mutter frech zu kommen, erforderte von seiner Seite einiges an Mut. Aber er war noch ein wenig von der kämpferischen Stimmung durchdrungen, die das Gefecht gegen die Gulp in ihm geweckt hatte, und so traute er sich, genau das zu sagen, was ihm gerade auf der Zunge lag. Für seine Mutter, für die es außerhalb von Dominik kaum Interessantes gab, wenn es dabei nicht ausgerechnet um Absatzmärkte für ihren Weizen ging, würde diese Erklärung allerdings ausreichen.

»Die Schwarze Macht stellt momentan zwar keine Bedrohung für uns dar«, setzte Stuart nach, ehe Isa ihre Empörung über seine Worte überwinden konnte, die eigentlich nichts mit der Frage zu tun hatten, die sie ihm gestellt hatte, »aber nur weil die Flotten von Terra und Babylon sich des Problems angenommen haben, dürfen sich die Unabhängigen Siedlerwelten jetzt nicht in Sicherheit wiegen. Jederzeit könnte es uns treffen oder eine neue Bedrohung aus den Tiefen des Weltalls zu uns kommen!«

Isa schüttelte erbost den Kopf, wobei Staub aus ihren Haaren rieselte. »Diese Kriegsspiele vergiften dich«, stellte sie abschätzig fest. »Ich sollte sie dir verbieten!«

»Ich bin volljährig«, gab Stuart trotzig zurück, wobei er schon nicht mehr ganz so kämpferisch klang, wie er es sich gewünscht hätte.

»Und darum bist du jetzt ein vollwertiges Mitglied unseres Landwirtschaftsbetriebes«, sagte Isa streng. Erneut deutete sie zum Fenster. »Wir brauchen deine Arbeitskraft dort draußen. Also sieh zu, dass du deinen Overall anziehst und deiner Aufgabe nachkommst!«

Stuart schüttelte störrisch den Kopf. »Ich werde diese Kampagne erst zu Ende führen«, sagte er und holte den Visor hinter seinem Rücken hervor.

Isa verengte die Augen zu schmalen Schlitzen. »Dein Vater wäre enttäuscht …«, setzte sie an.

»Das kannst du gar nicht wissen!«, unterbrach Stuart sie empört. »Vielleicht hätte Carl es gutgeheißen, dass ich mich für die Landwirtschaft nicht aufopfern will, so wie er es getan hat!«

Kaum ausgesprochen, bereute Stuart seine Worte. Carl war vor zwei Jahren bei einem tragischen Betriebsunfall ums Leben gekommen. Er war in die rotierende Haspel eines vollautomatischen Getreideerntesystems geraten. Die VAGES 7000, wie die Produktbezeichnung dieser Maschine lautete, war Carls ganzer Stolz gewesen. Doch das Bordgehirn des Mähdreschers, das dafür ausgelegt gewesen war, die örtlichen Begebenheiten zu erkennen und die Arbeitsabläufe entsprechend anzupassen, sodass am Ende ohne viel Zutun des Besitzers das Erntegut abholbereit auf den Äckern bereitgestellt wurde, hatte eine Fehlfunktion gehabt. Als Carl die Störung eigenhändig zu beheben versuchte, weil es ihm zu lange gedauert hatte, bis der Service einen Mitarbeiter schicken würde, war es dann geschehen. Von Stuarts Vater war nicht viel übriggeblieben, was anschließend auf dem Dorffriedhof hätte beigesetzt werden können. Stattdessen war er Teil des Ackers geworden, auf dem nun Saison für Saison der Weizen spross.

»Dein Vater«, sagte Isa mit bitterer Strenge, »hätte genau das von dir verlangt, was auch ich jetzt von dir erwarte: Geh endlich an deine Arbeit!« In ihren Augen schimmerte es feucht, während sie sich jetzt abwandte und ging.

Die Zimmertür ließ sie offen, um Stuart unmissverständlich klarzumachen, dass er ihr schnellstmöglich hinaus auf die Äcker zu folgen hatte.

Aber genau das gedachte Stuart nicht zu tun. Entschlossen setzte er den Visor wieder auf und stülpte die Kopfhörer über.

Das Spiel war in den Ruhemodus gewechselt. Als das System jetzt registrierte, dass der Nutzer erneut bereit war, startete die vorprogrammierte Routine und ein Werbevideo wurde abgespielt.

Stuart war drauf und dran, die lästige Reklame mit einem Wisch zu beenden, um das Spiel endlich fortzusetzen. Doch sein Arm verharrte in der Bewegung. Der dreidimensionale Film war von der Rekrutierungsstelle der Flotte der Unabhängigen Siedlerwelten produziert worden, wie ein eingeblendetes Emblem verriet. Und dieses Video hier war neu, wie Stuart sofort bemerkte, denn die anderen waren ihm vom vielen Angucken bereits mehr als geläufig.

Vor Stuart stand jetzt ein 1,86 Meter großer betagter, aber noch immer stattlicher Mann. Dieser trug die Uniform der FUS, und die Rangabzeichen wiesen ihn als Oberst aus.

Stuart schluckte trocken, als er gewahr wurde, dass er Oberst Roy Vegas vor sich hatte. Und obwohl er wusste, dass es sich bloß um eine dreidimensionale Projektion dieses eindrucksvollen Mannes handelte, erstarrte er innerlich vor Ehrfurcht. Oberst Roy Vegas war mittlerweile stolze neunundachtzig Jahre alt, und noch immer weigerte er sich, in den Ruhestand zu gehen. Mit seinen vollen, grauen Haaren und den gestählten Muskeln, die sich unter der Uniform elegant abzeichneten, machte er noch immer einen rüstigen Eindruck und war zweifellos kräftiger und körperlich leistungsfähiger, als Stuart es mit seinen achtzehn Jahren war.

»Obwohl es so scheint, dass wir friedlichen Zeiten entgegengehen, müssen wir für den Ernstfall gewappnet sein«, sagte Vegas jetzt. »Als die Schutzflotte Unabhängiger Planeten im Frühsommer 2067 auf Mesopotamia gegründet wurde, diente eine uns aufgezwungene Notwendigkeit als Triebfeder. Die Menschen der bewohnten Siedlerplaneten, die der damaligen Regierung von Babylon nicht wichtig genug erschienen, mussten selbst für ihren Schutz sorgen. Zahlreiche Siedlerwelten, die außerhalb des eintausendfünfhundert Lichtjahre durchmessenden Raumsektors um Babylon lagen, waren auf sich allein gestellt.« Vegas' dunkelblaue Augen wirkten jetzt fast schwarz, als er mit zorniger Stimme fortfuhr: »Diese Erfahrung hat uns gelehrt, dass wir uns besser nicht zu sehr auf andere verlassen sollten. Aus diesem Wissen heraus wurde die ehemalige Schutzflotte schließlich zur vollumfänglichen FUS, wie sie heute existiert.« Er hob leicht den Kopf, und der stählerne Blick seiner Augen schien sich förmlich in Stuart hineinzubohren. »Allen Bewohnern der Unabhängigen Siedlerwelten sollte bewusst sein, dass wir die FUS brauchen, damit sich das Leben auf unseren Planeten auch weiterhin so gut entwickeln kann, wie es in den vergangenen Jahren geschehen ist. Frieden und Wohlstand sind kein selbstverständliches Gut; sie müssen im Notfall verteidigt werden! Wären wir dazu nicht in der Lage, würde es schlecht um uns stehen, denn wie die Geschichte uns gelehrt hat, können wir uns in Krisenzeiten nicht immer auf etwaige Verbündete verlassen.« Damit meinte Vegas zweifellos die POINT OF und Rikers Verband.

Plötzlich streckte er den Arm nach vorn aus und zeigte auf Stuart, der wegen dieser abrupten Geste unwillkürlich einen Schritt zurückwich. »Darum brauchen wir dich. Jeder wehrfähige Mensch sollte mindestens die Grundausbildung zum Soldaten absolvieren. Denn wer sollte im Angriffsfall die Planeten der Unabhängigen Siedlerwelten verteidigen, wenn nicht du, der sie bewohnt?«

Die Projektion des Kommandanten des Flottenschulschiffs ANZIO verblasste, und die Adresse der lokalen Rekrutierungsstelle wurde eingeblendet.

Stuart betrachtete die vor ihm schwebenden Buchstaben und Zahlen wie abwesend, denn er kannte sie bereits in- und auswendig. Schon mehrmals hatte er mit dem Gedanken gespielt, sich bei der FUS als Raumsoldat zu bewerben. Doch diese Überlegungen hatten mehr dazu gedient, ihm das Leben auf Dominik erträglicher erscheinen zu lassen. Allein das Wissen, dass eine Möglichkeit bestand, sein tristes Dasein von Grund auf zu ändern, hatte ausgereicht, seine innere Unruhe zu besänftigen und ihn weitermachen zu lassen.

Aber jetzt hatte ihm die Eindringlichkeit, mit der Roy Vegas zu ihm gesprochen hatte, gezeigt, dass es weit mehr Gründe gab, der FUS beizutreten, als bloß die egoistischen Überlegungen, die ihn bisher angetrieben hatten. Es ging um die Wehrhaftigkeit der Unabhängigen Siedlerwelten, und dies war ein weitaus ehernerer Beweggrund, sich zum Militärdienst zu melden, als der vage Impuls, der Enge seines Lebens und der Bevormundung durch seine Mutter zu entfliehen.

Inzwischen war das Spiel neu gestartet, Explosionen ließen die Ruinen um Stuart herum erzittern oder gänzlich einstürzen. Gulp rannten geduckt von Schuttberg zu Schuttberg, um sich Stuart zu nähern oder sich in eine günstigere Schussposition zu bringen. Doch Stuart interessierte dieses Szenario plötzlich nicht mehr. Er fragte sich, warum er sich nicht dafür ausbilden ließ, echte Feinde zu bekämpfen, anstatt nur so zu tun, als wäre er dazu tatsächlich in der Lage. Sollte Dominik eines Tages erneut von einem fremden Sternenvolk angegriffen werden, wie es schon einmal geschehen war, würden ihm seine Fertigkeiten, die er in diesem Spiel womöglich erworben hatte, kaum etwas nützen. Wohingegen eine solide Grundausbildung bei der FUS ihn durchaus in die Lage versetzen würde, gegen Invasoren zu kämpfen und die Freiheit der Unabhängigen Siedlerwelten zu bewahren.

Mit einer beiläufigen Handbewegung schaltete er das Spiel aus. Sorgsam entledigte er sich des Visors sowie des Kopfhörers und verstaute beides in der untersten Schublade seines Schreibtisches. Anschließend verließ er sein Zimmer. Dies aber nicht, um der Weisung seiner Mutter zu folgen und zur Feldarbeit aufzubrechen. Sein Ziel war das mehrere Kilometer entfernte Rekrutierungsbüro der FUS in der Planetenhauptstadt Neu-Zwickau.

*

Jackie Elsborn stöhnte gequält auf. Ein grelles Licht fiel auf ihr Gesicht. Der Schein war so hell, dass er ihre geschlossenen Lider spielend durchdrang und als blutrotes Glühen in ihr umnebeltes Bewusstsein stach. Benommen hob sie einen Arm und legte ihn quer über ihre Augen, sodass sie erneut von wohltuender Dunkelheit umfangen wurde. Doch es dauerte nicht lange, da wurde sie abermals aus dem Nichts, in dem sie dumpf badete, gerissen.

»Steh auf, Jackie, ich habe mit dir zu reden!«

Jackie ließ den Arm schwerfällig von ihrem Gesicht gleiten. Täuschte sie sich oder war das wirklich die Stimme ihres Vaters gewesen? Zögernd öffnete sie ein Auge und linste zu der Gestalt hinüber, die am Fußende ihres Bettes stand. Die schlanke Statur, der elegante, teure Anzug und das energisch dreinblickende Gesicht … das war wirklich Adrian, ihr Vater, der da vor ihrer Schlafstatt stand.

Entrüstet richtete Jackie den Oberkörper auf und drückte die Ellenbogen in die Kissen. »Daddy?«, fragte sie konfus. »Was … hast du in meinem Zimmer verloren?«

Adrian hatte sich hier bestimmt in den letzten zehn Jahren nicht blicken lassen. Respektvolle Zurückhaltung hatte von jeher seinen Erziehungsstil geprägt. Seiner Tochter Freiräume für ihre Entwicklung zuzugestehen, hatte er stets als wichtig erachtet. Dies entsprach auch seinem Geschäftsmodell der freien Entwicklung der Märkte, das seine Handelsfirma so erfolgreich gemacht hatte.

»Was ist denn los?«, fragte Jackie verstört.

Benommen sah sie an ihrem Körper hinab und musste feststellen, dass sie noch immer das rote, äußerst knappe Kleid am Leib trug, mit dem sie gestern Abend zu der Party aufgebrochen war. Ihre Mundwinkel hoben sich leicht, als ein paar Szenen der wilden Festivität wie Blitzlichter in ihrer Erinnerung aufschienen. Die Besitzer der exklusiven Villa in Norrisville, der Hauptstadt von Bel Air, würden ihre Behausung wahrscheinlich nicht wiedererkennen, wenn sie von ihrer Geschäftsreise nach Xing zurückkehrten. Wahrscheinlich würden sie es für den Rest ihres Lebens bereuen, ihre beiden Söhne ihr Anwesen unbeaufsichtigt überlassen zu haben.

Nachdem Jackie von dieser entarteten Sause irgendwann heimgekehrt war, hatte sie sich anscheinend voll angekleidet ins Bett geworfen und war sofort eingeschlafen.

Sie griff den Zipfel der Seidendecke und zog den kühlen, glatten Stoff über ihren Körper. Adrian stand noch immer am selben Fleck und sagte kein Wort. Das war Jackie auf der einen Seite auch ganz recht, denn das schmerzhafte Hämmern in ihrem Schädel entartete bei jedem Laut, der an ihr Ohr drang, zu einem orkanartigen Dröhnen. Auf der anderen Seite beunruhigte sie das Schweigen ihres Vaters sehr. Sie griff mit den Fingern in ihr volles lockiges Haar, das ihr in weichen, blonden Wellen über die Schultern fiel, und schüttelte es durch. Die Hoffnung, dass sie dadurch klarer im Kopf wurde, erfüllte sich jedoch nicht.

»Daddy, du machst mir Angst«, beschwerte sie sich. »Sag endlich, was los ist!«

Wortlos wandte sich Adrian vom Bett ab und trat ans Fenster. Als er die schweren Brokatvorhänge vorhin aufgezogen hatte, war der hereinfallende Schein der Sonne California wie eine Nova über Jackie hereingebrochen und hatte sie aus ihrem rauschartigen Schlaf gerissen. Jetzt aktivierte Adrian zusätzlich auch noch den Schließmechanismus mit einer Geste und veranlasste, dass sich das Fenster sperrangelweit öffnete. Von Pflanzendüften durchtränkte Luft strömte herein. Was für Allergiker und Menschen mit Atemwegserkrankungen als heilsam empfunden wurde, fühlte sich für Jackie in ihrem momentanen Zustand eher wie eine unerträgliche Geruchsbelästigung an. Sie rümpfte die Nase und wedelte mit der Hand vor ihrem Gesicht herum. Für die paradiesische Flora von Bel Air und die damit einhergehende würzig duftende Luft waren noch weitgehend unerforschte Mikrokristalle verantwortlich, mit denen das Erdreich dieser Welt durchdrungen war. Diese Besonderheit ihres Heimatplaneten brachte es mit sich, dass sich die Schmerzen in ihrem Kopf nun ein wenig verflüchtigten.

Endlich bequemte sich Adrian, etwas zu sagen. »Die Air-Kristalle werden dafür sorgen, dass du wieder klar denken kannst und für das empfänglich bist, was ich dir mitzuteilen habe, junge Dame.«

Der schneidende Ton in der Stimme ihres Vaters hatte eine weitaus heilsamere Wirkung als die frische Atemluft, die durchs Fenster hereinwehte. Jackie setzte sich kerzengerade in ihrem Bett auf und strich sich die Haarsträhnen aus dem Gesicht. So verständnisvoll ihr Vater auch sein konnte, so gab es doch gewisse Grenzen, deren Übertretung er nicht tolerierte. Jackie hatte schon einige Male erlebt, wie Adrian mit Mitarbeitern verfahren war, die diese Grenze missachtet hatten. Ehe sie sich versahen, hatten sie ihren Job in seiner Firma verloren, und wie Jackie sich hatte sagen lassen, hatten sie anschließend sogar erhebliche Schwierigkeiten gehabt, auf Bel Air eine neue Anstellung zu finden. Einige von ihnen hatten sogar den Planeten verlassen müssen, um auf einer anderen Siedlerwelt ihr Glück zu suchen.

»Ist alles in Ordnung?«, fragte sie zurückhaltend.

Adrian schüttelte den Kopf – kein gutes Zeichen.

Jackie deutete auf ihr Bett, bei dem es sich um eine ausladende kreisrunde Liegestatt handelte. Zahlreiche Kissen und Plüschtiere belagerten die Matratze. »Ich habe diesmal keinen Kerl abgeschleppt«, sagte sie in vorwurfsvollem Tonfall, wobei sie innerlich erleichtert durchatmete, dass es diesmal tatsächlich nicht dazu gekommen war. Aus welchem Grund, daran konnte sie sich allerdings nicht mehr erinnern.

Adrians Miene verfinsterte sich. »Du nimmst fremde Jungs mit in dein Schlafzimmer?«, fragte er befremdet.

Jackie fuhr sich mit der Hand übers Gesicht. Sie hatte sich verplappert, verdammt! Ihre Synapsen waren noch zu mitgenommen, um wie gewohnt zu reagieren. »Das war nur so daher gesagt«, behauptete sie. Tatsächlich passierte in ihrem Bett nichts, was sie hinterher hätte bereuen können, so weit ließ sie es nie kommen. Ein bisschen kuscheln und knutschen, mehr war bei ihr nicht drin. Dennoch sorgte sie stets dafür, dass ihr Vater nichts von den Jungs mitbekam, die bei ihr manchmal nächtigten.

Adrian, der jetzt neben dem Fenster stand, verschränkte die Arme. »Langsam frage ich mich, ob es nicht ein Fehler gewesen war, es zuzulassen, dass sich deine Mutter gänzlich aus deiner Erziehung heraushält.«

Jackie stöhnte genervt auf. »Bitte nicht dieses Thema, Daddy. Ich habe mich damit abgefunden, dass Emely mit mir überfordert ist. Sie hat mit der Leitung des Sanatoriums genug zu tun. Außerdem wollte sie selbst keine Kinder.« Sie bedachte ihren Vater mit einem liebevollen Blick, von dem sie wusste, dass er sich davon leicht erweichen ließ, wenn er mit seinen Erziehungsmethoden haderte. Bisher hatte sie es immer irgendwie geschafft, Adrian das Gefühl zu vermitteln, dass er mit der laxen Erziehung genau das Richtige tat.

Diesmal blieb seine Miene allerdings unbewegt. »Ich habe Nachricht von der Charles-Norris-Universität erhalten«, sagte er rau. »Du bist mit sofortiger Wirkung exmatrikuliert!«

Jackie klappte der Mund auf. »Das … das können die mit mir doch nicht machen!« Eindringlich sah sie ihren Vater an. »Du musst was dagegen unternehmen!«

Adrian schüttelte entschieden den Kopf. »Diesmal hast du den Bogen überspannt, junge Dame. Du glänzt in den Vorlesungen seit Monaten durch Abwesenheit und beteiligst dich nicht an den Arbeitsgruppen. Individuelle Leistungen existieren in deinem Fall dem Dekan zufolge nicht.« Er erstickte Jackies Versuch, einen Einwand zu erheben, mit einer herrischen Geste. »Auf anderem Gebiet tust du dich allerdings auffallend hervor«, fuhr er dann in kaltem Tonfall fort. »Es gibt auf Bel Air anscheinend keine exzessive Party, auf der du nicht auch gesehen wurdest. Und wie mir zu Ohren gekommen ist, bist du bei den Ausschweifungen sogar eine der treibenden Kräfte.«

»Das ist glatte Verleumdung«, brachte Jackie einen halbherzigen Verteidigungsversuch hervor.

Adrian ignorierte ihre Worte. »Ich habe mich vorhin mit deiner Mutter abgesprochen«, sagte er stattdessen. »Und wir sind uns ausnahmsweise mal einig, was dich betrifft.«

Jackie schluckte trocken. Allmählich dämmerte ihr, wie schlecht es um sie stand. Adrian überwand seinen Widerwillen, mit Emely in Kontakt zu treten, die seit Jahren in der Nähe des Sanatoriums einen eigenen Bungalow bewohnte, nur in äußersten Notfällen.

»Wir stellen dich vor die Wahl, Jackie«, sagte Adrian. »Entweder du absolvierst bei der FUS eine Grundausbildung oder wir schicken dich nach Terra, damit du dort im Rahmen eines sozialen Projekts beim Wiederaufbau hilfst.«

Jackie starrte ihren Vater entgeistert an. »Das ist nicht dein Ernst!«

Adrian brachte ein unterkühltes Lächeln zustande. »Wie wirst du dich entscheiden?«, wollte er wissen.

Jackie kämpfte mit den Tränen. »Ich will aber nicht zum Militär, und die Erde ist mir schnurzegal!«

Adrian sah sie ungerührt an.

»Ich meine es wirklich so!«, rief Jackie trotzig. »Ich bin dreiundzwanzig und kann selbst über mein Leben bestimmen. Und die Optionen, die du mir genannt hast, gehören nicht zu den Lebensentwürfen, wie sie mir vorschweben!«

»Wir werden dir den Geldhahn zudrehen, wenn du dich weigerst«, eröffnete Adrian seiner Tochter. »Weiterhin das Geld deiner Eltern mit beiden Händen auszugeben, wird dir in Zukunft nicht mehr möglich sein.«

»Ich soll also arbeiten?« Jackie blies die Wangen auf und stieß hörbar Luft aus.

»Und du wirst dir eine neue Bleibe suchen müssen.«

Ein eiskalter Schauer rieselte Jackie über den Rücken. Sie musste an die bedauernswerten Mitarbeiter denken, die Adrian entlassen hatte. Sollte ihr etwa ein ähnliches Schicksal blühen, wenn sie sich nicht auf die Forderung ihres Vaters einließ? Sie konnte sich nicht vorstellen, dass er sie mit derselben kompromisslosen Härte behandeln würde wie einen unliebsam gewordenen Angestellten.

Darauf ankommen lassen wollte sie es aber auch nicht, denn sie konnte im Grunde nicht wissen, wie weit Adrian und Emily gehen würden. Dass die beiden sich überhaupt zusammengerauft hatten, um sich über ihre Tochter zu beratschlagen, war schon beunruhigend genug.

Trotz machte sich in ihr breit. Irgendeinen Job anzunehmen, um sich finanziell über Wasser zu halten, kam für sie nicht infrage. Das Leben auf Bel Air war unverhältnismäßig teuer. Nur gut betuchte Leute konnten es sich leisten, auf diesem paradiesischen Planeten eine Existenz aufzubauen. Jackie war intelligent genug, um zu wissen, dass sie im Berufsleben Außergewöhnliches würde leisten müssen, um ihren jetzigen Lebensstandard aufrechtzuerhalten. Eine Unmenge an Arbeit würde auf sie zukommen – Arbeit, für die sie im Grunde gar nicht die Qualifikation besaß, sodass sie sich diese zuerst aneignen müsste. Ein Ding der Unmöglichkeit, wie sie für sich entschied, denn erneut ein Studium zu beginnen oder womöglich eine Lehre zu machen, kam für sie schon aus Prinzip nicht infrage.

Mit nicht viel weniger Arbeitsaufwand müsste sie rechnen, wenn sie sich für Terra entschied. Da sie dort gemeinnützige Tätigkeiten verrichten müsste, würde die Bezahlung wahrscheinlich eher dürftig ausfallen. Und das ging nun schon mal gar nicht! Schuften und trotzdem nicht genug Geld haben, das ergab keinen Sinn!

Widerwillig wandte sie sich in Gedanken der letzten Option zu. Die Grundausbildung bei der FUS zu absolvieren, erschien ihr bei genauerer Überlegung verlockender als die zwei anderen Möglichkeiten, die ihr offenstanden. Sie wusste, wie sie auf Männer wirkte. Als hübsche junge Frau würde es für sie beim Militär bestimmt gemütlicher zugehen als bei irgendeinem Knochenjob auf Bel Air oder auf der Erde.

Jackie sah zu ihrem Vater auf, der nach wie vor abwartend dastand. Er würde das Zimmer seiner Tochter nicht verlassen, ehe er nicht eine Antwort von ihr erhalten hatte; das drückte seine Körperhaltung unmissverständlich aus.

Jackie presste sich ein paar Tränen ab und machte eine leidende Miene. Sie wollte es Adrian schließlich nicht zu leichtmachen und ihn auch ein wenig Schmerz erdulden lassen – und was könnte ihn mehr schmerzen als zu sehen, wie viel Leid er seiner Tochter mit seinen Forderungen zufügte?

»Also schön«, sagte sie dann mit schwankender Stimme. »Ich melde mich zum Militärdienst bei der FUS, Daddy.«

14.

Gemeinsam mit anderen Rekruten saß Stuart Grapes im Mannschaftsraum eines Ringraumers, dessen Namen er sich vor Aufregung nicht hatte merken können. Das Schiff gehörte zur Flotte der FUS und befand sich auf dem Rückflug einer Mission, über die Stuart nichts bekannt war. Der Raumer hatte auf Dominik einen kurzen Zwischenstopp eingelegt, um ein paar Rekruten an Bord zu nehmen und nach Mesopotamia zu bringen. Da das Dominik-System in unmittelbarer Nachbarschaft des Systems von Mesopotamia lag, dauerte der Flug nicht lange genug, um sich mit den Mitreisenden anzufreunden. Stuart war auch viel zu nervös und brachte nur ein paar gestammelte Worte hervor, wenn er einmal angesprochen wurde.

Als er vorhin die Rampe des Raumschiffs hinaufgegangen war, war ihm mit letzter Konsequenz klar geworden, dass er tatsächlich im Begriff war, Dominik, seine Heimatwelt, zu verlassen, um ein neues Leben zu beginnen. Das Bewusstsein dafür war ihm während der medizinischen Untersuchung, bei der seine Tauglichkeit hatte überprüft werden sollen, ein wenig abhandengekommen. Und dies hauptsächlich deswegen, weil seine Mutter ins Untersuchungszimmer geplatzt war, um dem Arzt haarklein alle Krankheiten aufzuzählen, die ihr Sohn in seinem noch jungen Leben bereits durchlitten hatte. Natürlich hoffte Isa mit ihrem Auftritt, den Arzt davon zu überzeugen, dass Stuart zum Militärdienst nicht taugte. Aber der Mediziner ließ sich nicht beirren und bescheinigte Stuart am Ende der Untersuchung das genaue Gegenteil: Aus medizinischer Sicht gab es keine Bedenken, ihn den Grunddienst ableisten zu lassen.

Zu derselben Einschätzung gelangte anschließend auch die Psychologin. Stuart bestand alle Tests mit Bravour, obwohl Isa mehrmals in die Prüfung hineinplatzte, um ihn tränenreich davon abzubringen, die Fragebögen auszufüllen.

Isa hatte es ihm nicht leichtgemacht. Doch Stuart war standhaft geblieben. Und jetzt saß er hier zwischen all den anderen Rekruten und war hin- und hergerissen zwischen Freude und Trauer. Freude darüber, seinen Entschluss durchgesetzt zu haben, und Trauer, weil er wusste, wie unglücklich seine Mutter jetzt vermutlich war. Dennoch bereute er seinen Schritt nicht. Zu lange hatte Isa über sein Leben bestimmt, ihn in Arbeitsabläufe einzuspannen versucht, die er nur widerwillig und ohne Herzblut verrichten konnte. Damit war jetzt Schluss. Von nun an würde er etwas tun, was er für weitaus sinnvoller als Feldarbeit erachtete.

Stuart hob den Blick und sah erneut zu dem Bildschirm auf, der über den Fortgang der Flugreise informierte. Längst hatte der Ringraumer das Mesopotamia-System erreicht. Eine schematische Darstellung der Planetenbahnen, die das Zentralgestirn umkreisten, verriet, dass es hier viel mehr Himmelskörper gab als im System von Dominik. Das Schiff flog mit Sublicht auf den einzigen Planeten in der habitablen Zone zu.

Stuart vermochte den Blick nun nicht mehr vom Bildschirm abzuwenden. All seine Erwartungen, Ängste und Freude kulminierten zu einem kühlen Klumpen, der sich in seinem Bauch langsam breitmachte. In seinem Nacken bildeten sich Schweißperlen, während seine Finger sich kalt anfühlten.

Das Bild auf dem Monitor wechselte. Statt des Schemas der Kreisbahnen wurde jetzt Mesopotamias Oberfläche aus großer Höhe betrachtet gezeigt. Die Darstellung des Planeten drehte sich rasch, weil der Ringraumer in eine Umlaufbahn eingetreten war.

Stuart stellte fest, dass fast die gesamte Oberfläche mit Kontinenten bedeckt war. Es gab keine großen Meere und auch keine ausgeprägten Gebirgszüge. Die wenigen Wasserflächen muteten wie Binnengewässer an und die Bodenerhebungen wie ausufernde Hügel. Hier und da ragten vereinzelte Gesteinsmassen aus dem Einerlei, die die Bezeichnung Berg verdient hätten. Die Landmassen waren nahezu vollständig bewaldet.

Stuart wusste, dass im Inneren von Mesopotamia unter einem dieser wenigen Berge eine Raumschiffswerft der Worgun verborgen lag. In dieser Station residierte ein Hyperkalkulator namens Bulam. Dort hatte auch die geheime Gründungsversammlung der »Schutzflotte Unabhängiger Planeten« stattgefunden, aus der später dann die FUS hervorgegangen war.

Wären die Wolken nicht gewesen, hätte Mesopotamia auf der Sonnenseite wie eine grünschimmernde Kugel gewirkt, während die Nachtseite sich als mattschwarze Fläche zeigte, auf der Stuart vergebens nach den Lichtern einer Großstadt Ausschau hielt.

Dass Mesopotamia nicht ganz so unberührt war, wie es aus der Umlaufbahn betrachtet den Anschein hatte, zeigte sich, als der Ringraumer zum Landeanflug ansetzte und in die Atmosphäre vorstieß. Sie befanden sich jetzt auf der Tagseite, und Stuart konnte die monumentalen Bauten ausmachen, die sich zwischen den Bäumen des alles beherrschenden Waldes erhoben. Die Anlagen ähnelten ein wenig den alten Städten der Mayas auf der Erde. Stuart hatte Fotos jener uralten Gebäude und Ruinen auf Terra gesehen, die sich teilweise direkt aus dem Urwald erhoben. Der Baustil war hier allerdings ein gänzlich anderer, wie im Näherkommen deutlich zu erkennen war.

Auf dem Bildschirm erschien jetzt ein gerodeter Bereich, auf den das Raumschiff direkt zuhielt. Ein weitläufiges Gelände erstreckte sich unter ihnen. Darauf waren eine ganze Reihe Hallen und Häuser errichtet worden.

Da hier überwiegend Soldaten lebten, wirkten die Gebäude allerdings eher nüchtern und zweckdienlich. Schillernde Vergnügungsviertel gab es in dieser Stadt genauso wenig wie Museen oder Kunstgalerien.

Inzwischen war die Population dieser Ansiedlung auf ein paar Zehntausend Menschen angewachsen, und die meisten davon waren nach wie vor Angehörige des Militärs.

»Aufgepasst!«, schallte plötzlich ein durchdringender Ruf vom Eingang des Aufenthaltsraumes herüber und beendete Stuarts sprunghafte Gedanken. Ein Uniformierter stand in der Türöffnung. Sein Auftreten wirkte routiniert, fast ein wenig gleichgültig. »Machen Sie sich bereit! Wir landen in Kürze. Bleiben Sie dicht beieinander, wenn Sie aussteigen, und trödeln Sie nicht herum. Die ODENWALD wird in Kürze starten. Wer sich dann noch an Bord befindet, hat Pech gehabt und wird auf der nächstbesten Siedlerwelt abgesetzt!«

Stuart schulterte hastig seinen Seesack. Die nächstgelegene Siedlerwelt war Dominik. Und dort wollte er ganz bestimmt nicht abgesetzt werden, nur weil er nicht schnell genug von Bord gekommen war!

*

Jackie Elsborn hatte die Nase gestrichen voll. Schon der Flug nach Mesopotamia war für sie unerträglich gewesen. Mehrere Tage hatte sie mit anderen Rekruten in Mannschaftsunterkünften zusammengepfercht verbringen müssen. Besonders ärgerlich war, dass die ODENWALD nicht direkt zum Zielplaneten geflogen war, sondern zu allem Überfluss auch noch einen Zwischenstopp auf diesem Landwirtschaftsplaneten Dominik eingelegt hatte. Die Handvoll Rekruten, die dort hinzugestiegen waren, hatten auf Jackie alle wie Bauerntölpel gewirkt.

Die meisten anderen Rekruten an Bord der ODENWALD hatten in ihren Augen aber auch nicht viel besser abgeschnitten. Die jungen Männer und Frauen waren mit sich selbst viel zu sehr beschäftigt gewesen und hatten nur in bescheidenem Rahmen Interesse an Jackie bekundet. Ihr Vorhaben, während des Fluges erste Seilschaften zu knüpfen, auf die sie später würde zurückgreifen können, um sich das Leben in der Truppe ein bisschen angenehmer zu gestalten, musste sie wohl als gescheitert ansehen.

Hätte sie vorher gewusst, wie spärlich der Militärstützpunkt auf Mesopotamia eingerichtet war, hätte sie es sich womöglich noch einmal überlegt, ob sie es nicht doch mit einem Job oder gemeinnütziger Arbeit auf Terra hätte versuchen sollen.

In dieser Ansammlung von tristen Hallen, gleichförmigen Häuserblocks und öden Kasernenunterkünften gab es nichts, was einen auch nur halbwegs tauglichen Ersatz für ihr ausschweifendes Partyleben auf Bel Air abgegeben hätte. Alles, was für ein wenig Zeitvertreib sorgen könnte, war eine Mehrzweckhalle, die für Filmvorführungen und Tanzveranstaltungen genutzt wurde. Es gab auch eine kleine Lokalzeitung, den Mesopotamia-Anzeiger, und eine Mediathek, in der es außer Datenpaketen voller Filme, Spiele, Literatur und Sachartikel sogar echte Bücher auszuleihen gab. Selbst eine Theatergruppe existierte, die in der Mehrzweckhalle Stücke aufführte.

All dies erschien Jackie jedoch viel zu provinziell und war für sie daher nicht weiter von Interesse.

Und dann war da noch die Sache mit ihrer blonden Haarpracht. Ihre Mähne wurde als eindeutig zu lang eingestuft, und so fand sie sich schließlich auf einem Frisierstuhl wieder und musste es über sich ergehen lassen, dass ihr Haar auf Kinnhöhe gekürzt wurde. Sie hatte sich zuvor einen dicken Zopf geflochten, der dann mit einem Messer kurzerhand gekappt wurde. Am Ende der Prozedur hob sie den Zopf vom Boden auf und sorgte anschließend dafür, dass dieser zu ihrem Vater nach Bel Air geschickt wurde. Adrian sollte begreifen, welchen seelischen Schmerz er seiner Tochter bereitet hatte, und selbst ein wenig leiden. Das war das Mindestmaß an Rache, die sie ihrem Vater angedeihen lassen wollte.

Wie Jackie in den ersten Tagen dann erkennen musste, blieb den Rekruten kaum Zeit für Müßiggang. Das Trainingsprogramm und die Routinen waren so dicht getaktet und nahmen so viele Stunden in Anspruch, dass am Ende des Tages die körperlichen Kräfte kaum noch für die Nahrungsaufnahme ausreichten.

Was das Anbandeln mit dem anderen Geschlecht betraf, hatte Jackie sich vollkommen falsche Vorstellungen gemacht. Natürlich gab es massenweise attraktiv erscheinende Männer. Doch Männlein und Weiblein wurden in streng getrennten Schlafsälen untergebracht. Diese strikte räumliche Aufteilung hätte für Jackie aber keine nennenswerte Hürde dargestellt, wenn da nicht die Nachtwachen gewesen wären, die in den Fluren patrouillierten. Die verrichteten ihren Dienst nicht nur pro forma, wie Jackie am eigenen Leib hatte erfahren müssen, als sie sich das erste und letzte Mal in die Schlafhalle der männlichen Rekruten zu schleichen versucht hatte. Es gab da einen gewissen dunkelhaarigen Kerl mit bretthartem Bauch und beachtlichem Bizeps, auf den sie ein Auge geworfen hatte und den sie sich um den Finger zu wickeln gedachte. Der diensthabende Feldwebel erwischte sie jedoch bereits auf halber Strecke zum Männerschlafsaal, packte sie am Schlafittchen und schleifte sie zu ihrer Ausbilderin. Stabsunteroffizier Maria Morales verdonnerte sie daraufhin zum Latrinendienst. Eine lehrreiche Erfahrung, die Jackie ein für alle Mal die Lust daran austrieb, sich nachts außerhalb ihres Schlafsaals blicken zu lassen.

Jackie war nicht dumm, sie besaß ein waches Auffassungsvermögen und eine ausgezeichnete Beobachtungsgabe. Nach wenigen Wochen begriff sie, dass sie ihre Versuche aufgeben musste, sich mithilfe ihres hübschen Aussehens einen Vorteil zu verschaffen. Bei der FUS wurde nämlich nicht nur darauf geachtet, dass es zu keinen nächtlichen Besuchen beiderseitigen Geschlechts kam, auch während des Drills und der Pausen hatten die Ausbilder stets ein Auge auf das Verhalten ihrer Rekruten. Wenn auch nur der leiseste Verdacht aufkam, dass eine Person zudringlich wurde oder sich abfällig über einen anderen Rekruten äußerte, wurde sofort eingeschritten und die Verfehlung geahndet. Sexuelle Belästigung, Unterdrückung, Diskriminierung oder Mobbing wurden nicht geduldet. Eine Vorgehensweise, von der Jackie nicht zuletzt auch profitierte, denn als ein Rekrut in ihrer Anwesenheit einmal einen anzüglichen Blondinenwitz von sich gab, musste er für den Rest des Tages zusätzlich zu seinem Marschgepäck auch das von Jackie mit sich schleppen.

Nachdem die erste Phase der Grundausbildung abgeschlossen war, begab sich Jackie das erste Mal in die Mediathek, um sich ein Buch auszuleihen. Und das war etwas, das ihr zu ihren Studienzeiten niemals in den Sinn gekommen wäre.

*

Stuart Grapes robbte keuchend durch den Staub, darauf bedacht, dass sich das Marschgepäck auf seinem Rücken, das ihn wie eine unförmige Schildkröte aussehen ließ, nicht im Stacheldraht verfing. Dieser war kreuz und quer über die Lichtung gespannt und mit Sensoren versehen, die eine ohrenbetäubende akustische Explosion simulierten, wenn die Drähte erschüttert wurden. Der Lärm, den Stuarts beide Vorgänger ausgelöst hatten, als sie die

Lichtung zu überqueren versuchten, hatte jedes Mal einen Vogelschwarm aus den Kronen der umstehenden Bäume auffliegen lassen. Diese Schmach wollte Stuart unbedingt vermeiden, denn immer, wenn er versagte, hörte er die Stimme seiner Mutter in seinem Kopf höhnisch auflachen – ein imaginärer Laut, der noch viel grausiger klang als das von Vogelkreischen durchschrillte Krachen aus den versteckten Lautsprechern.

Plötzlich spürte Stuart einen leichten Widerstand. Er war mit dem Rucksack an einem Drahtdorn hängengeblieben. Er erstarrte in der Bewegung und lauschte angespannt. Die Erschütterung hatte offenbar nicht ausgereicht, den Sensor auszulösen, denn das von den Bäumen herüberschallende Donnern blieb aus.

Stuart bewegte sich einige Millimeter zurück, bis ein kaum hörbares Schaben ihm verriet, dass der Dorn sich befreit hatte. Mit dem Marschgepäck auf dem Rücken würde er das Ende der Lichtung nicht erreichen, ohne dabei eine Explosion auszulösen, so viel stand fest.

Er überlegte kurz, dann fing er an, die Riemen zu lösen, um sich der Last auf seinem Rücken zu entledigen. Er ging mit äußerster Behutsamkeit vor und schaffte es schließlich, das Marschgepäck und den Multikarabiner abzustreifen, ohne sich dabei im Stacheldraht zu verheddern. Dann setzte er sein Kriechen fort, wobei er den schweren Rucksack und die Waffe vor sich herschob. Auf diese Weise legte er den Rest der Schikane zurück. Er war von oben bis unten mit Dreck besudelt, und auch sein Rucksack hatte die Farbe des Staubes angenommen. Aber er hatte es geschafft. Ohne eine Explosion auszulösen und den Spott seiner Mutter ertragen zu müssen, hatte er das Ziel erreicht.

Als er sich nun aufrichtete, bemerkte er, dass sich jemand vor ihn hingestellt hatte. Sein Blick glitt die Uniform hinauf, in der ein weiblicher, sehr muskulöser Körper steckte. Von einem Moment auf den anderen sah er sich einem hübschen Gesicht vis-à-vis gegenüber. Schwarze Haare und dunkelbraune Augen ließen auf lateinamerikanische Wurzeln schließen. Die Frau kaute ungerührt einen Kaugummi und hielt Stuart die Mündung eines Handnadelstrahlers an die Stirn. Unter ihrem Helm lugte ein Stück des roten Tuchs hervor, das zu ihrem Markenzeichen geworden war.

Stuart hatte längst erkannt, dass er seine Ausbilderin Stabsunteroffizier Maria Morales vor sich hatte. Morales war Angehörige der Babylonischen Flotte und bildete auf Mesopotamia neue Rauminfanteristen für die Flotte der Unabhängigen Siedlerwelten aus. Ihr Schwerpunkt lag dabei auf Schieß- und Geländeübungen.

»Sie wären jetzt tot, Grapes«, sagte Morales kühl. »Das Marschgepäck und Ihre Waffen vor sich herzuschieben, war eine prima Idee. Jetzt sind Sie allerdings wehrlos.«

Morales' hübsches Gesicht umwölkte sich plötzlich ein bisschen, und dann senkte sie den Blick und sah auf das Vibromesser hinab, das Stuart ihr gegen den Unterbauch drückte. Bei diesem Messer handelte es sich ebenso um eine Attrappe wie bei dem Nadelstrahler in Morales' Hand. Aber das war in diesem Fall nicht entscheidend.

Die Ausbilderin nickte anerkennend. »Nicht schlecht, Grapes«, lobte sie und ließ den Strahler sinken. »Offenbar haben Sie gut aufgepasst und begriffen, worauf es ankommt.«

»Danke«, sagte Stuart und steckte das Messer zurück in den Gürtel. Dann nahm er sein Marschgepäck auf. Als er den Karabiner schulterte, hörte er Morales sagen: »Nächsten Freitag finden Sie sich um sechs Uhr morgens auf dem Exerzierplatz ein.«

»Verstanden, Sir«, bestätigte Stuart, der nicht recht einzuschätzen wusste, was dieser Befehl für ihn zu bedeuten hatte.

*

Jackie Elsborn drückte den Kolben des Multikarabiners hart gegen ihre Schulter und visierte den etwa dreißig Meter entfernten Baum an, hinter dem kürzlich ihr Gegner in Deckung gegangen war, nachdem dieser auf sie gefeuert hatte. Auf der Innenseite ihres heruntergeklappten Helmvisiers war kein rotes Licht aufgeschienen, was bedeutete, dass der Feind bei ihr keinen Treffer gelandet hatte.

Ihr Gegner war ausgerechnet der gutaussehende Bursche, auf den sie ein Auge geworfen hatte, dem sie sich aber noch nicht hatte nähern können. Eine blaue Armbinde wies ihn als Feind aus. Er schien sehr darauf erpicht, Jackie den Garaus zu machen.

Nur in allerletzter Sekunde hatte sie hinter den Baumstamm huschen und den Kampfstrahlen entrinnen können, bei denen es sich allerdings lediglich um elektrische Impulse handelte, die von dem Suprasensor, der diese Kampfsimulation steuerte, ausgewertet wurden.

Jeden Moment würde ihr Gegner hinter dem Baum hervorkommen, um sie erneut aufs Korn zu nehmen. Doch sobald er ihr auch nur die kleinste Körperpartie seines aufregenden Leibes präsentierte, wollte sie ihm einen Kampfstrahl hineinpflanzen.

Dank der zahlreichen Übungen am Schießstand, die ihr überraschenderweise enormen Spaß gemacht hatten, beherrschte Jackie den Umgang mit Multikarabinern, Gewehren und Handfeuerwaffen inzwischen recht gut. Dass sie ihren Gegner zur Strecke bringen würde, daran zweifelte sie keine Sekunde.

Dann war es endlich so weit: Der Feind verlor die Geduld und reckte den Kopf zur Seite, um in ihre Richtung zu spähen. Offenbar kniete er, denn sein Haupt kam etwa einen Meter über dem Boden hinter dem Baumstamm hervor.

Jackie zögerte, den Auslöser zu betätigen. Irgendetwas stimmte nicht.

Der Moment, da sie ihren Feind hätte erledigen können, war im nächsten Lidschlag verstrichen. Der Kopf verschwand, und dann stolperte ein Kind hinter dem Baum hervor, ein Junge von vielleicht nicht einmal sechs Jahren, wie Jackie schätzte. Der Knirps winkte ihr zu und lachte hell. Dann rannte er davon und verschwand im Dickicht des Waldes.

»Ausgezeichnet«, vernahm Jackie hinter sich eine Stimme. Sie gehörte ihrer Ausbilderin Maria Morales, wie sie sofort erkannte. »Sie sind nicht nur ein guter Schütze, Elsborn, Sie bewahren auch einen kühlen Kopf. Das ist selten bei Rekruten, die noch am Anfang ihrer Ausbildung stehen.«

Jackie sah ihre Ausbilderin über die Schulter hinweg an. »Sie haben mir eine Falle gestellt«, konstatierte sie.

Morales zuckte mit den Schultern. »Es war ein Test.«

Jackie hob leicht eine Augenbraue, verkniff sich aber die Bemerkung, die ihr auf der Zunge lag. Morales dafür zu kritisieren, dass diese sich nicht scheute, ein Kind aus der Siedlung für die

Feldübungen heranzuziehen, stand ihr nicht zu. Die Ausbilderin war erfahren genug, um zu wissen, wie weit sie gehen konnte.

Aus den Augenwinkeln sah Jackie jetzt, wie ihr Gegner hinter der Deckung hervorkam. Den Multikarabiner lässig in der Armbeuge haltend sah cr breit grinsend zu ihr herüber. Offenbar fühlte er sich als etwas Besonderes, weil Morales ihn in ihren Test eingebunden hatte.

Jackie drückte ab. Eine Einblendung in ihr Helmvisier meldete daraufhin einen Treffer. Sie hatte ihrem Gegner einen glatten Kopfschuss verpasst!

»He!«, rief der Getroffene empört herüber. »Das ist unfair!«

»Du bist tot!«, gab Jackie spöttisch zurück. »Und Tote haben nichts mehr zu melden!«

Morales stieß ein amüsiertes Lachen aus. »Nächsten Freitag finden Sie sich um sechs Uhr morgens auf dem Exerzierplatz ein, Elsborn«, sagte sie dann wie beiläufig. »Und jetzt weiter im Text!«, rief sie den im Wald verstreuten Rekruten zu. »Als Nächstes steht eine Feldübung auf den Hügeln an!«

15.

Achtzig Rekruten fanden sich am Freitagmorgen um sechs auf dem Exerzierplatz ein. Auf dem Weg dorthin hatte Stuart seine Kameraden gefragt, ob sie den Grund für diese Zusammenkunft kannten, zu der anscheinend nur ausgesuchte Rekruten einberufen worden waren. Die waren aber genauso schlau wie er und konnten ihm die Frage nicht beantworten.

Wie sie es gelernt hatten, nahmen die Rekruten Aufstellung und harrten der Dinge, die da kommen mochten. Die niedrigstehende Sonne blendete und ließ die Körper der Wartenden lange Schatten werfen.

Schließlich näherte sich ein Mehrpersonengleiter und setzte am Rand des Platzes auf. Die Türen glitten auf und mehrere Uniformierte stiegen aus. Es handelte sich ausnahmslos um Ausbilder, wie Stuart erkannte, denn er hatte mit jedem von ihnen bereits zu tun gehabt. Auch Maria Morales befand sich unter ihnen. Geschlossen traten sie vor die versammelten Rekruten hin. Es waren insgesamt zehn Ausbilder. Ihrem Gebaren haftete etwas Feierliches an, und Stuart dämmerte, dass sich hier gerade ein Moment anbahnte, der seinem Werdegang bei der FUS womöglich eine besondere Wendung geben könnte.

Die Rekruten nahmen Habachtstellung ein.

»Hergehört!«, rief Stabsfeldwebel Paul Haines, Ausbilder der Rauminfanterie, mit markiger Stimme. Er deutete auf seine Begleiter. »Wir haben Sie an diesem wunderschönen Morgen herbeiberufen, weil Sie uns während der Grundausbildung aus dem einen oder anderen Anlass positiv aufgefallen sind.«

»Was Ihnen vor Stolz jetzt nicht die Brust schwellen lassen sollte«, warf Leonardo Bardolo ein, ein ehemaliger Rekrut an Bord der ANZIO, der sich auf Mesopotamia seit einigen Jahren als Grundausbilder betätigte. Er war Hauptgefreiter der Babylonischen Flotte und wie Maria Morales für die Ausbildung von neuen Rauminfanteristen für die Flotte der Unabhängigen Siedlerwelten zuständig. »Dass Sie hier jetzt stehen, ist nur der erste Schritt hin zum eigentlichen Ziel.«

»Ein mehrtägiger Flug an Bord der ANZIO!«, rief Morales.

Diese Ankündigung sorgte unter den Wartenden für einige Aufregung, was sich bei diesen disziplinierten Rekruten jedoch lediglich durch das Scharren von Füßen, freudiges Glucksen und begeistert aufgerissene Augen äußerte. Stuart ballte vor Erregung pumpend die Fäuste, um Anspannung abzubauen. Das bekannte Flottenschulschiff war eine Ikone, und die Aussicht, einige Tage zur Besatzung zu gehören, wenn auch nur als Rekrut in Grundausbildung, ließ keinen der Versammelten kalt.

Haines hob beschwichtigend die Hände, woraufhin alle sofort wieder regungslos dastanden. »Natürlich dürfen nur die Geeignetsten unter Ihnen mitfliegen«, dämpfte er die Hoffnung, dass alle hier Anwesenden die Ehre zuteilwurde, die ANZIO von innen zu sehen.

»In den kommenden Wochen wird daher ausführlich geprüft werden, wer von Ihnen für diese Exkursion tatsächlich infrage kommt«, erläuterte Bardolo. »Es gibt für uns alle also eine Menge zu tun.« Er lächelte frostig. »Auch für die Ausbilder, denn wir müssen Sie körperlich und mental auf ein akzeptables Niveau bringen, damit Sie uns an Bord der ANZIO keine Schande machen.«

»Jeder Ausbilder wird acht Rekruten unter seine Fittiche nehmen«, erklärte Morales. »Wir werden Ihren Fortschritt genauestens dokumentieren und Major McGraves am Ende eine Liste vorlegen. Darin werden nur diejenigen Aspiranten erwähnt werden, die wir ohne Einschränkung für diesen Schulungseinsatz für tauglich befunden haben. Die auf der Strecke gebliebenen werden auf Mesopotamia mit dem Programm der herkömmlichen Grundausbildung fortfahren.«

Drückendes Schweigen breitete sich auf dem Exerzierplatz aus. Die anfängliche Begeisterung war der ernüchternden Erkenntnis gewichen, dass noch ein mühsamer Weg vor ihnen lag, um das ersehnte Ziel zu erreichen. Dass dieser Weg genügend Stolpersteine bereithalten würde, um einen zu Fall zu bringen, stand außer Frage.

Stuart krampfte die Fäuste jetzt so fest zusammen, dass sich die kurzen Fingernägel in die Innenflächen seiner Hände bohrten. Er wollte unbedingt zu den Auserwählten zählen und seiner Mutter beweisen, dass die FUS das Beste aus ihm herausholte!

*

Es regnete in Strömen. Jackie war bis auf die Haut durchnässt. Ihr Kampfanzug klebte an ihrem Körper, und der Rucksack, der an ihren Schultern zerrte, schien eine ganze Tonne zu wiegen. Wie eine schlaffe Puppe hing sie in ihrem Klettergeschirr und drehte sich am Sicherungsseil hängend langsam um ihre Vertikalachse. Sie war jetzt sogar froh, dass es regnete, denn so fielen die Tränen nicht auf, die ihr aus den Augenwinkeln quollen.

Erneut gab es einen Ruck, und sie wurde ein Stück emporgezogen. Die Steilwand war zu weit entfernt; sie hätte sie nicht einmal mit ausgestrecktem Arm erreicht. Sie war absolut hilflos – ein Gefühl, das sie zur Raserei gebracht hätte, wenn sie nicht so entkräftet und frustriert gewesen wäre.

»Verfluchter Ararat!«, presste sie zornig zwischen zusammengebissenen Zähnen hervor. »Warum müssen seine Felsen auch nur so verdammt glitschig sein?«

Es war erst wenige Augenblicke her, als sie beim Klettern abgerutscht war und schließlich den Halt verloren hatte. Ohne Sicherungsseil wäre sie in die Schlucht gestürzt und zwischen den Felsbrocken zerschellt.

Sie wäre verreckt!

Aber natürlich war dies nur eine Übung. Maria Morales achtete peinlich genau darauf, dass die Sicherheitsbestimmungen eingehalten wurden und niemand ernsthaft zu Schaden kam. Wahrscheinlich gab es dort unten sogar ein Prallfeld, das Jackie aufgefangen und dafür gesorgt hätte, dass sie sich nicht verletzte.

Doch das spielte keine Rolle. Jackie fand nämlich, dass sie dennoch irgendwie zu Schaden gekommen war. Sie hatte versagt und damit das Anrecht verloren, am Schulungsflug der ANZIO teilzunehmen.

Ihre Lippen bebten, und sie kämpfte mit einem Weinkrampf. Unterdessen ging es ruckhaft wieder ein Stück aufwärts. Um sich abzulenken, versuchte sie sich vorzustellen, wie es unter diesem Berg aussehen mochten. Wie gewaltig war die Worgun-Station, die sich unter dem Ararat erstreckte? Und was mochte der ungewöhnliche, über ein Bewusstsein verfügende riesige Hyperkalkulator, der sich selbst Bulam nannte, in diesem Moment wohl gerade treiben? Verließ gerade ein neuer Ringraumer die Werftanlage?

Über ihr tauchte jetzt der Schatten des Überhangs auf, der die Steilwand überragte.

Sie hob den Kopf und sah nach oben, wo Morales und die übrigen sieben Rekruten, die zu ihrer Gruppe gehörten, jetzt wahrscheinlich vereint am Seil zogen, um Jackie zu retten. Wenn auch nur einer von ihnen hämisch dreinschaute oder – was noch schlimmer gewesen wäre – ihr einen mitleidigen Blick zuwarf, würde sie ausrasten, so viel stand fest!

Einigermaßen verblüfft musste sie jedoch feststellen, dass nur eine einzige Person über den Rand des Vorsprungs zu ihr hinunterschaute. Sein Kopf war vor Anstrengung rot angelaufen. Abrupt löste er eine Hand vom Sicherungsseil, an dem Jackie baumelte, und griff nach unten. Seine Faust schloss sich wie eine Klammer um das triefnasse Tau, und mit einem gepressten Aufschrei zog er Jackie noch ein Stück weiter zu sich hoch.

Stuart Grapes hieß dieser junge Rekrut. Er war einer jener Siedler, die auf Dominik an Bord der ODENWALD gekommen waren. Als »Dorftrottel« hatte Jackie diese Leute in Gedanken abschätzig betitelt.

Für Stuart, der gerade einmal volljährig geworden und dem deutlich anzumerken war, wie sehr er unter der Fuchtel seiner Mutter stand, hatte sich Jackie bisher nicht sonderlich interessiert. Er war einfach nicht ihr Typ.

Inzwischen hatte er sich allerdings zu einem kraftstrotzenden Mann gemausert. Das permanente Aufbautraining und der Drill hatten ihm Muskeln beschert, um die ihn jeder Bodybuilder beneidet hätte. Aber das änderte nichts an ihrer Wahrnehmung. Stuart war für sie einfach nur ein Kamerad unter vielen. Dass sie mit ihm gemeinsam ein Kletterduo hatte bilden sollen, hatte sie lediglich mit einem Schulterzucken quittiert.

Und nun hing sie an diesem Sicherungsseil wie ein Fisch am Haken und war auf Stuart angewiesen, der alles daransetzte, sie in Sicherheit zu bringen.

»Hilf endlich mit!«, schrie er sie jetzt atemlos an.

Da bemerkte Jackie, dass die Kante des Überhangs für sie zum Greifen nahe war. Entschlossen langte sie nach oben, klammerte sich an den vorspringenden nassen Felsen und zog sich, unterstützt von Stuart, hoch.

Wenige Atemzüge später lag sie bäuchlings vor ihrem Kameraden auf dem Vorsprung und keuchte. Regenwasser prasselte wie aus einer Dusche auf sie herab.

Stuart reichte ihr die Hand, um ihr hochzuhelfen. Sein Atem ging schwer. Die Tropfen, die sein Gesicht hinabrannen, stammten sicherlich nicht allein vom Regen.

Jackie stieß die Hand weg und kämpfte sich aus eigener Kraft hoch. Ihr Marschgepäck schien Teil des Berges geworden zu sein und musste brutal von diesem losgerissen werden. Sie schrie zornig und trotzig auf, während sie auf die Beine kam und dann schwankend dastand.

Benommen schaute sie sich um. Die übrigen Rekruten, die zur Achtergruppe gehörten, standen abseits und schauten mit unbewegten Gesichtern zu ihr herüber. Sie hatten die Klettertour zuvor erfolgreich hinter sich gebracht. Jackie war die Einzige, die in Schwierigkeiten geraten war.

Könnte ihr Vater sie jetzt nur sehen! Sie war hier am falschen Platz, das war doch wohl offensichtlich!

Maria Morales verließ ihren Beobachtungsposten – eine Felsnase, von der aus sie die Steilwand und die Schlucht gut hatte überblicken können. Jackie musterte ihre Ausbilderin mit zusammengekniffenen Augen, versuchte an deren Art, wie der weibliche Stabsunteroffizier näher heranschritt, abzulesen, wie enttäuscht Morales von ihrer Leistung war. Aber Morales wirkte vollkommen entspannt.

»Sie sind ein hohes Risiko eingegangen, Grapes«, richtete sie zu Jackies Verwunderung zuerst das Wort an ihren jungen Retter. »Ich habe Sie genau beobachtet. Mehr als zweimal sah es fast so aus, als würde das Gewicht Ihrer Kameradin Sie in den Abgrund reißen. Sie haben Ihre Kräfte falsch eingeschätzt und sich und Elsborn dadurch in Gefahr gebracht. Nicht eine Sekunde haben Sie daran gedacht, Ihre Kameraden herbeizurufen, damit sie Ihnen helfen.«

Stuart schluckte trocken. Wie Jackie, so hatte auch er wohl nicht damit gerechnet, dass Morales ihn kritisieren würde.

»Sie sind verbissen darauf, sich zu beweisen, Grapes«, fuhr Morales fort. Sie verzog einen Mundwinkel. »Es ist wegen Ihrer Mutter, nicht wahr? Sie hat mehrmals beantragt, Sie auf Mesopotamia besuchen zu dürfen.«

»Das wurde mir von der zuständigen Stelle mitgeteilt«, erwiderte Stuart mit hartem Unterton. »Ich habe darum ersucht, das Ansinnen meiner Mutter abzulehnen. Ich möchte von ihr nicht besucht werden!«

Morales sah den jungen Rekruten ungerührt an. »Ich befehle Ihnen hiermit, sich mit Ihrer Mutter auszusprechen – unter vier Augen. Und zwar zeitnah.«

Stuart klappte der Mund auf. Es lag ihm eine Erwiderung auf der Zunge, das konnte Jackie ihm deutlich ansehen. Aber er schluckte die Worte hinunter und nickte gefasst. »Verstanden, Sir«, sagte er rau.

Jetzt wandte sich Morales Jackie zu. »Von allen Beteiligten haben Sie sich am meisten bemüht. Den anderen ist es vergleichsweise leichtgefallen, die Steilwand hinaufzuklettern. Sie sind bei dem Versuch gescheitert.«

Jackie spürte, wie ihr erneut Tränen in die Augen traten.

»Sie haben Potenzial, und ich möchte nicht noch einmal erleben, dass Sie an sich zweifeln und aufgeben.« Morales deutete in die Schlucht. »Das nächste Mal kämpfen Sie bis zum letzten Atemzug um ihr Leben. Ansonsten war's das für Sie.« Sie sah Jackie direkt in die Augen. »Vielleicht legen Sie es darauf an, zu scheitern, damit Ihr Vater begreift, wie sehr er danebenlag, als er von Ihnen verlangte, den Grundwehrdienst zu leisten.«

»Sie wissen davon?«, entfuhr es Jackie entgeistert.

Ohne auf ihre Worte einzugehen, drehte sich Morales von Jackie weg und den anderen Rekruten zu. »Wir werden das schöne Wetter für einen Marsch über den Bergrücken nutzen!«, rief sie ihnen unternehmungslustig zu. »Es gibt auf der Strecke eine verborgene Höhle. Wenn Sie sie entdecken, legen wir darin eine kurze Pause ein. Andernfalls marschieren wir bis zum Abend durch!«

*

Stuart reichte das Brackwasser bis an die Schultern. Den Rucksack mit dem Multikarabiner daran balancierte er auf dem Kopf. Obwohl er das Gepäck mit beiden Händen festhielt, wäre es ihm einmal fast entglitten und in den stinkenden Tümpel gefallen, durch den die Gruppe watete. Seine Stiefel sanken bei jedem Schritt tief in den morastigen Untergrund ein, und es kam ihm vor, als bewegte er sich durch Sirup, während er sich durch das dunkle Wasser vorwärtsschob. Schwebestoffe und der Schlick, den der Trupp im Vorwärtskommen aufwühlte, hatten das Wasser in eine schwarze Brühe verwandelt. Was sich unter der Oberfläche befand, war nicht zu sehen, aber zu spüren. Glitschige, schlangenartige Leiber streiften an Stuarts Oberkörper vorbei oder schlängelten sich zwischen seinen Beinen.

Unwillkürlich sah er zu Jackie hinüber, die sich neben ihm durchs Wasser quälte. Da sie eher klein war, musste sie den Kopf in den Nacken legen, damit ihr die Brühe nicht in den Mund schwappte. Den Rucksack und die daran festgemachte Waffe hielt sie mit nach oben ausgestreckten Armen empor. Ihre Miene war verbissen. Es war ihr deutlich anzusehen, wie sehr sie sich zusammenreißen musste, nicht laut aufzukreischen, wenn eine Tümpelschlange ihren Leib streifte. Ihre Arme zitterten, doch sie ließ die schwere Last um keinen Zentimeter sinken.

Stuart hatte angenehm überrascht feststellen müssen, dass er Frauen plötzlich mit ganz anderen Augen sah, seit er sich mit seiner Mutter ausgesprochen hatte. Vorher waren sie ihm eher lästig gewesen, so wie er seine Mutter als Last empfunden hatte.

Doch nun hatte er mit Isa reinen Tisch gemacht. Sachlich und mit Nachdruck hatte er ihr klargemacht, dass sie sich mit seinem Lebensentwurf arrangieren und seine Entscheidungen akzeptieren musste, wenn sie ihn nicht ganz verlieren wollte.

Natürlich hatte sie geweint und alle Register gezogen, ihn zu beeinflussen. Am Ende musste sie sich jedoch geschlagen geben. Der Abschied fiel dann reserviert und unterkühlt aus, Stuart aber wusste, dass mit dieser Aussprache ein guter Grundstein für ihrer beider Zukunft gelegt worden war. Dass Maria Morales ihn zu diesen Treffen gezwungen hatte, darüber war er inzwischen sogar regelrecht froh. Seitdem hatte sich einiges für ihn geändert. Er ging mit mehr Besonnenheit an die Übungen und Tests heran. Und er betrachtete Frauen mit unverstelltem Blick.

Jackie schien sich ebenfalls entwickelt zu haben. Seit Maria Morales' letzter Schelte gab sie sich sichtlich mehr Mühe. Jackie war für Stuart der Inbegriff einer faulen, zur Bequemlichkeit neigenden Person gewesen, die mit einem goldenen Löffel im Mund aufgewachsen war und sich nun andauernd über den Blechlöffel beschwerte, mit dem sie jetzt vorliebnehmen musste. Aber offenbar hatte auch sie sich gewandelt.

Zu denjenigen zu gehören, die am mehrtägigen Flug der ANZIO würden teilnehmen dürfen, bedeutete ihr offenkundig eine Menge. Womöglich hoffte sie, an Bord ein paar aufregende Abenteuer zu erleben, mit denen sie später vor Freunden und im Hyperfunknetz angeben konnte. Womöglich trieben sie auch ganz andere Beweggründe an. Stuart hatte die Anspielung auf Jackies Vater nicht vergessen, die Morales oben auf dem Berg Ararat von sich gegeben hatte.

»Sieh lieber nach vorn, Stuart!«, riet Jackie ihm mit gepresster Stimme. »Sonst übersiehst du die Felsen, die aus dem Tümpel ragen, und fällst hin.«

Stuart spürte, wie er leicht errötete – und wich einem algenbewachsenen Brocken aus, der sich knapp unterhalb der Wasserhaut vor ihm abzeichnete. Es hätte nicht viel gefehlt und er wäre frontal dagegengelaufen.

Stuart überlegte, wie er Jackie erklären sollte, dass er nicht sie angestarrt, sondern lediglich seinen Gedanken freien Lauf gelassen hatte. Er fand Jackie inzwischen recht sympathisch. Tiefschürfende Gefühle hegte er für sie allerdings nicht.

Dann entschied er, dass es gar nicht nötig war, sich vor Jackie zu rechtfertigen, denn er wusste, dass sie ähnlich empfand wie er und sich außer freundschaftlichen Anwandlungen nichts zwischen ihnen entwickeln würde.

Als er wenig später die Uferböschung erklomm, floss das übelriechende Tümpelwasser in Strömen seinen Kampfanzug hinab. Sein Blick fiel auf Maria Morales. Die Ausbilderin stand im kniehohen Schilf und sah ihn unverwandt an. Eine Unmutsfalte zeichnete sich auf ihrer Stirn ab.

Stuart erschrak zuerst, atmete dann aber gefasst durch. Er würde sich von seinen Mutmaßungen, was im Kopf seiner Ausbilderin womöglich gerade vor sich ging, nicht verrückt machen lassen. Er tat sein Bestes, und wenn das nicht ausreichte, um ans ersehnte Ziel zu kommen, würde er eben damit leben müssen.

In diesem Moment entglitt Jackie der Rucksack, weil sie versucht hatte, die kraftlos gewordenen Arme durch die Trageriemen zu schieben. Es war ihr tatsächlich geglückt, das Gepäckstück und ihre Waffe trocken ans Ufer zu bringen, doch jetzt landete beides mit einem dumpfen, nassen Geräusch im Schlamm.

Jackie stand einen Augenblick wie benommen da. Dann wuchtete sie den Rucksack mit letzter Kraft hoch und schwang ihn sich auf den Rücken. »Weiter geht's«, sagte sie beharrlich und bedachte Stuart mit einem verbissenen Lächeln. »Wohin auch immer uns das alles letztendlich führen wird …«

*

Jackie Elsborn war ziemlich überrascht, als Maria Morales eines Abends plötzlich im Frauenschlafsaal der Rekruten auftauchte und zielstrebig auf das Stockbett zuhielt, das sich Jackie mit einer Rekrutin vom Planeten Xing teilte.

»McGraves hat meine Empfehlung akzeptiert«, sagte Morales übergangslos, als sie kurz vor dem Stockbett stehen blieb. »Finden Sie sich morgen früh beim militärischen Raumhafengelände ein, Elsborn.«

Jackie war viel zu verblüfft, um auch nur einen einzigen Ton über die Lippen zu bringen. Aber das erwartete Morales offenbar auch gar nicht, denn sie marschierte bereits auf das gegenüberliegende Doppelbett zu, das einer anderen Rekrutin aus der Achtergruppe als Schlafstätte diente. Ein freudiges Strahlen huschte über Frieda Krafkas Gesicht, während Morales ihr nüchtern mitteilte, dass sie sich morgen früh ebenfalls beim Raumhafengelände einzufinden hatte.

Nachdem Morales den Saal verlassen hatte, sah Frieda mit großen Augen zu Jackie herüber. »Wir sind dabei!«, rief sie in einem Tonfall, als könnte sie es nicht fassen. »Wir werden mit der ANZIO in den Weltraum fliegen!«

Jackie zuckte verdattert mit den Schultern. »Dabei hatte ich geglaubt, von unserem Trupp am schlechtesten abgeschnitten zu haben.«

In dieser Nacht konnte Jackie kaum ein Auge zutun. Sie musste ständig daran denken, wie stolz ihr Vater und womöglich auch ihre Mutter sein würden, wenn sie von dieser Auszeichnung erfahren würden. Sie musste feststellen, dass sie diese Vorstellung sogar als sehr angenehm empfand. Irgendwie hatte die Wahl, vor die ihre Eltern sie gestellt hatten, doch zu etwas Gutem geführt. Dies einzusehen, kostete Jackie nicht einmal mehr große Überwindung.

Am nächsten Morgen machte sich Jackie dann gemeinsam mit Frieda Krafka zeitig auf den Weg. Eine dichte Wolkendecke verdunkelte das Sonnenlicht und ließ die Gebäude ringsum grau und trist erscheinen. Lax winkte Jackie Stuart Grapes zu, der sich ebenfalls Richtung Raumhafengelände aufgemacht hatte.

»Ihr also auch?«, fragte er und lächelte breit.

»Und nicht nur wir«, erwiderte Jackie betont und deutete mit einem Kopfnicken zu den Leuten hinüber, die vor ihnen hergingen. »Offenbar wurden alle Rekruten aus Morales' Gruppe für den Flug zugelassen.«

»Sie ist ja auch eine klasse Ausbilderin und weiß das Beste aus ihren Schützlingen herauszuholen«, kommentierte Frieda bewegt.

Kurz darauf passierten sie die Wachstation des Raumhafens. Ein Gefreiter geleitete den Trupp an den Markierungen des Flugfeldes aus Betonplast entlang. Sie passierten einen der Ringraumer, die in gleichmäßigen Abständen auf dem Areal parkten. Schließlich erreichten sie einen Freiplatz, auf dem sich bereits mehrere Personen eingefunden hatten, darunter auch die Ausbilder, wie Jackie erkannte.

Am gegenüberliegenden Ende dieser Freifläche stand die ANZIO auf ihren Teleskopbeinpaaren. Die Rampe des Ovoid-Ringraumers der Rom–Klasse war heruntergeklappt. Davor patrouillierte eine Wache im Stechschritt.

Jackie reihte sich in die Formation der Rekruten ein. Maria Morales nickte ihrer Gruppe freundlich zu und stellte sich neben sie. Die anderen Ausbilder taten das Gleiche, wobei ihre Gruppen merklich geschrumpft waren, weil viele Rekruten den Anforderungen nicht gerecht geworden waren. Das Stimmengewirr und die Unruhe, die anfangs geherrscht hatten, legten sich.

Als wäre dies ein Zeichen, erschienen zwei hochdekorierte Männer auf der Raumschiffsrampe. Gemessenen Schrittes kamen sie herab und erwiderten lax den militärischen Gruß, den die Wache ihnen zackig entrichtete.

Bei dem älteren der beiden Offiziere handelte es sich um Oberst Roy Vegas. Sein Begleiter bekleidete den Rang eines Majors. Jackie war Chester McGraves noch nie persönlich begegnet und von seiner Erscheinung nun tief beeindruckt. Er war ein hagerer Mann, was neben Oberst Vegas mit seiner stattlichen Gestalt besonders auffiel. Auf seinem Gesicht ruhte ein leicht trauriger Ausdruck. Dieser Eindruck täuschte anscheinend, denn die Männer unterhielten sich ungezwungen und lachten sogar einmal. »Ritter der traurigen Gestalt«, so lautete McGraves' Spitzname, wie Jackie zu Ohren gekommen war. Mit diesem Namen wurde auf eine literarische Figur namens Don Quijote angespielt. Jackie kannte den Roman von Miguel de Cervantes nicht, konnte sich aber, wenn sie McGraves so ansah, gut vorstellen, was es mit dem Ritter in diesem Buch auf sich haben musste.

Vor den Versammelten angelangt, nahmen die beiden Führungsoffiziere militärische Haltung ein. Einen Moment lang ließen sie die Blicke über die Anwesenden schweifen. Dann begrüßten sie die Rekruten und ihre Ausbilder förmlich. Anschließend hielt Vegas eine Ansprache. Seine kraftvolle Stimme trug weit, sodass er auf einen Verstärker verzichten konnte.

*

Stuart lauschte gebannt den Worten Roy Vegas'. Es war eine motivierende Rede, die dieser hielt, und sie steigerte seine Aufregung und seine Vorfreude noch zusätzlich. Wortgewandt machte der Oberst den Rekruten die kommenden Tage schmackhaft, aber das war im Grunde gar nicht nötig. Die Auszubildenden waren hochmotiviert und fieberten dem Augenblick entgegen, an dem sie aufgefordert werden würden, an Bord der ANZIO zu kommen.

»Ich möchte Ihnen an dieser Stelle noch einmal in Erinnerung rufen, dass die ANZIO ein militärischer Ausbildungsraumer ist.« Vegas' Stimme nahm einen mahnenden Tonfall an. »Wir fliegen zu Ausbildungszwecken in den Weltraum. Von Ihnen wird viel abverlangt werden. Noch viel mehr, als Sie in der Grundausbildung bisher haben leisten müssen. Die kommenden Tage an Bord der ANZIO werden für Sie alles andere als ein Vergnügen werden.«

McGraves ergriff das Wort. »Fotos und Videoaufnahmen sind während der gesamten Mission und insbesondere an Bord der ANZIO verboten.« Er lächelte ansatzweise. »Sie werden sich sicherlich an die Weisungen Ihrer Ausbilder gehalten und Ihre Geräte ohnehin in der Kaserne zurückgelassen haben. Auch wenn Sie über die Regeln vorher schon ausgiebig informiert wurden, kann und will ich es Ihnen nicht ersparen, sie sich aus meinem Mund jetzt noch einmal anzuhören.«

Stuart gefiel der verhaltene Humor des Majors. Aufmerksam und pflichtschuldig hörte er sich dessen Worte an.

McGraves zählte die Punkte nun allerdings mit einer Ernsthaftigkeit auf, die den Anwesenden deutlich vor Augen führte, dass jede Verfehlung harte Konsequenzen nach sich ziehen würde. »Die strikte Einhaltung der Regeln dient nicht zuletzt Ihrer Sicherheit und der Ihrer Kameraden«, fügte der Major erläuternd hinzu. »Dass Sie alle gestählt und unversehrt von dieser kleinen

Mission zurückkehren, ist unser Hauptanliegen. Und das sollte es für Sie ebenfalls sein.« McGraves deutete mit einem knappen Nicken an, dass die Ansprache beendet war. »Folgen Sie Ihren Ausbildern jetzt in die ANZIO und lassen Sie sich Ihre Mannschaftskabinen zeigen. In einer halben Stunde brechen wir in den Weltraum auf.«

Die Anwesenden begannen sich zu rühren.

Das Abenteuer kann beginnen, dachte Stuart aufgewühlt. Er fing Jackies Blick auf. Sie wirkte aufgekratzt und leicht nervös. Für die Ausbilder mochte dieser Flug bloß reine Routine darstellen, aber für die auserwählten Rekruten war er ein überwältigendes Ereignis.

16.

Die erste Flugetappe führte die ANZIO nicht weit von Mesopotamia weg und endete sogar im selben Sonnensystem. Ziel war ein karger Planet, der lediglich über eine dünne Atmosphäre aus Edelgasen verfügte. Die Worgun, die die Sumerer einst von der Erde nach Wahla, wie Mesopotamia von ihnen genannt worden war, gebracht hatten, hatten nicht einmal einen Namen für diese unwirtliche Felskugel gehabt. Jahrhunderte später waren die Sumerer ohne Angabe von Gründen von Wahla nach Neu-Sumer verschifft worden. Ob die Sumerer dieser kargen Nachbarwelt von Mesopotamia je einen Namen gegeben hatten, war nicht überliefert. In den Sternenkarten der Menschen war dieser Planet mit der Bezeichnung Guti bedacht worden. Dabei handelte es sich um die Bezeichnung einer Region im iranischen Hochland auf Terra, das zur Kulturlandschaft Mesopotamiens zählte.

Dieser Name war nicht von ungefähr gewählt worden, denn wie das namensgebende Hochland bestand die Oberfläche von Guti auch hauptsächlich aus Faltengebirge. Die zerklüfteten, übereinandergeschichteten Felsformationen waren entstanden, als die tektonischen Platten dieser Welt in Aufruhr gewesen waren. Inzwischen war das Planeteninnere deutlich abgekühlt und die Kontinentalplatten waren zur Ruhe gekommen. Meteoriteneinschläge hatten ihr Übriges dazu beigetragen, die felsige Oberfläche in eine verkarstete Landschaft aus bizarren Formationen zu verwandeln. Geröllhalden und Schuttflächen kündeten von der Erosion, die von den Stürmen hervorgerufen wurden, die regelmäßig entlang der über den Planeten hinwegziehenden Dämmerzone tobten.

Die ANZIO landete auf der Tagseite in einem Kraterkessel und setzte die Rekruten mitsamt ihren Ausbildern ab. Die Gruppen entfernten sich in unterschiedliche Richtungen vom Schulschiff und begannen, die Kraterwand zu erklimmen.

Für Jackie Elsborn war es nicht das erste Mal, dass sie während einer Übung einen W-Anzug trug. Auf Mesopotamia hatte sie an mehreren Trainingseinheiten teilgenommen, um den Umgang mit diesen weißen Ganzkörperanzügen zu proben. Aber es war das erste Mal, dass sie in einen W-Anzug gekleidet in einer Umgebung agieren musste, in der sie ohne diesen Schutz nicht überleben konnte.

Hinzu kam, dass die Schwerkraft ein wenig über einem Gravo lag. Diese Abweichung wurde durch die im Gürtel integrierte Antigravfunktion zwar ausgeglichen, dies galt jedoch nicht für Gegenstände, die geworfen wurden oder sich außerhalb dieses Feldes befanden. Jedenfalls kam es Jackie so vor, als würde die Last ihres Marschgepäcks besonders schwer wiegen, während sie an der Seite ihrer Kameraden die Anhöhe der inneren Kraterwand erklomm. Den Druck der Trageriemen spürte sie allerdings nicht, da die in der Folienhaut integrierten intelligenten Nanoteilchen auf jede noch so kleine Veränderung reagierten und den beanspruchten Bereich automatisch verhärteten.

Die Kraterwand war bröckelig und der Aufstieg mühselig. Oft gab ein Stein, auf den Jackie den Stiefel setzte, unter dem Gewicht nach und kullerte, eine dünne Staubwolke hinter sich herziehend, den Abhang hinab. Jackie musste sich dann mit den Händen abstützen, um nicht ebenfalls in die Tiefe zu schlittern. Dabei staunte sie jedes Mal, wie sensibel die Handschuhe waren, die ihren Tastsinn so gut wie gar nicht beeinträchtigten.

Als Jackie den Kamm der Anhöhe endlich erreichte, verharrte sie andächtig. Der Ausblick entschädigte sie für die Anstrengungen mehr als hinreichend. Vor ihr erstreckte sich eine zerklüftete Felslandschaft. Das kalte Licht der hochstehenden Sonne verbannte die Schatten in die Tiefe der Schluchten, Spalten und Risse. Die Farbpalette der geschichteten Gebirgszüge reichte von Tiefbraun bis heller Ockerfarbe. Die bizarren, aufgeworfenen Formationen weckten die wildesten Assoziationen in Jackie. Sie glaubte, riesige humanoide Körper auszumachen oder die Leiber von furchterregenden titanischen Bestien, die mal schlafend, mal wie auf Beute lauernd zwischen den Felsen kauerten. Staubfahnen, die eine Böe hier und da aufgewirbelt hatten, verliehen der Szene eine erschreckende Lebendigkeit.

Es kam Jackie vor, als wären all diese Gestalten, die sie in den Formationen zu erkennen glaubte, abrupt in der Bewegung erstarrt, als ihr Blick auf sie gefallen war, als wollten sie sie glauben machen, dass kein Leben in ihnen steckte. Der aufgewirbelte Staub aber verriet, dass sich ihre gewaltigen Körper eben noch bewegt haben mussten.

Vergleichbares hatte Jackie noch nie zuvor gesehen. Und plötzlich begriff sie, dass alles, was sie Aufregendes während der ausschweifenden Partys auf Bel Air erlebt hatte, nichts war im Vergleich zu dem, was ihr jetzt gerade widerfuhr.

»Unfassbar ergreifend«, murmelte sie.

»Lautet so das Ergebnis Ihrer Sondierung des Einsatzgebietes?«, vernahm sie Maria Morales' Stimme über den Helmfunk.

Die leicht ironisch klingende Frage ihrer Ausbilderin brachte Jackie augenblicklich in die militärische Realität zurück. Ihr war in dieser Kampagne eine Aufgabe zugeteilt worden, und die musste sie erfüllen, wie sehr ihre Gefühle in Anbetracht des grandiosen Panoramas auch verrücktspielen mochten.

»Ich muss feststellen, dass es voraus unzählige Versteckmöglichkeiten für den Feind gibt«, teilte sie Morales mit. »Es ist jederzeit mit einem Angriff wie aus dem Nichts zu rechnen.«

»Ich würde vorschlagen, dass wir alle in Deckung gehen«, ließ Stuart sich über Funk vernehmen, dem von Morales eine beratende Funktion zugewiesen worden war.

»Das ist längst überfällig«, bestätigte ihre Ausbilderin leicht ungehalten, die bereits hinter einem Felsblock kauerte und deren Gesicht hinter dem Klarsichthelm leicht genervt aussah.

Zwischen den karstigen Felsen in etwa dreihundert Metern Entfernung sah Jackie plötzlich etwas bläulich aufblitzen. Im selben Moment warf sie sich in den Staub. Einen Lidschlag später klang ein verhaltenes Fluchen in ihrem Helm auf.

»Ich bin getroffen!«, rief Malis Silam verärgert. »Die Anzeige auf meinem Helmvisier zeigt einen Streifschuss an meiner linken Schulter an. Der W-Anzug hat einen Riss!«

Frieda Krafka, der die Rolle des Sanitäters zugefallen war, robbte zu der Getroffenen hin und begann, den W-Anzug mit einem Reparaturkit zu flicken. Einen echten Treffer hatte es natürlich genauso wenig gegeben wie einen Kampfstrahl. Das Ganze war von dem Suprasensor in Morales' Rucksack errechnet und in Form von Daten dargestellt worden.

»Das ist ja gerade noch mal gutgegangen.« Morales wurden die Werte ihrer Rekruten im Inneren ihres Helms angezeigt, sodass sie über deren Befinden stets genau im Bilde war. Frieda war den Schäden am Anzug und der Verletzung ihrer getroffenen Kameradin bestens beigekommen.

Jackie wollte ihre Nachlässigkeit unbedingt wiedergutmachen und ließ sich per Augenbefehl die Aufzeichnung der in ihrem Gürtel integrierten Kamera vorspielen, wobei die Helminnenseite als Projektionsfläche diente. Sie vergrößerte den Ausschnitt des Bereichs, in dem ihr der Blitz aufgefallen war.

»Ein Roboter hat uns aufs Korn genommen«, erkannte sie. Es handelte sich um ein Standardmodell der FUS, wie unschwer zu erkennen war. Wahrscheinlich waren mehrere dieser Maschinen auf Guti deponiert worden, um für die Rekruten Kampfsituationen wie diese zu simulieren.

»Wie kommen wir an diesem Roboter vorbei?«, fragte Morales geduldig. »Vorschläge, bitte.«

»Zuerst sollten wir feststellen, mit wie vielen Gegnern wir es zu tun haben«, gab Jackie zurück.

Sie überlegte kurz. Die Aufgabe der Gruppe bestand darin, im Gelände einen kleinen Sender ausfindig zu machen und zur ANZIO zu bringen. Dabei traten die verschiedenen Einheiten in Wettstreit miteinander. Wer die Mission am schnellsten und ohne Verluste zu erleiden ausgeführt hatte, auf den wartete eine kleine Belohnung.

Die acht Rekruten einigten sich darauf, sich aufzuteilen und den Roboter auf zwei Seiten zu umgehen. Dort, wo Morales das Vorhaben zu riskant oder unüberlegt erschien, steuerte sie nach und ordnete ein anderes Vorgehen an.

Im Großen und Ganzen überließ sie ihren Schützlingen jedoch das Ruder.

Wie sich zeigte, stellten sich den Rekruten sogar zwei Roboter in den Weg. Dennoch schafften sie es, den Gegner ohne eigene Verluste auszuschalten. Den kleinen Sender entdeckte Frieda schließlich in einer Höhle, zu der sie ein Ortungsgerät hingeführt hatte.

Als der Trupp schließlich zur ANZIO zurückkehrte, hielten sich dort bereits zwei der insgesamt fünf Einheiten auf, die losgeschickt worden waren. Morales' Rekruten erlangten trotzdem den zweiten Platz, da die Gruppe, die zuerst beim Schulungsschiff eingetroffen war, einen Verlust zu beklagen hatte. Einer von deren Kameraden war während des Gefechts mit den Kampfrobotern »gestorben«. Seinem zerknirschten Gesicht war deutlich anzusehen, wie sehr er sich wegen dieses Missgeschicks grämte, das seinen Trupp nun auf den letzten Platz verwiesen hatte.

Dass ihre Mannschaft letztendlich nicht gewonnen hatte, empfand Jackie zu ihrem eigenen Erstaunen nicht als Schmach. Der Aufenthalt auf diesem Planeten hatte tiefen Eindruck bei ihr hinterlassen. Sie glaubte förmlich zu spüren, wie sich ihr Verstand geöffnet und ihr Horizont sich geweitet hatte. Und das war ein viel wertvolleres »Mitbringsel« von diesem Übungseinsatz als eine vergängliche Belohnung für die Bestplatzierung.

Die Rekruten kehrten an Bord der ANZIO zurück. Und noch während der Außeneinsatz in den Gruppen mit den dazugehörigen Ausbildern besprochen und ausgewertet wurde, verließ das Schulungsraumschiff den Planeten.

Die nächste Übungseinheit sollte im freien Weltraum stattfinden.

*

»Wie verrückt ist das denn?« Stuart Grapes' Herz klopfte wild. Er konnte sich nicht erinnern, wann ihn zuletzt ein so intensives Glücksgefühl durchströmt hatte wie jetzt, da er in einem W-Anzug steckend im freien All schwebte.

In den Simulationsanlagen auf Mesopotamia hatte er geübt, sich in der Schwerelosigkeit zu bewegen. Doch umgeben von der Schwärze und der Endlosigkeit des Weltalls fühlte sich das Fehlen jeglicher Schwerkraft für ihn überraschenderweise wie ein existenzieller Urzustand an.

Dass Leben im Kosmos entstanden war, erschien ihm angesichts der unfassbaren Unendlichkeit, die ihn umgab, nur logisch. Ohne den Gegenpol des Kreatürlichen, der Entität, wäre das gesamte Weltall mit all seinen kosmischen Erscheinungen bedeutungslos und sinnfrei gewesen. In Stuart selbst fokussierte sich der kolossale Aufwand, mit dem das All erschaffen wurde, punktuell zu seiner eigentlichen Bestimmung …

»Aufpassen, Grapes!«, schnitt Morales' in seinem Helm aufklingende Stimme seine Gedanken ab. »Hören Sie auf, mit großen Augen zu glotzen, und konzentrieren Sie sich auf die Übung!«

Erst jetzt wurde Stuart gewahr, dass er das Seil losgelassen hatte, das zwischen zwei Flash gespannt worden war und an dem er sich gemeinsam mit Jackie und Frieda entlanghangeln sollte. Er war vor Ehrfurcht wie erstarrt gewesen und hatte sich von seinen Gedanken überwältigen lassen. Für ihn, der auf Dominik mit der Bodenständigkeit der Farmer aufgewachsen und dem die Verbundenheit mit dem Land und dem Acker ins Blut übergegangen war, stellte dieser Ausflug ins Nichts eine besonders aufwühlende Erfahrung dar.

Die Sicherungsleine, die ihn mit dem Kletterseil verband, spannte und stoppte sein langsames Davondriften. Stuart riss sich zusammen und zog sich an der Leine vorsichtig zum Hauptseil hin. Entschlossen packte er das Stahlgeflecht und hakte zusätzlich seine Kniekehlen ein, indem er das Kabel mit den Beinen umschloss.

Frieda und Jackie waren bereits ein gutes Stück vorangekommen. Mit ihren Rucksäcken und den Multikarabiner-Attrappen auf dem Rücken hangelten sie sich das Seil entlang, wobei ihre Bewegungen seltsam verhalten und ungelenk, dadurch aber nicht weniger anmutig wirkten. Es sah aus, als zögen sie sich unter Wasser an einem Tau entlang, während eine unberechenbare Strömung ihre Körper mal hierhin und mal dorthin drängte.

Stuart beeilte sich, zu seinen Kameradinnen aufzuschließen. Er konnte nicht umhin, die beiden Frauen fasziniert anzustarren.

Sie kamen ihm wie die Versinnbildlichung des Lebens vor. Sie waren der Grund, warum es dieses Weltall gab. Plötzlich verstand er, warum seine Mutter die Arbeit auf den Feldern so sehr liebte. Zu beobachten, wie etwas wuchs und gedieh, wie Leben seiner Bestimmung nachkam, war nichts anderes, als den Sinn aller Existenzen zu feiern …

»Geht es Ihnen auch wirklich gut, Grapes?«, fragte Morales ernst.

»Ja«, presste Stuart rau hervor. »Es ist nur …« Er musste erkennen, dass er nicht fähig war, das, was er in diesem Moment empfand, in Worte zu kleiden. »Es ist … ich …« Er brach ab und zog sich wie benommen an dem Seil entlang.

»Verstehe«, hörte er Morales sagen. »Atmen Sie ein paar Mal tief durch, Grapes. Was Sie da gerade durchleben, ist ganz normal. Aber Sie dürfen sich davon nicht überwältigen lassen. Dies ist eine militärische Übung und kein Spaziergang, auf dem Sie sich müßige Gedanken erlauben können.«

»Verstanden.« Stuart nickte, als müsste er sich selbst davon überzeugen, dass er wirklich begriffen hatte.

Leben bedeutete nicht nur Wachsen und Gedeihen, es bedeutete auch Kampf ums Überleben und um den Fortbestand der eigenen Art!

An diesen Gedanken klammerte er sich, und wie das Seil, das ihn durch den luftleeren Raum geleitete, half dieser ihm, sich zu fokussieren und auf seine Aufgabe zu konzentrieren.

Als die drei Rekruten die Mitte des Seils erreicht hatten, hielten sie wie befohlen an. Aus den Luken der Flash wurden nun Scheiben ins All katapultiert.

Der zweite Teil der Übung hatte begonnen!

Die Beine wie im Schneidersitz um das Seil geschlungen langte Stuart nach seinem Multikarabiner. Die Waffe in Anschlag zu bringen und die silbrigen Scheiben anzuvisieren, die wie aus sich selbst heraus fahl schimmerten, war ein schwieriger Akt.

Frieda entglitt ihr Karabiner; er trudelte davon. Hastig langte sie nach der Sicherungsschnur, zog dann aber zu ungestüm daran, sodass die Waffe plötzlich an ihr vorbeizischte und anschließend erneut vom Sicherungstau gestoppt wurde.

Jackie, die sich wesentlich geschickter anstellte, hatte bereits zwei Scheiben abgeschossen, als Frieda noch immer ihren Karabiner einzufangen versuchte. Die Scheiben leuchteten rot auf, wenn sie einen virtuellen Treffer erhielten. Stuart brachte nur einen einzigen Diskus zum Glühen, denn der unsichere Halt machte es ihm fast unmöglich, einen gezielten Schuss abzufeuern.

Schließlich kehrten die ferngesteuerten Scheiben in die Flash zurück. Stuart machte sich daran, den Energiespeicher seiner Waffe austauschen, denn er hatte so wild um sich gefeuert, dass dieser nun nahezu aufgebraucht war. Seine Leistung ließ sehr zu wünschen übrig, musste er zerknirscht feststellen.

Um Frieda war es noch viel schlimmer bestellt. Es war ihr nicht nur nicht gelungen, ihres Multikarabiners wieder habhaft zu werden, sondern darüber hinaus war ihr nun auch noch das Marschgepäck vom Rücken gerutscht.

Stuart sicherte seine Waffe und hängte sie sich um. Anschließend hangelte er auf Frieda zu und angelte sich ihren Rucksack, der sich gerade um sich selbst drehend verabschieden wollte. Er schnappte sich kurzerhand das Sicherungsseil des Gepäcks und nutzte die Zentrifugalkraft, um den Rucksack in einer Kreisbahn auf sich zu lenken und einzufangen.

Nach einigen Minuten und mit Jackies zusätzlicher Unterstützung erhielt Frieda ihre Ausrüstung schließlich zurück. Sie war den Tränen genauso nahe wie einem Wutausbruch, der alles nur noch schlimmer gemacht hätte, wenn sie diesem nachgegeben hätte. Doch schließlich beruhigte sie sich, und die Flash flogen mit den Rekruten im Schlepptau zur ANZIO zurück, wo Morales sie im offenen Schleusentor in Empfang nahm.

*

Bisher hatte Jackies Rekrutendasein nur wenig bis gar nichts mit ihrem vorherigen Leben auf Bel Air gemein gehabt. Alles war neu und aufregend für sie. Ihren Widerwillen gegen die Grundausbildung hatte sie längst aufgegeben; er war ehrlichem Interesse gewichen. Inzwischen konnte sie sich für einige Aspekte der Ausbildung sogar regelrecht begeistern. Dazu gehörten die

Schießübungen und seit dem Besuch auf Guti nun auch das Erkunden fremder Welten. Diese erfreulichen Dinge wogen die Unannehmlichkeiten sogar deutlich auf, die das Krafttraining, die Ausdauerübungen und die Abstinenz auf vielerlei Gebieten mit sich brachten. Seit sie Rekrutin geworden war, führte sie ein gänzlich anderes Leben – ein Leben, in das sie sich Stück für Stück eingewöhnte.

Umso überraschter war sie, dass eine Übung, die im freien Weltraum verrichtet werden musste, nun doch Erinnerungen an ihr wildes Partyleben in ihr aufkommen ließ. In einen W-Anzug gekleidet und mit einem Jetpack auf dem Rücken flog sie gemeinsam mit den anderen Mitgliedern ihrer Gruppe aus einer Schleuse der ANZIO ins All hinaus. In jeder Hand hielt sie ein kleines Panel, mit dem sich die Düsen des Jets kabellos steuern ließen.

Verwundert stellte sie fest, dass das kalte Angstgefühl, das sich in ihrem Magen ausgebreitet hatte, als sie an dem zwischen die Flash gespannten Seil gehangen hatte, diesmal ausblieb. Der Grund, warum sich kein Klumpen aus Furcht bildete, hing aber nicht damit zusammen, dass sie sich an den Aufenthalt im Weltall gewöhnt hätte. Dazu würde es sicherlich mehr als nur einen Ausflug benötigen, das wurde ihr schlagartig klar, als sie die fernen leuchtenden Punkte betrachtete, von denen jeder eine viele Lichtjahre entfernte Sonne markierte. Wie sie es bereits am Seil hängend empfunden hatte, schien ein unwiderstehlicher Sog von diesen glimmenden Punkten auszugehen. Dieser Sog drohte sie innerlich zu zerreißen und ließ sie befürchten, all ihre Moleküle könnten unwiederbringlich im Weltraum zerstreut werden.

Dieses beängstigende Gefühl blieb diesmal allerdings aus. Diesmal konnte sie mithilfe des Jetpacks selbst bestimmen, wohin sie flog. Sie war der Schwerelosigkeit nicht hilflos ausgeliefert, vielmehr war das Nichts zu einem Medium geworden, durch das sie gezielt navigieren konnte. Sie behielt die Kontrolle in einem Umfeld, in dem unkontrollierbare Kräfte walteten.

Dies war annähernd das, was Jackie während ihrer Rauschzustände auf Bel Air erlebt hatte. Sie hatte stets immer nur so viel getrunken und den Drogenkonsum so weit eingeschränkt, dass eine wache Komponente in ihr erhalten geblieben war. Sie wollte diejenige sein, die ihren Verstand durch den Rausch lenkte, und gelang es ihr einmal nicht, weil sie zu viel konsumiert hatte, empfand sie am folgenden Tag so starken Abscheu vor sich selbst, dass sie nicht einmal in den Spiegel schauen mochte. Dieses Gefühl, selbstbestimmt durch das Chaos zu gleiten, war der Grund, warum sie von den Partys nicht hatte genug bekommen können. Und nun begegnete ihr dieses Gefühl ausgerechnet während einer Übung bei der FUS aufs Neue. Nach eigenem Willen bewegte sie sich durch einen lebensfeindlichen Raum – ein unbeschreibliches, berauschendes Gefühl!

Die Steuerung des Jets zu beherrschen war jedoch alles andere als einfach, musste Jackie jetzt feststellen. Diesmal reichten der Verstand und der Wille allein nicht aus, die Kontrolle zu behalten; diesmal waren darüber hinaus auch Fingerfertigkeit, Feinmotorik und Orientierungssinn gefragt.

Jackies Trupp war aufgetragen worden, Gegenstände im Weltraum zu bergen und zur ANZIO zu bringen. Mehrmals schoss Jackie am Ziel vorbei, ehe sie den Bogen endlich heraushatte und die Dosierung des Schubs beherrschte. Mit den einzusammelnden Gegenständen, bei denen es sich um Kugeln von einem halben Meter Durchmesser handelte, nicht zusammenzustoßen, war eine weitere Herausforderung. Dafür musste nämlich auch die Eigenbewegung des Objektes mit einbezogen werden. Wäre die Sicherheitsschaltung des Jets nicht eingeschritten, wäre Jackie mehrmals mit den zu bergenden Kugeln kollidiert.

Doch schließlich schaffte es ihre Gruppe mit vereinten Kräften, sämtliche Gegenstände einzusammeln und zur Schleuse zu fliegen.

Der Schwierigkeitsgrad der Übung wurde daraufhin erhöht. Diesmal galt es, ferngesteuerten ausgepolsterten Bällen auszuweichen, was sich als bedeutend schwieriger herausstellte, als Objekte einzufangen. Die Treffer warfen Jackie jedes Mal aus der Flugbahn, sodass sie ihren Kurs mühsam stabilisieren musste. Dies gelang ihr von Mal zu Mal allerdings besser und schneller. Den heranrasenden Bällen auszuweichen, klappte zum Schluss schon recht gut.

Als Jackie das Signal erhielt, zur Schleuse zurückzukehren, war sie fast ein bisschen enttäuscht. Die Sache hatte ihr großen Spaß gemacht, und sie wäre gerne noch länger im Weltraum geblieben, um mithilfe des Jets durchs All zu fliegen. Aber nun war ein anderer Trupp am Zuge. Aus Sicherheitsgründen wurde nur eine begrenzte Anzahl Rekruten in den Weltraum gelassen, damit die Lage für die Ausbilder überschaubar blieb. Die Jets verfügten zwar über eine Vorkehrung, die Kollisionen praktisch ausschloss, die Sicherheitsvorschriften während der Ausbildung waren jedoch äußerst streng. Die Rekruten sollten neue Erfahrungen sammeln und in bestimmten Bereichen Routine entwickeln. Sie sollten wehrhaft werden und Befehle ausführen. Und sie alle sollten dies unversehrt überstehen, so hart der Drill auch ausfallen mochte. Dies war ein ehernes Gebot, mit dem kein Ausbilder an Bord der ANZIO jemals brechen würde.

17.

Am vierten Tag der Kampagne verließ die ANZIO das Mesopotamia-System. Die Rekruten wussten nur so viel, dass das Schulungsschiff nun eine Sauerstoffwelt anfliegen würde, auf der dann weitere Übungen abgehalten werden sollten. Die dürftige Informationslage steigerte die Neugier der Füchse nur zusätzlich. Jackie Elsborn, Stuart Grapes und Frieda Krafka spekulierten gemeinsam mit den sechs anderen Mitgliedern ihres Trupps, was es mit dieser Welt Besonderes auf sich haben mochte und was sie dort wohl an Herausforderungen erwartete. Sie taten dies an ihrem Gruppentisch in der Messe sitzend, während sie eine Mahlzeit zu sich nahmen. Das aufgeregte Palavern war anscheinend auch zu den Nachbartischen gedrungen, denn plötzlich stand eine der dort sitzenden Frauen auf und gesellte sich unaufgefordert zu der Achtergruppe an den Tisch.

»Ihr seid die neuen Füchse von Maria Morales, nicht wahr?«, fragte die Frau in die Runde. Sie sah enorm durchtrainiert aus. Den Rangabzeichen auf ihrer Uniform zufolge war sie Schütze; ihr Name lautete Suzy Kumada.

»Kumada«, stellte sie sich den Rekruten vor, die jetzt verstummt waren und die Frau mit einer Mischung aus Neugier und Respekt ansahen. Suzy war die Ehrfurcht, die ihr von den Neulingen entgegengebracht wurde, anscheinend nicht unangenehm, und wie um das Staunen der jungen Leute noch ein wenig zu intensivieren, sagte sie: »Ich habe vor kurzem meinen Grundwehrdienst bei Morales abgeleistet. Ihr habt Glück. Maria ist die fähigste und taffste Ausbilderin, die ihr euch nur wünschen könnt.« Mit einer eleganten Geste deutete sie ihren Körper hinab. »Es ist noch gar nicht so lange her, da haftete noch einiges an Schwabbel an meinem Leib. Den bin ich dank Morales losgeworden. Der

Drill hat mich ordentlich abspecken lassen.« Sie verstummte, als ein Blick in die Runde ihr verriet, dass von den Anwesenden offenkundig niemand an Gewichtsproblemen litt. Sie winkte ab: »Wie auch immer. Maria ist mein großes Vorbild, und ihr solltet eure Ausbilderin ebenfalls als Ideal betrachten. So werdet ihr es bei der Flotte der Unabhängigen Siedlerwelten bestimmt weit bringen!«

Jackie nickte bestätigend. »Morales hat es auf jeden Fall raus, einen zu fordern und das Beste aus einem herauszukitzeln.«

Suzy beugte sich mit verschwörerischer Miene vor. »Ich hab' gehört, wie ihr euch die Köpfe über unser nächstes Etappenziel zerbrecht«, sagte sie geheimnisvoll. »Soll ich euch was darüber erzählen?«

»Unbedingt«, ging Stuart auf das Angebot ein. Er machte ein nachdenklich ernstes Gesicht. »Ich schätze, der FUS ist diese Sauerstoffwelt bereits hinreichend bekannt«, mutmaßte er.

Suzy Kumada musterte ihn übertrieben freundlich, wie man jemanden ansah, der gerade etwas nur allzu Offensichtliches von sich gegeben hatte. »Was dachtest du denn? Odradek wird schon seit etlichen Jahren zu Ausbildungszwecken genutzt. Die Offiziere kennen diesen Planeten in- und auswendig. Er wurde von sämtlichen Spürern und Tastern der ANZIO mehrmals durchleuchtet und ist von den zuständigen Stellen dann als sicher eingestuft worden.«

»Odradek … was für ein seltsamer Name«, murmelte Stuart Grapes.

Suzy nickte. »Angeblich handelt es sich dabei um ein kauziges Wesen aus einer Kafka-Erzählung.«

»Das ist ja ein lustiger Zufall«, warf Jackie ein. »Die Erzählungen von Franz Kafka habe ich erst kürzlich gelesen – und zwar auf Mesopotamia.«

»Kafka war ein tschechischer Schriftsteller aus dem zwanzigsten Jahrhundert, der auf Deutsch geschrieben hat«, fügte Suzy wie beiläufig an, um den Rekruten zu bedeuten, dass sie ebenfalls im Bilde war.

Stuart warf Frieda einen fragenden Blick zu. »Bist du mit diesem Autor etwa verwandt?«

Frieda zuckte mit den Schultern. »Davon ist mir nichts bekannt. Ich kann es mir aber auch nicht vorstellen, mein Nachname lautet ja auch Krafka und nicht Kafka.«

»Auf jeden Fall müsst ihr euch auf einiges gefasst machen«, sagte Suzy Kumada ernst. »Der Planet Odradek ist eine raue Welt, die euch einiges abverlangen wird. Nicht umsonst ist dieser Planet bisher noch nicht von Menschen besiedelt worden. Es gibt weitaus gemütlichere Welten, auf denen man sich breitmachen könnte.«

»Auf was müssen wir uns im Speziellen denn vorbereiten?«, fragte Frieda leicht eingeschüchtert.

Suzy wiegte den Kopf. »Das darf ich nicht verraten. Es ist Sache eurer Ausbilder, euch vorzubereiten. Ich mische mich da nicht ein. Und wenn Maria meint, dass ihr im Ungewissen gelassen werden solltet, dann soll es so sein.«

Mit diesen Worten erhob sich der weibliche Schütze. »Ich wünsche euch viel Glück«, sagte sie abschließend, winkte lax, wandte sich ab und kehrte an ihren Tisch zurück.

»Das war jetzt nicht sehr aufschlussreich«, merkte Jackie unzufrieden an.

»Ich glaube, Suzy Kumada wollte uns nur ein bisschen einschüchtern«, sagte Stuart mit gedämpfter Stimme. Er beugte sich vor, wie Suzy es zuvor getan hatte. »Und sich wichtigmachen«, fügte er noch leiser hinzu.

Frieda zuckte gleichmütig mit den Schultern. »Jedenfalls wissen wir, dass Odradek keine bösen Überraschungen für uns bereithält. Der Planet wurde gründlich durchgeortet, untersucht und für ungefährlich befunden. Das ist eine beruhigende Information, und ich bin froh, dass Suzy sich dazu herabgelassen hat, uns ins Bild zu setzen.«

»Glaub mal nicht, dass es auf Odradek gemütlich zugehen wird«, mahnte Stuart.

»Davon bin ich weit entfernt«, erwiderte Frieda. »Und darum geht es mir auch gar nicht. Anstrengungen machen mir nichts aus. Ich würde mich lediglich wohler fühlen, wenn ich schon vorher weiß, dass uns bei den Übungseinsätzen im Grunde nichts passieren kann.«

*

Die ANZIO landete am Rande eines dichtbewaldeten Gebietes. Zur anderen Seite hin erstreckten sich seichte Hügel, die nach mehreren Kilometern in einen Gebirgszug übergingen, der einen weiten Bogen um das Landegebiet schlug. Es war früh am Morgen und der Himmel stark bewölkt. Es regnete Bindfäden, und ein böiger Wind wehte. Die Bordzeit stimmte nicht mit der geografischen Zeit des Landegebiets überein. Auf der ANZIO war später Nachmittag, und da ein Tag auf Odradek zweiunddreißig Stunden dauerte, stand den Rekruten, Kadetten und Ausbildern, die den Ringraumer jetzt verließen, noch eine lange Wachphase bevor.

Mit einer Multikarabiner-Attrappe bewaffnet marschierte Stuart gemeinsam mit den übrigen Rekruten die Rampe hinab. Er kniff die Augen zusammen, als ihm der Wind den Regen ins Gesicht blies. Die Tropfen hatten einen leicht bitteren Geschmack, was Stuart im ersten Moment beunruhigte. Doch dann rief er sich Suzys Worte in Erinnerung und war überzeugt, dass der Wolkenguss weder giftig noch auf andere Weise schädlich für ihn war, sondern einfach nur abscheulich schmeckte.

Am Ende der Rampe angekommen, rannte Stuart gemeinsam mit seinem Trupp hinter Morales her. Ihre Aufgabe bestand darin, das Gelände zum Wald hin zu sichern.

Bei dem grünen kniehohen Bewuchs der Ebene, auf der die ANZIO gelandet war, handelte es sich um distelähnliche Gewächse. Die Widerhaken an den Blättern, Stielen und Blütenköpfen verfingen sich an den Hosenbeinen und blieben hartnäckig daran haften, sodass Pflanzenteile abgerissen wurden, während die Rekruten mit ihren Multikarabinern im Anschlag geduckt auf den Wald zurannten. Schon nach wenigen Metern waren die Beine der Soldaten komplett mit triefnassen, grünen Fetzen behangen.

»Halten Sie die Augen offen!«, mahnte Morales. Auf dem roten Tuch, das unter ihrem Helm hervorschaute, perlten silbrige Tropfen. Sie gab den Rekruten mit einer Handbewegung zu verstehen, auszuschwärmen. Wie zuvor bereits unzählige Male geübt, bildeten ihre acht Schützlinge daraufhin eine Linie und pirschten vorwärts. Auf Morales' weiteres Handzeichen hin knieten sie hin und spähten zum Wald hinüber.

Die Disteln verfingen sich nun auch an den Ellenbogen und Unterarmen und beeinträchtigten die Bewegungsfreiheit. Stuart bemerkte, dass zusätzlich Dutzende Kletten an seiner Uniform hafteten. Er versuchte, diese lästigen Pflanzen zu ignorieren, und konzentrierte sich auf den Wald, dessen Saum zwanzig Schritte vor ihm lag.

Die Bäume waren annähernd zehn Meter hoch, standen eng beieinander und waren mit runden, gezackten Blättern spärlich bewachsen. Die Äste und Zweige griffen ineinander und waren dornenbewehrt. Entlang der schlanken Stämme waren die Stacheln so lang wie Speerspitzen. Dicht an dicht wuchsen diese Dornen, sodass Stuart sich nicht vorstellen konnte, dass sich ein Tier, geschweige denn ein potenzieller Feind durch diesen Wald heranpirschen konnte, ohne bei diesem Versuch von den Dornen zerrissen zu werden.

Dann bemerkte er jedoch zwischen den Stämmen eine Bewegung. Ein kleines Geschöpf, etwa doppelt so groß wie ein Fußball, wuselte auf dem Boden umher, der von abgestorbenen Zweigen und Blättern übersät war.

Stuart klappte das Visier seines Helms herunter und schaltete die Vergrößerungsfunktion hinzu. Es dauerte einen Moment, bis er das flinke Wesen anvisieren und einige Sekunden lang beobachten konnte. Es hatte einen annähernd sternenförmigen Körper und war mit einer Art Fell bewachsen, das allerdings wie das einer räudigen Katze oder eines verwahrlosten Hundes aussah. Die grauweißen Zotten waren unterschiedlich lang, teilweise miteinander verfilzt oder standen in allen möglichen Winkeln vom Körper ab.

»Ich habe etwas entdeckt!«, berichtete Stuart seiner Ausbilderin und pustete bitterschmeckenden Regen von seinen Lippen. »Ein Tier, wie es scheint.«

»Stellt es eine Bedrohung für uns dar?«, wollte Morales wissen.

»Ich denke, eher nicht«, erwiderte Stuart, der jetzt verwundert beobachtete, wie das Knäuel einen Baumstamm hinaufhuschte. Die langen Dornen wischten durch das zottige Fell hindurch, aber wie durch ein Wunder blieb das Geschöpf weder daran hängen, noch wurden ihm Haare ausgerissen. Obwohl der Pelz extrem verfilzt und zottelig aussah, besaß es anscheinend dennoch die Eigenschaft, den Stacheln keinerlei Angriffsfläche zu liefern.

Die anderen Rekruten meldeten nun ebenfalls die Sichtung eines Fellknäuels. Auch entdeckte Stuart zwei weitere der Kreaturen. Der Wald schien von dieser absonderlichen Lebensform richtiggehend bevölkert zu sein. Was genau sie im Wald trieben, vermochte Stuart allerdings nicht herauszufinden. Spielten sie nur oder jagten sie irgendeiner Nahrung hinterher? Ein Maul oder gefährliche Krallen hatte er allerdings nicht ausmachen können.

»Das müssen Odradek sein«, dämmerte es Jackie schließlich. »Ein genauso betiteltes Geschöpf kommt nämlich auch in besagter Erzählung von Franz Kafka vor. Der darin beschriebene Odradek sieht diesen weißlichen Fellbündeln in gewisser Weise sehr ähnlich.«

Morales nickte beipflichtend. »›Die Sorge des Hausvaters‹ heißt die Kurzgeschichte.«

»Die Odradek sind bestimmt nicht gefährlich«, äußerte sich Frieda. Sie sagte es mit Überzeugung in der Stimme, da Suzy Kumada ihnen ja verraten hatte, dass es nichts wirklich Lebensbedrohliches auf Odradek gab.

»Wir sollten trotzdem vorsichtig sein«, mahnte ein anderer Rekrut, der dem Frieden nicht zu trauen schien. Sein Name war Bob Reagon, und obwohl er fünfundzwanzig Jahre alt war, wirkte er wegen der Sommersprossen in seinem Gesicht und dem roten Haar wesentlich jünger.

Eine Weile noch verharrten die Rekruten in ihrer Beobachtungsposition. Stuart suchte nun auch den Himmel ab. Aber außer Wolken und Regenschleiern gab es dort nichts zu entdecken.

Morales fasste sich auf Höhe ihres Ohrs schließlich an den Helm, um ihrem Trupp zu bedeuten, dass sie Funkkontakt hielt. Sie nickte knapp und richtete dann das Wort an ihre Schützlinge. »Die Sicherung des Geländes ist abgeschlossen. Akute Bedrohungen wurden nicht festgestellt.« Sie erhob sich aus ihrer kauernden Haltung, wobei sie ein paar Distelblätter abriss, die sich an ihrer Uniform verfangen hatten. »Wir kehren jetzt zur ANZIO zurück und beginnen mit dem Ausladen der Ausrüstung. Anschließend wird ein Lager errichtet. Wir werden für ein paar Tage auf Odradek bleiben.«

*

Jackie Elsborn hatte schon weitaus Vergnüglicheres getan, als im Regen Zelte aufzubauen, Unterstände zu errichten und provisorische Hütten für Ausrüstung und Proviant zusammenzuzimmern. Auf Odradek brach bereits der Nachmittag an, als die Arbeiten endlich abgeschlossen waren. Die ANZIO zog die Rampen ein und startete kurz darauf. Das Schulschiff würde in eine Umlaufbahn eintreten und dort für die Dauer des Übungseinsatzes warten. Die zurückgelassenen Soldaten waren nun auf sich allein gestellt. Zu denen gehörten – abgesehen von den Ausbildern und ihren Rekruten – auch einige Mannschaftsmitglieder der ANZIO. Darunter sogar so ranghohe Offiziere wie Chester McGraves und medizinisches sowie wissenschaftliches Personal.

Die Anwesenheit Letzterer beunruhigte Jackie ein wenig. Wozu brauchte man Ärzte und Wissenschaftsoffiziere, wenn auf Odradek angeblich nichts Lebensbedrohliches existierte und der Planet außerdem komplett erforscht war? Als sie dann auch noch erfuhr, dass mit Ausnahme der Rekruten alle Soldaten mit echten Waffen ausgestattet waren, verstärkte sich ihr mulmiges Gefühl noch zusätzlich.

Dann fiel ihr Blick auf Suzy Kumada, und als diese ihr freundlich zulächelte, legte sich ihre Unruhe ein wenig. Natürlich waren die Mediziner und die Wissenschaftler nur vorsorglich anwesend für den Fall, dass ein Rekrut aus eigener Unvorsichtigkeit verletzt oder wider Erwarten eine Pflanzen- oder Tierart entdeckt werden würde, die noch nicht klassifiziert und katalogisiert worden war.

Entschlossen, sich von ihren Gedanken nicht verrückt machen zu lassen, fuhr Jackie fort, ihr Lager in einem der Mannschaftszelte herzurichten.

*

Stuart Grapes war ein leidlich guter Koch. Auf seiner Farm auf Dominik hatte er oft das Zubereiten der Mahlzeiten übernommen, wenn seine Mutter auf den Feldern zu tun hatte. Es machte ihm daher nichts aus, dass er zum Dienst in der Feldküche eingeteilt worden war und nicht dabei helfen musste, Schutzwälle zu errichten und Gräben auszuheben, die im Falle eines Angriffs zur besseren Verteidigung des Lagers dienen sollten.

Stuart erlebte allerdings eine böse Überraschung, als er die Hütte betrat, die für die Lagerung der Vorräte vorgesehen war. Die Regale, die Kühltruhen und die Kanister für das Trinkwasser waren alle ohne Ausnahme leer!

Stuart war für einen Moment wie vor den Kopf gestoßen. Während des Aufbaus des Lagers hatten die Soldaten von dem Proviant in ihrem Marschgepäck gezehrt, für den Nachmittag aber waren ein üppiger Gulascheintopf und frischer Salat eingeplant. Die Liste der Zutaten, die er aus dem Vorratslager für die Feldküche herbeischaffen sollte, wog plötzlich schwer in seiner Hand. Wie hatte es geschehen können, dass in dieser Hütte nun gar keine Vorräte zur Verfügung standen? War während der Koordination womöglich etwas schiefgelaufen? Oder war ein Soldat seiner Aufgabe nicht gründlich genug nachgekommen und hatte vergessen, die Lebensmittel einzulagern?

Stuart schüttelte die Gedanken ab. Er musste das Fehlen des Proviants sofort melden, damit Abhilfe geschaffen werden konnte!

Er machte auf dem Absatz kehrt und stürmte ins Freie. Auf dem Gelände musste er sich nicht lange nach McGraves umsehen. Der Major stand unter einer aufgespannten Regenplane und beugte sich gemeinsam mit einigen Ausbildern über einen Kartentisch.

Stuart sprintete los, wurde jedoch, als er den Unterstand fast erreicht hatte, von einer Wache aufgehalten.

»Lassen Sie mich durch!«, verlangte Stuart von dem Mann. »Ich habe eine wichtige Meldung zu machen!«

»Was ist das für ein Lärm?«, rief McGraves leicht ungehalten herüber.

Stuart nahm Haltung an und grüßte militärisch. »Sir, Major. Wir … wir haben keine Lebensmittel, fürchte ich!«, rief er um Fassung bemüht.

McGraves furchte die Stirn, ohne dass seine melancholische Miene sich dabei geändert hätte. »Dann haben wir ein Problem«, sagte er trocken.

»Sir … Sie müssen das der ANZIO melden, damit man uns Essen und Wasser schickt!«, haspelte Stuart.

McGraves lächelte frostig. »Wegen so einer Lappalie werden wir nicht gleich die Pferde scheumachen«, sagte er. »Wenn vergessen wurde, die Nahrungsmittel aus der ANZIO auszuladen, müssen wir eben improvisieren.«

Stuart blinzelt indigniert. Dass der Major diese Sache so gelassen nahm, verdutzte ihn. *Ist das Fehlen des Proviants etwa Teil dieser Ausbildungskampagne?,* fragte er sich. Plötzlich schämte er sich für sein unwirsches Auftreten. Vor Aufregung hatte er sich aus militärischer Sicht gesehen dem Major gegenüber völlig undiszipliniert verhalten und sich Freiheiten herausgenommen, für die er eigentlich hätte gerügt werden müssen. »Entschuldigen Sie, Sir … Major«, setzte er an, brach dann aber ab, als dieser beiläufig abwinkte.

McGraves rieb sich sinnierend das Kinn. Die ihn umstehenden Ausbilder verhielten sich abwartend. Stuart kam es vor, als wüssten sie genau, was nun geschehen würde.

»Soweit ich mich erinnere, müssten sich in dieser Gegend irgendwo Verstecke mit Notproviant befinden«, überlegte Major McGraves laut. »Diese Depots wurden voriges Jahr während einer Übung angelegt und dort belassen, wenn ich mich nicht täusche.«

»Das ist korrekt, Sir«, äußerte sich Maria Morales. »Im Datenspeicher unseres Kartentischs müsste sich ein Lageplan dieser Depots befinden.«

»Hervorragend!« stieß McGraves aufgeräumt hervor. »Dann wissen wir ja jetzt, womit wir unsere Rekruten als Nächstes beschäftigen können.«

Morales warf Stuart einen strengen Blick zu. Sein impertinentes Auftreten hatte sie nicht gerade beglückt, das konnte Stuart ihr deutlich ansehen. »Trommeln Sie alle Rekruten zu einem Appell auf dem Exerzierplatz zusammen!«, befahl sie ihm. »In zehn Minuten haben sich alle dort versammelt!«

Stuart tippte mit der Hand zackig gegen die Stirn, drehte sich auf den Hacken um und spurtete davon. Er würde sich ziemlich anstrengen müssen, um alle Rekruten rechtzeitig zu informieren, denn die waren in Arbeitsgruppen aufgeteilt über das ganze Areal verteilt. Stuart konnte dabei weder auf technische Hilfsmittel wie Funk zurückgreifen, noch besaß er den Rang und die Autorität, um seinen Kameraden Befehle zu erteilen. Es kam also auf sein Geschick und seine Überzeugungskraft an, sämtliche Rekruten dazu zu bewegen, sich in der vorgegebenen Zeit beim Exerzierplatz einzufinden.

*

»Um uns durch diesen Wald zu schlagen, brauchen wir da nicht W-Anzüge?«, fragte Jackie Elsborn und verzog, den Dornenwald betrachtend, skeptisch das Gesicht.

»Die stehen uns nicht zur Verfügung«, erwiderte Maria Morales Kaugummi kauend. Der Regen hatte inzwischen nachgelassen. Es nieselte nur noch leicht.

Stuart Grapes hielt seine Machete mit beiden Händen vor sich. Jedes Gruppenmitglied hatte eine solche Waffe ausgehändigt bekommen. »Ob dieses Haumesser überhaupt dazu taugt, um eine Schneise durch diesen Wald zu schlagen?«, fragte er skeptisch.

»Ist es denn überhaupt nötig, die Flora dieser Welt niederzumachen, nur damit wir an unsere Nahrungsmittel herankommen?«, warf Frieda Krafka eine weitere Frage ein.

Morales verschränkte die Arme und sah ihre Schützlinge lauernd an. »Sie haben Befehl erhalten, sich zum Notdepot in diesem Wald durchzuschlagen, die Lebensmittel zu sichern und ins Lager zu bringen. Worauf warten Sie noch?«

Der strenge Unterton in Morales' Stimme machte deutlich, dass sie jetzt keine weiteren Einwände mehr duldete.

Stuart machte einen entschlossenen Schritt auf den Waldrand zu. Er hatte es tatsächlich geschafft, die Rekruten wie befohlen rechtzeitig beim Exerzierplatz zu versammeln. Er staunte über sich selbst, woher er die Autorität genommen hatte, mit der er die Trupps zum Sammeln aufgerufen hatte. Und nun wollte er der Erste sein, der sich in diesen unwirtlichen Dornenwald hineinbegab.

Wie sich gezeigt hatte, existierten im weiten Umkreis um das Lager herum genau zehn Notdepots, also für jede Rekrutengruppe eines. Dass Morales' Schützlingen ausgerechnet das im unzugänglichen Wald liegende Vorratslager zugewiesen worden war, hatten sie, wie Stuart befürchtete, wahrscheinlich seinem Benehmen Major McGraves gegenüber zu verdanken. Mit dieser Gewissheit holte er jetzt aus und hieb mit der Machete einige Äste entzwei, die ihm den Weg zwischen die Bäume verstellten. Anschließend hackte er die langen Dornen von den Stämmen, sodass er einen Schritt in den Wald hineintun konnte. Der Freiraum zwischen den Stämmen reichte jedoch nicht aus, um ihn ungehindert passieren zu lassen. Mit seiner Tarnjacke blieb er an einem Dornstumpf hängen, und als er sich zu befreien versuchte, verhedderte er sich in den Zweigen vor ihm.

»Ich hänge fest!«, rief er seinen Kameraden genervt zu.

Jackie gab sich einen Ruck und schlug beherzt auf einen der schlanken Bäume in Stuarts Nähe ein. Die Klinge ihrer Machete drang zu ihrer Verwundung tief ins Holz ein und durchtrennte den Stamm beim zweiten Hieb dann sogar gänzlich.

»Die Bäume sind innen hohl«, konstatierte sie und drückte den Stamm zur Seite, bis er endlich aus dem Wald und in die Disteln hineinstürzte. Dabei brachen die verflochtenen Zweige wie trockener Reisig einfach ab.

»Es muss sich um schnellwachsendes Gehölz handeln«, war sich Stuart sicher, der regungslos dastand, damit er sich nicht noch mehr in den Dornen verfing. Er sah sich auf dem Waldboden um und erkannte an den langen faserigen Rückständen, dass dort bereits mehrere Stämme vor sich hin rotteten. »Dieser Wald wird sich von unserem Eindringen wahrscheinlich ziemlich schnell erholen«, schätzte er.

Dadurch angespornt traten nun auch die anderen Rekruten in Aktion.

»Geben Sie auf Ihren Nebenmann acht!«, mahnte Morales. »Sie sollen mit den Macheten den Bäumen zu Leibe rücken und nicht Ihren Kameraden. Wahren Sie also gebührenden Abstand, bevor Sie mit den Waffen ausholen!«

Nach kurzer Zeit hatten die Rekruten Stuart befreit und den Anfang einer Schneise geschaffen, die breit genug war, damit zwei nebeneinander hergehende Personen sie ungehindert passieren konnten.

Morales folgte ihren Schützlingen geduldig, während die sich an der Spitze der im Entstehen begriffenen Schneise beim Roden abwechselten. Hin und wieder warf die Ausbilderin einen Blick auf ihren Hand-Suprasensor, auf dem eine Karte mit dem Standort des Notdepots gespeichert war. Dabei korrigierte sie die Richtung, in die die Schneise geschlagen werden sollte, sobald ihre Schützlinge ein wenig vom Kurs abgekommen waren.

Obwohl die Dornenbäume nicht sehr widerstandsfähig waren, kam der Trupp dennoch nur langsam voran. Die Zweige der gekappten Bäume waren mit denen der Nachbargewächse so sehr verwoben, dass sie nicht sofort umkippten, wenn der Stamm durchgehackt worden war. Das Gehölz musste mühsam zerkleinert werden, sodass es der Gruppe nicht mehr im Weg war. Dabei wurde dem einen oder anderen Rekruten der Arm vom vielen Hacken und Hauen schwer. Keuchen und schweres Atmen mischte sich unter das hohle Klopfen und Schmatzen der Machetenklingen.

Stuart blieb die ganze Zeit über aufmerksam, während er sein Haumesser durch die Luft sausen und sich ins Dornenholz fressen ließ. Sein besonderes Augenmerk galt dem Waldboden. Er suchte nach Anzeichen dafür, dass in diesem Wald schon einmal eine Schneise geschlagen worden war, um darin ein Vorratslager anzulegen.

Doch keinerlei Spuren deuteten auf das rabiate Eindringen von Menschen in diesem Forst hin.

»Es existiert überhaupt kein Notdepot«, raunte er Jackie schließlich zu.

Jackie furchte die Stirn. »Du meinst, wir mühen uns hier umsonst ab?«

Stuart schüttelte den Kopf. »McGraves hat nicht vergessen, anzuordnen, dass Nahrungsmittel aus der ANZIO ausgeladen wurden«, erläuterte er. »Ich lag mit meinem Verdacht richtig: Diese Lebensmittelkrise ist Teil der Übung. Anstatt die für uns vorgesehenen Rationen in die Vorratshütte zu bringen, wurden sie wahrscheinlich mithilfe eines Xe-Flash an den Punkten deponiert, zu denen wir uns jetzt durchkämpfen müssen.«

»Hätte mich auch sehr gewundert, wenn es in der FUS so schlampig zuginge, dass so etwas Wichtiges wie die Verpflegung einfach vergessen wurde«, äußerte sich Jackie. Damit war das Thema für sie erledigt. Sie deutete zu den spärlichen Baumwipfeln empor. »Die Odradek verhalten sich seltsam, ist dir das schon aufgefallen?«

Stuart hob den Blick und war überrascht, als er sah, dass Dutzende dieser schmutzig weißen Fellknäuel in den Baukronen herumturnten. Als seine Augen auf den Waldboden gerichtet gewesen waren, hatte er kaum einen Odradek zu Gesicht bekommen. Jetzt wusste er, warum: Sie hatten sich in die höheren Etagen des Waldes zurückgezogen. »Was treiben die da?«, fragte er unbehaglich.

Jackie zuckte mit den Schultern und trennte mit einem Schwinger mehre Zweige gleichzeitig von einem Baum. »Sie sehen uns zu, würde ich sagen.« Erneut hob sie eine Schulter. »Sie scheinen aber weder aggressiv noch ängstlich zu sein. Ich habe sogar den Eindruck, dass es ihnen vollkommen egal ist, was wir mit ihrem Wald anstellen.«

Stuart beobachtete, wie sich einige Odradek plötzlich tollten und verschwanden. Dafür tauchten an anderer Stelle eine Handvoll der kleinen sternförmigen Kreaturen auf. Sie huschten die verwobenen Zweige entlang und wechselten so von Baum zu Baum.

»Haben die überhaupt Augen, mit denen sie uns beobachten können?«, äußerte er seine Zweifel.

»Ich habe keinen Schimmer«, gestand Jackie. »Wenn die Odradek Sinnesorgane haben, sind sie unter dem Fell verborgen.

Ich kann nicht einmal erkennen, ob sie überhaupt über irgendwelche Extremitäten verfügen.«

Plötzlich stieß Frieda einen triumphierenden Schrei aus. »Das Notdepot!«, rief sie und fuchtelte mit den Armen, wobei die Klinge ihrer Machete fahl aufblitzte. »Wir müssen nicht verhungern, Leute!«

Jackie blies die Wangen auf und schnaubte. »Hat die etwa wirklich geglaubt, dass McGraves uns heute Abend hungrig ins Bett geschickt hätte?«, fragte sie abfällig.

Frieda stand vor einer kleinen kreisrunden Lichtung. Die war zweifellos mit Nadelstrahl in den Wald gebrannt worden, wie die abrasiert aussehenden Stumpen vermuten ließen, die aus dem Boden ragten. Über die Lichtung verstreut lagen acht versiegelte Kisten, die praktischerweise bereits über Trageriemen verfügten, sodass sie ohne viele Umstände abtransportiert werden konnten.

Morales sah auf ihren Hand-Suprasensor. »Trotz allem liegen wir gut in der Zeit«, sagte sie neutral. »Jeder schnappt sich einen Behälter, und dann geht es schnurstracks zurück zur Basis!«

Die Rekruten steckten die Macheten in das Futteral an ihren Gürteln und schulterten die Kisten, die einiges wogen. Anschließend machten sie sich schwitzend und ächzend auf den Rückweg.

18.

Jackie Elsborn schlief einen unruhigen Schlaf. Sie lag in der oberen Etage des Stockfeldbetts und drehte und wendete sich in der Nacht so oft, dass Frieda Krafka, die unter ihr lag, sich schließlich beschwerte, denn das Bettgestell wankte bei jeder von Jackies unwirschen Bewegungen und weckte sie.

Im Mannschaftszelt der Frauen war es unerträglich schwül, gleichzeitig aber auch ungewöhnlich klamm. Eine merkwürdige Mischung, die Jackie sehr zu schaffen machte. Außerdem lag ihr das üppige Abendessen schwer im Magen. Sie war nicht die Einzige gewesen, die sich vor Erleichterung darüber, dass sie nun über genügend Proviant verfügten, den Bauch vollgeschlagen hatte. Und mit vollem Magen hatte sie noch nie gut schlafen können.

Ein durchdringender schriller Ton riss Jackie aus dem Halbschlaf. Sämtliche Frauen im Mannschaftszelt waren schlagartig hellwach, denn alle wussten, was dieses langanhaltende Sirenenheulen zu bedeuten hatte: Das Lager wurde angegriffen!

Ein durchdringender Schrei aus dem Bett unter ihr ließ Jackie unwillkürlich nach unten schauen. Draußen musste es bereits zu dämmern angefangen haben, denn graues, trübes Licht sickerte durch die mit Netzen gesicherten Zeltfenster.

Frieda hielt die Zudecke an sich gepresst, ihre Augen waren schreckgeweitet.

»Was ist los?«, rief Jackie und schwang die Beine über den Rand des Gestells.

»Da ist ein Odradek unter meinem Bett!«, schrie Frieda mit überschnappender Stimme.

Jackie, die Anstalten gemacht hatte, von ihrer Matratze herabzuspringen, zögerte. Plötzlich bemerkte sie über ihrem Kopf eine

Bewegung, und als sie ruckartig hochblickte, sah sie, dass mehrere Odradek innen am Zeltdach entlanghuschten. Wie diese Kreaturen es zuwege brachten, sich an dem robusten Stoff festzuhalten und nicht hinabzufallen, war ihr ein Rätsel. Die schmutzig weißen Knäuel hoben sich im Dämmerlicht nur schattenhaft von der dunklen Plane ab.

Jackie war die Sache nicht ganz geheuer. Sie schnellte sich ab und landete federnd auf dem festgestampften Boden. Ein Odradek huschte daraufhin unter dem Bett hervor, wischte zwischen ihre nackten Füße hindurch und verschwand unter dem Nachbarbett.

Das erste Mal war Jackie von einem Odradek berührt worden. Sie hatte jedoch kaum etwas gespürt. Es war, als wäre ein kalter Nebelhauch zwischen ihre Füße gefahren.

Im Schlafzelt hatte sich längst hektische Aktivität breitgemacht. Die Anwesenheit der Odradek verwirrte die Frauen, trotzdem waren sie bemüht, sich so schnell wie möglich zum Ausrücken bereitzumachen.

»Komm in die Hufe!«, rief Jackie Frieda zu und wandte sich ihrem Spind zu. »Oder willst du als Letzte auf deinem Posten erscheinen?«

Frieda zog die Beine an den Körper. »Aber die Odradek … sie greifen uns an!«

»Hast du den Eindruck, dass diese Fellbälle uns was antun wollen?«, fragte Jackie und stieg in ihre Hose. »Wenn sie es vorgehabt hätten, hätten sie sich schon längst auf uns gestürzt.«

»Wer sollte uns denn sonst angreifen?«, fragte Frieda verzagt und so leise, dass ihre Stimme vom Heulen der Sirene fast übertönt wurde.

»Das wirst du gleich erfahren.« Jackie packte Frieda am Unterarm und zerrte sie aus dem Bett. Widerstrebend kam ihre Kameradin auf die Beine. Als Frieda nun bemerkte, dass sie die Einzige war, die sich zierte, fasste sie sich ein Herz, überwand ihre Furcht und begann sich hektisch anzuziehen. Dabei schielte sie immer wieder zu den Odradek hinauf, die sich weder von der Hektik im Zelt noch von dem Lärm der Sirene beeindrucken ließen.

*

Den Rekrutentrupps waren am Vortag Bereiche zugeteilt worden, in denen sie im Fall eines Angriffs Stellung zu beziehen hatten. Stuart Grapes traf gemeinsam mit den drei anderen Männern seiner Gruppe vor den Frauen beim Einsatzort ein. Dabei handelte es sich um einen einhundert Meter langen Erdwall, der als Deckung dienen sollte und das Lager zum Osten hin abgrenzte.

Maria Morales erwartete die Rekruten bereits. Die Sirene war inzwischen verstummt und das gesamte Camp von gezielt umherhastenden Soldaten belebt. Demonstrativ sah Morales auf die Uhr ihres Hand-Suprasensors, offenbar leicht unzufrieden mit der Geschwindigkeit ihrer Schützlinge.

»Wurde langsam auch Zeit«, murrte sie und spuckte den Kaugummi aus. Den hinter den Männern herhastenden Frauen warf sie einen strengen Blick zu. »Da ist noch deutlich Luft nach oben, Ladys!«

»Da waren überall Odradek in unserem Zelt«, beschwerte sich Frieda, warf sich bäuchlings auf den Wall und machte ihren Multikarabiner klar.

»Haben die Sie aktiv davon abgehalten, die für den Angriffsfall einstudierten Abläufe durchzuführen, Krafka?«, fragte Morales nüchtern.

»Nicht wirklich«, musste Frieda einräumen und klappte ihr Helmvisier herunter.

Morales wandte sich Kaspar Greiner zu, mit achtundzwanzig Jahren der Älteste der männlichen Rekruten dieser Gruppe. »Waren im Mannschaftszelt der Männer ebenfalls Odradek gewesen?«

Kaspar nickte kaum merklich, während er über den Lauf seines Karabiners hinweg die Gegend beobachtete. »Einer hockte sogar auf meiner Bettdecke, als ich aufgewacht bin«, berichtete er. »Das kleine Kerlchen hat sich dann sofort verdünnisiert, als ich mich aufgesetzt habe.«

»Weil du lauter aufgeschrien hast als die Sirene«, streute Bob Reagon wie beiläufig eine ironische Bemerkung ein.

»Ich habe Sichtkontakt mit dem Feind!«, rief Jackie dazwischen. Aufgeregt deutete sie zum Waldsaum hinüber.

Die Stellung des Trupps war auf ein mit Disteln bewachsenes Gebiet ausgerichtet, das sich zwischen dem Waldrand und den Hügeln erstreckte und etwa mehr als einhundert Meter breit war. Es herrschte schummeriges Halbdunkel. Ob die Sonne bereits aufgegangen war, ließ sich nicht sagen, denn die Wolkendecke war zu dicht, als dass sich die Scheibe des Zentralgestirns dahinter hätte abzeichnen können. Grauer Dunst schwebte über der Ebene, und darin bewegten sich unheimlich erscheinende Gestalten.

Die Wesen, die sich am Waldsaum entlang auf das Lager zubewegten, schienen humanoid zu sein, besaßen jedoch keine klar umrissenen Konturen. Ihre Silhouetten wirkten zerrissen und zerfleddert und flatterhaft. Im Zusammenspiel mit den Dunstschwaden, die um sie waberten, muteten sie fast schon gespenstisch an.

Plötzlich schien vor einer Gestalt kurz ein Licht auf. Ein Knall hallte herüber und im selben Moment stob eine Erdfontäne aus der Außenflanke des Walls empor.

»Die schießen scharf!«, rief Bob Reagon entgeistert. Sein sommersprossiges Gesicht wirkte jetzt noch um ein paar Nuancen blasser als zuvor.

»Diese Kreaturen kommen bestimmt direkt aus dem Dornenwald und machen mit den Odradek gemeinsame Sache!«, gab Frieda aufgeregt von sich.

Erneut blitzte es im Pulk der heranrückenden Gestalten auf. Der Wall wurde leicht erschüttert und erneut stob eine Fontäne empor.

Die Rekruten zogen eingeschüchtert die Köpfe ein.

»Feuer erwidern!«, schrie Morales sie an.

»Aber wir haben doch bloß Attrappen!«, jammerte Malis Silam, eine blonde zierliche Frau von gerade einmal zweiundzwanzig Jahren. »Was wir brauchen, sind echte Waffen!«

»Sie haben Befehl zu feuern – also tun Sie es verdammt!«, fuhr Morales die junge Frau an.

Stuart reckte vorsichtig den Kopf über die Kuppe des Walls und zielte mit seinem Multikarabiner auf die Angreifer. Er hatte seine Waffe auf Nadelstrahl gestellt, und als er sie jetzt auslöste, meinte er tatsächlich, ein pinkfarbenes Flackern wahrzunehmen.

Offenbar hatte er mit dem überlichtschnellen Kampfstrahl einen Treffer gelandet, denn eine der zerrupften Gestalten strauchelte, fing sich dann aber wieder.

»Verdammt, dieser Kampf ist echt!«, keuchte Kaspar Greiner und feuerte nun ebenfalls auf den Gegner. Pinkfarbene Lichter erhellten kurz das Halbdunkel.

Die Angreifer stoben daraufhin auseinander und bildeten eine Linie. Sie hatten es mit fünf Gegnern zu tun, zählte Stuart. Er duckte sich, als die Gestalten schossen und der Wall von den Einschlägen erschüttert wurde.

Die Angreifer wurden jetzt auch aus anderen Positionen aus dem Lager beschossen. Sämtliche Besatzungsmitglieder der ANZIO, die sich auf dem Stützpunkt aufhielten, beteiligten sich an dem Gefecht, stellte Stuart beunruhigt fest.

Dies traf auch auf Morales zu, die am Ende des Walls in Deckung gegangen war und mit ihrem Handnadelstrahler auf die Gestalten feuerte.

Das Lager wurde offenbar aus vier verschiedenen Himmelsrichtungen angegriffen. Die Lage war verdammt ernst!

Stuart konnte nicht begreifen, wie es zu diesem Ernstfall hatte kommen können. Die Offiziere mussten so etwas befürchtet haben und hatten die Attrappen der Rekruten vorsorglich gegen authentische Waffen austauschen lassen, wie es schien.

Jackie rückte dichter an Stuarts Seite. »Kommt dir das nicht auch alles seltsam vor?«, raunte sie ihm zu und wechselte das Karabinermagazin.

»Vielleicht hat Frieda ja recht und die Odradek und diese Unheimlichen arbeiten zusammen«, überlegte Stuart laut.

»Ach ja?« Jackie deutete mit dem Daumen hinter sich. »Dann sieh dich mal um!«

Stuart sah hastig hinter sich. Seine Augen verengten sich, als er die Odradek erblickte, die überall im Lager herumwuselten. Es mussten mehrere Dutzende sein. Sie huschten über den geebneten Boden oder turnten die Wände der Zelte und Hütten hinauf und hinunter.

Einer war sogar den Fahnenmast emporgeklettert. Der Lärm und die Unruhe des Feuergefechts schienen die putzigen Fellknäuel nicht weiter zu tangieren. Sie wirkten völlig unbedarft und unschuldig. Nichts deutete darauf hin, dass sie feindliche Absichten hegten, etwas sabotieren oder ausspähen wollten. Sie schienen lediglich neugierig und verspielt.

Dieser Eindruck hatte sich Stuart bereits im Dornenwald aufgedrängt, als er die in den Baumwipfeln turnenden Odradek das erste Mal beobachtet hatte.

»Sehen Sie nach vorn, Grapes!«, schrie Morales wütend herüber. »Und benutzen Sie gefälligst Ihre Waffe!«

Stuart nickte gehorsam. Als er nun einen der Gegner anvisierte, fiel ihm ein metallener Schimmer auf, der hinter dem zerrissenen Äußeren der Gestalt kurz aufschien. Inzwischen war es ein wenig heller geworden, und wie es aussah, hatte sich das beginnende Tageslicht auf dem Stahl gespiegelt, der unter dem Mantel des Angreifers verborgen war.

Stuart schaltete seinen Multikarabiner auf Dauerfeuer, legte auf die Gestalt an und betätigte den Auslöser. Ein pinkfarbener Strahl baute sich zwischen Mündung und der Gestalt auf. Mehr als zwanzig Sekunden lang ließ Stuart den Finger auf dem Sensor. Dies hatte zur Folge, dass der Getroffene zur Seite fiel, zwischen den hohen Distelgewächsen verschwand und nicht mehr zum Vorschein kam.

»Ich habe einen von ihnen ausgeschaltet!«, rief Stuart von sich selbst begeistert.

Der Nadelstahl hätte das Metall eigentlich in Energie auflösen müssen, was mit einer ziemlich heftigen Explosion einhergegangen wäre, deren Auswirkung wahrscheinlich bis zum Wall spürbar gewesen wäre.

Dass nichts dergleichen geschehen war, zeigte Stuart, dass sein Karabiner noch immer eine Attrappe war und die Angreifer keine wirklichen Feinde darstellten. Wahrscheinlich handelte es sich um Stahlroboter vom Artus-Typ, eine Baureihe, die von Wallis Industries hergestellt wurde.

»In Deckung bleiben!«, rief Morales ihm warnend zu. Aber da war es bereits zu spät. Eine Einblendung auf Stuarts Helmvisierinnenseite unterrichtete ihn darüber, dass seine linke Schulter einen Streifschuss eingefangen hatte.

Stuart fluchte verhalten und rutschte den Hang ein Stück hinunter. Frieda robbte auf ihn zu, um seine »Wunde« zu versorgen.

»Es ist doch bloß eine Übung«, sagte er.

Frieda nickte einsichtig. »Ich habe mich von den Spezialeffekten kirremachen lassen ... und von diesen seltsamen lebenden Fellbällen ebenfalls.«

Stuart verzog den Mund. »Unsere Ausbilder haben sich ordentlich was einfallen lassen, um uns an der Nase herumzuführen. Mir war für einen Moment wirklich das Herz in die Hose gerutscht, weil ich geglaubt habe, unser Camp würde tatsächlich von Feinden angegriffen werden.«

»Deine Verletzung ist nur marginal«, unterrichtete Frieda ihn, während sie die digitalen Anzeigen auf ihrem Helmvisier betrachtete. »Eine Erstversorgung reicht aus. Du bist weiterhin einsatzfähig.«

Stuart nickte grimmig. »Dann werden wir diesen dreisten Angreifern mal ordentlich einheizen.« Er schob sich den Hang hinauf, brachte seinen Multikarabiner in Position und feuerte.

Nach einer Stunde war der Spuk vorbei.

Der »Feind« war von der FUS mit vereinten Kräften zurückgeschlagen worden. Dass es sich dabei tatsächlich um Stahlroboter vom Artus-Typ handelte, davon konnten sich die Rekruten überzeugen, als die Angreifer sich am Ende der Schlacht erhoben und die Disteln und Dornenzweige abstreiften, mit denen sie sich ausstaffiert hatten.

Während sich die Roboter ans Aufräumen machten, durften sich die Rekruten frischmachen und anschließend ihre Schlafstätten und Spinde in Ordnung bringen. Anschließend traten sie zum Morgenappell an.

»Sie haben sich leidlich gut geschlagen«, richtete McGraves das Wort an die Rekruten. »Einige von Ihnen haben unsere Finte sogar durchschaut. Dabei haben wir uns wirklich Mühe gegeben, alles echt aussehen zu lassen, um Ihnen einmal vor Augen zu führen, wie es sich anfühlt, gegen einen wirklichen Gegner antreten zu müssen.« Der Major versuchte sich an einem Lächeln, das aber dennoch ein wenig melancholisch anmutete. »Stärken Sie sich jetzt bei einem Frühstück. Sie werden Ihre Kräfte brauchen, denn in knapp einer Stunde geht es mit den Übungen weiter. Und die werden Ihnen einiges abverlangen, darauf können Sie gefasst sein!«

*

Nach dem Frühstück versammelten sich die Rekruten in der Mitte des Lagers, dort wo die ANZIO die Soldaten abgesetzt hatte und sich jetzt der Exerzierplatz erstreckte. Wie die anderen Ausbilder auch scharrte Maria Morales ihren Trupp um sich.

Die Wetterlage hatte sich inzwischen komplett geändert. Die Wolken hatten sich aufgelöst, und der Himmel erstrahlte in einem reinen Blau. Wenn die Rekruten genau hinschauten, konnten sie den Ring der ANZIO in der Umlaufbahn ausmachen. Die Sonnenstrahlen brachen sich gleißend auf der Unitallhülle und machten das Schulschiff sichtbar.

Als behagte ihnen das schöne Wetter nicht, hatten sich die Odradek bis auf ein paar wenige, die im Schatten der Zelte dösten, in den Dornenwald zurückgezogen.

Alle Spuren des Gefechts waren beseitigt worden. Das Lager sah wieder tadellos aus.

»Ihre Ausbildung tritt jetzt in eine neue Phase«, eröffnete Morales. »In der folgenden Kampagne werden Sie unter Beweis stellen müssen, wie gut Sie als Gruppe auch ohne die Anwesenheit eines Ausbilders interagieren können.« Sie lächelte aufmunternd. »Während der zurückliegenden Übungen haben Sie sich untereinander besser kennengelernt und einen Eindruck von den Stärken und Schwächen ihrer Kameraden gewinnen können. Nun wird es darauf ankommen, inwieweit Sie die Befähigungen des Einzelnen in den gruppendynamischen Prozessen einbinden können. Sie werden vor Herausforderungen gestellt, die Sie nur als Gruppe werden meistern können. Ein jeder von Ihnen wird dabei über sich hinauswachsen müssen, damit sich Ihr Trupp als Ganzes bewähren kann.«

Unruhig traten die Rekruten von einem Bein auf das andere oder nestelten nervös an den Hosennähten. Die Ankündigung machte sie leicht nervös, weckte aber auch ihren Tatendrang und das Verlangen, sich unbedingt zu beweisen.

»Zuerst werde ich die hierarchische Struktur der Gruppe festlegen«, fuhr Morales fort. Sie zeigte kurz auf Kaspar Greiner. »Sie, Greiner, sind der Dienstälteste und werden den Trupp anführen.«

Kaspar gab sich gelassen und nickte knapp.

»Reagon, Sie agieren als Greiners Stellvertreter«, fuhr Morales fort. Sie warf einen Blick in die Runde. »Jetzt werde ich festlegen, welcher Rekrut in Zukunft welche Aufgabe innerhalb des Trupps übernehmen soll. Ich orientiere mich dabei an meinen Beobachtungen während der zurückliegenden Übungen.« Sie bedachte Jackie Elsborn mit einem knappen Kopfnicken. »Elsborn, Sie können von allen am besten mit Waffen umgehen. Sie werden im Bedarfsfall als Scharfschütze eingesetzt.« Sie nickte Frieda Krafka zu. »Sie haben sich als Sanitäter bewährt und werden diese Rolle beibehalten, Krafka.«

Alex Hines sollte als Späher und Fährtenleser agieren, und Norma Allen, die bisher sehr besonnen und bedachtsam aufgetreten war, sollte die Nachhut bilden. Malis Silam war das schwächste Glied der Gruppe, verfügte jedoch über ein großes Allgemeinwissen. Sie erhielt von Morales ein kleines Analysegerät und war dafür verantwortlich, die Gefährlichkeit von Fauna und Flora einzuschätzen.

Zuletzt wurde Stuart sein Aufgabenfeld zugewiesen. Er verzog säuerlich das Gesicht, als Morales ihm mitteilte, dass er für die Verpflegung des Trupps zuständig war. »Sie haben die größte Erfahrung mit der Essenszubereitung und kennen sich mit Lebensmitteln hervorragend aus«, erklärte Morales, was aus ihrem Mund wie eine besondere Auszeichnung klang, sodass Stuart mit seinem Los dann doch einigermaßen zufrieden war. Sie wippte auf den Fußballen auf und nieder, die Hände hinter dem Rücken verschränkt. »Kommen wir zur Erklärung des Kampfeinsatzes«, sagte sie in aufgeräumter Stimmung, als freute sie sich selbst auf das geplante Unternehmen. »Man wird Sie mit einem Xe-Flash in der Wildnis aussetzen. Laut Szenario wurden Sie während eines Gefechts von Ihren Ausbildern getrennt.« Sie lächelte kurz. »Allerdings war es Ihnen gelungen, wichtige Informationen über den Feind zu erbeuten. Diese befinden sich auf einem kleinen Datenkristall, den Sie schnellstmöglich bei Major McGraves abliefern müssen, der hier im Basislager auf Sie warten wird.«

Morales drehte sich um und bedeutete Suzy Kumada, die am Rand des Platzes auf einer Kiste saß, mit einem Wink, zu ihr zu kommen.

Kumada stand zackig auf, nahm die Kiste und kam herbeigeeilt.

»Für diese Kampagne werden Sie mit einigen Gerätschaften ausgestattet«, erklärte Morales, während Kumada die Kiste neben sie hinstellte. Morales hob beschwichtigend eine Hand, während sie in die erwartungsvollen Gesichter der Rekruten blickte. »Das Szenario sieht für Sie so aus, dass gewisse Faktoren zu Störungen und Beschädigungen Ihrer technischen Ausrüstung geführt haben. Das bedeutet, Sie können lediglich auf beschränkte Mittel zurückgreifen, um zum Basislager zurückzufinden.« Sie hob mahnend den Zeigefinger. »Das Wichtigste ist, dass Sie den Datenkristall nicht verlieren – was auch immer auf Sie zukommen mag!«

Auf Morales' Zeichen hin öffnete Suzy Kumada die Kiste und entnahm dieser acht Armbandviphos. »Die Funktionen dieser Geräte sind stark eingeschränkt«, erläuterte Morales, während Kumada jedem Rekruten ein Vipho aushändigte. »Sie dienen hauptsächlich zu Ihrer Sicherheit. Falls jemand von Ihnen in der Wildnis verlorengeht, können wir ihn anhand des Viphos orten und schnell finden. Darüber hinaus ermöglicht Ihnen dieses Gerät im Notfall, Kontakt mit mir oder Major McGraves herzustellen. Die Viphos verfügen allerdings nur über einen Normalfunk-, nicht aber über einen Hyperfunkmodus.«

Kumada wandte sich erneut der Kiste zu und förderte daraus weitere Gegenstände ans Tageslicht.

»Darüber hinaus wird jeder Rekrut für diesen Einsatz standardmäßig mit einfachstem Gerät ausgestattet«, fuhr Morales fort, während die Rekruten sich hastig die Viphos um das Handgelenk banden. »Dazu gehören ein simples Funkgerät, ein herkömmlicher Kompass und auf Papier gedruckte topografische Karten.«

Kumada verteilte die Gegenstände bündelweise an die Umstehenden.

»Auf hochmoderne Apparate, die Ihnen womöglich das Denken abnehmen, werden Sie diesmal verzichten müssen«, sagte Morales und verzog feixend einen Mundwinkel. Sie wartete einen Moment, bis ihre Schützlinge die Ausrüstung in den Taschen ihrer Kampfanzüge verstaut hatten.

Diese wirkten jetzt ein wenig angespannt.

Die anfängliche Freude über die bevorstehende Herausforderung, die sie ohne ihren Ausbilder eigenverantwortlich meistern mussten, war der Gewissheit gewichen, dass diese Aufgabe sich am Ende als schwieriger herausstellen könnte als anfangs angenommen.

Morales ließ die acht Rekruten ihr Marschgepäck und die Waffen schultern und in einer Reihe Aufstellung beziehen. Kasper Greiner und sein Stellvertreter Bob Reagon flankierten die Gruppe zu beiden Seiten.

»Fassen Sie Mut!«, sprach Morales sie mit fester Stimme an. »Und versuchen Sie zu vergessen, dass es sich bloß um eine Übung handelt. Denken Sie an den Angriff heute früh und daran, wie abgelenkt Sie zum Teil waren, weil Sie innerlich hin und her schwankten, ob Sie es mit einem echten Feind zu tun hatten oder nicht. Derartige Gedanken können Sie sich dort draußen in der Wildnis nicht erlauben. Jedes Zögern oder Hadern könnte Ihre Mission zum Scheitern verurteilen. Und das darf nicht geschehen. Halten Sie sich das stets vor Augen!«

Morales stellte den Fuß lässig auf die Kiste, die Kumada inzwischen geschlossen hatte. »Zu Ihrer Information: Jeder Ausbilder wird seinen jeweiligen Trupp in einem Xe-Flash sitzend begleiten und beobachten.« Sie tippte mit dem Zeigefinger gegen ihr Jochbein. »Ich bin jederzeit genau darüber im Bild, was Sie gerade treiben. Sie werden mich allerdings nicht sehen. Der Kleinraumer wird weit genug von Ihnen entfernt sein, um optisch nicht wahrgenommen zu werden. Aber ich werde Sie mithilfe der

Ortungssysteme genau im Auge behalten. Und ich werde es merken, wenn Sie sich in Sicherheit wiegen, weil Sie glauben, dass Ihnen nichts passieren kann, weil ich auf Sie aufpasse. Ich werde nämlich nur dann eingreifen, wenn dies unbedingt nötig ist. Sie dürfen von mir keine Hilfe erwarten, nur weil Sie vielleicht einmal nicht weiterwissen. Tipps oder Hinweise werde ich Ihnen auch keine geben. Sie sind während dieser Kampagne also weitgehend sich selbst überlassen. Ich erwarte von Ihnen allerdings, dass Sie sich so verhalten, als wären Sie tatsächlich während eines Gefechts von mir, Ihrem Ausbilder, getrennt worden.« Sie fasste jeden Rekruten streng ins Auge. »Haben Sie das verstanden?«

»Ja, Sir«, kam es einstimmig aus den Mündern der Füchse.

»Wie bei solchen Übungseinsätzen üblich steht für den Trupp, der als erster den Datenkristall bei McGraves abliefert, eine Belohnung bereit. Wie die aussehen wird, wird noch nicht verraten. Aber Sie können versichert sein, dass es sich für Sie lohnen wird, sich anzustrengen und diese Aufgabe in Eigeninitiative zeitnah zu meistern!«

Als wäre dies ein Zeichen, stieg aus dem geebneten Boden in der Nähe der Gruppe plötzlich ein silbriges Schimmern empor. Die Rekruten erkannten sofort, dass es sich um ein Intervallfeld handelte. Es wurde von einem Xe-Flash generiert, der jetzt in seiner vollen Pracht aus der Erde emporschwebte. Das fünfzehn Meter lange und 7,50 Meter durchmessende zylinderförmige Kleinraumschiff fuhr seine zwölf spinnenbeinigen Ausleger aus und setzte auf dem Boden auf, nachdem das Intervallum erloschen war. Dicht hinter der plumpen Rumpfnase, die in zwei Meter Höhe aufragte, öffnete sich eine Schleuse in der Form eines romanischen Fensters, und eine Rampe fuhr aus.

»Alles einsteigen!«, rief Morales ihren Schützlingen aufmunternd zu. »Das Abenteuer kann beginnen!«

Mit Kaspar Greiner an der Spitze sprinteten die Rekruten auf die Rampe zu. Norma Allen bildete das Schlusslicht. Morales und Kumada folgten der Gruppe entspannt in einigem Abstand. Die Ausbilderin war zuversichtlich, dass ihr Trupp sich gut schlagen würde und die besten Aussichten auf die Belohnung hatte.

19.

Kaspar Greiner deutete mit ausgestrecktem Arm in nordöstliche Richtung. »Hier entlang«, bestimmte er.

Alex Hines, dessen dunkler Teint seine großen Kugelaugen wie leuchtende Globen erscheinen ließ, verzog skeptisch das Gesicht. »Es sieht nicht so aus, als würden wir da ohne Schwierigkeiten weiterkommen«, merkte er an. Seine Worte bezogen sich auf die steile Anhöhe, auf die ihr Truppführer gezeigt hatte. Die unwegsam erscheinende Landmarke war mehrere Hundert Meter hoch, breitete sich etliche Kilometer zu beiden Seiten aus und querte unmittelbar ihre Marschrichtung. Der felsigen Barriere vorgelagert erstreckte sich ein Gürtel aus dornigem Gestrüpp von der Art, wie es die Gruppe zuvor bereits zwei Mal hatte durchstreifen müssen.

»Dieses Hindernis zu umgehen würde zu viel Zeit in Anspruch nehmen«, ging Kaspar auf die Bedenken seines Stellvertreters ein. »Wir würden kostbare Zeit verlieren. Also werden wir diese Anhöhe irgendwie überwinden müssen.«

Jackie prustete entnervt. »Da sind Steilwände und Schotterhalden. Ich glaube kaum, dass wir …«

Kaspar schnitt ihr mit einer herrischen Geste das Wort ab. »Das hier ist kein Debattierklub«, fuhr er sie an, denn dies war nicht das erste Mal, dass Jackie seine Autorität missachtete und herumnörgelte. »Wir marschieren schnurstracks auf die Anhöhe zu und damit basta!«

Jackie gab ein leises Murren von sich, zurrte den Gurt ihres Marschgepäcks dann aber fest. Letztendlich würde sie sich fügen, wie sie es die anderen Male zuvor ebenfalls getan hatte.

Die Gruppe setzte sich erneut in Bewegung, wobei Norma Allen erneut die Nachhut bildete. Die der Anhöhe vorgelagerte Ebene war dicht mit Disteln bewachsen. Es war mühselig und beschwerlich, sich durch die Gewächse zu schlagen, die nur widerwillig abrissen, wenn sie sich an der Uniform festgehakt hatten.

»Bis jetzt sind wir gut vorangekommen«, versuchte Alex seine Kameraden bei Laune zu halten. Er sah hinter sich zu Stuart Grapes hinüber. »Wenn wir über die Anhöhe rüber sind, legen wir ein kleines Picknick ein, was meinst du, Stuart?«

»Klar, können wir machen.« Stuart griente. »Wenn wir was futtern, werden unsere Rucksäcke auch gleich ein bisschen leichter.«

»Erst die Arbeit, dann das Vergnügen«, sagte Kaspar streng.

»Ob das wirklich ein Vergnügen wird, wenn Stuart uns was kocht, wird sich erst noch herausstellen«, stichelte Jackie.

»Du wirst noch nach meinen Speisen lechzen, nachdem wir diese Anhöhe hinter uns gebracht haben«, prognostizierte Stuart ungerührt.

Die Rekruten frotzelten noch eine Weile weiter. Doch irgendwann verloren sie die Lust daran, denn der Distelbewuchs wurde immer dichter und das Vorankommen mit dem schweren Marschgepäck immer mühseliger.

Auf den Gesichtern der Füchse zeichnete sich Sorge ab. Mithilfe der Vergrößerungsfunktion ihrer Helmvisiere suchten sie die Anhöhe ab. Doch sie hielten vergeblich nach einer Senke oder seichten Passage Ausschau, die ihnen das Überwinden dieses Hindernisses leichter machen würde. Was sich aus der Ferne als schwieriges Gelände dargestellt hatte, entpuppte sich beim Näherkommen nun immer mehr als unmöglich zu überwindendes Bollwerk.

»Wie sollen wir da rüberkommen?«, äußerte Jackie erneut ihre Zweifel, als sie beim vorgelagerten Gestrüppgürtel anlangten. »Das wird eine heikle Kletterpartie, und ich glaube kaum, dass wir dafür richtig ausgerüstet sind. Wir haben zwar Seile und Steigeisen dabei, aber sollten wir wirklich so leichtsinnig sein, da hinaufzuklettern und zu riskieren, dass einer von uns abstürzt und sich verletzt?«

Kaspar unterbrach Jackie diesmal nicht. Ihm kam das Vorhaben, diese unwegsame Anhöhe zu erklimmen, nun selbst nicht mehr geheuer vor. Mit einem Handzeichen gab er der Gruppe zu verstehen, anzuhalten.

»Ich sehe das genauso wie Jackie«, sagte Frieda Krafka jetzt. »Leichte Wunden kann ich versorgen. Bei ernsthaften Verletzungen, die ein Sturz aus großer Höhe womöglich mit sich bringt, stoße ich allerdings an meine Grenzen. In einem solchen Fall müssten wir Morales kontaktieren, und dann wäre diese Kampagne für uns zu Ende.«

»Das kann nicht im Sinne dieser Übung sein«, warf Bob Reagon ein. »Man würde uns niemals einer Situation aussetzen, die für uns tatsächlich lebensbedrohlich werden könnte.«

Alex schüttelte ernst den Kopf. »Ich habe die Steilwände noch einmal gründlich mit den Blicken abgesucht«, sagte er. »Wir werden an dieser Anhöhe scheitern, daran gibt es keinen Zweifel.«

»Es muss eine Möglichkeit geben, dieses Hindernis zu bewältigen!«, war Stuart überzeugt.

»Aber nicht, indem wir versuchen, da raufzuklettern«, bestimmte Kaspar. Entschlossenheit machte sich auf seinem kantigen Gesicht breit. »Wir müssen unsere Grenzen erkennen; darum wurde diese Route für uns ausgewählt, da bin ich mir sicher.« Er rieb sich das Kinn. »Wenn wir tatsächlich den Aufstieg wagen, wird Morales mit dem Xe-Flash sofort auftauchen und diese Übung für uns beenden. Sie wird uns vorwerfen, zu leichtsinnig gehandelt und dadurch riskiert zu haben, dass die wertvollen Informationen über den Gegner nicht in Major McGraves' Hände gelangen können.«

Dass ihr Anführer zu einer solchen überlegt klingenden Einschätzung gekommen war, imponierte seine Kameraden sichtlich.

»Was also schlägst du vor?«, wollte Jackie wissen.

»Die Ausbilder kennen dieses Terrain bestens«, überlegte Kaspar laut. »Und natürlich werden sie uns keine Aufgabe stellen, an der wir unweigerlich scheitern müssen. Es wird in relativer Nähe also wahrscheinlich einen Durchgang oder eine andere Möglichkeit geben, diese Barriere zu überwinden.« Er deutete zuerst rechts, dann nach links die Anhöhe entlang. »Die Dornensträucher verdecken die Sicht auf den Fuß dieses Hindernisses. Wir teilen uns daher in zwei Gruppen auf und untersuchen die Basis dieser Steigung. Hinter diesen Sträuchern muss sich etwas verbergen – und wir werden es finden!«

»Die Gruppe, die zuerst etwas entdeckt, ruft die andere per Funk herbei«, ergänzte Bob.

Kaspar hob mahnend den Zeigefinger, wie er es bei Morales oft beobachtet hatte. »Aber gebt acht, was ihr sagt. Vergesst nicht, dass unsere Ausbilderin die ganze Zeit unseren Funkverkehr überwacht und jedes unserer Worte mitkriegt.« Dann ließ er sich von jedem bestätigen, dass er seine Anweisung verstanden hatte. Anschließend teilte er den Trupp in zwei Gruppen zu je vier Personen auf.

*

Mit einer Machete bahnte Bob einen Weg durch das dornige Dickicht. Er musste ziemlich wüten, um die dicken Äste der mannshohen Gewächse durchzuhacken. Stuart löste ihn schließlich ab, und so gelangte der Trupp nach einer Viertelstunde endlich bis an den Felsen der Anhöhe heran.

»Viel Glück«, wünschte Kaspar der Gruppe, die sein Stellvertreter anführen sollte. Zu ihr gehörten Stuart, Jackie und Frieda. Sie sollten sich rechts die Flanke entlangbewegen, während Kaspar, Malis, Norma und Alex die entgegengesetzte Richtung nahmen.

Schon nach mehreren Metern verloren sich die Gruppen aus den Augen. Das Gestrüpp wuchs teilweise bis dicht an die Steilwand heran, außerdem ragten kantige Felsbrocken aus dem Boden, die die Sicht zusätzlich verstellten.

Bob und seine Begleiter drückten sich dicht an die aufragende Wand und schoben sich an den Büschen vorbei. Unaufhörlich verfingen sich Dornenzweige in den Uniformen oder im Marschgepäck.

Jackie wollte gerade wieder zu nörgeln anfangen, als Bob plötzlich einen überraschten Schrei ausstieß. Als die anderen zu ihm aufrückten und sahen, was Bob entdeckt hatte, brachen auch sie in Jubel aus: Hinter einem besonders hochgewachsenen Busch klaffte eine zwei Meter hohe und ebenso breite Öffnung in der Felswand. Wie tief sie in die Anhöhe hineinführte, war auch mit den Lampen nicht auszuloten, denn der Lichtstrahl traf nach wenigen Metern auf eine Biegung, die nicht ersichtlich machte, ob es dahinter weiterging.

Bob hakte das Funkgerät von seinem Gürtel und stellte eine Verbindung zu Kaspar her. Aber der meldete sich nicht. Aus dem Schallfeld drang lediglich ein gleichbleibendes Rauschen.

Mehrere Minuten lang versuchte Bob, ihren Anführer zu erreichen. Doch ein Kontakt kam nicht zustande.

Jackie schnaufte ungeduldig. »Sehen wir nach, ob wir tatsächlich einen Durchgang auf die andere Seite gefunden haben«, drängte sie. »Dann können wir den anderen immer noch Bescheid sagen.«

Bob überlegte kurz und nickte dann zustimmend. »Du und Stuart, ihr geht in den Tunnel und erkundet ihn«, beschied er an Jackie gerichtet. »Ich versuche weiterhin, Kaspar zu erreichen. Frieda bleibt bei mir und sichert die Umgebung.«

Jackie nickte zufrieden. »So machen wir es.« Sie bedeutete Stuart mit einem Kopfnicken, ihr zu folgen, und trat durch den Zugang.

Nebeneinander schritten sie auf die Gangbiegung zu und leuchteten mit ihren Lampen umher. Die glatte, ebenmäßige Beschaffenheit der Wände, der Decke und des Bodens ließen vermuten, dass dieser Stollen künstlich angelegt worden war.

Nach der Biegung folgten noch zwei weitere. Anschließend führte der Tunnel stur geradeaus.

Verblüfft blieben die Rekruten stehen. Der Gang war ab hier mit einem blauvioletten Metall ausgekleidet. Es herrschte ein diffuses Licht, dessen Quelle nicht auszumachen war.

»Unitall«, konstatierte Stuart und legte die Hand auf die Wand. Jackie ging unerschrocken weiter und Stuart beeilte sich, zu ihr aufzuschließen.

Nach wenigen Metern erreichten sie eine kuppelförmige Halle aus Unitall, von der links und rechts erleuchtete Gänge abzweigten. Der mittlere Durchgang mündete in eine weitere Halle, die jedoch um einiges größer war als die ihr vorgelagerte Höhle. Entlang der Wände waren Nischen und Alkoven auszumachen. Zwei

Torbögen führten in weitere abzweigende Gänge. Überall herrschten dieselben diffusen Lichtverhältnisse.

Stuart hielt Jackie am Arm zurück, als sie die Halle betreten wollte. »Wir kehren zurück und erstatten Bericht«, bestimmte er. »Offenbar halten wir uns in einem ausgedehnten Komplex auf. Wir könnten uns verirren.«

Jackie zögerte. Als sie dann aber die Odradek bemerkte, die in einer Nische kauerten, nickte sie einsichtig.

»Wie sollen wir uns in dieser Anlage bloß zurechtfinden?«, fragte Stuart, während sie sich auf den Rückweg machten. »Es könnte Tage dauern, bis wir alle Gänge und Hallen sondiert und festgestellt haben, welche Route uns auf die andere Seite der Anhöhe bringen wird.«

»Ob die anderen Trupps auch jeder auf eine Worgun-Station stoßen werden?«, fragte Jackie mürrisch. »Falls nicht, wäre das ziemlich ungerecht.«

Ein Odradek, den sie aufgescheucht hatten, rannte vor ihnen her in den Eingangsstollen und verschwand um die Gangbiegung.

Als die Rekruten das Ende des Tunnels erreichten, stellten sie fest, dass sich die Gruppe um ihren Anführer ebenfalls vor der Öffnung eingefunden hatte.

»Weil es mit dem Funk nicht geklappt hat, habe ich mich kurzerhand zu unseren Kameraden durchgeschlagen und ihnen von unserer Entdeckung erzählt«, erklärte Bob.

Kurz berichtete Jackie ihrem Anführer, wohin der Stollen führte.

»Eine Worgun-Anlage?« Kaspar furchte angestrengt die Stirn. »Das kommt mir seltsam vor.« Er hob das Funkgerät. »Ob Übung oder nicht – wir müssen das Stabsunteroffizier Morales melden!«

Kaspar hatte mit dem Kontaktversuch via Funk allerdings genauso wenig Glück wie Bob vorhin, als er die andere Gruppe zu informieren versuchte. Auf allen Kanälen war bloß ein gleichförmiges Rauschen zu hören.

»Morales antwortet nicht«, konstatierte Kaspar nachdenklich.

»Dann können wir wohl davon ausgehen, dass alles nach Plan läuft«, sagte Jackie leichthin. »Andernfalls würde Morales jetzt eingreifen.« Sie deutete gen Himmel. »Sie beobachtet uns und hört uns ab, weiß also über unseren Fund Bescheid. Die unterirdische Anlage ist folglich Teil der Übung.«

Kaspar kaute auf seiner Unterlippe herum und nickte angespannt. »Dann machen wir es so«, beschied er. »Es muss einen Weg durch diese Anlage geben, der uns auf die andere Seite der Anhöhe bringt.« Er fasste sich ein Herz und betrat den Stollen. »Ihr folgt mir in Formation!«, rief er den anderen über die Schulter hinweg zu.

*

Weil die Funkgeräte im Innern der Worgun-Station genauso unzuverlässig arbeiteten wie draußen, wollte es Kaspar nicht riskieren, den Trupp erneut in Gruppen aufzuteilen. Stattdessen folgten sie geschlossen den breitesten Gängen, weil Kaspar annahm, diese würden sie am ehesten durch die Barriere hindurchführen. Ihren Spurenleser Alex hatte er mit der Aufgabe betraut, mit einem Stift auf der Rückseite ihrer Landkarte den Grundriss der Anlagenabschnitte zu skizzieren, die sie passierten, und darin ihren Weg einzuzeichnen.

Ständig begegneten ihnen Odradek, aber wie zuvor war nicht ersichtlich, was die Fellknäuel hier überhaupt zu suchen hatten.

Nach etwa fünf Minuten Fußmarsch kamen sie in eine Halle, die viel größer war als alle anderen, die sie bisher passiert hatten. Andächtig verlangsamten die Rekruten ihren Schritt, als sie des etwa fünfzehn Meter hohen Aggregats ansichtig wurden, das sich im Zentrum der Halle erhob. Der Maschinenblock war zylinderförmig und bestand gänzlich aus Unitall. In etwa zehn Metern Höhe zog sich ein Kranz aus Antennen um das Gebilde. Faustgroße Kugeln schwebten etwa eine Handbreit von den Antennenspitzen entfernt in der Luft. Blitze zuckten knisternd zwischen den Kugeln hin und her oder flitzten im Kreis um die Anlage herum.

Der Anblick dieses imposanten Aggregats und der flackernden Lichterscheinungen nahm die Aufmerksamkeit der Rekruten so sehr gefangen, dass sie die Gestalten, die um den Maschinensockel herum auf dem Boden lagen, zuerst nicht bemerkten.

»Da liegen Menschen!«, schrie Malis plötzlich und zeigte auf die reglos liegenden Körper.

»Achtung!«, rief Kaspar daraufhin alarmiert. »Umgebung sichern!«

Bob, Jackie und Norma brachten ihre Multikarabiner-Attrappen in Anschlag und spähten lauernd zu den Zugängen hinüber, die in die Halle führten. Doch dort rührte sich nichts.

Kaspar rückte vorsichtig näher zu den am Boden Liegenden vor, blieb dann aber sicherheitshalber zehn Meter von der mysteriösen Maschine entfernt stehen.

»Soll ich die Antennen mit dem Multikarabiner abschießen?«, rief Jackie herüber. »Der Suprasensor, der diese Übung steuert, wird die Treffer registrieren und die Wirkung errechnen.«

Kaspar schüttelte den Kopf. »Zu riskant«, beschied er. Langsam kniete er sich hin und spähte zu den wie hingestürzt daliegenden Gestalten hinüber. »Diese Menschen haben schwarze Haut und ihre Gesichtszüge wirken ausgesprochen edel und elegant«, sagte er gedehnt.

»Sie sind ziemlich schwer verletzt und leben vielleicht gar nicht mehr«, diagnostizierte Frieda.

»Die schwarze Hautfarbe und diese seltsame Kleidung«, sagte Malis nachdenklich. »Ich glaube, es sind Tel.«

Kaspar erhob sich und drehte sich zu seinen Kameraden um. »Jackie, Stuart, schnappt euch einen dieser mutmaßlichen Tel und holt ihn zu uns. Frieda soll ihn dann genauer untersuchen!«

»Bist du übergeschnappt?«, rief Jackie. »Ich werde mich keinen Zentimeter näher auf diese Höllenmaschine zubewegen!«

»Soll ich dich etwa wegen Befehlsverweigerung bei Stabsunteroffizier Morales melden?«, fragte Kaspar drohend.

»Gehorchen wir lieber«, raunte Stuart Jackie zu. »Das hier ist bloß ein Übungseinsatz. Uns wird schon nichts geschehen.«

»Und wenn wir diese Maschine durch unbedachtes Vorrücken versehentlich aktivieren, wie es diese Tel vermutlich getan haben?«, hielt Jackie dagegen.

»Dann haben wir diese Kampagne eben verloren … und Kaspar trägt die Verantwortung dafür.« Stuart warf ihrem Anführer einen giftigen Blick zu, als er dies sagte.

»Nun macht schon!«, blieb Kaspar hartnäckig.

Mit einem mulmigen Gefühl im Magen näherten sich Jackie und Stuart Schritt für Schritt. Bei der Maschine blieb jedoch alles unverändert. Als sie einen der am Boden Liegenden erreichten und ihn berührten, stellten sie voller Unbehagen fest, dass er kalt und leichenstarr war.

»Die Tel sind tot und liegen hier anscheinend schon länger«, rief Stuart und kämpfte gegen die Gänsehaut an, die langsam seinen Rücken hinunterkroch.

»Einige Odradek hat es auch dahingerafft«, erkannte Jackie nun. »Von denen liegen hier ebenfalls etwa ein Dutzend reglos herum.«

»Das sieht alles so verdammt echt aus«, sagte Stuart besorgt.

»Die FUS legt eben großen Wert auf authentisch wirkende Missionen und scheut für unsere Ausbildung keine Kosten und Mühen«, sagte Kaspar lapidar. »Und nun schafft diesen leblosen Körper endlich zu uns!«

Die Rekruten erstarrten, als das Aggregat plötzlich zu brummen und zu vibrieren anfing. Der dumpfe Laut schwoll in kürzester Zeit merklich an, und auch das Vibrieren steigerte sich.

»Kommt da besser weg!«, rief Bob Jackie und Stuart warnend zu.

Das ließen sich die beiden nicht zweimal sagen. Stolpernd rannten sie auf ihre Gefährten zu.

Im selben Moment war unter der Hallendecke ein silbriger Schein zu sehen. Die Wölbung eines Intervallums schob sich aus dem Unitall, dicht gefolgt von einem zylinderförmigen Kleinraumer. Sobald der Xe-Flash vollständig aus der Hallendecke hervorgekommen war, erlosch das Intervallfeld. Die Schleuse öffnete sich, und noch ehe das Beiboot auf den Landebeinen aufsetzte, sprangen mehrere mit Multikarabinern bewaffnete Soldaten heraus, darunter auch Stabsunteroffizier Maria Morales.

Kaspar trat stolz einen Schritt vor, offenbar in der Absicht, den Ankommenden ihren Fund zu präsentieren.

Aber dazu kam er nicht, denn aus den Zugängen ringsum schwebten jetzt einen halben Meter durchmessende Unitallkugeln in die Halle.

»Defensive!«, schrie Malis ihren Kameraden warnend zu. »Sie sind von den Worgun für Verteidigungs- und Rettungsaktionen konzipiert worden. Dass sie hier auftauchen, kann nichts Gutes bedeuten!«

Malis' Worte gingen in dem Chaos fast unter, das nun um sie herum ausbrach, als die Defensiven plötzlich das Feuer eröffneten.

REN DHARK – Weg ins Weltall
Band 128
Gefahr von Odradek
erscheint Mitte Dezember 2024

REN DHARK im Überblick

Mittlerweile umfasst die REN DHARK-Saga 322 Buchtitel:

- 16 Bücher mit der überarbeiteten Heftreihe,
- 36 mit der offiziellen Fortsetzung im DRAKHON- und BITWAR-Zyklus,
- 29 Sonderbände,
- 38 Bände aus der Reihe UNITALL,
- 127 der aktuellen Reihe WEG INS WELTALL,
- pro Staffel jeweils sechs Ausgaben der abgeschlossenen Reihen FORSCHUNGSRAUMER CHARR (zwei Staffeln erschienen),
- STERNENDSCHUNGEL GALAXIS (neun Staffeln erschienen) und
- DER MYSTERIOUS, drei Spezialbände
- sowie ein umfangreiches Lexikon zur Serie.

Der nun folgende Überblick soll Neueinsteigern helfen, die Bücher in chronologisch korrekter Reihenfolge zu lesen.

Classic-Zyklus

2051: Handlungsabschnitt HOPE/INVASION

Band 1:	Sternendschungel Galaxis (1966 /1994)
Band 2:	Das Rätsel des Ringraumers (1966 /1995)
Band 3:	Zielpunkt Terra (1966, 1967 /1995)
Band 4:	Todeszone T-XXX (1967 /1996)
Band 5:	Die Hüter des Alls (1967 /1996)
Sonderband 4:	Hexenkessel Erde (1999)
Sonderband 7:	Der Verräter (2000)
Sonderband 1:	Die Legende der Nogk (1997 und Platinum 2004)

2052: Handlungsabschnitt G'LOORN

Band 6:	Botschaft aus dem Gestern (1996)
Band 7:	Im Zentrum der Galaxis (1997)

Band 8:	Die Meister des Chaos (1997)
Sonderband 2:	Gestrandet auf Bittan (1998)
Sonderband 3:	Wächter der Mysterious (1998)

2056: Handlungsabschnitt DIE SUCHE NACH DEN MYSTERIOUS

Band 9:	Das Nor-ex greift an (1967 /1997)
Band 10:	Gehetzte Cyborgs (1967, 1968 /1997)
Band 11:	Wunder des blauen Planeten (1968 /1998)
Sonderband 12:	Die Schwarze Garde (2001)
Band 12:	Die Sternenbrücke (1968 /1998)
Band 13:	Durchbruch nach Erron-3 (1968 /1999)
Sonderband 8:	Der schwarze Götze (2000)
Band 14:	Sterbende Sterne (1968, 1969 /1999)
Sonderband 5:	Der Todesbefehl (1999)
Sonderband 6:	Countdown zur Apokalypse (2000)
Band 15:	Das Echo des Alls (1969 /1999)
Band 16:	Die Straße zu den Sternen (1969 /2000)

Drakhon-Zyklus

2057: Handlungsabschnitt DIE GALAKTISCHE KATASTROPHE

Band 1:	Das Geheimnis der Mysterious (2000)
Band 2:	Die galaktische Katastrophe (2000)
Sonderband 10:	Ex (2000)
Sonderband 9:	Erron 2 – Welt im Nichts (2000)
Band 3:	Der letzte seines Volkes (2000)
Band 4:	Die Herren von Drakhon (2000)
Band 5:	Kampf um IKO 1 (2001)
Sonderband 11:	Türme des Todes (2001)
Band 6:	Sonne ohne Namen (2001)
Band 7:	Schatten über Babylon (2001)
Band 8:	Herkunft unbekannt (2001)
Sonderband 13:	Dreizehn (2001)
Sonderband 14:	Krisensektor Munros Stern (2001)
Band 9:	Das Sternenversteck (2001)
Band 10:	Fluchtpunkt M 53 (2002)

Band 11: Grako-Alarm (2002)
Sonderband 16: Schattenraumer 986 (2002)
Band 12: Helfer aus dem Dunkel (2002)
Sonderband 17: Jagd auf die Rebellen (2002)

2058: Handlungsabschnitt EXPEDITION NACH ORN

Band 13: Cyborg-Krise (2002)
Band 14: Weiter denn je (2002)
Sonderband 18: Rebell der Mysterious (2002)
Sonderband 19: Im Dschungel von Grah (2003)
Band 15: Welt der Goldenen (2002)
Band 16: Die Verdammten (2003)
Band 17: Terra Nostra (2003)
Sonderband 20: Das Nano-Imperium (2003)
Band 18: Verlorenes Volk (2003)
Band 19: Heerzug der Heimatlosen (2003)
Sonderband 21: Geheimnis der Vergangenheit (2003)
Band 20: Im Zentrum der Macht (2003)
Band 21: Unheimliche Welt (2003)
Band 22: Die Sage der Goldenen (2004)
Sonderband 22: Gisol-Trilogie 1: Der Jäger (2003)
Sonderband 23: Gisol-Trilogie 2: Der Rächer (2004)
Sonderband 24: Gisol-Trilogie 3: Der Schlächter (2004)
Band 23: Margun und Sola (2004)
Band 24: Die geheimen Herrscher (2004)
Sonderband 15: Die Kolonie (Kurzgeschichten aus verschiedenen Zeiträumen des Serienkosmos, 2002)
Sonderband 25: Jagd nach dem »Time«-Effekt (2002)
Ren-Dhark-Lexikon (2004)
FORSCHUNGSRAUMER CHARR (sechsteiliger, abgeschlossener Mini-Zyklus um das Geheimnis der Nogk, 2004)
Sonderband 26: Wächter und Mensch (2004)
STERNENDSCHUNGEL GALAXIS 1-6 (abgeschlossener Mini-Zyklus, dessen Handlung zwischen Drakhon- und Bitwar-Zyklus spielt, 2005)
Sonderband 28: Sternenkreisel (2005)
STERNENDSCHUNGEL GALAXIS 7-12 (abgeschlossener Mini-Zyklus um das Kugelschalenuniversum, 2006)
UNITALL 2: Das Kugelschalenuniversum (2006)

STERNENDSCHUNGEL GALAXIS 13-18 (abgeschlossener Mini-Zyklus um Ren Dharks ersten privaten Forschungsflug, 2007)
UNITALL 1: Jenseits aller Zeit (2006)
STERNENDSCHUNGEL GALAXIS 19-24 (abgeschlossener Mini-Zyklus um Ren Dharks Begegnung mit den Byrds, 2007)
STERNENDSCHUNGEL GALAXIS 25-30 (abgeschlossener Mini-Zyklus um Ren Dharks Kontakt mit den 80 Völkern, 2008)
STERNENDSCHUNGEL GALAXIS 31-36 (abgeschlossener Mini-Zyklus um Ren Dharks Konfrontation mit dem »Geisterschiff«, 2008)
STERNENDSCHUNGEL GALAXIS 37-42 (abgeschlossener Mini-Zyklus um Ren Dharks Rückkehr nach Owid, 2009)
STERNENDSCHUNGEL GALAXIS 43-48 (abgeschlossener Mini-Zyklus um Ren Dharks Erkundung des Höllenfeuers, 2010)
STERNENDSCHUNGEL GALAXIS 49-54 (abgeschlossener Mini-Zyklus um Ren Dharks Kampf gegen die Rahim, 2011)

Bitwar-Zyklus

Band 1: Großangriff auf Grah (2004)
Band 2: Nach dem Inferno (2004)
Band 3: Die Spur des Tel (2004)
Band 4: Die Sonne stirbt (2005)
Band 5: Die goldene Hölle (2005)
Sonderband 27: Nogk in Gefahr (2005)
DER MYSTERIOUS (sechsteiliger, abgeschlossener Mini-Zyklus, 2005)
Band 6: Das Judas-Komplott (2005)
Band 7: Proxima Centauri (2005)
Band 8: Erwachende Welt (2005)
Band 9: Rettet die Salter! (2005)
Band 10: Freunde in der Not (2006)
Band 11: Vorstoß in den Hyperraum (2006)
Band 12: Dimensionsfalle (2006)
Sonderband 29: Havarie im Hyperraum (2007; Kurzgeschichten aus verschiedenen Zeiträumen des Serienkosmos)

Einzelromane ohne Handlungsbindung an die Serie, welche ca. sieben bis acht Jahre nach dem Ende des Handlungsabschnitts HOPE/ INVASION in einem »alternativen« RD-Universum spielen:

Spezialband 1: Sternen-Saga / Dursttod über Terra (2001)
Spezialband 2: Zwischen gestern und morgen / Echo aus dem Weltraum (2002)
Spezialband 3: Als die Sterne weinten / Sterbende Zukunft (2003)

Weg ins Weltall

2064/65: Handlungsabschnitt EISWELT TERRA

UNITALL 16: Der Flug der JULES VERNE (2011)
UNITALL 3: Mond in Fesseln (2006)
Band 1: Eiswelt Terra (2006)
FORSCHUNGSRAUMER CHARR 7-12 (abgeschlossener Mini-Zyklus über die goldene Welt, 2006)
Band 2: Am Ort der Macht (2006)
Band 3: Unter Rebellen (2006)
UNITALL 4: Aomon (2007)
UNITALL 5: Der ewige Krieg (2007)
Band 4: Andromeda (2007)
Band 5: Strahlungshölle W (2007)
Band 6: Saltern auf der Spur (2007)
Band 7: Bombe an Bord! (2007)
Band 8: Das Geheime Imperium (2007)
Band 9: Crekker! (2007)
Band 10: Quantenfalle (2008)
Band 11: Der lebende Mond (2008)
UNITALL 6: Wurmlochfalle (2008)
UNITALL 7: Geheimprogramm ZZ9 (2008)
Band 12: Rettung für Sol? (2008)
Band 13: Schlacht um Terra (2008)
Band 14: Sünde der Salter (2008)
UNITALL 8: Im Herzen des Feindes (2008)
Band 15: Volk in Zwietracht (2008)
Band 16: Der fünfte Wächter (2009)
UNITALL 9: Der goldene Prophet (2009)

UNITALL 10:	An der Schwelle zum Krieg (2009)
UNITALL 11:	Kalamiten (2009)
UNITALL 12:	Der Deserteur (2010)
Band 17:	Im Netz des Diktators (2009)
Band 18:	Sklavenhölle (2009)
Band 19:	Weltenverschlinger (2009)
Band 20:	Agenten gegen Cromar (2009)
Band 21:	Imperator (2009)
Band 22:	Unlösbares Rätsel (2010)
Band 23:	Die Macht der Quanten (2010)
Band 24:	Geheimnis des Weltenrings (2010)
UNITALL 13:	ERRON-2.1 – Peilung ins Nirgendwo (2010)
UNITALL 14:	ERRON-2.2 – Der Einsatz des Vernichters (2010)

2066/67: Handlungsabschnitt NOTRUF AUS ORN

Band 25:	Gisol der Verzweifelte (2010)
Band 26:	Notruf von Orn (2010)
Band 27:	Die Schranke im Nichts (2010)
Band 28:	Para-Attacke (2011)
UNITALL 15:	Welt aus dem Gestern (2011)
UNITALL 17:	Kriegsgrund: Tarnit (2011)
Band 29:	Tödliche Rückkopplung (2011)
Band 30:	Priester des Bösen (2011)
Band 31:	Jagd auf die POINT OF (2011)
Band 32:	Sternengefängnis Orn (2011)
Band 33:	Die Herren des Universums (2011)
UNITALL 18:	Sternenhaie (2012)
Band 34:	Stützpunkt in der Hölle (2012)
Band 35:	Gigantenfalle (2012)
Band 36:	Die Welt zerreißt (2012)
UNITALL 19:	Der Atomkrieg findet statt! (2012)

2067-69: Handlungsabschnitt DIE KRAVAL

Band 37:	Rückkehr ins Ungewisse (2012)
UNITALL 20:	Feind ohne Gnade (2012)
UNITALL 21:	Absturz im Eis (2013)
Band 38:	Hyperraum nicht zugänglich (2012)

Band 39:	Schreckensvisionen (2012)
Band 40:	Spiegel des Todes (2013)
Band 41:	Das Geheimnis des Feindes (2013)
UNITALL 22:	Hundert Jahre Krieg (2013)
Band 42:	Pyrrhussieg (2013)
Band 43:	Tödliche Flut (2013)
Band 44:	Der letzte Kalamit (2013)
UNITALL 23:	Herrschaft des Wahnsinns (2013)
Band 45:	Parock (2013)
UNITALL 24:	Der Flug der SPACE QUEEN (2014)
Band 46:	Geheimsache Schweres Wasser (2014)
Band 47:	Operation Apokalypse (2014)
UNITALL 25:	Raumschiffsfalle gelber Hyperriese (2014)
Band 48:	Die Stunde der Synties (2014)

2069/70: Handlungsabschnitt DAS MINIUNIVERSUM

Band 49:	Geheimwaffe im Einsatz (2014)
UNITALL 26:	Das Vermächtnis der Heriten (2014)
Band 50:	Wächterschicksal (2014)
Band 51:	Das Geheimnis des Hyperkalkulators (2014)
Band 52:	Markt des Verbrechens (2014)
Band 53:	Risiko Hypergeschwindigkeit (2015)
UNITALL 27:	Verborgene Erkenntnis (2015)
Band 54:	Im Namen der Murip (2015)
UNITALL 28:	Das Geheimnis von Iondru (2015)
Band 55:	Vereinigung der Alten Völker (2015)
Band 56:	Feind der Wächter (2015)
UNITALL 29:	Das Capgras-Syndrom (2015)
Band 57:	Forscher ohne Gewissen (2015)
Band 58:	Götter der Niapave (2015)
Band 59:	Kampf um das Miniuniversum (2015)
UNITALL 30:	Ewiger Winter (2016)
Band 60:	Das Wissen der Quun'ko'Aaraan (2016)
UNITALL 32:	Goguls Armee (2016)
UNITALL 31:	Das Elektrische Zeitalter (2016)
UNITALL 34:	Willkommen im Dagmeer! (2017)
UNITALL 37:	Tod der Schwarzen Garde! (2018)

2072/73: Handlungsabschnitt DIE VERLORENE GALAXIS

Band 61:	Einsatz auf Blue Star (2016)
UNITALL 33:	Iondrus Suche (2017)
Band 62:	Rückkehr zum Ort der Macht (2016)
Band 63:	Gefahrenpotenzial Ter (2016)
Band 64:	Im Auftrag der INSTANZ (2016)
Band 65:	Aufbruch nach NGK 3109 (2016)
Band 66:	Aufruhr in Voktar (2016)
Band 67:	Rebellen gegen die Friedensstifter (2017)
Band 68:	Welt der Kenporim (2017)
Band 69:	Ein sicherer Hort? (2017)
Band 70:	Die Akte Grovis (2017)
Band 71:	Lorrons Erbe (2017)
Band 72:	Terra im Visier (2017
UNITALL 38:	McAustins große Stunde (2018)
Band 73:	Experimentierfeld Voktar (2017)
Band 74:	Malk Katuhl (2018)

2073/74: Handlungsabschnitt SOS IN DER MILCHSTRAßE

UNITALL 36:	Bollwerk der Worgun (2018)
Band 75:	Kharamaks Geschäfte (2018)
UNITALL 35:	Das Rätsel von Hallwa (2017)
Band 76:	Makrito (2018)
Band 77:	Seuchenherd Milchstraße (2018)
Band 78:	Die letzten Menschen von Babylon (2018)
Band 79:	Der Seuchenbringer (2018)
Band 80:	Wiedersehen mit Taret Londok (2018)
Band 81:	Konfrontation im Czukai-System (2019)
Band 82:	Findet Parock! (2019)
Band 83:	Hexenkessel Babylon (2019)
Band 84:	Tekaros Schicksal (2019)
Band 85:	Flucht nach Terra (2019)
Band 86:	Gefahrenzone Mesopotamia (2019)
Band 87:	Ausbruch aus der Existenz (2019)
Band 88:	Wo ist Dan Riker? (2019)
Band 89:	Todesmaschinen der Götter (2020)
Band 90:	Kampf um die Unsterblichen (2020)
Band 91:	Rettet Dan Riker! (2020)

2074: Handlungsabschnitt DIE TRANSITIERENDE SONNE

Band 92:	Das Geschenk der Nogk (2020)
Band 93:	Freunde der Worgun (2020)
Band 94:	Rückkehr zur Sternenbrücke (2020)
Band 95:	Rexos verborgenes Talent (2020)
Band 96:	Reise ins blassblaue Universum (2020)
Band 97:	Die Geheimnisse von ERRON-3 (2021)
Band 98:	Gedankenkontrolle (2021)
Band 99:	Der Herrscher von Oxin (2021)
Band 100:	Durch Raum und Zeit (2021)
Band 101:	Das Ultimatum (2021)
Band 102:	Stählerne Hölle (2021)
Band 103:	Feinde an Bord! (2021)
Band 104:	Durchbruch nach Terra (2021)

2074: Handlungsabschnitt DIE SCHWARZE MACHT

Band 105:	Ein besonderes Geschenk (2022)
Band 106:	Verborgen im Eis (2022)
Band 107:	Der Zeittorus (2022)
Band 108:	Angriff der Supersoldaten (2022)
Band 109:	Flucht von Dafzone (2022)
Band 110:	Die Balduren-Ebene (2022)
Band 111:	Zurück nach Nal (2022)
Band 112:	Die schwarze Statue von Cyrus (2022)
Band 113:	Der Göttliche von Strak (2023)
Band 114:	Gefangen in Maffei 1 (2023)
Band 115:	INSTANZ in Gefahr (2023)
Band 116:	Eine sichere Heimkehr? (2023)
Band 117:	Der goldene Verräter (2023)
Band 118:	Der Schwarzen Macht auf der Spur (2023)
Band 119:	Eine unheimliche Entdeckung (2023)
Band 120:	Der Multiversal-Transporter (2023)
Band 121:	Im Zentrum des Universums (2024)
Band 122:	Die letzte Schlacht (2024)

2074: Handlungsabschnitt IONDRUS BESTIMMUNG

Band 123:	Unter der schwebenden Stadt (2024)
Band 124:	Das Geheimnis der Quaderwolke (2024)
Band 125:	Kampf im Doppelsternsystem (2024)
Band 126:	Rex Octavius (2024)
Band 127:	Feindliches Kreuzfeuer (2024)

Simulacron-3

Roman von Daniel F. Galouye

In einer nicht allzu fernen Zukunft wird jedes Produkt, bevor es in Serienproduktion geht, ausgiebig auf seine Marktakzeptanz hin getestet. Die Firma TEAG konstruiert zu diesem Zweck einen gigantischen Computer, der eine nahezu perfekte elektronische Simulation der wirklichen Welt ermöglicht, mit all ihren komplizierten Interaktionen. Bevölkert wird sie von mehreren Tausend individuell entwickelten elektronischen Kunden, die in der Illusion existieren, sich in der richtigen Welt zu bewegen.

Douglas Hall, Direktor der TEAG, kommt eines Tages auf den Gedanken, dass auch seine Wirklichkeit nichts anderes sein könnte als eine Simulation. Er beginnt, seine direkte Umwelt in Frage zu stellen und sucht nach unwiderlegbaren Beweisen für die reale Existenz seiner selbst. Je intensiver er seine Suche betreibt, umso merkwürdigere Erfahrungen macht er. Manche davon drohen ihn in den Wahnsinn zu treiben.

Der Autor Daniel F. Galouye (* 1920, † 1976) war ein US-amerikanischer Journalist und Schriftsteller. Mit »Simulacron-3« (1964) schuf er einen Meilenstein des Science-Fiction-Genres, der zweimal verfilmt wurde: 1973 von Rainer Werner Fassbinder unter dem Titel »Welt am Draht« und 1999 von Roland Emmerich unter dem Titel »The 13th Floor«.

240 Seiten, Hardcover

Alternative 3

Fantastische Dokumentation als Roman
von Leslie Watkins

In den siebziger Jahren verschwinden, insbesondere in England, massenweise Wissenschaftler. Die Mitarbeiter der TV-Sendung Science Report recherchieren für eine geplante Folge über diesen Umstand – und entdecken Ungeheuerliches. Schließlich münden alle Erkenntnisse, das Wissen um ermordete Astronauten, verschwundene Menschen und plötzlich tödlich verunfallte Zeugen in die wohl spektakulärste Fernsehsendung, die es jemals in Großbritannien gab: Alternative 3.

Waren Menschen bereits Jahre vor der angeblich ersten Mondlandung auf dem Erdtrabanten? Welche »Überlebensfrist« gestehen die Regierungen diesem Planeten und somit seinen Bewohnern zu? Gibt es eine Elite, die sich bereits Lebensräume auf dem Mond geschaffen hat? Und existiert die größte außerirdische Kolonie bereits seit Jahrzehnten auf dem Mars?

In diesem Buch schildert Leslie Watkins seine Erlebnisse um die Geschehnisse und Hintergründe einer der größten »Verschwörungstheorien«: Alternative 3.

304 Seiten, Hardcover